석유종말시계

$20 Per Gallon

「포브스」 수석기자가 전격 공개하는 21세기 충격 리포트

석유종말시계

$20 Per Gallon | 크리스토퍼 스타이너 지음 · 박산호 옮김

시공사

사라와 잭슨
그리고
그랜트와 자넷을 위해

목차

석유가 사라진 이후
우리가 받아들여야 할 현실

〈석유〉라는 드라마가 있었다. 2차 오일쇼크가 있었던 1979년에 방영된 특집극으로, 산유국의 정세 불안으로 석유 공급이 심각하게 부족해진 상태에서 벌어지는 혼란을 그린 가상 드라마였다. 석유 부족 현상이 장기간 이어지자 처음에는 그저 불편한 정도였던 시민의 일상이 심각한 고통으로 이어지는 상황이 비교적 사실적으로 묘사됐던 것으로 기억한다. 물론 그런 상황은 실제로 닥치지 않았고 몇 년 뒤에는 저유가를 포함한 '3저 호황' 속에서 석유 공급 부족에 대비하려던 모든 계획은 사람들의 기억에서 잊혀져갔다.

석유의 공급 부족에 대한 경고는 사실 오래 전부터 있어 왔다. 석유가 언젠가는 고갈될 것이며 석유를 대신할 자원을 준비해야 한다는 주장은 지금보다 석유에 의존하는 정도가 훨씬 덜한 시기, 멀게는 1920년대에도 있었던 것이다. 그러나 얼마 후 대형 유전이 새로 발견되거나 새로운 시추 기술이 개발되면서 채굴 가능한 석유의 총량은 계속 늘어갔다. 사람들의 인식 속에 '석유 고갈'이란, 이론적으로는 사실이지만 어떤 천재적인 과학자에 의해, 또는 알 수 없는 미래의 기술에 의해 극복할 수 있는 문제로 여겨지게 됐다. 2008년, 배럴 당 139달러까지 원유 가격이 치솟았지만 사람들은 석유 자원의 부족이라는 근본적인 문제보다는 석유 거래를 둘러싼 국제 투기세력의 농간이나 산유국의 정세 불안 쪽에서 그 원인을 찾으려 했다. 실제로 단기 석유 가격을 결정하는 요인은 여러 가지가 있지만 적어도 석유의 총생산량이 이미 줄어들고 있다는 사실에 대해서는 공식적으로 인정하지 않는 상황이던 것이다.

국제 에너지기구 IEA^{International Energy Agency}는 2009년 12월 10일자 영국의 시사주간지 「이코노미스트^{Economist}」에서 '피크오일^{Peak Oil}'이 2020년에 닥칠 것임을 공식적으로 인정했다. 석유 생산량이 일정한 시점에 최고점을 기록하고 이후부터 하락해 급격한 공급 부족으로 이어진다는 이른바 피크오일에 대해 에너지 관련 기관들이 회의적인 입장을 고수해왔던 것을 생각하면 이것은 의미 있는 입장 변화다. 피크오일에 관한 비관론자들은 세계 석유 생산이 이미 2005년부터 줄고 있음에도 불구하고 책임 있는 기관들이 이를 확증하지 않는 이유는 석유의 공급 부족이 공인될 경우, 원유시장과 세계 경제에 단시간에 매우 파괴적인 결과가 이어질 것이며 시장은 아직 그에 대응할 여력을 지니지 못했기 때문이라고 주장한다. 그럼에도 불구하고 한편에서는 피크오일이 임박한 것을 전제로 한 다국적 에너지 기업들의 기민한 움직임이 진행 중이며 다른 한편에서는 조심스럽게 피크오일의 구체적인 시기를 언급하는 단계에 와 있는 것이다. 낙관론자들조차 그 시기를 2030년쯤으로 보고 있다. 2005년과 2030년은 그리 긴 시간차가 아니다. 걸프 만^灣에 위치한 거대 산유국들의 매장량 정보가 불투명하다는 사실을 감안하면 피크오일은 이미 시작된 일일 수도 있다.

석유 공급 부족이 이제는 더 이상 가상의 상황이 아니라면, 그에 대한 전망과 대비가 현실적인 차원에서 이뤄져야만 한다. 물론 석유의 공급 부족이 가져올 결과가 전부 부정적인 것만은 아닐 것이다. 경기가 호황과 불황을 반복하듯이 석유의 공급 부족은 일정한 조정기간을 거쳐 새로운 에너지 시스템과 산업을 창출할 것이며 우리의 일상도 거기에 맞게 재구성될 것이다. 문제는 지금 우리의 일상생활 대부분이 석유에 의존하고 있기 때문에 '조정기간'이 의미하는 것이 경우에 따라서는 심각한 실업이나 불황을 포함한 경제위기, 식량난과 그에 따른 국제분쟁 등 사람들에게는 대단히 고통스런 과정일 가능성이 매우 높다는 것이다. 외환위기는 '조정기간'을 통해 극복됐지만 그 기간 동안 사람들이 겪어야 했던 뼈아픈 기억을 떠올려보면 잘 알 것이다.

『석유종말시계』는 석유의 공급 부족이 가져올 결과에 대해 매우 구체적이며 사실적인 전망을 제시한다. 저자인 크리스토퍼 스타이너는 공학을 전공한 저널리스트답게 화학, 건축, 토목에 대한 폭넓은 지식을 바탕으로 우리의 일상이 석유 공급 부족과 그에 따른 가격상승에 의해 어떻게 변화할 것인지를 알기 쉽게 설명하고 있다. 그는 또 양어장의 수산업 종사자와 항공업 관계자, 지하철 토목 전문가와 철도 경영자까지 다양한 취재를 통해 석유가 걸프 만 지역의 사막에 묻혀 있는 찐득한 검은 액체가 아니라 우리가 매일 먹는 음식이며 하루하루 살아가는 일상임을 생생히 보여주고 있다. 이 책을 통해 독자들은 한편으로는 현재의 일상이 석유에 의존하고 있는 구체적인 단면들을 확인할 수 있을 것이며, 다른 한편으로는 멀지 않은 장래에 어떤 변화가 일어날 것인지를 예측할 수 있게 될 것이다.

한국의 독자들은 이 책이 미국의 사례를 중심으로 쓰여졌음에도 불구하고 책에 묘사된 내용들이 놀랄 만큼 한국인의 일상생활과 차이가 없음을 발견하게 될 것이다. 한국은 작은 나라임에도 불구하고 광대한 영토에서 에너지를 많이 사용하는 미국의 현대도시를 이상적인 모델로 설정하고 도시를 발전시켜 왔다. 결과적으로 한국의 이산화탄소 배출량은 세계에서 가장 빠른 속도로 증가해왔고 석유 수입도 세계 7위 수준인 에너지 과소비 국가가 됐다. 더 이상 값싼 석유를 구하는 것이 불가능해진 상태에서 지금까지 익숙해온 삶의 방식에 대해 다시 생각해보는 것이 필요하다.

저자가 책에서 주장하는 바와 같이, 지금 석유를 사용하는 것만큼 풍족하게 쓸 수 있는 에너지란 앞으로는 존재하지 않을 것이다. 태양열, 풍력, 조력, 지열, 바이오 에너지, 원자력 에너지 등 여러 종류의 에너지를 조합해 현재의 에너지 총사용량을 대신할 포트폴리오를 구상해야 할 것이며, 동시에 에너지를 현재보다 훨씬 효율적으로 사용해야만 한다는 것이 거의 모든 에너지 전문가들이 동의하는 바다. 원자력 에너지 또한 단기적인 대안일 수는 있겠지만 그 또한 채굴해서 사용해야 하는 유한한 자원이며 여전히 기술적인 위험성을 갖고 있다는 면에서 완벽한 대안은 아니다. 우리는 지금까지 나온 대체 에너지 기술뿐 아니라 더 많은 아이디어를 통해 석유 이후를 대비해야 하며 분명히 그렇게 될 것이다. 『석유종말시계』는 석유를 대신할 에너지 개발과 사용에 있어서도 의미 있는 여러 가지 아이디어를 제시하고 있다. 석유 공급부족이 어떤 변화를 가져올지, 그리고 그러한 변화에 대해 어떻게 대비해야 할지에 대해 관심 있는 독자들이라면 일독을 권한다.

박진홍SBS PD, 〈재앙 2008년 한국방송대상 다큐멘터리 작품상〉 연출

우리를 기다리고 있는 세상

석유와 휘발유는 당최 종잡을 수 없는 상품이다. 2008년 유가는 앞으로 몇십 년 후까지는 오르지 못할 거라 예상됐던 가격까지 치솟았다가 이어서 지난 4년 만의 최저 가격으로 곤두박질쳤다. 유가란 세계 경기가 불황이냐 활황이냐에 따라 오락가락하는 경향이 있다. 따라서 단기간에 유가를 예측한다는 것은 도박이나 다름없다. 그러나 장기적으로 유가에 대한 예측을 진지하게 해보면 결론은 단 하나, '오를 수밖에 없다'는 것이다.

사실이 그러하며 여러 연구에서도 볼 수 있듯이 석유란 인간이 탐욕스럽게 써대는 유한 자원이라는 의견에 대부분 동의할 수밖에 없을 것이다. 이 책은 그런 유가가 피크에 달했다는 단순한 사실을 인정하는 단계를 넘어서고 있다. 이 책은 그 담론의 바로 다음 단계를 다루고 있다. 이 책은 유가가 단계적으로 인상되는 동안 우리의 일상적인 삶이 어떻게 변화할 것인지를 연구했다. 유가가 1갤런 1갤런=약 3.78 ℓ 당 8달러로 오르면 우리의 삶은 어떻게 될까? 10달러로 오르면? 18달러로 오르면? 주유기 옆에 찍힌 유가가 변하면서 우리의 집, 차, 직업, 휴가 등 모든 것이 변하게 될 것이다.

그런 경향에 맞춰 나는 우리의 미래를 내다보고, 유가가 변하면서 따라서 변하는 우리의 삶을 면밀하게 그려낼 수 있는 사람들을 찾기 위해 노력했다. 다음 페이지에 나오는 내용은 유가가 인상될 경우 일어날 수 있는 변화 중에서도 추상적인 변화보다 실질적인 변화에 초점을 맞춘 생각의 실험이다.

크리스토퍼 스타이너

4달러의 전주곡

유가가 지배하는 인간의 삶

예전에 수다를 떨다가 이야깃거리가 다 떨어졌을 때는 날씨에 대한 이야기를 했다. 그러나 구름이 어쩌고, 해가 어떻고 하는 이야기는 이제 한물갔다. 요즘 떠오르는 화제는 바로 유가다. 당신이 운전자가 아니라고 하더라도 유가는 흥미롭기 그지없는 화제이다. 그렇다, 재앙처럼 터무니없이 올라가던 유가가 이내 바닥까지 곤두박질친 일은 순전히 경제적인 시각에서 보더라도 흥미로운 일이다. 어떻게 그렇게 오랫동안 풍부했던 물건의 가치가 하루아침에 정신을 못 차리게 요동치는 사태가 일어날 수 있을까? 하지만 이 사태는 단순한 지적 경제학보다 우리의 이해관계에 더 많은 영향을 미치고 있다. 변덕스런 유가에 대한 이야기는 J. K. 롤링 『해리 포터』의 작가-역주이나 스테파니 메이어뱀파이어 판타지 소설인 『트와일라잇』의 작가-역주가 십대를 사로잡았던 것처럼 우리 어른들의 마음을 빼앗아버렸다. 지역 신문이건 전국적으로 배포되는 신문이건 관계없이 신문만 펴면 유가에 초점을 맞춘 뛰어난 기사나 사설이 튀어나왔다. 그리고 우리가 무한정 주유소에 매여 사는 노예가 아니란 사실이 밝혀졌다. 유가가 유례없이 치솟은

2008년 미국인의 운전 거리가 그 전해보다 1천억 마일 줄었던 것이다. 이는 30년 만에 최저치로 1970년대 석유 금수 조치 당시 나온 거리보다 훨씬 더 적은 수치이다.

유가에 대한 사람들의 반응에는 어딘가 본능적이고 개인적인 면이 있다. 유가가 오르면서 사람들은 차를 덜 탔지만 한편 그들의 정서에는 1갤런당 2달러냐, 혹은 4달러냐, 매주 주유소에 공시된 유가를 보며 느끼는 감정보다 더 중요한 것이 자리 잡고 있다. 터무니없이 높은 유가를 보면 우리는 토할 것 같다. 하지만 왜? 우리가 매일 아무 생각 없이 사용하는 거의 모든 공산품의 가격이 지난 5년 동안 무시무시하게 올랐다. 그런데 왜 유독 유가만 이런 특별 대접을 받아야 하는가? 예를 들면 우리가 먹는 거의 모든 음식의 반에는 꼭 들어가기 마련인, 최근 들어 거의 곱절로 가격이 치솟은 곡물 가격에 대해서는 이렇게 본능적이고 즉각적인 반응을 보이지 않지 않는가? 왜 유가는 우리가 끊임없이 사들이는 다른 물건들과는 다른 종류의 거세고 위협적인 경고를 울려대는 걸까? 아마도 이는 우리 인간의 본능일 것이다. 이 현상의 이면에 실제로 보이는 것보다 더 큰 위험이 숨어있을 것이란 진화된 감각 때문일 것이다.

수천 년 동안 갈고 닦아온 인간의 생존본능이 이 문제에 있어서는 옳았다는 것이 드러났다. 주유기에서 무정하게 올라만 가는 유가는 줄어드는 차 크기와 점점 더 부담스러워지는 기름값 이상의 변화를 예고하고 있다. 유가는 상상도 할 수 없는 거대한 규모로 우리의 삶에 영향을 미치고 있다. 이건 단순히 BP미국의 주유소 - 역주나 Shell미국의 주유소 - 역주에서 투덜거리면서 비자카드를 긁으며 끝낼 문제가 아니다. 이는 당신 집의 벽에 들어간 벽돌, 당신 집의 지붕에 들어간 지붕널, 당신의 냉장고 소재로 사용된 플라스틱, 도로에 깐 아스팔트, 당신의 공에 들어간 합성 고무에 관한 문제이다. 휘발유 가격이 1센트씩 올라갈수록 우리가 소비하는 대부분의 물건 값이 같이 올라간다.

지금 당장 하던 일을 멈추고 주위를 둘러보라. 당신의 책상 주위와 신발과 셔츠와 창문과 부엌을 돌아보라. 이중 얼마나 많은 것이 석유를 원료로 제조됐을까? 얼마를 상상하든 당신이 상상하는 그 이상일 것이다. 지금 창밖을 내다보라―세상을 내다보라. 이중 얼마나 많은 것이 석유에서 태어났을까? 다시 말하지만 여러분이 상상하는 그 이상이다. 미국은 국내에서 사용하는 석유의 60퍼센트를 수입하고 있지만 그중 40퍼센트만 우리가 몰고 다니는 차의 연료로 들어간다. 나머지는 당신이 상상할 수 있는 거의 모든 것을 만들고, 강화하고, 모양을 만드는 데 쓰이고 있다.

2009년, 미국 교외에 사는 빌의 일상

빌은 아주 평범하게 살아가는 사람이다. 그는 탄탄한 직장에, 좋은 집에, 화목한 가정이 있다. 부자는 아니지만 그렇다고 생활이 어려운 편도 아니다. 이제 2009년 어느 날 아침, 빌이 일어나 커피를 한 잔 하는 일상을 들여다보기로 하자. 상황을 간단하게 묘사하기 위해 빌의 다정한 아내와 아이들은(빌만큼이나 석유를 많이 쓰는) 그들의 작은 별장에서 휴가를 보내고 있다고 치자. 빌도 이번 주말에 가족들과 휴가를 보내기 위해 거기로 갈 것이다.

오늘은 목요일. 빌은 소니 라디오 시계의 알람 소리에 맞춰 아침 7시에 일어났다. 이 시계는 휴스턴 정제소의 사랑스런 원유에서 뽑아낸 탄화수소 분자로 만든 플라스틱으로 포장되어 있다. 우리 삶에 들어온 거의 모든 플라스틱은 석유와 그 파생물이라는 한 가지 주재료로 이와 유사한 공정을 거쳐 만들어진다.

빌은 이불을 젖히고, 침대에서 내려와 카펫이 깔린 바닥에 발을 내려놓는다. 그 카펫은 석유화학 제품을 원료로 해서 만든 플라스틱 제품 중 가장 독창적이고 성공적인 제품 중 하나인 나일론을 소재로 한 것이다. 그리고 빌은 화장실로 걸어가서 주로 아크릴을 써서 만든, 가정에서 흔히 쓰이는 선반 소재인 듀폰의 코리안인조 대리석으로 만든 화장실 선반에 손을 올려놨다. 듀폰은 안료와 접착제와 정유소에서 나온 석유화학제품인 폴리메틸 메타크릴레이트를 섞어서 코리안을 제조한다.

이어서 빌은 얼굴에 남성다운 향기가 물씬 풍기는 면도 크림을 듬뿍 발라 거품을 낸다. 이 크림의 거품 역시 여러 재료를 섞어 만드는데 이중에서도 가장 기본이 되는 재료로 원유에서 나온 폴리메틸 메타크릴레이트가 빠지지 않는다. 매끄럽게 면도한 빌은 욕실 한쪽에 있는 나일론으로 만든 샤워 커튼을 열고 이제 우리가 살고 있는 세계 도처에 널려 있는 석유화학 제품 중 하나인 염소화 폴리에틸렌으로 만든 매력적인 샤워실로 들어간다. 빌은 원유를 정제해서 만들어낸, 거의 모든 석유화학 제품에 들어가는 약방의 감초격인 탄화수소가 들어 있는 샴푸와 컨디셔너로 머리를 감는다. 그가 얼굴에 칠하는 비누 역시 같은 원리로 만들어진다. 그의 칫솔에 달려 있는 칫솔 손잡이와 칫솔모 역시 검은 황금, 즉 원유를 원료로 한 것이다.

단장을 마친 빌은 옷을 입고 아침을 먹기 위해 부엌으로 간다. 빌이 밟고 있는 부엌 바닥은 최근에 집을 리모델링하면서 새로 깐 것으로, 세련되게 가공 처리한 오크재가 깔려 있다. 이 소재는 0.8인치의 오크에 단단하고 억센 합판을 붙여서 만든 것으로 여러 종류의 오물과 강한 압력에도 견딜 수 있는 강한 내구성이 장점이다. 이 마루청은 원목보다 내구성 등급이 훨씬 높다. 오크재와 합판은 원유를 가공 처리하는 석유화학공장에서 거의 독보적으로 생산하는 접합제와 접착제를 사용해서 접합시켰다.

빌은 커피잔과 시리얼을 담은 그릇을 새로 설치한 주방용 조리대 위에 내려놨는데 그 조리대 역시 듀폰^{미국의 화학제품 회사-역주} 사에서 만든 사일스톤이라고 하는 인조 대리석이 주 소재이다. 이 화려한 인조 대리석은 현재 최고의 인기를 누리는 상품이다. 1.25인치 두께의 이 사일스톤 석판은 석영 95퍼센트에 5퍼센트의 고분자 수지를 합해서 만든 것으로, 이 합성수지 역시 원유를 재료로 만든 것이다. 빌의 부엌, 아니, 그의 집 안에서 유정의 무시무시한 소음 속에 태어난 재료를 사용하지 않은 물건을 찾기란 사실상 아주 힘들다.

빌이 사는 곳도 사정은 마찬가지다. 빌은 현재 시카고 도심에서 30마일^{1마일=약 1.6km}떨어진 교외에 살고 있다. 이렇게 도시에서 먼 곳에 살 수 있는 것도, 그가 살고 있는 마을이 애초에 생겨날 수 있었던 것도, 로스앤젤레스, 파리, 달라스, 도쿄와 같은 대도시를 둘러싼 교외가 생겨날 수 있었던 것도 모두 중동, 북해, 멕시코 만과 같은 지역에 있는 거대한 유전 덕분이다. 아침 식사를 끝낸 빌은 두 대의 차가 들어 있는 차고로 가서 애마인 포드 익스플로러에 올라탄다. 그는 집에서 차로 40분을 달려야 도착하는 직장으로 데려다 줄 6차선 고속도로를 향해 매끄럽게 깔려 있는 아스팔트 도로를 타고 거리로 나왔다. 빌은 보통 저녁에는 학교 수업을 마친 자녀들을 운동 경기 시합이나 과외 수업에서 음악 연주회로 데리고 다니면서 쇼핑몰까지 들르는 데 시간을 다 쓴다. 이 모든 곳이 그가 사는 동네를 축으로 사방으로 5마일 이상씩 떨어진 곳에 위치해 있다. 빌의 물질적인 미국식 생활방식은 휘발유와 그 동종 제품군들로 이루어진 고치 안에 푹 싸여 있는 셈이다.

하지만 우리와 빌이 사용하는 물건 가격보다 훨씬 더 중요한 문제가 있다. 하늘 높은 줄 모르고 치솟는 기름값은 문화, 주거, 도시, 교육의 변화를 몰고 오면서 지구상의 단 한 점도 남기지 않고, 우리의 생활 방식을 철저하고 완벽하게 바꿔놓을 것이다. 하지만 우리가 처하게 될 모든 변화가 다 암울하지는 않다. 사실 많은 사람들의 삶이 여러 면에서 향상될 것이다. 우리는 운동도 더 많이 하게 되고, 독소가 훨씬 덜 들어간 공기를 마시게 될 것이고, 건강에 더 좋은 음식을 먹고, 지구환경에 더 좋은 영향을 끼치게 될 것이다. 휘발유 가격이 오르면서 어쩔 수 없이 제기될, 우리 사회의 산적한 과제들을 명쾌하게 풀어줄 창의적이고 대담한 지성을 가진 기업가들이 등장하고 거대 기업이 부상해서 세계 경제와 우리의 삶을 완전히 뒤바꿔놓을 것이다. 전 세계 경제 질서를 다시 재편할 공룡 기업들, 차세대 구글이나 마이크로소프트 같은 기업들이 이 격동기에 탄생할 것이다. 그 회사는 건전지 회사가 될 수도 있고, 획기적인 발명을 한 태양열 회사나 극도로 혁신적인 자동차 제조 회사일 수도 있다. 이 혁명은 1990년대 후반을 강타한 인터넷 출현과 비견될 수 있는 규모의 영향력을 전 세계적으로 미칠 것이다.

하지만 이번 혁명은 인터넷 혁명보다 훨씬 더 크고 강하다. 인터넷 덕분에 우리는 온라인에서 책을 사고, 신속하게 원하는 정보를 찾아볼 수 있게됐다. 하지만 치솟는 유가는 당신의 집, 차, 마을, 가게, 직장, 삶의 형태를 바꿔놓을 것이다. 미국에서 치솟는 유가보다 더 크게 변화를 촉발시킨 존재는 없었다. 이 변화는 전사자가 나오지 않는 세계대전급의 파급력으로 세계에 영향력을 행사하면서 그에 내재된 기술 혁명을 동반할 것이다. 어떤 사람들은 심지어 다가올 석유 부족과 그로 인해 치러야 할 비용을 인류의 원대한 실험으로 환영하기도 한다. 그리고 사실 그렇게 상황이 진행될 것이다. 미래는 아주 흥미롭고 신날 것이다.

이 책은 그 미래를 인정하고 포용하는 내용을 담고 있다. 여기서 우리는 도처에 널려 있는 아주 복잡한 질문을 공략할 것이다. 즉 치솟는 유가가 우리의 삶에 어떻게 영향을 미칠 것인가 하는 문제. 이 질문에 대해 미숙하게나마 두 단어로 답을 해보면 이렇다. 너무나 많이. 하지만 이는 이렇게 단순하게 해결할 문제가 아니다. 석유와 휘발유는 우리의 삶에서 너무나 절대적이고 필수적인 부분을 차지하고 있다. 우리는 가끔 무더운 여름날 1갤런당 3달러 50센트를 내고 주유소에서 기름을 채우면서 석유의 존재를 절절하게 실감할 때도 있다. 그리고 또 어쩔 때는 뉴욕 시민이 아이다호에서 먼 길을 거쳐온 감자 하나를 살 때나, 또는 당신이 쌀쌀한 밤에 집의 자동 온도 조절 장치의 온도를 높이거나, 먹다 남은 음식에 랩을 씌워서 보관할 때나, 여러분이 사는 지역의 고등학교가 경비를 절약하기 위해 주 대항 토너먼트에 참가하지 않기로 하는 것과 같이 휘발유의 영향력이 미미하지만 그만큼 폭넓게 우리 생활에 확산된 걸 의식하는 순간도 있다.

뛰어오르는 유가로 인한 이런 다각적인 변화는 풀기 힘든 퍼즐이 될 것이다. 이 주제를 공략할 수 있는 가장 최선의, 재미있는 방법은 우리가 주유소에서 지불하는 기름값에 따라 상황을 구분하는 것이다. 이 책의 각 장은 미국의 휘발유 가격에 따라 6달러 장, 8달러 장, 10달러 장 이런 식으로 구분했다. 각 장은 각 가격대가 몰고 올 변화와 그 여파와 혁신에 대한 세부적인 내용을 다루고 있다. 이러한 접근법은 우리의 삶이 이런 변화에 한꺼번에 적응하는 것이 아니며, 유가가 서서히 오르면서 그만큼 우리 삶도 서서히 변화될 것이란 점을 비춰볼 때 매우 유익한 것으로 드러났다. 유가가 오를 때마다 새로운 시련이 찾아오면서 우리는 어쩔 수 없이 그에 맞춰 변화할 것이다. 1갤런당 8달러 시대와 10달러 시대가 다를 것이며 12달러와 14달러의 시대가 다를 것이다. 매번 1달러씩 오를 때마다 새로운 가능성들이 풀려나면서 낡은 제품이나 한물간 삶의 방식을 몰아낼 것이다. 각 장에서는 그 단계의 유가에 의해 발생할 한두 가지 중요한 변화와 그에 맞춰 부수적으로 일어나는 몇 가지 소소한 사건에 초점을 맞출 것이다. 6달러에서 8달러로, 8달러에서 10달러로 유가가 변하면서 우리의 삶은 사회적으로나 경제적으로나 수많은 면에서 바뀌게 될 것이다.

왜 유가 상승은 멈추지 않는가

이 시나리오의 개연성, 각 장에서 묘사될 이 가상의 세계들─1갤런당 8달러일 때의 미국이나 14달러일 때의 미국─은 모두 휘발유가 점점 부족해지면서 결과적으로 그에 따라 올라가는 비용에 달렸다. 물론 그 와중에도 수천 명의 사람들이 신문 사설, 잡지, 텔레비전이라는 공적인 연단에 올라 높은 유가는 일시적인 현상일 뿐이며, 우리는 예전처럼 계속 탐욕스럽게 석유를 소비하게 될 것이라고 설교할 것이다. 이 사람들은 불안해하는 상인들과 무모한 투기꾼들이 인위적으로 유가를 부풀렸지만 2008년 후반기에 그랬던 것처럼 곧 정상적인 상태로 돌아갈 것이라고 말할 것이다. 하지만 좋든 싫든 그 정상이란 상황은 다시는 돌아오지 않는다. 유가는 오를 수밖에 없으며, 이미 올랐다.

'이건 단지 지나가는 바람'일 뿐이라는 이 낙관적인 견해─허머^{미국의 대표} ^{적인 사륜구동 다목적 차량} 운전자들과 수많은 항공사에게는 안 된 일이지만─는 세계 경제나 인구 통계나 자본주의는 전혀 고려하지 않았다. 대부분의 분

별 있는 사람들 사이에서는 다음 두 가지 이론이 사실로 통용되고 있다.

[1]
전 세계적으로 중산층이 증가하면서 석유에 대한 수요는 전반적으로
증가할 것이며 앞으로도 계속 증가할 것이다.

[2]
지구상에 남아 있는 석유의 위치를 알아내서 시추하는 비용은
점점 더 오를 것이다.

이 두 가지 진실을 직면하고 나면 세 번째 결론이 나오게 된다.

[3]
유가는 지금보다 훨씬 더 크게 인상될 것이다.

점점 움직임이 줄어드는 유가는 좀처럼 우리에 가두기 힘든 성질 더러운 황소 같다. 무시무시하게 치솟는 유가는 대개는 하향 조정으로 완화될 것이다. 불안한 유가는 터무니없이 무모하게 터져버리는 폭발과 같아서 결국엔 지난 80년간 우리가 목격했던 집값 폭발사태와 같은 충격적인 파장을 일으킬 것이다. 하지만 석유 시장은 그보다 더 빨리 움직이고 있다. 몇 년 동안 오르기만 하던 집값이 다시 하향 국면으로 접어드는 데도 또 몇 년이 걸리는 것에 비해 유가 인상은 몇 달 지속되고 그에 따르는 조정 국면은 한두 달 걸릴 것이다. 또한 유가와 집값 인상에는 아주 중요한 차이점이 있다. 석유 공급량은 항상 부족한 반면 석유 수요는 늘어만 갈 것이라는 것이다. 집은 계속 더 지을 수 있지만, 더 많은 석유를 만들어낼 수는 없다. 그래서 유가가 계절별로, 월별로 요동을 치는 동안에도 꾸준히

지속되는 경향은 유가가 오를 것이라는 것이다.

세계적으로 극심한 경기 침체 때문에 2008년과 2009년, 석유 수요가 감소하긴 했지만 그 소강상태 또한 일시적일 뿐이다. 근일 내로 다시 경기가 살아난다면 그만큼 석유 수요도 늘어나게 된다. 또 전 세계 인구분포도에서 가장 빠르게 성장하는 층인 중산층이 증가하면 그에 발맞춰 석유 수요도 커지게 된다. 향후 12년 내에 세계 인구는 10억이 더 늘어날 것으로 추산되는데, 중산층은 전보다 10억 8,000명이 더 늘어나고, 중국에만 새로 6억 명이 중산층으로 진입할 것이다. 브루킹스 연구소^{미국의 사회과학 연구소 ─ 역주}가 추산한 바에 따르면 중산층은 지금보다 30퍼센트 증가해 2020년까지 전 세계 인구의 52퍼센트에 달할 것이라고 한다. 2025년에 중국의 중산층은 세계에서 가장 큰 중산층 집단이 될 것이며, 인도의 중산층은 지금보다 10배가 더 늘어날 것이다.

이 점을 고려해보라. 미국은 현재 인구 1,000명당 750대의 차가 있다. 반면 중국에는 1,000명당 4대의 차가 있다. 만약 중국이 미국이 보유한 차의 절반만 가진다고 해도 휘발유로 달리는 차들이 도로에 추가로 4억 대가 등장할 것이다. 그렇게 따지자면 보유 차량의 숫자로만 볼 때 미국만한 나라 두 개가 새로 생기는 셈이다. 더욱이 유가가 너무 높게 올라 미국과 유럽 같은 곳에서 심각하게 수요가 위축된다고 해도, 한 번에 10퍼센트씩 경제가 성장하는 중국 같은 나라에서는 석유 사용이 여전히 늘어날 것이다. 그렇게 큰 규모의 성장은 하룻밤 사이에 증발하지 않는다. 그리고 특히 중국 같은 경제 구조를 가진 나라는 성장하기 위해서 석유와 에너지가 필요하다.

중산층이 된다는 것은 무슨 뜻인가? 그것은 집이 있고, 정기적인 수입이 있고, 원하는 것은 자유롭게 살 수 있는 소비력이 있고, 휘발유로 달리는 차가 있다는 뜻이다. 사람들이 소비를 한다는 것은 석유를 소비하는 것과 마찬가지다. 차를 운전하고, 플라스틱 요플레 용기를 만들고, 빵을 만드는 곡물을 수확하고, 식탁에 오르는 고기가 될 가축을 운송하려면 석유가 필요하다. 중산층이 사서 사용하는 옷과 전자제품과 물건들을 운송하기 위해서는 연료가 필요하다. 컴퓨터, 차, 집, 기반시설을 포함해서 우리가 현재 사용하는 아주 많은 것의 소재가 되는 화학제품과 화합물을 만들기 위해서는 석유가 필요하다. 유럽과 미국에서는 차량 판매가 줄거나 그대로일 수 있지만 중국, 인도, 러시아 같은 곳에서는 장기적으로 계속 도로에 새 차들이 쏟아져 나올 것이다.

국민 차 덕분에 줄어드는 중산층

세계화는 점점 더 많은 사람들이 더 많은 돈을 벌면서 중산층으로 올라가는 동안 점점 더 많은 사람들이 중산층이 될 수 있도록 중산층의 수준을 끌어내리는 역할을 하기도 한다. 인도의 타타 자동차 회사는 2008년 '나노'라고 하는 차를 제조하기 시작했는데, 첫 번째 나노가 공장에서 나오기도 전에 주문이 쇄도하기 시작했다. 나노는 국제적 스타가 돼서 세계적인 자동차 회사로서의 타타의 위상을 빛내주었다. 2008년 우쭐대는 포르쉐와 BMW의 본고장인 화려한 제네바 모터쇼에서 자그마한 나노가 세계의 주목을 받아 나노가 전시될 때마다 유럽과 국제 기자단이 쫓아왔다. 이 차의 페이스북 홈페이지는 수백만 번 조회됐다. 나노가 출시되기도 전에 인도의 고속도로를 달리는 테스트 모델을 찍은 해적판 비디오 화면이 유튜브에서 인기를 끌었다.

나노는 왜 이렇게 유명해졌을까? 나노는 두 개의 작은 실린더 옆에 있는 후방 엔진, 알루미늄으로 만든 배기량 623cc 엔진의 힘으로 밀고 나가는 차다. 나노의 계기판에는 주행기록계, 연료계와 경고등 3개밖에 없다. 그리고 유리창에 와이퍼가 하나 달렸고, 작은 앞 트렁크가 하나 있을 뿐, 라디오도 없고, 에어컨도 없고, 동력 조타 장치도 없는 아주 단순한 기본 모델이다. 그렇다면 사람들은 왜 이렇게 호들갑을 떠는 것일까? 그 이유는 바로 가격과 효율성 때문이다. 나노의 가격은 한 대에 2,500달러로 배터리도 필요 없이 1갤런에 48마일을 달린다. 그야말로 최첨단 컴퓨터 한 대 가격이면 살 수 있는 최신식이면서 최고의 효율을 자랑하는 차인 것이다.

나노와 나노 같은 수십 개의 제품들(대부분은 나노처럼 극적이진 않지만)은 빈곤과 풍요 사이의 있는 음울한 지대에 끼어 있는 수십억의 사람들에게 중산층의 꿈을 현실로 만들어줬다. 유가가 갤런당 4달러, 5달러, 혹은 10달러를 웃돈다고 해도 전에는 차를 갖지 못했던 수십억의 사람들이 단돈 2,500달러에 환상적인 연비를 자랑하는 차를 소유할 수 있게 된 것이다.

타타는 나노에게 '국민차'라는 별명을 붙여줬다. 실로 수백만 인도인들이 모터 달린 자전거와 평범한 자전거를 버리고 나노로 갈아타고 싶어서 안달이 났다. 우탐 비라르도 이런 사람 중 하나이다. 우탐은 주로 힌두교도들이 사는 인도 북부의 힌두교 성지 바라나시에서 엔진을 단 삼륜 릭샤인력거 역주를 몰아 생계를 꾸려가고 있다. 40세의 가장인 우탐은 릭샤 택시를 몰고 바라나시의 비좁은 거리와 골목을 다니면서 승객을 받는 일로 한 달에 150달러를 벌고 있다. 우탐의 릭샤는 삼베로 만든 지붕이 달려 있고, 문은 없다. 그리고 종종 그렇듯이 승객들이 끼어 앉으면 뒷좌석에 세 사람은 앉을 수 있다. 엔진이 달린 수송기관의 주인으로서 우탐은 지역 주민들의 존경을 받고 있다. 그러나 진정한 존경을 받고 싶다면 진짜 자동차, 즉

문도 달리고, 지붕과 트렁크와 일체의 것을 갖춘 자동차가 있어야 한다고 우탐은 말한다. 나노가 출시되기 전 시장에 나온 가장 저렴한 차는 한 대에 약 5,000달러 하는 스즈키 마루티 800으로 우탐의 수입으로서는 도저히 살 수 없는 차였다. 하지만 그 절반 가격인 나노가 출시되면서 우탐도 차를 가진 중산층에 진입할 수 있게 됐다. 10대인 우탐의 딸 수바함과 아들 사미크샤가 먼저 영자 일간지에서 나노에 대한 기사를 읽고 그에게 그 차에 대한 이야기를 해줬다. "아이들의 친구들은 모두 부잣집 아이들이라 집에 차가 있었지만 우리는 차를 살 여유가 없었죠. 하지만 이젠 우리도 차를 살 수 있어요." 우탐의 얼굴은 기쁨으로 밝게 빛났다.

우탐처럼 열심히 살면서 차를 사서 가족의 삶의 질을 한 단계 높이려고 하는 강렬한 욕망을 가진 사람들이 수백만에 달한다. 어쩌면 수십억일 수도 있다. 이런 사람들은 국가 경제가 번창하면서 그럴 기회가 생길 것이다. 그리고 그들은 충분히 그런 기회를 가질 자격이 있다. 하지만 그렇게 되면 더 많은 사람들이 더 많은 석유를 필요로 하게 된다. 나노가 출시되면서 전 세계적으로 300만 명의 새로운 운전자가 도로로 나서서 한 대당 일 년에 1만 5,000마일을 달린다고 상상해보자. 그렇게 되면 일 년에 추가로 10억 갤런의 휘발유가 더 필요하게 된다. 물론 300만 명의 새 운전자가 생긴다고 하는 것도 아주 낮게 잡은 수치일 뿐이다. 현재 인도와 그 이웃 나라인 중국 두 나라의 인구를 합쳐 전 세계 인구의 3분의 1이 넘는 24억 명의 사람들 대부분이 차가 없다.

점점 더 많은 원유를 게걸스럽게 소비하는 주요 원유 수입국인 인도와 같은 나라들뿐 아니라 주유 수출국인 이란과 사우디아라비아 같은 나라들도 그들의 경제를 세운 토대가 되는 자원을 점점 더 많이 소비하면서 수출량을 줄여가고 있다. 중동의 인구는 지난 30년 동안 두 배로 늘었다. 그 늘어난 인구가 더 많은 원유를 필요로 하면서 해를 거듭할수록 세계 시장에 나오는 원유는 감소하게 된다. 이란과 사우디아라비아는 실질적으로 국민들에게 휘발유 보조금을 지급하고 있다. 그런 전략은 경제적인 동기도 있지만 한편으로는 변덕스럽지만 대체적으로 고분고분한 유권자들의 인기를 확보하려는 지배계급의 생존전략에서 나온 것이다.

사우디아라비아는 탄화수소를 유용한 산업용 화합물로 만드는 석유화학 사업의 늘어나는 수요를 감당하기 위해 자국의 모래땅에 수십 개의 발전소를 짓고 있다. 이 새 발전소들은 미국처럼 석탄이나 농축 우라늄을 연료로 가동되는 것이 아니다. 이들은 휘발유 정제소로 갈 수 있는 수십억 배럴의 원유를 연료로 사용한다. 이란은 과거에는 자국 원유의 70퍼센트를 수출했지만 현재는 자국의 중산층이 증가하고 국내 수요가 커지면서 50퍼센트만 수출하고 있다. 사우디아라비아의 석유 소비량이 지난 5년 동안 6퍼센트 증가한 반면 이란의 소비량은 8퍼센트로 뛰어올랐다. 또 다른 주요 수출국인 베네수엘라의 국내 수요도 10퍼센트로 껑충 뛰어올랐다. 사우디아라비아는 태양열이든, 풍력이든, 석유든 모든 형태의 에너지를 제공할 계획을 떠들어댔지만 이 계획의 사활은 근본적으로는 자국의 석유 매장량에 달려 있다. 사우디아라비아 인들이 어떤 에너지를 만들어낸다고 해도 사막에서 스며 나오는 석유만큼 거대한 부를 안겨줄 수 있는 에너지는 없다. 대체 에너지로 전환하려고 하는 아라비아 반도의 움직임은 그들이 가진 석유라는 진정한 단 한 가지 산업을 그럴싸하게 포장하려는 시도일 뿐이다.

중국과 인도를 비롯한 수십 개 국가에서 중산층이 증가하고 있기 때문에 도로에는 수억 대의 차들이 추가로 들어설 것이며 휘발유와 석유를 주재료로 한 제품에 대한 수요 역시 증가할 것이다. 사람들은 미국인들이 수십 년 동안 그랬던 것처럼 쉽게 차를 사서 편하게 살고 싶어 한다. 이들은 원하는 것을 얻겠지만 그 과정에서 전례 없는, 폭발적인 경제 변화를 일으켜 우리와 그들의 삶을 바꿔놓고, 결과적으로 지구를 변화시킬 것이다.

쉽게 구할 수 있는 석유는 거의 남아 있지 않다

매일 새로운 사람들이 세계 석유 수요를 늘리는 계층에 맞는 수입과 삶의 스타일을 보유한 채 이 세계에 들어오고 있다. 그래서 수요에 대한 압박은 점점 증가하는 반면 공급 측면에서는 석유를 찾아서 추출하는 일이 점점 더 어려워지고 있다. 석유를 찾는 일이 점점 더 어려워지는 것을 나타낸 통계 수치만큼 적나라한 통계 수치도 없을 것이다. 우리가 6배럴의 석유를 소비할 때 우리가 찾아내는 석유는 1배럴이다. 텍사스와 사우디아라비아에서 석유가 콸콸 쏟아지던 시절은 이제 그야말로 흘러간 전설이 된 것이다. 이제 더 이상 인간이 찾아내지 못한 유전이란 지구상에 없다. 우리는 1배럴의 석유를 얻기 위해 그 어느 때보다 더 힘들게 일하고 있다. 더군다나 심해 유전과 오래된 유전에서 석유를 얻기 위해, 이를테면 더 많은 석유를 뽑아내기 위해 근원암^{상업적 채굴의 대상이 되는 양의 석유 탄화수소를 생성하는 능력이 있는 유기물이 풍부한 퇴적암 _ 역주}에 물을 주입하는 것과 같이 비용도 많이 들고 복잡한 기법들을 죄다 사용하고 있는 실정이다. 우리는 이른바 '피크 오일'이라는 명칭으로 알려진 지점에 도달했다. 피크 오일이란 전 세계 석유 생산량이 최고점에 오른 뒤 급격하게 줄어드는 것을 의미한다. 현재 우리가 처한 단계가 피크 오일이라는 것을 입증해주는, 대단히 설득력이 강한 증거가 있다.

석유가 점점 줄어들고 있다는 주장을 가장 설득력 있게 공개적으로 펼친 인물은 바로 2007년 사망한 이란 국영 석유 회사의 이사였던 알리 삼삼 박티아리이다. 말년에 썼던 인상 깊은 연구 논문 중 하나에서 그는 세계의 석유 생산에 대해 이렇게 썼다.

147년 동안 지속적으로 공급을 확대해서 2006년 여름, 연일 사상 최고의 산출량인 81~82배럴에 달했던 원유 생산량이 그 이후로 불가피하게 쇠퇴 일로에 접어들었다. 이 특별한 반전은 지구상에서의 우리 삶의 기초가 되는 에너지 공급의 등식을 완전히 바꿔놓을 것이다. 이렇게 되면 천연가스, 석유, 원자력 그리고 모든 종류의 잡다하고 재생 가능한, 특히 생물 연료와 같은 에너지원의 사용에 압박을 받게 될 것이다. 결국 이는 삼라만상에 영향을 미치게 된다.

이런 암울한 전망은 알리 삼삼 박티아리만 한 게 아니다. 석유와 가스 사업으로 30억의 자산을 일군 T. 분 피켄스는 포브스 CEO 회의에서 이렇게 말했다.

"석유를 찾기 위해 우리는 전 세계를 다 찾아봤습니다. 아직까지 석유를 찾을 수 있는 곳이 존재하긴 하지만 과거에 봤던 것만큼 그렇게 막대한 매장량을 지닌 곳은 없습니다. 거대 유전지대는 모두 다 발견했고, 소규모 지역이 있긴 있지만 부족분을 채우기에는 모자라는…… 내 예상이 맞는다면 지금은 이미 오일 피크입니다. 원유 가격은 올라갈 수밖에 없습니다."

피켄스는 이에 그치지 않았다. 평생을 원유 사업에 투신한 이 사업가는 미국 정부에 더 이상 외국의 원유를 수입하는 데 연간 7조 달러라는 거금을 낭비하지 말 것을 촉구하면서 풍력 에너지에 대한 열풍을 불러일으키기 위해 노력하고 있다. 그와 다른 투자자들은 텍사스에서 풍력 에너지 사업을 진행하기 위해 100억 달러를 투자할 계획을 세웠다. 어쩌면 이는 80세의 노 사업가가 불멸의 유산을 남기기 위해 마지막으로 안간힘을 쓰는 건지도 모른다. 어쩌면 이는 억만장자인 피켄스가 억만 달러를 더 벌기 위해 수를 쓰는 건지도 모른다. 동기가 뭐든 노련한 월가 실력자인 피켄스가 전통적인 에너지인 석유가 쇠퇴 일로에 들어섰다고 생각하지 않는 한 풍력 에너지 사업에 뛰어들지는 않을 것이다.

세계에서 가장 큰 10대 석유 매장지의 소유주들이 서방과 별로 친하지 않은 러시아, 이란, 베네수엘라의 국영 석유 회사들이란 점도 현 사태에 별로 도움이 되지 않는 사실이다. 엑슨 모빌, 로열 더치 셸, BP와 셰브론 같은 세계 최대의 민영 석유회사들은 구하기 힘든 원유를 추출하고 낙후되어가는 유전의 가치를 최대화할 수 있는 경험과 최상의 기법을 보유하고 있다. 이 회사들이 한때는 세계 원유 생산량의 절반 이상을 처리했지만 나이지리아, 볼리비아, 베네수엘라, 러시아 같은 나라에서 자원 민족주의 열풍이 일면서 그런 나라에서 쫓겨나 현재는 세계 원유 생산량의 13퍼센트를 다루는 수준에 이르고 있다. 이후로 이 나라들의 석유 생산 효율은 크게 떨어졌을 뿐 아니라 공급량 또한 급격하게 감소됐다. 이 거대 다국적 석유회사들은 석유 탐사를 하기 위해 투자할 수 있는 곳을 절박하게 찾고 있지만 전망이 밝아 보이는 곳은 거의 없다. 그 결과 이 회사들은 2007년 석유 탐사에 110억 달러를 투자한 반면 그보다 5배나 많은 금액인 580억 달러를 주식 환매에 썼다.

미국은 현재 자국이 보유한 석유의 70퍼센트를 썼다. 하지만 지금 우리는 상황이 너무나 절박한 나머지 지난 20년 동안 했던 것보다 훨씬 더 빠른 속도로 연간 4만 개의 유정을 파고 있다. 아무리 필사적으로 노력해도 생산량은 계속 줄어들고 있다. 하지만 대부분의 사람들은 그 점을 별로 놀랍게 생각하지 않고 있다. 그보다 더 신경에 거슬리는 것은 20개 주요 산유국의 절반이 생산량을 줄이고 있다는 점이다. 이 나라들은 전 세계에서 생산되는 석유의 85퍼센트를 책임지고 있다. 그보다 더 놀라운 사실은 전 세계 석유의 절반이 그 유전지대의 0.03퍼센트인 지역에서 공급된다는 점이다. 이는 거대 유전지대가 얼마나 중요한지 잘 보여준다. 다시 말하면 거대 유전지대의 생산량이 줄어들기 시작하면 세계 석유 공급량 역시 어쩔 수 없이 감소하기 시작한다는 것이다.

멕시코의 국영 석유 회사인 페멕스에 따르면 멕시코의 칸타렐 유전과 같은 거대 유전지대의 생산량은 이미 감소하기 시작했다고 한다. 많은 전문가들은 또한 지상 최대 규모를 자랑하는 사우디아바리아의 가와르 유전의 생산량 역시 감소하기 시작했다고 믿고 있다. 유전은 대체적으로 사용한 지 50년이 지나면 노후하게 된다. 세계적으로 큰 규모를 자랑하는 유전 14개의 평균 연령은 충격적이게도 이미 49세이다. 이런 유전에서 나오는 석유는 1배럴을 생산하는 데 1달러 50센트 정도밖에 들지 않는다. 지금까지는 이런 곳에서 쉽게 생산하는 석유 덕분에 앨버타^{캐나다 서부의 주 — 역주}의 역청사같이 좀 더 비용이 많이 드는, 새로운 유전지대에서 발생한 가격 인상 압력을 완화시킬 수 있었다. 이런 곳에서는 석유 1배럴을 생산하려면 60달러 혹은 그 이상이 들어간다. 심지어는 1갤런에 5달러라고 해도(그래봤자 한 컵에 31센트이다) 사람들은 휘발유 가격이 얼마나 저렴한지 인식하지 못하고 있다. 이 휘발유 가격과 1갤런에 13달러 하는 버드와이저 가격 또는 1갤런에 8달러 하는 코카콜라, 혹은 1갤런에 7달러 50센트 하는 에비앙 생수와 가격을 비교해보라. 낡은 유전에서 저렴하게 생산하던 석유가 감소하면 여러분을 세계 곳곳으로 이동시켜주는 아주 중요한 임무를 수행하는 휘발유 가격이 거의 공짜나 다름없는 수돗물과 별반 차이가 나지 않는, 수입한 프랑스 생수 한 병 가격을 훨씬 웃돌게 될 것이다.

붕괴되는 석유 기반시설의 경고

급격하게 치솟는 수요와 줄어드는 공급이라는 단순한 경제학에 덧붙여 휘발유와 에너지 가격에 대해 또 다른 측면에서 압력이 들어오고 있다. 석유 기반시설이 무너지고 있는 데 따른 것이다. 세계 유수의 석유 관련 투자 전문 은행인 〈시몬스 앤 인터내셔널〉의 창립자인 매튜 시몬스는 세계 곳곳에 위치한 정제소, 파이프라인, 착암기, 저장 탱크의 80퍼센트가 부식되고 녹슬어서 이에 대한 수리나 대체품으로 교체하는 작업이 즉시 시작돼야 한다고 말했다.

이 문제는 2006년 프루도베이의 원유를 수송하는 BP의 30년 된 알래스카 수송관이 새서 알래스카의 오지에 27만 갤런의 석유를 유출시킨 사건에서 극명하게 드러났다. 이 송유관은 2007년 또 한 번 누출됐다. 미국의 노후한 정유소들 역시 같은 문제에 직면해있다. 2005년에는 휴스턴 근처에 있는 BP 정유소의 동질이성체 탱크에 난 구멍으로 탄화수소가 새어나왔다. 이 탄화수소가 공기 중으로 분출되면서 불이 붙어 15명이 목숨을 잃었다. 그해 후반에 같은 공장에서 이번에는 수소 파이프가 폭발했다. 다시 같은 해에 원유에서 끌어낸 탄화수소를 처리하는 BP 공장에서 불이 나 불꽃이 지상에서 50피트 이상 치솟으면서 공장을 일부 불태웠다. 이 불길은 잡히지 않았고, 3일 동안 타다가 저절로 소진됐다.

이렇게 무너져가는 기반시설을 다시 세우지 않고서는 향후 10년 동안 더 많은 송유관들과 탱크와 정제소가 고장 나면서 생산량이 대대적으로 감소할 것이라고 시몬스는 말한다. 석유 기반시설을 다시 짓거나 수리하는 데 50조 달러라는 막대한 금액이 들어간다. 이 비용은 줄어든 생산량을 늘리는 데 쓰든, 긴박하게 필요한 보수 공사에 투자하든 결국엔 실수요자이자 소비자인 우리에게 전가될 것이며 이로 인해 주유소의 휘발유 가격이 오르게 될 것이다.

모든 에너지 가격을 뒤흔드는 유가 도미노

석탄, 천연가스, 에탄올, 심지어 원자력과 같은 다른 에너지원의 비용 역시 유가에 맞춰 인상될 것이다. 이러한 에너지 사촌들은 전 세계적인 에너지 공급망의 일부로 굳건하게 자리 잡았다. 따라서 유가가 오르면 석탄과 곡물을 기반으로 한 연료 가격 역시 오르게 되는 것이다. 이 역학은 하나의 시세로서 작용하게 된다. 만약 유가가 다른 모든 에너지원의 가격을 빠르게 추월하면 모든 사업과 교역은 석유에서 파생되지 않는 에너지를 소비할 방법을 찾을 것이다. 물론 그 효과가 즉각 미치는 것은 아니다. 만약 유가가 두 배로 뛰어서 그에 맞춰 난방유가 오르게 된다 해도 난방유를 쓰는 소비자들이 즉각 천연가스를 연료로 하는 난방로로 바꾸지는 않을 것이다.

고유가 시대의 미래는 전면적으로 인상된 에너지 가격을 의미한다는 것을 기억해야 한다. 여기서 독자들을 자극하는 수수께끼이자 이 책이 탐구하려고 하는 주제는 우리가 이 변화 – 단지 고유가만이 아니라 – 뿐만 아니라 전체적으로 가격이 인상된 에너지 시대에 어떻게 적응할 것인가 하는 문제이다. 어떤 이들에게 고가의 에너지는 전적으로 부담이 될 것이다. 그러나 또 다른 이들에게는 혁신할 수 있는 기회가 될 것이다. 우리의 삶은 더 나아질까, 아니면 악화될까? 우리의 정교한 문명을 유지하는 데 필요한 효율 높은 에너지를 어디서 취할 수 있을까? 우리 집은 그대로일까? 우리 사무실은? 차는? 우리 동네는? 우리가 먹는 음식은?

모든 것이 변할 것이다. 유가가 우리 삶의 거의 모든 면에 대한 변화를 주도할 것이다.

1갤런당 6달러

멈춰 선 SUV의 무덤

$6.00/GALLON

4 dollars	6 dollars	8 dollars	10 dollars	12 dollars	14 dollars	16 dollars	18 dollars	20 dollars

휘발유가 1갤런당 4달러일 때 미국인들은 운전 거리를 수십 억 마일 줄인다. SUV 공장들은 일시 휴업에 들어가고 하이브리드 자동차들이 히트 상품이 된다. 디트로이트의 차 판매장에 인적이 끊긴다. 가족들은 휴가를 줄이고, 차를 제한적으로 사용하고, 포러너와 익스플로러를 차고에 넣어두고 세단^{운전석을 칸막이해서 구분하지 않은 보통 승용차 - 역주}을 타고 다닌다. 경기가 정체된다. 이처럼 1갤런당 유가 4달러의 경제는 우리의 삶이 변해야 한다는 것, 2차대전 이후로 더 크고 더 좋은 것만을 취하겠다는 우리 사회 저변에 깔린 생활방식이 위기에 처했다는 현실인식을 미국인들에게 강하게 각인시켰다. 유가 4달러의 효과는 1970년대 아랍의 석유 금수 조치 효과와 흡사하다. 하지만 이번에는 금수 조치는 없었다. 다만 수요가 한층 더 커졌을 뿐. 아프리카 대륙에서 중앙아시아와 극동아시아까지 수십억의 사람들이 자신의 경제적 야망을 이뤄내면서 중요한 석유 소비자로 부상하고 있다. 이 사람들은 그냥 사라지지 않는다. 이 계급은 점점 더 늘어날 것이다. 확실히 석유 시장에서 투자자들의 투기가 유가의 급격한 상승에 큰

역할을 한 건 사실이지만 그 투기는 전 세계적 경기 팽창에 뿌리를 둔 탐욕스런 세계적 수요를 기반으로 벌어진 것이다. 그 무시무시한 수요는 세계적인 경기 침체와 지역 경기 둔화로 경감될 수는 있지만 점점 더 많은 사람들이 에너지를 원하면서 언제고 항상 다시 부상할 수 있다.

유가 4달러 시대에도 아주 많은 변화가 야기될 수 있는 상황에서 유가가 6달러로 인상되면 그보다 더 많은 극적인 변화가 일어나게 될 것은 불을 보듯 훤하다. 이 가격대는 어떤 이들에게는 좋고, 어떤 이들에게는 나쁘게 작용하게 될, 우리 삶의 거의 모든 측면을 근본적으로 변화시킬 촉매가 될 것이다. 유가 6달러야말로 역사책에 뚜렷이 각인될 흔적이자, 새로운 시대의 여명이며, 변화를 촉발시키는 진자이다. 유가가 4달러일 때 사람들은 내심 비싼 연료는 멀리 과거 속으로 사라지고, 2달러, 심지어는 1달러 50센트 시대가 다시 돌아올 것이란 희망을 품는다. 유치하고 불안하게 태어난 이 희망은 유가 6달러 시대에 마침내 산산조각날 것이다. 새로운 세계가 펼쳐지면서 유가 2달러라는 풍족한 시대는 돌아오지 못할, 지나간 과거로 간주될 것이다. 유가 6달러 시대에 우리의 삶, 사업, 가족 모두 유가 인상으로 인해 다가오는 발전과 적응의 화려한 퍼레이드에 아무런 대비도 하지 못한 채 휘말리게 될 것이다.

유가 2달러 시대에 매달 기름값으로 400달러를 쓰던 가족들은 6달러 시대에는 1,200달러를 쓰게 된다. 우리 경제와 심지어 우리의 사회적 구조 역시 유가가 6달러에 달하면서 강편치를 맞게 된다. 4달러 시대에 싹트던 변화는 6달러가 되면 완전히 만개할 것이다. 유가 6달러는 다른 어떤 것보다 더 큰 변화를 촉진할 것이다. 유가 6달러는 현재 우리가 에너지를 소비하는 방식은 더 이상 유지될 수 없다는 것을 미국 사회에 알리는 첫 번째 경종이 될 것이다.

유가 6달러 시대에 일어난 일은 유가 8달러, 12달러, 20달러 시대의 전조가 될 것이다. 바로 이때 미국인들은 진정 충격을 받고 깊은 영향을 받게 된다. 하지만 바로 이 시기에 미국인들은 일단 하던 일을 멈추고, 조치를 취하고, 인상된 에너지 비용이라는 미래를 받아들인다. 유가 4달러 시대에는 사람들은 아직까지 현실을 부인하고 받아들이지 않으려고 한다. 사람들은 더 낮은 유가, 즉 정상적인 상태가 돌아올 것이라는 생각에 매달린다. 이런 근거 없는 추론으로 파놓은 해자_{성곽 주위에 파 놓은 연못 - 역주}는 유가 6달러 시대에 진입하면 빠르게 말라버린다. 에너지 비용은 더 들겠지만 우리는 더 적은 양의 에너지를 더 현명하게 사용할 것이다.

하지만 우리가 사태를 받아들였다고 해서 우리의 경제와 삶이 고유가로 인해 닥쳐올 고통을 피할 수 있는 것은 아니다. 우리는 다가오는 변화에 무방비 상태로 당할 것이다. 배송비도 준비하지 못했을 것이고, 우리의 집, 음식, 아이들, 직업, 차 모든 것이 준비되지 못했을 것이다. 그러나 유가 6달러 시대는 진정한 변화의 시작이다. 유가가 4달러였던 2008년, 대중교통 이용 회수는 전년보다 3억 회가 늘었다. 한때 시민들이 등한시하던, 신기한 물건에 지나지 않던 샌프란시스코의 고속 통근 철도 BART는 서서라도 더 많은 승객들이 탈 수 있도록 객차에서 좌석을 들어냈다. 보스턴의 악명 높은 정체구역인 매스파이크를 지나다니던 차량 수가 2008년 수백만 대 줄었고, 공무원들은 보스턴의 'T' 지하철에 너무 많은 승객이 몰리는 문제를 완화하기 위해 대중교통 이용자들에게 출퇴근 시간 이용을 피해달라고 간청했다. 시카고에서는 여러 선로에 대해 대대적인 정밀 검사를 실시하느라 일부 지하철이 전대미문의 저속으로 운행하고 있는데도 평소보다 더 많은 승객들이 'L' 기차에 몰려들었다. 유가 6달러 시대에 대중교통은 최고의 인기를 누리게 될 것이다. 지하철로 더 많은 이용객이 몰릴 것이고, 더 많은 기차가 증설될 것이고, 새로운 경로가 고안될 것이다. 하지만 이는 유가 6달러 시대에 일어날 변화의 반도 이야기하지 못한 것이다.

도로 위에서 사라지는 차들

유가 6달러 시대란 있을 법하지 않은 유령 이야기 같지만 사실은 그리 멀지 않은 미래라고 존경받는 경제학자이자 CIBC 월드 마켓의 수석 전략가이자 전무이사인 제프리 루빈은 말한다. 루빈은 2010년에는 휘발유 가격이 1갤런당 7달러일 가능성이 높다고 말했다. "그 결과 향후 4년간 우리는 미국의 고속도로에서 자동차들이 대거 탈출하는 장관을 목격하게 될 것입니다. 2012년이면 미 도로에서 현재보다 약 천만 대의 차가 줄어들게 될 겁니다. 두 차례의 석유 파동¹⁹⁷³년 말 석유 수출국 기구에 의한 석유가격의 급격한 인상조치로부터 발생한 사태 - 역주을 포함한 과거의 모든 조정노력을 훨씬 뛰어넘는 감소 수치인 것입니다."라고 루빈은 이어서 말했다.

우리가 모는 차보다 더 빠르게 이 변화의 영향을 받는 삶의 영역도 없을 것이며, 어떤 사업체도 이보다 더 큰 충격을 받을 수 없을 것이다. 미 도로에서 빠져나오게 될 것이라 루빈이 예상한 천만 대의 차량 중 대부분은 SUV 차량일 것이다. 사실 유가 6달러 세계에서 자연적으로 도태될 자동차의 종류를 골라본다면 대부분이 석유를 사정없이 잡아먹는 SUV, 필요하지도 않은 소형 오픈 트럭, 저급 스포츠 차량 같은 차들이라고 보는 것이 실용적이며 현실적인 견해이다. 사람들이 원하지 않게 될 차들이 바로 이런 차들이다.

소형차들은 투자한 가치가 있겠지만 대형차들은 헌신짝처럼 그 가치가 추락할 것이다. 기름도 적게 먹으면서 민첩하게 움직이는 소형차들은 놀랄

만큼 이 시기를 잘 버텨낼 것이다. 사실 2008년 유가가 갤런당 4달러였을 때 우리는 이미 이런 현상을 목격했다. J. D. 파워 앤 어소시에이트에 따르면 그 당시 새로 출시된 시빅 가격의 85퍼센트에 해당되는 1만 6,000달러에 팔리고 있던 출시된 지 2년 된 혼다 시빅은 연료가 적게 먹히며 유지비 또한 적다는 명성 덕분에 아주 잘 팔렸다. 이와 비슷하게 미국 도시 도처에서 볼 수 있는 하이브리드 자동차인 도요타 프리우스는 출시된 지 2년 된 것이 새로 출시된 모델의 87퍼센트에 달하는 가격에 팔렸다. 그와 같은 시기에 출시된 중고차들은 대개 새 모델 가격의 50 내지 60퍼센트 가격에 판매된다.

유가가 4달러대를 맴돌았을 때 우리가 사랑하는 SUV 차량의 가치는 현저히 감소됐으며 판매 자체가 불가능했다. 황혼기에 접어든 것처럼 보이는 차를 사려고 하는 사람은 없었다. 유가가 6달러대에 이르면 SUV는 마음의 눈으로 보면 고철덩어리로 보이게 될 것이다. 이들은 석유를 저렴하고 쉽게 구할 수 있었던 지나간, 이제는 돌아올 수 없는 시대를 입증하는 한물간 증거가 될 것이다. 그때는 나라 전체가 정색을 하고 사태를 냉철하게 파악해서, SUV 차량은 역사상 이 시대에만 독특하게 존재했던, 더 이상 유지할 수 없는 사치품이었음을 깨닫게 될 것이다.

그런데 돌이켜보면 SUV 차량이 인기를 끌기 시작했을 때 많은 사람들이 디트로이트의 3대 자동차 회사의 면전에 대고 지나치게 비대해진 차량에 대한 비난을 즐겨 퍼부었다. 우리는 이 회사들이 일본의 민첩한 경쟁사들과 비교했을 때 감도 떨어지고 어리석다고 불만을 품었다. "이런 바보들이 있나, 1970년대와 80년대 일어난 석유 공황 사태에서 아무것도 배운 게 없단 말이야?" 우리는 이렇게 꼬집었다.

사실 그들은 그때 많은 걸 배웠고 소비자인 우리도 몇 가지 배운 것이 있다. 하지만 우리는 근검절약해야 한다는 당시의 교훈을 재빨리 헌신짝처럼 버리고 급격한 경제 성장과 터무니없을 만큼 저렴한 유가를 즐겼다. 디트로이트는 그저 이런 우리가 이끄는 대로 따라갔을 뿐이다. 그들은 우리가 원하는 것을 만들었다. 소비자인 우리가 거대한 자동차에 반하면서 그에 따른 수요가 창출됐고, 디트로이트는 순전히 그 수요를 쫓았을 뿐이다. 그리고 그 과정에서 대박이 난 것이다. 기업은 돈을 버는 것이 일차 목표다. 디트로이트 자동차 제조사들이 달리 어떻게 해야 했겠는가? 주주들의 요구와 자본주의 모델을 무시하고 고집스럽게 아무도 원하지 않는 소형차들만 대량 생산해야 했나? 아니다. 이들은 돈을 벌기 위해 그런 대형차들을 만든 것뿐이다. 도요타와 닛산도 이 점에 주목했다. 이들도 같은 소비자들을 겨냥해서 그들만의 거대한 자동차를 만들어 이 시장에 뛰어들었다. 그리고 그 전략은 효과가 있었다. 그러다 2008년 초 유가가 갤런당 3달러대를 휙 지나쳐 올라가면서 SUV 파티의 재미가 한풀 꺾이기 시작했던 것이다. 그 이후로 유가 인상은 시들시들한 석유 수요와 정체된 세계 경제 때문에 완화되긴 했지만 이런 상황이 영원히 지속되지는 않을 것이다. 유가가 감소 추세에 있긴 하지만 SUV 판매는 그 후로도 기력을 찾지 못했다. 미국인들은 SUV가 결국에는 파멸할 것이라는 필연적인 느낌을 받았던 것이다.

SUV와 미국 이야기는 굉장히 흥미로운 경제 우화다. 이는 탄력적인 수요와 풍요로운 경제적 성공과 암울한 비극 사이를 오가는 변화를 모두 다 연구할 수 있는 소재다. 이는 욕망과 허영과 돈이란 배우들이 출현하는 드라마이며, 유가를 보는 개개인의 시선에 따라 SUV는 주인공 역을 맡을 수도 있고, 악역을 맡을 수도 있다.

미국을 사로잡은 SUV의 매력

우리가 어떻게 기름을 물처럼 마셔대는 거대 차종에 반하게 됐나를 이해하려면 지난 20년간 어떤 일들이 일어났는지를 알아야 한다. 지난 20년은 경제적 폭풍과 사회적 폭풍이 충돌해서 미국인의 취향을 형성하고 소비의 한계를 무한히 늘려놨다. 역사상 가장 저렴한 석유가 SUV 출현과 맞물려 미국에서는 더 크고, 더 뚱뚱하고, 더 나은 것을 쫓는 경향이 기하급수적인 속도로 증가했다. 우리 사회는 아끼고 절약하는 실용주의 사회에서 과시하고, 경쟁하고, 욕망하는 사회로 진화해왔다. 미국 표준 차량의 확대는 1970년대와 80년대 초반의 극심한 석유 공황 사태로 인해 대부분의 미국인의 차의 크기가 줄어든 후에 일어났다. 베이비붐 세대의 기억 한편에 주유소에 사람들이 길게 줄을 선 풍경이 남아 있는데도 유가가 매우 불안할 수 있다는 사실을 경솔하게 잊어버린 것이다.

SUV의 기원은 윌리스, 카이저 지프, 시보레와 같은 회사들이 픽업트럭 차체에 승객이 앉을 수 있는 네모난 칸을 넣어 고정시킨 차들을 만들어내기 시작한 20세기 중반으로 거슬러 올라간다. 이중에서도 선두 주자는 와고너와 서버번이다. 포드도 1965년 양문이 달린 건장한 브롱코 모델을 가지고 이 경쟁에 뛰어들자 쉐비가 그 뒤를 쫓아 블레이저를 선보였다. 이 차량들은 정력적으로 도로를 헤치고 나가면서 터프하게 운전해야 하는 곳(냉육과 아이스크림 샌드위치를 사러 슈퍼마켓에 가는 드라이브가 아닌)에서 뛰어난 정지마찰력traction을 보유한 차를 원하는 소비자들을 대상으로 한 틈새시장을 겨냥했다. SUV를 모는 사람들은 농부, 농장주, 정부 토지 관리인 같은 사람들이었다. 교외에 사는 가족들에게 트럭은 별 매력이 없었다. 이들은 트럭보다는 승차감이 좋은 스테이션왜건접거나 뗄 수 있는 좌석이 있고 뒷문으로 짐을 실을 수 있는 자동차 – 역주을 선호했다. 4륜구동이 있긴 했지만 일반 대중들이 현재 인식하는 것 같은, 경제적 지위를 나타낼 수 있는 뚜렷한 특징은 없었다.

현대 SUV의 진정한 탄생은 1984년 지프 체로키에서 시작됐다. 지프 체로키는 스테이션왜건이나 크라이슬러로 하여금 1987년 지프의 원 제작사인 AMC를 합병하게 만든, 출시된 지 얼마 안 됐지만 인기를 끈 미니밴에 대한 대안으로서 성공을 거뒀다. 체로키는 가정적인 왜건이나 밴을 모는 사람들과 차별화되고 싶어 안달이 난 베이비붐 세대를 대상으로 계속 성공을 거뒀다. 하지만 체로키는 다가오는 눈사태인 포드 익스플로러에 비하면 한 점의 눈송이에 지나지 않았다. 1990년에 데뷔한 포드 익스플로러는 도시의 도로에서는 1갤런당 15마일을 달리고, 고속도로에서는 20마일을 달렸다. 오리지널 V6 엔진 덕분에 이런 연비가 나왔다. 그 후로 포드는 V8 엔진을 만들면서 연비가 이전보다 낮아졌다. 하지만 포드의 인기는 수그러들지 않았다. 심지어 1차 이라크전이 터지면서 유가가 오르고 단기간의 불경기가 전국을 휩쓸었지만 SUV 시대 최고의 강자인 포드 익스플로러의 인기는 전혀 수그러들지 않았다. 포드 익스플로러는 지난 18년 동안 600만 대 이상이 팔려나가 미 전역의 도로를 호령하는, 가장 인기 있는 차가 됐다. 2000년 포드 사가 45만 대의 익스플로러를 판매해 기록을 경신하면서 이 트럭은 정상에 등극했다. 같은 해에 도요타는 미국에서 프리우스 하이브리드를 데뷔시켰는데 기름이 별로 안 먹히는 이 차를 채 1만 5,000대도 팔지 못했다. 그러나 그 이후로는 상황이 변했다. 2007년에는 프리우스의 연간 매출이 익스플로러를 앞질렀다. 도요타는 현재 100만 대가 넘는 프리우스를 팔았다.

익스플로러와 1990년대에 인기를 누렸던 동종 차량들은 자동차 제조

회사가 제조한 차량의 평균 연비는 27.5mpg$^{mile/gallon}$가 나와야 하지만 소형 트럭에 속하는 차량의 평균 연비는 20.5mpg면 된다는 연방 연비법을 악용했다. 두둑한 보수를 받으며 워싱턴에서 디트로이트의 이익을 대변하는 로비스트들의 정력적인 활동 덕분에 익스플로러와 지프 그랜드 체로키 같은 동종 차량들은 소형 트럭으로 분류됐다. 이를 보면 풍부한 재정적 지원을 받는 로비스트들이 얼마나 막강한 권력을 휘두르는지 잘 알 수 있다. 조금이라도 양심이 있는 사람이라면 이 SUV 차량들이 원료와 상품을 수송하는 데 쓰이는 소형 트럭이라고 주장할 수 없을 것이다. SUV는 분명 승용차이다. 좌석 8개에 27개의 컵 홀더가 있는 차는 절대로 소형 트럭이 아니다. 1990년대가 저물어가면서 포드는 익스플로러의 디자인을 개선하고, 크기를 더 키웠으며, 소비자들은 떼 지어 몰려들었다. 도요타도 이 시장에 진출하기 위해 포러너를 만들었고, 닛산은 패스파인더를 출시했으며, GM은 블레이저를 다시 설계해서 내놓았고, 크라이슬러는 계속 그랜드 체로키를 대량 제작하면서 신제품으로 덩치 큰 닷지 두랑고를 선보였다. 익스플로러건 블레이저건 새로 업데이트된 모델들은 모두 이전보다 더 호화로워졌고, 이보다 더 중요한 점은 덩치가 더 커졌다는 것이다.

더 크고 힘이 센 SUV에 대한 소비자들의 욕망 덕분에 곧이어 새로운 야수가 등장했다. 풀 사이즈 SUV가 등장한 것이다. 자동차 명명법에 관심을 기울인 사람에게 이 명칭은 좀 당황스럽다. 이른바 풀 사이즈 SUV가 이미 시장에 나와 있기 때문이다. 익스플로러, 블레이저, 체로키와 이와 유사들은 트럭들은 모두 풀 사이즈이다. 그러나 기존의 이 풀 사이즈 부문이 갑자기 중간 등급으로 밀려났다. 새로운 풀 사이즈 차량으로 쉐비 타호, 링컨 네비게이터, GMC 유콘, 캐딜락 에스컬레이드, 도요타 세콰이아, 렉서스 LX-450, 허머와 폭스 엑스페디션이 시장에 등장했다. 그리고 미국인들은 이 새로운 풀 사이즈 차량들을 사랑했다.

포드 엑스페디션보다 이런 괴물 차량에 대한 미국인의 집착을 더 생생하게 보여주는 예도 없다. 이 이야기는 앞으로 몇 세대에 걸쳐 경제학 수업 시간마다 단골로 등장할 것이다. 디트로이트 외곽의 웨인에 있는 포드 공장인 미시간 트럭 공장은 1996년 여름 엑스페디션을 조립하기 시작했다. 포드는 엑스페디션보다 좀 더 작지만 회사의 주력 상품인 익스플로러와 함께 이 거대한 엑스페디션이 많은 이윤을 남겨주는 틈새시장의 상품이 될 것이라고 내다봤다. 시내에서 12mpg, 고속도로에서 17mpg의 연비가 나오는 엑스페디션이 대중적인 사랑을 받지는 못할 거라고 생각했던 것이다. 하지만 포드의 예측은 보기 좋게 빗나갔다. 미시간 트럭 공장은 원래는 엑스페디션을 제작하는 것에 추가로 작업 시간의 절반을 들여 F-150 소형 오픈 트럭을 생산하기로 되어 있었다. 그 작업 스케줄은 몇 달간 그렇게 지속됐다. 그러다 미국인들이 엑스페디션에 열광하기 시작했고, 포드는 미처 그에 맞춰 제품을 내놓을 수 없었다. 미시간 트럭 공장은 SUV가 데뷔한 지 몇 달 안 돼 엑스페디션만 제작하기 시작했다. 곧 이 공장은 하루 24시간, 일주일에 6일을 쉬지 않고 가동했다. 노동조합에 가입한 공장 직원들은 초과 근무 수당까지 해서 1년에 20만 달러를 월급으로 가져갔다. 1998년 이 공장의 수익은 - 단지 이 건물 한 채에서 - 110억 달러로 그해 맥도널드의 전 세계 수익과 같았다. 이 공장은 한 해에 30만 대의 엑스페디션과 네비게이터를 생산해서 이 괴물 SUV 차량 한 대당 1만 5,000달러를 이윤으로 남겼다. 포드는 전 세계에 걸쳐 53개의 조립 공장을 보유하고 있지만 미시간 트럭 공장이 회사 이익의 3분의 1에 해당하는 근 40억 달러에 달하는 이익을 남겼다. 세계에서 가장 많은 이윤을 남기는 공장이 된 것이다.

SUV는 품질 좋고, 연료가 적게 드는 일제 차들에 얻어맞아 빈사상태에 빠진 미 자동차 산업을 부활시켰다. 1998년 다임러와 크라이슬러 사가 합병한 직후 매출액으로 볼 때 세계에서 가장 큰 3대 자동차 회사는 GM, 포드, 다임러크라이슬러였는데 그런 성과의 일등공신이 바로 SUV였다. 디트로이트에서는 소형 오픈 트럭을 몇십 년 동안이나 만들어왔는데 그 트럭 정상가의 두 배를 받기 위해 디트로이트가 한 일이라곤 문 몇 개 더 달고, 좌석 몇 개 더 붙인 것뿐이었다. 그러니 이와 같은 사치스러운 모델을 대량 생산하지 못할 이유도 없지 않은가? 그중에서도 가장 큰 성공을 거둔 캐딜락 에스컬레이드는 GMC 유콘에 단장을 조금 한 후에 소음을 죽이고, 크롬 도금을 더 입혀주고, 몇 가지 사소한 부분을 손본 것에 지나지 않는다. 그리고 GMC 유콘은 물론 쉐비 타호를 좀 더 개량한 것에 지나지 않으며, 쉐비 타호는 쉐비 실버라도에 좌석 몇 개와 지붕을 붙인 것이다. GM은 에스컬레이드를 제작하는 데 2만 5,000달러를 들였는데 소비자들은 그 차를 5만 달러에 사려고 아우성이었다. 도요타, 포드, 크라이슬러와 GM 같은 대부분의 자동차 회사들은 명품 SUV 각축전에 뛰어들었다. 그냥 지켜만 보기엔 너무 수익성이 뛰어난 사업 분야였다. 1990년 명품 시장에서 차는 90퍼센트를 차지했다. 1996년 명품 시장에서 차가 차지하는 비율은 44퍼센트로 감소했지만 그 대부분을 SUV가 차지하고 있었다.

거대한 SUV는 비싸고, 비능률적이고, 외양이 지나치게 화려하고, 무엇보다 안전하지 못하다는 단점이 있다. SUV의 폭발적인 인기 상승과 그 위험에 대한 주제로 쓴 『크고 강하다High and mighty』의 저자인 뉴욕 타임스 기자 케이스 브래드셔는 에스컬레이드를 운전하는 것을 '죽마를 탄 돼지'를 모는 것에 비유했다. 그러자 "돼지가 크고 인기가 좋다면, 우리는 돼지를 만들 것이다."라고 2000년 GM의 부회장인 해리 피어스가 빈정거리며 응

수했고 결국 그래서 잘 굴러 넘어지는 데다 운전하기도 힘든 돼지들이 계속 도로로 나왔다.

SUV의 눈부신 비상에는 여러 가지 원인이 있지만 그중에는 미국인의 변덕스런 성정도 큰 자리를 차지한다. 미국 자동차 회사 소속 시장 조사원들의 조사에 따르면 SUV를 사는 사람들은 대체적으로 자신감이 부족한 반면 허영심이 강한 경향이 있다고 한다. 그들은 자신의 결혼 생활에 대해 자주 불안해하면서 자식을 갖는 것도 불편해한다. 그리고 자신의 운전 기술에도 자신이 없다. 무엇보다 이들은 자기 이익만 추구하고, 자기애가 강하며 자신이 살고 있는 동네와 지역 공동체에는 별로 관심이 없다. 이 견해는 내가 관찰해서 쓴 것이 아니다. 이는 디트로이트의 자동차 회사의 봉급을 받는 마케팅 전문가들이 논한 것으로 브래드셔에게 자신들이 한 연구를 자세히 설명해줬다. 이런 면에서는 자동차 회사들이 하는 말도 신뢰할 수 있다. 이들의 시장 조사는 아주 철저하고, 꼼꼼하게 세부적인 면을 다루고 있으며, 풍부한 재정적 지원을 받아 규모면에서도 아주 거대했다. 어쩌면 이 글을 읽는 독자 여러분도 지금 자신의 차고에 주차해놓은 차 때문에 자신의 성격을 다시 평가하고 있을지도 모르겠다. 나도 그 기분이 어떤지 잘 안다. 나는 지난 10년간 낡은 도요타 포러너를 타고 전국 방방곡곡을 누비면서 24만 마일을 뛰었는데, 아주 좋았다.

SUV를 번창시킨
유가가 결국 SUV를 무덤에 묻다

지프 그랜드 체로키, 엑스페디션과 나머지 종자들의 부상에 대해 미국인의 사고방식이 추했다는 식으로 전적으로 비난할 수는 없다. SUV에 대한 열광과 디트로이트의 르네상스는 현대 역사상 가장 낮은 유가 덕분에 발생했기 때문이다. 1998년 유가는 평균 1배럴당 15달러 35센트였다. 그 다음으로 유가가 낮았던 해는 1946년으로 그 당시 유가는 1배럴당 17달러 26센트였다. 지금으로부터 단 10년 전인 1998년 미 대부분의 지방에서 기름값은 1갤런당 1달러가 채 안 됐다. 그해에 친구들과 함께 일리노이에서 뉴올리언스로 차를 타고 여행하면서 미주리에 있는 주유소에서 기름을 넣었을 때 기름값이 1갤런당 59센트였다. 그때 기름을 꽉 채우는 데는 7달러가 들었으니 기름값은 거의 공짜나 진배없었다. 전국을 돌아다니려면 돈이 문제가 아니라 체력과 카페인에 대한 내성이 얼마나 강하냐에 달렸던 시절이었다.

낮은 유가로 인해 희생자도 생겼다. 1999년 기록적으로 유가가 낮았던 와중에 GM은 과대선전을 해대던 자사의 전기 자동차 EV1을 폐기해버렸다. GM은 그 차를 개발하기 위해 1990년대에 수십억 달러를 투자했고, 1996년 미시간 주 랜싱에 있는 공장에서 생산을 시작했다. 이처럼 전기차와 극소형차들은 유가가 1갤런당 1달러 혹은 그에 못 미치는 가격일 때는 미국인들에게 별로 소용이 없었다.

낮은 유가 덕분에 소형 오픈 트럭의 인기는 더욱더 높아져만 갔다. 포드는 2004년도에 93만 9,000대라는 기록적인 소형 오픈 트럭의 판매고를 달성했다. 소형 오픈 트럭은 매우 실용적이기 때문에 유가가 6달러로 오르더라도 없어지지는 않겠지만 일반 시민들에게 과거에 그랬던 것처럼 매력적인 구매 대상으로 남아있지는 않을 것이다. 순전히 남성다움을 과시하려는 목적에서, 또는 무의식에 깊숙이 남아 있는 불안감을 상쇄하기 위해 트럭을 운전하던 시절은 이제 사라질 것이다. 유가 6달러 시대에는 결코 이런 기분을 만끽할 수 없다.

2008년 유가 4달러를 경험하면서 우리는 유가가 6달러에 달할 경우 뭘 예상해야 하는지 직감할 수 있었다. 2004년엔 포드 매출액의 3분의 2를 트럭과 밴과 SUV가 차지했다. 그러나 그 이후로 상황이 변했다. 유가가 지속적으로 오르면서 포드는 2006년과 2007년을 합쳐 2년 동안 153억 달러의 손해를 봤다. 2008년 여름, 포드는 한 달이 넘게 미시간 트럭 공장의 생산을 중단했다가 마침내 이 유명한 공장에서 포드 엑스페디션과 링컨 네비게이터 생산을 모두 중단할 것이란 발표를 했다. 포드는 7500만 달러를 들여 이 트럭 공장을 소형차를 만드는 공장으로 개조하고 있다. 이렇게 개조된 공장은 포드 포커스를 생산하고 있으며 일부 공원들은 2008년 유가가 4달러로 오르자 갑자기 인기가 치솟은 소형차의 공급량을 맞추기 위해 초과 근무까지 했다.

　　유가가 6달러로 오르면 더 심각한 여파가 미칠 것이라는 점을 반영한 유가 4달러 시대는 우리의 자동차 회사들을 사지로 몰아넣었다. 엑스페디션, 네비게이터, 타호, 지프 모두 판매 대리점에 무더기로 쌓여 천덕꾸러기 신세가 됐으며 막대한 보조금과 할인 혜택을 제시해도 사가는 사람이 거의 없었다.

　　GM은 2010년까지 SUV와 트럭 공장을 적어도 4개는 닫을 것이다. 유가가 6달러에 달하면 모든 SUV 공장이 문을 닫을 것이다. 몰락한 우상인 GM은 2007년 390억 달러의 적자가 났고 점점 더 많은 미국인들이 GM의 거대하고 이윤이 많이 남는 트럭을 거부하면서 2008년 2/4분기에만 150달러를 손해 봤다. 유가가 4달러에 이르자 소비자들을 공략할만한 소형차가 없는 크라이슬러는 지프차를 사는 소비자에게 그 차량을 소유하는 첫 2년 동안 휘발유 1갤런을 2달러 99센트에 사게끔 보장해주겠다는, 별 효과가 없는 판촉 활동만 벌이는 신세로 전락했다.

차의 크기가 줄어들면서 그 차를 우리에게 파는 몇몇 회사들도 줄어들게 될 것이다. 독자 여러분이 이 책을 읽을 때쯤이면 미국의 3대 자동차 회사 중 하나나 둘은 이미 2008년의 고유가와 경기 후퇴 효과가 합쳐져서 무릎을 꿇었을 것이다. 유가 6달러 시대는 더욱더 가혹하게 생존자들을 공격해 아마 3대 회사에서 단 하나만이 살아남게 될 것이다.

"확실히 유가 6달러는 산업에 재앙을 미칠 겁니다." 자동차 시장 예측 전문기관인 CSM 월드와이드의 북미 자동차 지부 국장인 마이크 잭슨이 말했다. "그때가 되면 자동차 회사들에게는 완전히 새로운 시대가 열릴 것입니다. 이들은 변하지 않으면 멸망할 겁니다."

미국인들은
디젤 엔진을 수용할 것이다

오랫동안 북미에서 무시와 천대를 받았던 디젤 엔진은 유가 6달러 시대로 접어들면서 미국인의 구매 리스트에 올라가기 시작할 것이다. 포드는 현재 유럽에서 1갤런당 65마일을 달리는 차를 판매중이다. 매력적인 이 차는 좌석이 5개고, 차내에 내비게이션 시스템도 탑재되어 있으며, 엔진은 디젤 엔진이다. 바로 포드 피에스타 에코네틱이다.

폭스바겐, 메르세데스, BMW도 2009년부터 북미 시장에 청정 디젤 기술을 이용한 신차를 내놓을 계획이다. 독일의 루돌프 디젤이 1800년대 후반에 발명한 디젤 엔진은 두 가지 이유로 1갤런당 50퍼센트 이상의 연비를 더 낼 수 있다. 첫 번째 이유는 1갤런의 디젤 연료에는 1갤런의 보통 휘발유보다 에너지가 17퍼센트나 더 들어있기 때문이다. 디젤 연료에 있는 탄화수소는 훨씬 더 길이가 긴 사슬로 구성된 수소분자로 만들어졌기 때문에 연료가 더 무겁고 에너지 밀도가 더 높다. 디젤 엔진이 더 나은 두 번째 이유는 연료 폭발 방식에 있다. 전통적인 휘발유 엔진은 공기와 휘발유를 흡입해서 그 혼합물을 피스톤으로 압축한 후 점화플러그로 그 압축된 혼합물을 발화시킨다. 그 결과 일어난 폭발력으로 피스톤이 하강해서 차의 바퀴가 회전하여 차가 굴러간다. 디젤 엔진의 피스톤은 전통적인 엔진 압축의 두 배가 되는 압력으로 휘발유가 아닌 공기만 압축시킨다. 디젤 엔진에 있는 공기는 압축되면 급격하게 데워진다. 압축된 공기의 온도가 거의 피크에 오르게 되면 디젤 엔진이 연료를 분사하고, 이 연료와 공기의 열기가 접촉해 폭발이 일어나 피스톤이 하강하게 된다. 디젤 엔진에는 점화플러그가 없다. 압축률이 높기 때문에 효율이 높고 추가 동력이 생긴다. 디젤 엔진의 장점을 간단하게 보면 이런 것들이다. 모든 산소 분자가 높은 압축률로 고도로 밀집되어 있기 때문에 디젤 엔진의 연료는 공기에 빨리 반응해서 더 효율적으로 폭발할 수 있는 것이다.

포드 사의 에코네틱과 같은 디젤차들은 유가가 6달러로 오르면 미래가 밝을 것이다. 그때가 되면 미국에서 차를 사려고 하는 소비자들은 디젤 엔진에서 나는 소음인 노킹이나 휘발유 엔진차보다 느린 가속에 대해서 별로 신경 쓰지 않을 것이다. 그리고 사실 이런 단점 중 많은 부분이 폭스바겐, 포드와 메르세데스 사가 출시한 신세대 디젤 엔진에서는 개선됐다. 또한 과거에 디젤 엔진에게 가해졌던 중요하고 정당한 비난은 디젤 엔진이 일반 휘발유 엔진보다 환경을 더 더럽히고 악영향을 미친다는 점이었다. 과거에는 그 비난이 옳았다. 하지만 지금 시장에 새로 나온 이른바 친환경 디젤 엔진은 휘발유 엔진만큼이나 깨끗하며 어떤 경우에서는 휘발유 엔진보다 더 깨끗하다. 디젤 연료에 대한 배전 구조를 개선하는 일에는 큰 비용이 들지 않을 것이다. 이미 트럭과 세미 트레일러앞 끝을 견인차 뒷부분에 얹게 된 구조의 트레일러 - 역주들이 오랫동안 디젤 엔진의 장점들을 이용해와서 그 기본 구조가 잘 갖춰져 있기 때문이다.

6달러의 유가가 구할 사람들의 생명

유가가 6달러가 되면 경제적으로 고통스런 조정을 해야 한다. 그러나 이런 모든 변화가 다 고통스럽지는 않을 것이다. 가장 먼저 무너질 도미노의 일부 가운데 우리에게 이로운 것도 있다. 매년 미국인이 운전하는 거리를 나타낸 그래프는 일련의 계단으로 이루어져 있는데 각 계단은 지난해를 나타내는 계단보다 더 높이 뻗어있다. 이 계단을 올라가본 사람이라면 2008년 계단에 이르렀을 때 놀라게 될 것이다. 그 이유는 앞서 언급한 것처럼 거의 30년 만에 처음으로 그 계단이 전년 계단보다 낮기 때문이다. 고유가 때문에 미국인들의 운전거리가 2007년 대비 2008년에 1,000억 마일이나 줄었다. 이것은 좋은 일이다. 어떤 면에서는 아주 근사한 일이다. 하버드와 앨라배마 대학은 유가가 10퍼센트씩 뛸 때마다 전국적으로 교통사고 사망률이 2.3퍼센트 줄어드는 결과가 나왔다고 추산했다. 이 말은 유가가 4달러에서 6달러로 오르게 되면 4,000명의 목숨을 구할 수 있다는 뜻이 된다. 이 수치는 2001년 세계 무역 센터에 가해진 공격으로 사망한 미국인보다 3분의 1이 더 많다.

하버드 의대의 의료 정책 교수이자 그 연구의 저자 중 하나로 참가한 데이비드 그라보스키 교수는 그 연구 논문을 작성했을 때 유가를 4달러나 6달러로 높게 책정해서 연구하지는 않았다고 말했다. 그들이 연구한 데이터는 유가가 아직 그렇게 높지 않았을 때 구할 수 있었던 데이터에 한정되어 있었기 때문이다. 하지만 그는 유가가 4달러였을 때 연구가 시작됐다면 이 통계가 더 극적이었을 거라고 생각한다. "유가가 6달러나 8달러가 되면 과거에 일어났던 변화보다 더 빠르게 목숨을 구하는 사람들의 숫자가 늘어날 거라는 증거가 아주 많습니다." 그라보스키 교수가 말했다.

하지만 그라보스키 교수는 이론상 유가를 4달러에 맞춰 데이터를 구성하기 위해 약간 복잡한 외삽법을 사용했다. 이 유가가 1년 동안 지속된다고 가정하면 현재의 교통사고 사망률과 비교해 매달 1,000명씩 구할 수 있다. 그렇게 되면 1년에 1만 2,000명을 구할 수 있게 되는데 이는 매년 미 도로에서 사망하는 사람들의 3분의 1에 달하는 숫자이다.

"단기적으로는 유가에 따라 우리가 삶에서 변화시키는 것들이 아주 피상적이고 사소한 것들일 겁니다. 하지만 장기적으로 그 변화들이 계속 더해지면 그 결과는 아주 놀랄만한 것이 될 겁니다."

여기서 한 걸음 더 나아가 유가 6달러 시대의 세계에서는 그 변화들이 계속 지속되고, 새로운 습관이 형성되면서, 우리 문명이 삶의 방식을 바꿔 그 변화에 적응하고, 운송 방식도 바뀌게 될 것이라고 그라보스키 교수는 내다봤다. 그는 유가 6달러 시대(2달러 50센트일 때와 비교해서)에는 매년 1만 5,600명의 사람들이 목숨을 잃지 않을 수 있을 것으로 예측했다. 8달러 시대에는 매년 1만 8,000명이 목숨을 구하고, 10달러 시대에는 2만 명이 살아남게 된다. 그라보스키 교수는 이 수치도 아주 낮게 잡은 수치에 불과하다고 말한다. "저는 이러한 변화가 일직선상으로 증가할 것이라고 생각하지 않습니다. 이런 변화는 필경 가속이 붙게 될 겁니다. 사실 유가가 막 인상됐다고 곧바로 삶을 대대적으로 바꿀 수는 없습니다. 하지만 이 유가가 몇 년 동안 지속된다면 그때는 사람들이 삶의 방식을 바꿀 겁니다."

그라보스키 교수의 연구에 나온 수치는 대체로 도로에 나온 SUV 차량의 숫자가 늘거나 정지됐을 때 인상되고 있던 유가를 반영한 것이다. 교수의 연구에 나온 숫자들은 단순히 우리 도로를 붐비게 하는 차들이 줄어들었을 때의 효과만 반영한 것이다. 그라보스키의 계산법에 유가가 6달러에 달했을 때 우리 도로를 떠날 많은 차들이 가장 위험한 차들이라는 점은 고려되지 않았다. SUV는 사고가 났을 때 그 안에 타고 있는 사람들은 상당히 잘 보호하지만 그 외 다른 면에서 우리 도로의 안전에 미치는 영향은 아주 부정적이다. 분명한 문제는 SUV와 충돌하는 차량은 막대한 손상을 입는다는 점이다. "교통사고가 났을 때 유고에 타고 싶은 사람이 어디 있겠어요? 다들 레인지로버에 타고 싶지."

　SUV로 인한 진정한 문제는 그 차에 탄 승객들을 어떻게 보호하느냐가 아니라 사고를 피할 수 없는 그 차의 무능력이다. SUV는 쉽게 뒤집히는 데다 접촉 사고를 피하기 위해 방향을 바꾸는 것 역시 쉽지 않다. 어떤 사람이 작은 도요타 카롤라를 몰고 가다가 갑자기 앞에서 연쇄 충돌 사고가 일어난 걸 본다면 아이들이 잔뜩 타고 있는 스테이션왜건의 뒤 창문을 들이받지 않기 위해 제때 다른 차선이나 갓길로 피할 수 있을 것이다. 반면 핸들링이 둔하고 차체가 워낙 육중해서 관성도 큰 레인지로버나 익스플로러나 그랜드 체로키나 타호 같은 경우에는 그대로 그 스테이션왜건을 들이받아 연쇄 충돌 사고 현장에 또 한 대의 사고차량을 보탤 가능성이 크다.

　유가가 6달러가 돼서 도로에 나온 SUV가 줄어들어 사고가 감소한다면 교통사고 사망자도 더 크게 줄어든다는 뜻이다. 소형 오픈 트럭의 경우도 마찬가지다. 캘리포니아 소재 〈로렌스 버클리 국립 연구소〉 소속 과학자인 톰 웬젤과 미시간 대학의 물리학자인 마크 로스가 수집한 안전 통계 자료를 보면 도로에 나온 보통 차보다 SUV가 더 많은 해악을 끼칠 수 있다는 이론이 증명된다. 이들의 연구는 특정 모델의 자동차 100만 대당 사망한 운전자 수를 나타냈다. 이들은 또한 개별 통계 자료에서 SUV 차량이 관련된 사고로 인해 얼마나 많은 사람들이 사망했는지도 판별해냈다.

예를 들어 도로에 나온 100만 대의 도요타 캠리당 41명의 캠리 운전자들이 충돌 사고로 사망하고, 캠리가 관련된 자동차 사고에서 추가로 29명이 사망했다. 그렇게 되면 모두 다 해서 도로에 나온 100만 대의 캠리당 70명이 사망한 것이다. 그러나 아보카도를 자르고 지나가는 스푼처럼 도로에 나온 캠리를 자르고 지나갈 포드 익스플로러의 운전자들의 사망률은 훨씬 높았다. 익스플로러 100만 대당 88명의 운전자들이 사망했다. 그리고 아마도 익스플로러가 아주 크고, 아주 많은 손상을 입히기 때문일 텐데 익스플로러가 관련된 차 사고에 추가로 60명이 사망해서 전체적으로 익스플로러 100만 대당 148명이 사망했다. 그런데 익스플로러가 그렇게 덩치가 큰 차인데 왜 더 많은 운전자들이 사망했을까? 그 이유는 다시 말하지만 익스플로러가 날렵한 캠리보다 사고를 피하기가 훨씬 어렵기 때문이다. 이는 익스플로러에만 한정된 사실이 아니다. 차량 100만 대당 60명이 사망하는 도요타 아발론이나 70명이 사망하는 폭스바겐 제타 또는 79명이 죽음에 이르는 닛산 맥시마와 이 SUV 차량들을 비교해서 고려해보라. 도요타 포러너는 차량 100만 대당 137명이 사망하고, 쉐비 타호는 141명, GMC 지미는 114명이 사망한다. 같은 맥락에서 최악의 기록을 거둔 소형 오픈 트럭도 함께 살펴보자. 포드의 F-시리즈 트럭 운전자들은 차량 100만 대당 110명이 사망하면서 동시에 128명의 다른 차량의 운전자들을 죽게 해 총 238명이 사망한다. 도요타 타코마는 100만 대당 171명이 목숨을 잃는다. 이 수치는 캠리 사망률의 서너 배에 달하는 수치이다. 유가가 6달러로 인상되면 꼭 필요하지 않은 한 거대한 포드 250과 350을 운전하는 사람은 많지 않을 것이다. 이는 포드에게는 악재로 작용하겠지만 미국의 고속도로에 나오는 다른 차량들과 운전자들에게는 희소식이다.

이런 데이터를 모두 고려했을 때 정부 지출을 늘린다거나 외국산 석유에 의존하는 습관을 없애자는 명목에서가 아니라면 인명을 구하자는 의도에서라도 유류세를 올리자고 주장하는 일도 생기지 않겠는가? 휘발유 가격을 실질적으로 인상시키는 세율을 장기간에 걸쳐 유지한다면 교통사고 사망률과 공기오염이 크게 줄어들 것이다. 그리고 세계적인 추세를 보더라도 유류세를 인상하는 것이 미국만의 유별난 조치는 아니라고 그라보스키 교수는 지적했다.

이탈리아에서는 유류세가 유가의 75퍼센트를 차지한다. 캐나다, 오스트레일리아, 뉴질랜드에서는 유가의 50퍼센트가 세금이다. 미국에서는 유가의 단 20퍼센트가 세금이다. 1갤런당 정상적인 유가가 4달러인데 휘발유세가 인상돼서 6달러로 오른다고 해도 세금은 여전히 유가의 46퍼센트를 차지해 다른 대부분의 서구 국가들보다 훨씬 낮은 비율을 차지한다. 그리고 그렇게 늘어난 세원으로 건설할 수 있는 철로와 개량된 도로를 생각해보라. 이런 사치를 유럽에서는 이미 몇십 년 동안 만끽하고 있었다.

유가가 인상되면
미국인은 더 날씬해진다

　미국은 어떤 기준으로 봐도 1979년 이후로 계속 뚱뚱해져왔다. 1979년 의학적으로 최적의 체중보다 훨씬 더 많이 나가는 상태인 비만으로 분류된 미국 성인의 비율이 15.1퍼센트에서 32.2퍼센트로 증가했다. 이 수치는 두 배가 넘게 증가한 것으로 놀랄만한 변화이다. 게다가 현재는 미국인의 3분의 2가 과체중이며 의학적으로 볼 때 비만으로 가는 과정에 있을 것이다. 뚱뚱해지면서 비용도 많이 들게 됐다. 미 보건복지부에 따르면 매년 비만으로 인한 조기 사망과 가외로 들어가는 의료비용이 1170억 달러에 이른다고 한다. 이만한 액수라면 나이키, 야후, 보잉과 스타벅스를 사고도 수십억이 남을만한 거액이다. 그리고 비만 때문에 목숨을 잃는 사람도 늘어나고 있다. 비만 관련 합병증과 질병 때문에 11만 2,000명이 사망했다. 매년 비만을 이유로 사망하는 사람들과 미시간 주의 앤아버나 피오리아의 총인구가 맞먹게 된 것이다.

　미국인의 허리둘레가 늘어나는 데는 가공 식품, 텔레비전, 비디오 게임, 컴퓨터, 노동직의 감소, 서비스에 중점을 둔 직업의 증가와 같은 몇 가지 요인이 있다. 하지만 우리의 푸짐한 체격의 미끈거리는 표면 바로 밑에 한 가지 중요한 요인이 둥둥 떠다니고 있다. 저유가가 바로 그 주범이다.

　그린스보로의 노스캐롤라이나 대학의 경제학자인 찰스 코트만체는 유가가 지속적으로 인상되면 비만율이 낮아질 수 있다는 연구논문을 발표했다. 그 수치는 결코 적은 수치가 아니었다. 유가 1달러 인상이 지속되면 국가적인 비만율이 10퍼센트 하락하게 된다. 즉 국민 건강관리 시스템 운영을 정체시키고, 사회에 큰 비용 부담을 지우고 있으며, 개인적으로도 많은 돈이 들어가는 비만인구가 900만 명 감소하는 것이다. "의료비용과 사망률을 놓고 볼 때 유가는 아주 강력한 수단입니다." 라고 코트만체는 언급했다. "국가적으로 크게 비용을 절감할 수 있는 분야인 겁니다."

코트만체의 이 연구에는 1984년 이후 국민 건강관리 통계의 견본을 만든 연방정부 데이터가 사용됐다. 그는 이 데이터를 주별로 구분하고 각 주의 유가와 그 주의 건강과 체중 통계자료를 비교했다. 이렇게 하여 그는 유가와 비만 간의 관계를 더 상세하게 설명할 수 있었다. 그 이유는 유가가 주별로 다르며 그 유가는 지방세의 영향을 받기 때문이다. 테네시나 아칸소 주의 유가보다 미주리 주의 유가가 더 크게 오를 수 있다. 코트만체가 연구를 끝냈을 때 그는 100만 개의 각각 다른 데이터 샘플을 확보했다. "유가와 비만 사이에 인과 관계가 있다고 자신 있게 말할 수 있게 됐습니다." 그는 유가가 비만에 대해 끼치는 영향에 대해 이렇게 표현했다.

그는 자신이 축적한 데이터에서 유가가 인상되면 그만큼 더 많은 미국인들이 걷거나 자전거를 타게 된다는 증거를 발견했다. 또 다른 중요한 사실로 유가가 인상되면 사람들이 외식을 덜 하게 된다는 것을 알게 됐다. 거기에다 전보다 더 많이 걷거나 자전거를 타는 것 외에 사람들은 대중교통을 더 많이 이용하게 되면서 운전하는 도중에 커피를 마시면서 라디오 채널을 돌리는 것보다 훨씬 더 많은 칼로리를 소비하게 된다고 했다. 지하철, 버스, 고가 이동 활차나 기차로 통근하는 사람들은 대중교통수단을 이용하는 과정에서 자가용 운전자보다 훨씬 더 많이 걷게 된다. 유가가 1달러 오르면 비만에 관계된 질병으로 목숨을 잃는 사람이 1만 1,000명 감소하고 건강관리 비용으로 연간 110억 달러가 절약된다고 코트만체는 말한다.

그는 또 유가가 4달러에서 5달러, 6달러로 오르면 좀 더 흥미로운 일이 생길지 모른다고 말했다. "유가가 갤런당 4달러에서 더 인상되면 유가가 비만에 미치는 효과가 더 빠르게 나타날지 모릅니다. 지금은 유가가 인상되면 사람들이 좀 더 많이 걷고 자전거를 탄다는 이야기만 하고 있지만 4달러 이상으로 오르면 사람들의 실질적인 생활 방식이 변화되기 시작하고, 더 많은 사람들이 도시로 이사를 오게 될 겁니다."

코트만체 역시 도시 거주민들과 운명을 같이 하기로 했다. 코트만체 부부는 시내에서 조금 떨어진 교외에 좀 더 큰 단독주택을 구입하는 대신 그린스보로 도심에 있는 타운 홈일종의 연립주택 - 역주을 사기로 결정했다. "우리는 집 근처에 걸어가거나 자전거를 타고 갈 수 있는 가게나 레스토랑이 있는 동네를 원했죠. 제 생각에 미래에는 모두 그런 주거환경을 원하게 될 겁니다."

맑아지는 하늘, 깨끗해지는 폐

캘리포니아의 산타모니카보다 더 깨끗하고 풍요로운 도회생활을 만끽할 수 있는 곳은 거의 없다. 이곳에서 북쪽으로 쭉 뻗은 태평양 해안 고속도로를 달리면 할리우드와 프렌치 리비에라 두 해변에 양다리를 걸치고 있는 것 같은 느낌이 든다. 이곳은 모든 것이 초록으로 울창한 곳으로 하루 종일 햇볕이 내리쬐고 온도는 시종일관 쾌적하기 그지없는 26도일 것 같은 곳이다. 이곳을 달리는 차들은 왁스칠을 해서 반짝거리고, 사람들은 멋쟁이고, 바다 풍광은 눈이 부시다. 서퍼들은 해변에 있는 해안 절벽 계단을 오르고, 조깅하는 사람들은 두 개의 대로 옆을 꾸불꾸불 감아오는 초록색 잔디가 깔린 보도 위에 서있는 거대한 야자수 밑을 빠르게 달린다. 이곳에서는 서쪽으로 고개만 돌리면 바다를 볼 수 있다. 자연 풍경과 인간이 사는 곳이 이렇게 절묘하게 조화를 이룬 곳도 없을 것이다. 여기서는 흥겨운 노래만 나올 것 같다. 그러다 북동쪽으로 6,000피트가 넘게 우뚝 솟아 있는 산 가브리엘 산을 보면 흥겹게 나오던 노랫소리가 쏙 들어간다. 바로 그때 마법이 끝나버린다. 산이 보이질 않는 것이다. 이건 마치 퀸스 고가철도열차의 여기저기 긁히고 더러운 유리창을 통해 뉴욕의 지평선을 보려고 하는 것과 비슷하다. 장관이긴 한데 희끄무레하니 잘 보이질 않아 답답하다.

우리는 산업과 불과 차로 우리의 삶에 스모그 성벽을 겹겹이 쌓아왔다. 따라서 유가가 인상될수록 도로에 나오는 차들이 적어지고, 운행거리가 줄어들면서 공기 오염도 줄어들 것이란 예측을 할 수 있다. 그런데 우리가 모는 차 엔진이 석탄 발전소, 제강 공장과 낙후된 공장에서 내뿜는 매연과 비교해서 공기의 질을 얼마나 많이 망가뜨리고 있는 것일까? 지상의 장관들을 가리고 있는 도시의 안개 중 얼마나 많은 부분이 우리 차량이 내뿜는 매연에서 비롯된 것일까? 그 양은 상당하다고 캘리포니아 대학의 건강 경제학과 교수인 J. 폴 레이 교수는 말한다. 그리고 그 안개는 우리의 시야만 가리는 게 아니다.

공기 오염 물질 중에서 가장 큰 해를 끼치는 물질 중 하나가 바로 크게는 10마이크로미터에서 작게는 2.5마이크로미터에 이르는, 공기 중에 떠다니는 분진이다. 도대체 이것은 얼마나 작다는 말일까? 인간의 머리카락 굵기는 보통 70마이크로미터로 우리가 마시는 가장 작은 분진보다 30배나 더 크다. 공기 중에 떠도는 분진의 50퍼센트는 우리가 모는 차에서 나오는 것으로 이는 경이로운 양이다.

2.5마이크로미터보다 더 작고 인체에 가장 치명적인 극 미세먼지는 로스앤젤레스의 산의 경치를 감상할 수 없게 만드는 안개처럼 미국의 곳곳

에 떠 있는 안개의 주원인이 된다. 분진 오염으로 인해 생기는 시커먼 매연은 또한 우리의 냇물과 호수에 더 많은 산성 물질이 들어가게 해 바닷물에 있는 영양소의 균형을 변화시키고 종국에는 생태계의 다양성을 교란시킨다. 그러나 이들이 미치는 가장 큰 재앙은 인체에 끼치는 해악이다. 분진이 건강에 치명적인 이유는 인간이 이 분진을 흡입하게 되면 분진의 크기가 아주 미세해 폐 벽에 박히고 심지어는 혈류에도 들어가기 때문이다. 이렇게 되면 기침, 만성 기관지염, 불규칙적인 심장 박동과 경미한 심장 발작에서 심장이나 폐 관련 질병으로 조기 사망에 이르는 등 여러 가지 건강 문제가 발생한다. 미국에서는 매년 2만 5,000명이 분진 오염 때문에 사망한다.

레이는 2008년 마친 연구를 통해 유가가 20퍼센트 인상됐을 때 공기 오염, 그중에서도 분진 수준에 미치는 효과를 정확하게 지적하려고 했다. "고유가가 대중의 건강에 큰 영향을 미친다는 것은 명확합니다. 심장마비와 사망에 이르는 요인들이 공기 오염으로 인해 발생한다는 전염병학적 증거는 아주 많습니다. 공기 오염 수치가 높아지면 그로부터 하루나 이틀 내에 노인들과 과거에 심장병력이 있었던 사람들의 심장마비 수치가 올라가는 것을 볼 수 있습니다."

레이는 1년 동안 유가 20퍼센트 인상이 지속되면 감소된 공기 오염 덕분에 아무리 낮게 잡아도 694명의 인명을 구할 수 있다는 것을 알아냈다. 레이의 연구에는 최근 유가와 훨씬 더 유가가 낮았던 과거에 구할 수 있었던 데이터가 사용됐다. 하지만 우리는 유가가 4달러대를 향해 다가가면서 사람들의 행동이 크게 변했다는 사실을 알고 있다. 레이는 유가가 4달러에서 6달러 그리고 그 이상으로 인상될 때 그의 연구에서 예측할 수 있는 수보다 훨씬 더 많은 인명을 구할 수 있을 것이라고 내다봤다. "사람들이 고유가에 점점 더 많은 영향을 받고, 심지어 일부에서는 하이브리드와 전기차로 차종을 바꾸게 되면서 유가가 오를수록 구할 수 있는 인명도 더 빠르게 늘어날 것이라고 믿을 만합니다."

게다가 레이의 연구는 유가와 관련된 차로 인한 단기적인 오염 효과에만 집중했다. 상황을 수치화하기 위해서는 이것이 유일하게 적합한 방법이었다. "하지만 공기 오염으로 인한 진정한 폐해는 시간을 두고 서서히 축적됩니다." 라고 레이가 지적했다. "공기 오염의 장기적인 효과는 추적하기 힘들기 때문에 이 연구가 나타낸 사실은 많지 않습니다."

유가가 6달러로 인상되면 새로운 형태의 절약 감각이 생길 것이다. 생태학적인 의미가 아니라 현금 차원에서의 절약을 말하는 것이다. 돈보다 인간의 삶에 더 큰 변화를 불러오는 촉매도 없다. 하지만 이 모든 변화는 같은 맥락에서 발생한다. 유가가 점점 더 올라가면 사람들은 기름을 더 적게 쓸 것이고, 그렇게 되면 로스앤젤레스의 산 가브리엘이나 솔트 레이크 시티의 와사치 산맥이나, 캐스케이드 산맥과 로키 산맥의 장관을 훨씬 더 선명하게 볼 수 있게 된다. 한층 더 선명해진 경치보다 더 중요한 것은 우리가 마시는 공기에 침투하는 오염 물질들이 적어지면서 더 많은 목숨을 살릴 수 있다는 것이다. 유가가 그렇게 고가로 인상되면 우리가 모는 차도 충동적이기보다 좀 더 신중하고 현명하게 오염물질을 배출하게 될 것이고, 우리의 폐도 고맙게 여길 것이다.

광범위한 고속도로 통행료 징수 시대가 열린다

유가가 인상되면서 휘발유 사용량이 줄어들게 되면 의도하지 않았던 비용이 발생하게 된다. 그중에서도 가장 의외의 비용 중 하나가 기반시설을 유지하는 비용이다. 미국인들이 운전을 자제하면서 구매하는 휘발유 양이 줄어드는 만큼 1갤런당 20센트 정도 부과되는 연방 유류세가 덜 걷히게 된다. 또한 운전을 덜 하는 만큼 통행세도 줄어든다. 2008년 유가가 4달러로 인상됐을 때 미국인이 운전을 줄이면서 그에 따라 통행세도 줄어들었다. 유가가 6달러로 오르면 높은 유가 때문에 도로 유지비용은 오르겠지만 그와 상관없이 연방 정부는 4달러 시대보다 훨씬 더 적은 금액을 통행세로 징수하게 될 것이다. 이런 세금이야말로 현재 절실히 필요로 하는 고속도로와 대중 환승 시스템과 네트워크에 대한 주요 자금원이다.

미국 다리의 4분의 1이 '기능적으로 쓸모없거나' 혹은 '구조적인 결함'이 있다. 기반시설을 평가하고 보수 방안을 추천하는 단체인 〈육상 교통 정책과 세입 연구 위원회〉에 따르면 미 포장도로의 7마일 중 1마일이 '용납할 수 없는' 수준으로 평가됐다. 미국의 모든 도로, 다리, 터널을 안전하고 용납할 수 있는 상태로 만들자면 1조 6000만 달러가 들 것으로 〈미 토목 엔지니어 협회〉는 추산했다. 우리 시스템의 현 상태를 기준으로 할 때 유가가 낮은 상황에서도 도로를 유지하기 위한 충분한 세금이 걷히지 않고 있다는 것은 분명하다. 유가가 오르면서 사람들이 운전을 자제하게 되면 이 문제는 더 악화될 것이다. 이 난제는 멀리 볼 것도 없이 근처에 있는 육교나 다리, 고가도로를 보면 알 수 있다.

"여기 좀 보세요. 적어도 콘크리트의 15퍼센트가 떨어져 나갔잖아요."

노스웨스턴 대학에서 토목환경공학을 근 30년째 강의하고 있는 조지프 스코퍼 교수는 시카고의 북쪽에 있는 할리우드 대로를 가로지르는, 기차가 지나가는 다리 밑을 떠받치는 아치의 한 부분을 가리켰다. "여기 이 콘크리트에서는 스폴링이(스폴링이란 콘크리트의 바깥층이 금이 가거나, 깨지거나 벗겨지는 것을 말한다) 많이 일어났어요." 그가 말했다. "스폴

링이 꼭 나쁜 것만도 아니고, 콘크리트로 만든 건물에서는 보기 드문 현상
도 아닙니다. 중요한 점은 스폴링 현상이 너무 심각해서 콘크리트의 철근
이 드러났다는 겁니다." 그는 이렇게 말하고 어느 한 지점을 향해 손가락
을 흔들었다. "바로 저기에 철근이 삐죽 비어져 나왔잖아요." 밖으로 드러
난 강철봉 고리가 녹색 혈관처럼 다리의 가장 낡은 아치 지지대 몇 군데를
둘러싸고 있었다. 드러난 1인치 두께의 철근은 이미 심각하게 부식된 상
태였다.

그는 미국 기반시설의 평균 연령 때문에 이미 문제들이 산적한 상태지
만 최근에 유가가 오르면서 이 문제가 전면에 부각됐다고 말했다. "우리는
현재 기반시설을 위한 자금 조달 문제에 대해 뭔가 조치를 취해야 하는 시
점에 이르렀습니다. 얼마 못 가 재정이 바닥날 겁니다. 지금이 위기 상황
이라는 점을 확실히 알아야 합니다."

시카고의 레이크 쇼어 도로에서 네 블록밖에 떨어져 있지 않은 할리우
드 대로를 받치고 있는 것과 같은 다리들을 고치기 위해 몇 조는 아니더
라도 수십억 달러가 필요할 것이다. 마치 고대 석회암 절벽에서 석회암이
겹겹이 떨어지는 것처럼 다리 밑에는 가장 낙후된 곳에서 떨어진 콘크리
트 부스러기들이 작은 무더기로 쌓여 있었다. 그 다리 위에 깔린 4개의 선
로를 가로지르는 급행 환송 L 열차를 운영하는 시카고 교통공사는 콘크리
트가 떨어져 나갈 경우를 대비해 다리 아치에 강철 도리를 대서 버티게 했
다. "보통 다리를 지주로 받칠 경우는 일시적으로 하는 조치입니다." 스코
퍼가 설명했다. 그리고 노란색 페인트를 칠한 트러스^{직선으로 된 여러 개의 뼈대 재}
^{료를 삼각형이나 오각형으로 얽어 짜서 지붕이나 교량 따위의 도리로 쓰는 구조물 - 역주} 하나를 손가락
으로 가리키며 말을 이었다. "이런 건 일시적으로 쓰는 게 아니죠. 이건 중
요한 용도로 쓰이는 물건입니다. 교통 공사에서는 이걸 영구적인 해법으

로 쓴 걸까요? 안타깝지만 아무래도 그렇게 보입니다."

세원이 풍부한 시절이라면 시카고 교통 공사는 이 다리를 다시 짓고, 가장 심하게 낡은 부분을 완전히 새로 바꾸고, 구조용 콘크리트^{건물의 주요 구조} ^{재로 사용되는 콘크리트를 총칭한다 역주}를 다시 부어 공사를 할 것이다. 철도 선로를 받치는 수평 구조물인 다리 바닥 또한 철근 콘크리트로 만들어져 있다. 다리 밑면의 몇 군데, 대략 50평방피트 정도 되는 부분들이 이미 낡아서 그 속에 있는 콘크리트 보강용 강철봉의 아래 단이 드러났는데 그 부분도 이제 녹슬어서 벗겨지려고 하고 있었다.

"시카고 교통 공사에서는 이 부분에 대해 아직 아무런 조치를 취하지 않고 있습니다. 이 다리 바닥에 아주 많은 철근이 들어가 있기 때문입니다. 다리를 처음 설계해서 지을 때부터 여분의 철근을 많이 넣은 거죠. 하지만 이 다리 역시 보수 유지 명단에 올라가 있어야 합니다. 시카고 교통 공사에서 이 다리를 얼마나 자주 점검하는지 걱정이 되는군요." 스코퍼 교수가 설명했다.

재정이 넉넉지 않은 상황에서 유지 보수 명단을 자꾸 늘리는 것은 쉽지 않은 일이다. 그래서 이 시카고 콘크리트 다리 밑에 철을 쑤셔 박는 것과 같이 쉽고 저렴한 해결책을 쓰는 것이다. 그러니 기반시설에 대한 세금을 부과하는 방법이 바뀌어야 하고 바뀌게 될 것이다. 그것도 곧. 근본적으로 유가가 더 빨리 6달러로 인상될수록, 우리의 현 기반시설은 더 빨리 붕괴될 것이다.

"제가 보기에 향후 5년 내에 통행세를 내는 방식이 크게 변할 겁니다. 이것은 머나먼 미래의 문제가 아닐 겁니다." 스코퍼 교수가 진단했다.

지금으로부터 20년 후에 단단하게 굳어진 비포장도로를 차로 달리거나, 자전거를 타거나, 걷지 않기 위해 필요한 자본을 마련하려면 여러 가지 방법이 있다. 하지만 그 어느 것도 대중들의 인기를 끌지는 못할 것이다. "사람들에게 실제로는 그렇지 않았다고 해도 전에는 공짜로 쓰는 것처럼 느꼈던 서비스나 물건에 대해 돈을 내게 하는 것은 결코 쉬운 일이 아닙니다." 스코퍼 교수가 지적했다. 이 문제를 해결하는 간단한 방법 중 하나는 휘발유에 매기는 세금을 균일요금에서 비율제로 전환하는 것이다. 연방 정부는 인상된 유가가 도로를 건설하는 데 들어가는 거의 모든 재료에 영향을 미치는데도 유가가 1갤런당 2달러 70센트일 때나 4달러 50센트일 때나 똑같이 1갤런당 20센트로 세금을 매겼다. 도로를 건설하는 비용은 유가가 올라가는 것과 근본적으로 똑같은 비율로 인상됐지만 정부는 보수해야 할 도로와 다리 수가 늘어만 가는데도 1갤런당 20센트라는 같은 세금을 계속 징수해왔다. 예를 들어 정부가 1갤런당 10퍼센트의 세금을 물린다면 1갤런당 2달러일 때는 20센트의 세금을 걷고, 4달러일 때는 40센트를 걷게 될 것이다. 간단한 해결책이며 또한 필요한 해결책인 이유는 2008년 미국인들이 보여준 것처럼 유가가 올라가면 휘발유를 덜 사기 때문이다. 하지만 이 방법을 실행하는 것은 정치적으로 거의 불가능하다. 현직 정치가들 중 유류세를 올렸다는 대중의 비난과 공격을 한 몸에 짊어지고 싶어 하는 사람은 없기 때문이다.

스코퍼는 이보다 더 현실적인 해법은 현재 시행되고 있는 고속도로 통행료와 비슷하지만 좀 더 폭넓고 탄력적인 방법으로, 러시아워에 주요 도로를 사용하는 운전자들에게 좀 더 높은 액수의 세금을 물리는 방안을 제시했다. "좀 더 높은 통행료라는 방안을 이용해서 국민에게 출퇴근 시간이 아닌 시간대에 차를 이용하는 것이 사회를 위해 훨씬 나은 행동이라는 점을 깨닫게 해야 합니다." 스코퍼가 말했다. 이 정책은 실행할 수 있는 정책이다. 이런 의도로 만들어진 모델이 런던과 스톡홀름의 주요 도심 지역에서 성공적으로 운용되고 있다. "이러한 시스템은 강력한 지도부의 리더십을 바탕으로 실현됐습니다. 단지 우리나라에서 그런 리더십이 나올 수 있을지 그게 의문입니다." 스코퍼 교수는 이렇게 덧붙였다.

런던이 특히 이 문제로 골치를 앓았던 것으로 드러났다. 2002년 매일 약 25만 대의 차량이 런던의 중심 상업지구에 들어왔다. 그 운전자들은 운전 시간의 50퍼센트동안 끔찍한 교통 정체에 갇혀 아무데도 가지 못했다. 이 교통지옥을 만드는 데 일조했던 런던 버스들은 러시아워 시간대에 도심 근처에서는 버스를 타느니 차라리 걷는 게 더 빠르다고 여겨지게 만든 장본인이다. 2003년, 런던 시장인 켄 리빙스턴은 2000년 시장 선거에서 교통 문제에 대해 내걸었던 공약을 지켜 런던 상업지구의 관문인 174개의 진입 지점에 자동차 번호판을 찍는 카메라 시스템을 설치하고, 그 카메라에 찍힌 운전자들에게 9달러란 세금을 매겼으며 그 통행세는 2005년 14달러로 올랐다.

런던의 실험은 어느 모로 보나 대대적인 성공을 거뒀다. 교통 혼잡은 30퍼센트가 줄었고, 상업지구 안에서 운행하는 차량의 평균 속도는 25퍼센트 상승했다. 그리고 이 시스템을 운영해서 순이익으로 대략 2억 달러를 남겼다. 이 돈은 기반시설 네트워크를 개선하는 데 쓰이고 나머지는 대중 교통 환승 프로젝트에 투여할 것이다. 도로 사용료 수익으로 버스 시스템이 개선됐고, 이제 덜 혼잡해진 도로를 타고 러시아워에 도심 상업지구에 진입하는 사람이 37퍼센트나 늘어났다. 전 런던 시내에 걸쳐 버스를 타려고 기다리는 시간도 24퍼센트 줄어들었다. 현재 러시아워 시간에 도심 상업지구로 들어가는 사람의 85퍼센트가 대중교통을 이용하고 있다.

이 시스템으로 런던 도심의 공기 오염 또한 크게 줄었다. 스모그의 원인이 되는 산화질소 수치가 18퍼센트 떨어졌고, 질병을 유발하는 미세먼지 또한 22퍼센트 감소했다. 화석 연료 사용과 이산화탄소 방출은 20퍼센트 감소했다. 이 계획이 처음 실시됐을 때 대중의 반응은 회의적이었고, 일부는 격분하기도 했지만 대체적으로 잘 따라줬다. 상가와 회사에 근무하는 수많은 사람들이 출근시간이 줄어들면서 혜택을 봤다. 런던의 상업 지구에 있는 상점과 호텔과 회사 소유자 중 71퍼센트가 이 시스템으로 인해 어떤 식으로도 사업상 피해를 보지 않았다고 말했다.

스톡홀름에서는 2006년, 런던과 비슷한 시스템을 실시했는데 이때는 대중의 오직 31퍼센트만이 이 조치에 찬성했다. 하지만 6개월간의 시험 기간을 거친 후 이 시스템은 국민투표를 거쳐 영구적인 조치로 자리를 잡았다. 이제 이 도시에 사는 인구의 3분의 2가 이 시스템이 긍정적인 변화였다는 의견에 동의하고 있다. 이 시스템 덕분에 교통 혼잡이 15퍼센트 감소했고, 이산화탄소 배출은 14퍼센트 줄었다.

물론 미국의 모든 도시가 이렇게 극심한 교통 정체에 시달리지는 않지만 도로 사용 시간이나 날짜에 따라 운전자에게 요금을 매긴다는 방안은 상당히 실현 가능성이 높은 아이디어다. 런던과 스톡홀름의 예를 보더라도 충분히 성공할 공산이 크다. 뉴욕 시장인 마이클 블룸버그는 이와 비슷하게 교통 정체가 가장 심한 맨해튼의 서반구에 들어오는 운전자에게 8달러 혹은 그 이상의 요금을 매기는 방안을 제시했다. 그의 제안은 뉴욕의 정치가 집단의 승인을 얻지 못했고 매일 도시로 차를 끌고 들어와야 하는 지역 사업가들의 큰 반대에 부딪쳤다. 하지만 종국에는 이런 방안이 미국에서 급속히 퍼져나갈 것이며, 그 선두를 뉴욕이 이끌 것은 확실하다. 통행 요금을 물릴 가능성이 있는 다른 지역들로는 시카고의 센트럴 루프, 워싱턴 D.C의 중심부, 샌프란시스코의 금융 구역과 보스턴의 사업 중심지구 등이 있다.

이런 시스템과 비슷하지만 좀 더 큰 규모의 시스템이 고유가 시대의 미래에 미국 전역에 효력을 발휘할 수 있을 것이다. 그리고 이 시스템은 교통 정체를 해소하고자 하는 이유보다 더 크고 중요한 이유, 즉 도로를 지속적으로 유지하기 위해 실시될 것이다. 스코퍼는 현재 일부 도로에서 시행중인 속도에 따라 요금을 물리는 시스템과 비슷한 전자 통행 요금 체계를 미국의 기반시설을 포함해서 전체적으로 실시하는 방안을 구상했다. 이는 근본적으로 보면 주행거리만큼 요금을 지불하게 하는 방안이다. "이 방안이 실현되려면 사람들에게 지금 상황이 얼마나 절박한지 설명을 해야 합니다." 스코퍼가 말했다.

유가가 1갤런당 6달러가 되면 아스팔트는 그 어느 때보다 값이 오르게 된다. 아스팔트는 정유 과정에서 파생된 물질로, 정유 탱크에서 좀 더 값비싼 자원인 제트기 연료, 휘발유, 디젤유와 프로판과 같은 물질을 윗부분에서 걷어내고 바닥에 남은 찐득찐득하고 검은 물질이다. 그래서 아스팔트 가격은 원유와 휘발유의 가격과 거의 동일하게 오르거나 떨어진다. 유가가 오르면 도로를 만드는 주성분인 아스팔트 가격 역시 오르게 된다. 유가가 4달러였을 때도 지자체와 지방 정부들은 도로 포장을 축소했으며 포장 도로의 수준이 10년 전에는 상상할 수 없을 정도로 저하됐는데도 그대로 방치했다. 도로 포장이나 보수에 들어가는 원료 비용, 특히 아스팔트 비용이 터무니없이 올랐기 때문이다. 도로 포장에 들어가는 막대한 비용과 겹쳐 유류세원이 심각하게 감소돼 도로 공사가 완결되는 경우도 드물 것이며 적절한 상태로 유지되는 도로도 거의 사라지게 될 것이다. "뭔가 조치가 행해져야 하지만 선거가 있는 해는 절대 아니겠죠." 스코퍼 교수가 껄껄 웃었다.

유가가 오르면서 엉뚱하게도 유가에 매기는 세금 역시 올라갈 것이다.

2007년 미니애폴리스에 있는 미시시피 강의 다리가 무너져서 13명이 사망한 참사와 같은 사건을 추후에 방지하려면 기반시설을 보수해야 하고, 그 재원을 마련하려면 결과적으로 유가는 더 오르게 된다.

도로 통행 요금 징수 방식을 바꾸지 않고 유가가 5달러, 6달러로 오르는 상황에서는 지속적으로 다리와 도로가 폐쇄되는 일이 벌어질 수 있다. "전국적으로 방영되는 텔레비전에 자기 부서에서 관할하는 주의 다리가 무너지는 광경을 보고 싶어 하는 교통부는 없는 법이죠." 미시간 주의 앤아버에 있는 〈자동차 연구 센터〉의 수석 프로젝트 매니저인 리처드 월레스가 말했다.

"그러니 다리를 보수할 돈이 없으면 어떻게 하겠어요? 다리를 폐쇄하는 거죠. 유가가 6달러를 향해 질주하면 각 주에서 보유한 도로 보수 자금이 25퍼센트에서 30퍼센트 줄어들게 될 것이고, 머지않아 도로 전체의 포장 상태가 심각하게 악화될 겁니다. 지금 각 주 정부는 미봉책으로 아슬아슬하게 버티고 있는 상황이죠."

이렇게 사람들이 운전을 줄이고, 세금은 더 높아지고, 도로 상태는 더 부실해지는 악순환으로 인해 생기는 결과 중 하나로 민영 도로와 다리가 더 많아질 것이다. 민자 사업체가 도로와 다리를 관리하고, 통행세를 받고, 보수 유지하도록 허용하는 법안이 미국 주의 절반 가량의 주에서 제정되었다. 이 법에서는 또한 대개 도로를 관리하는 민영 관리자들이 통행세를 얼마나 징수할 수 있는지 한계를 정하고, 도로 표면과 구조적 조건은 공적인 심사를 받아 최저한의 수준을 유지해야 한다고 규정하고 있다. 실제로 인디애나 북서부와 시카고의 남부를 연결하는 일련의 거대한 다리인 시카고 스카이웨이의 표면 상태는 오스트레일리아의 매커리 그룹과 스페인의 신트라가 2005년 관리를 책임진 이후 실질적으로 개선됐다. 이 두 회사는 그 도로를 99년 동안 임대하는 조건으로 시카고 당국에 18억 달러를 지불했다. 미시간 호와 과거의 거대한 제강 공장의 잔해를 감상할 수 있는, 8마일에 걸친 그 다리를 건너는 차는 통행 요금으로 2달러 50센트씩 내야 한다.

주 정부와 연방 정부는 도로에 관해 앞으로 힘든 상황에 직면하게 될 것이다. 어려운 결정을 회피하고 싶은 워싱턴 정치가들은 미룰 수 있을 때까지 미루다가 유가가 6달러로 오르고 폐쇄하는 다리가 늘어나는 극단적인 상황이 벌어지면 어쩔 수 없이 해결책을 찾게 될 것이다. 세법이 철저히 검토될 것이고, 통행 요금도 지금의 두 배, 세 배로 오를 것이다. 앞으로 미국인들은 도로를 달리다 구덩이에 타이어가 빠지거나 포장도로가 끊기는 경험을 일상적으로 하게 될 것이다. 통행세를 물리든, 세금을 올리든, 다른 방법을 쓰든 어떤 해결책이 나오든지 이런 변화를 일으키는 결정적인 촉매는 유가 6달러가 될 것이다.

대부분 사라질 노란색 통학 버스

도로만큼 많은 이들의 삶에 영향을 미치는 것도 없다. 하지만 미국의 교육 시스템은 대부분의 사람들의 우선순위 목록에서 아주 높은 자리를 차지하고 있다. 에너지 비용이 상승한다고 해서 우리가 자녀들을 교육하는 방식이 변하지는 않겠지만 유가 인상으로 인해 생기는 새로운 비용은 유치원생에서 대학생에 이르기까지 모든 학생들이 매일 아침 등교하는 방식에 큰 영향을 미치게 될 것이다.

메릴랜드 주의 몽고메리 카운티는 워싱턴 D.C 외곽의 붐비는 환상도로가 있는 인구 밀집지역이다. 이 카운티에는 매일 9만 6,000명의 학생을 버스로 통학시키는 거대한 학군이 있다. 이 아이들을 이동시키기 위해 이 학군의 스쿨버스들은 매년 330만 갤런의 디젤유를 연소한다. 2008년 유가가 크게 인상되면서 몽고메리 카운티의 유가는 1갤런당 4달러 50센트라는 무시무시한 상황에 직면하게 됐다. 디젤유 가격이 1센트씩 인상될 때마다 몽고메리 카운티는 버스 통학 프로그램을 유지하기 위해 3만 3,000달러를 추가로 지출해야 했다. 지난 몇 년간 유가가 2달러 이상으로 올라갔을 때 몽고메리 카운티는 가외로 700만 달러를 더 마련해야 했다. 연간 교육 예산에 연료비는 고정된 항목이 아닌데도 그렇게 지정되어 있어 상황은 두 배로 힘들었다.

교육위원회 위원들은 몽고메리의 교육감에게 학생들의 통학 거리를 더 늘릴 수 있는 권한을 부여했다. 일반적으로 걸어서 다니는 통학 거리에 살고 있는 학생들은 학교에 걸어서 다닐 것으로 예상된다. 현재 중학생의 통학 거리는 1.1마일이며, 고등학생은 2마일이다. 몽고메리 카운티 학군에서 마지막으로 그 통학 거리 한계를 올린 것은 1996년으로 그때 고등학생의 통학 거리를 1.75마일에서 2마일로 늘렸다. 그것은 당시 유가가 1달러 조금 넘었을 때 취한 조치로 그 결과 25만 달러가 절약됐다. 이제 그와 비슷한 조치를 취하게 되면 그보다 네다섯 배의 돈이 절약될 것이다. 유가가 어쩔 수 없이 4달러대를 배회하다가 6달러대를 향해 다가가게 되면 이 학군의 전체적인 도보 통학 거리는 확실히 늘어날 것이다.

뉴욕 외곽에 있는 어떤 학군보다 더 많은 학생들을 실어 나르는 버지니아 주의 패어팩스 카운티에 있는 공립학교들은 2009년 회계연도의 연료비 예산을 2005년 수준의 두 배인 840만 달러로 잡았다. 이렇게 늘어난 비용에 직면한 미국 학교들은 이제 힘든 선택을 앞두고 있다. 유가가 6달러에 이르면 이 위기는 전국적으로 확산될 것이다. 자녀를 위한 버스 통학 서비스가 없어지게 되면 학부모들은 격노하겠지만 학교 당국은 어떻게든 지출을 줄여야 하고, 결국 교사 및 학급 수와 운영하는 스포츠 프로그램을 줄이는 것보다는 운행하는 버스 수와 노선, 운전기사들과 휘발유 사용을 줄일 것이다.

기술 발달에 힘입어 저비용으로 달리는 버스가 나오기 전까지는(미래에는 그렇게 되겠지만) 적어도 한시적으로 미 전역에 있는 많은 학군들이 버스 통학 시스템을 없앨 것이다. 사실 캘리포니아를 포함한 많은 주의 학군이 버스 통학 서비스를 실시하지 않고 있다. 캘리포니아의 오렌지 카운티에 있는 카피스트라노 유나이티드 학군에서는 최근 62개의 버스 노선 중 44개를 없애서 350만 달러를 절약할 수 있었다. 이 삭감 조치 때문에 5,000명의 학생들이 통학버스를 이용하지 못하게 됐고, 많은 학부모들이 격노해서 소송을 걸겠다고 위협했다. 이 조치에 반대하는 사람들은 학부모들이 자녀들을 학교에 태워다줘야 하기 때문에 도로에 수백 대의 차량이 더 나올 거라고 말했다. 학부모 역시 이미 차를 몰고 다니지만 LA 시내를 출근하는 길에 아이들을 통학시키기 위해 길을 돌아가야 하는 점을 달가워할 수는 없었다. 그러나 오렌지 카운티처럼 날씨도 좋고 쾌적하고 안전한 동네에서는 남부 캘리포니아의 햇살을 받으며 자전거를 타거나 기분 좋게 걸어서 학교를 가는 것이 더 합리적일 것이다.

걸어서 순찰을 도는 경관이 돌아오다

고유가 시대에 맞춰 제일 먼저 행동습관을 바꿔야 할 사람들은 바로 대형차 군단을 거느린 회사들과 정부들일 것이다. 차가 한 대가 아니라 100대가 있다면 차 한 대당 휘발유로 1,000달러만 더 든다고 해도 100만 달러가 나가게 된다.

밤낮으로 수천 대의 차를 굴리는 조직으로 뭐가 있을까? 우체국이라고 대답했다면 정답이다. 하지만 우체국은 그에 맞춰 우표 값을 올릴 수 있다. 실제로 지난 몇 년간 우편물과 소포를 운반하는 비용이 꾸준히 상승하면서 그에 맞춰 우표 값을 인상해왔다. 하지만 경찰서는 가격을 올릴 수 없다. 인상된 유가에 대해 지방자치제에 도움을 청할 수 있겠지만 지자체 예산 역시 이미 빡빡하기 그지없는 상황이다. 그리고 인상된 유가에 대해 새로운 자금이 할당된다고 해도 오랜 시간이 걸린다. 따라서 경찰서는 지출을 줄여야 하고 그에 따라 많은 경찰서가 이미 휘발유 사용을 줄이기 시작했다. 휴스턴 경찰서는 2007년 배정된 870만 달러의 유류 예산을 이미 초과해버렸고, 2008년 휘발유에 1,100만 달러 이상을 써버렸다. 샌디에고 경찰서는 기름값으로 예산보다 300만 달러가 더 나갈 것으로 예상하고 있다.

그래서 경찰차는 줄어들겠지만 그렇다고 시민을 보호하는 경찰 업무가 줄어들지는 않을 것이다. 경찰은 한 세기 전에 그랬던 것처럼 다시 복잡하고 붐비는 미국의 대로로 나왔다. 조지아 주의 스와니에 있는 한 검소한 경찰서는 2008년 회계연도에 연료비로 6만 달러를 책정했다. 그런데 2009년 휘발유 비용 예산이 16만 3,000달러로 껑충 뛰어올랐다. 36명의 경관이 근무하는 스와니 경찰서의 서장인 마이클 존스는 치솟는 유가 덕분에 스와니를 순찰하는 방식을 훨씬 더 개선된 방향으로 변화시킬 수 있었다고 말했다. "제 아버님이 조지아 주 로마에서 50년 전 순찰을 돌 때는 걸어서 순찰을 도셨죠. 거기선 아버님을 모르는 사람이 없었습니다. 크리스마스에는 순찰 구역에 있는 거의 모든 사람이 아버님에게 선물을 했죠. 그 사람들은 아버님이 경찰이라서 선물을 준 것이 아니라 아버님이 그 지역 공동체의 일원이자 친구였기 때문에 준 겁니다. 우리가 여기서 되찾고 싶은 것도 그런 정서입니다." 존스 씨는 남부 특유의 느릿한 말투로 이야기를 이어갔다. "몇 년 전만해도 휘발유를 절약해야 한다는 생각은 아무도 하지 않았죠. 하지만 지금은 어쩔 수 없이 전과는 다르게 일을 처리해야 합니다. 경찰차로만 순찰을 돌게 되면 소위 '다리 없는 경찰' 효과가 발생합니다. 이렇게 부르는 이유는 사람들이 경찰을 볼 때 어깨 위 상체만 보이기 때문입니다. 하지만 지금은 전처럼 무작정 경찰차만 타고 다니지 않고 거리를 직접 걸어다니도록 경찰들이 배치돼 있습니다. 전에는 뭔가 일이 잘못됐을 때, 부정적인 상황에서만 시민이 경찰을 보았지만 지금은 긍정적이고 평범한 일상에서 매일 시민들이 우리 경찰을 보게 됐죠. 유가가 다시 1갤런당 1달러 시대로 돌아간다고 해도 저는 제 부하 경찰들을 차에서 내리게 해 시민들 틈에서 순찰을 다니게 하고 싶습니다."

이런 변화가 전국적으로 물보라처럼 퍼져나가고 있다. 일리노이 주의 쿡 카운티에 있는 몇몇 부 보안관들은 순찰차를 버리고 자전거로 시카고 주변을 순찰하고 있다. 시카고 경찰에는 이미 스쿠터와 말을 타고 시카고 거리를 지키는 대규모의 분견대가 있다. 뉴욕 시는 걸어서 순찰하는 경관 수를 늘렸고 작년 여름에는 하이브리드 경찰차를 20대나 구입했다. 노스 캐롤라이나 주 쉘비 경찰은 2시간마다 15분씩 차를 주차시키라는 지시를 받았다. 또한 점심을 먹으러 갈 때는 순찰차를 쓰지 말라는 지시도 함께 내려왔다.

"지금보다 걸어서 순찰을 도는 경찰인원을 더 늘린다면 시민들이 즉시 알아챌 것입니다. 그리고 실질적으로 거리를 순찰하는 인원이 전과 비교해 늘어나지 않았다 하더라도 시민들은 전보다 더 편하고 안전하게 느낄 겁니다." 러트거스 대학에서 형사 사법을 강의하는 조지 켈링 교수의 말이다. 걸어서 순찰하는 경관들은 차를 타고 다닐 때는 구할 수 없는 온갖 종류의 정보를 구할 수 있다. 이들은 가게와 레스토랑과 술집에 들어가서 매니저들의 이름을 알게 되고, 그들이 어떤 문제로 고민하고 있는지 알게 된다. "제 생각에 경찰들이 에어컨이나 히터를 틀어놓은 차에 앉은 채 멀리서 지역사회 주민들을 지켜보던 시대는 끝난 것 같습니다. 시민들은 경찰이 그들 속에서 지내면서 적극적으로 그들의 일에 개입해주길 원하는데 고유가 덕분에 그런 일이 가능해진 겁니다. 차를 타고 다니면서 순찰할 수 있다는 생각 자체가 별로 좋지 않은 생각이며 효과도 없습니다." 켈링 교수가 역설했다.

켈링 교수는 최근에 두 명의 보스턴 경찰과 보스턴 코먼^{매사추세츠 주 보스턴} ^{에 있는 공원으로 미국에서 가장 오래된 공원 - 역주}을 자전거로 돌아다니면서 하루를 보냈다. "이 경관들은 날씨가 허락하는 한 항상 자전거로 순찰을 돌 것이고, 시민들도 그들이 그렇게 하고 있다는 것을 잘 알고 있습니다. 경찰이 걸어서 혹은 자전거로 순찰을 돌게 되면 경찰에 대한 시민들의 호감이 커지고 범죄에 대한 두려움은 줄어들게 됩니다. 범죄에 대한 두려움이 줄어들면 사람들은 다시 적극적인 지역 사회의 일원으로 활동하게 됩니다. 마약 거래상들이 쫓겨나고, 범죄자들이 밀려나고, 머지않아 가족들과 아이들이 다시 평화롭고 안전하게 거리로 나와 즐기게 될 것입니다." 켈링 교수가 설명했다.

연구에 따르면 사람들은 경찰서에서 순찰차의 인원을 줄이거나 늘리는 것은 알아채지 못한다고 한다. 그러나 걸어서 순찰하는 경찰관에 대해서는 즉각 알게 된다. "보스턴, 필라델피아, 밀워키, 로스앤젤레스, 어디를 가건 점점 더 많은 경찰서들이 경찰관을 순찰차에서 내리게 해 걸어서 순찰을 돌게 하는 것이 더 이득이라는 점을 이해하고 있습니다. 앞으로 이런 상황은 점점 더 늘어날 겁니다. 거기에다 기름값을 절약하니 일석이조인 셈입니다. 마지막으로 경찰관들의 몸매도 더 날씬해진다는 장점이 있죠."

1갤런당 8달러

사라진 항공기, 텅 빈 하늘

$8.00/GALLON

마이크 포터는 일종의 장의사이다. 그가 운영하는 묘지는 뜨거운 캘리포니아 내륙의 바싹 구워진 모래 위에 펼쳐져 있다. 그 묘지는 당분간은 기름을 무한정 잡아먹으면서 하늘을 날아다니며 승객을 실어 나르기보다는, 주차시켜놓은 애물단지로 치부하는 게 더 나을 것으로 간주된 비행기들로 꽉 차있다. 여기 모래투성이 사막에는 한때는 항공업계의 스타였지만 지금은 낡고 아무도 원하지 않는 데다 돈이 없거나 혹은 더 젊고 눈부신 기종 때문에 버림받은 비행기들이 착륙하면서 남긴 가벼운 바퀴 자국이 있다. 포터는 이렇게 버려진 비행기들이 머물 곳을 제공하고 있다. 이렇게 한물간 비행기들을 수용하는 그의 사업은 항공업계의 불황이 깊어지면서 번창하게 됐다. 포터는 항공사가 성장하면서 새 기종을 들여오고 낡은 비행기를 처리할 때도 이익을 본다. 낡은 비행기들은 어딘가로 보내야 하는데 대개는 포터가 그 비행기들을 받아서 처리한다. 항공업계 종사자들은 포터의 사업장을 묘지라고 부른다.

그의 묘지 한쪽에 포터는 DC−9^{1965년 맥도넬 더글러스 사에서 개발한 쌍발 협동체기 −}

기종 12대를 마치 마지막 전투에 나가고 싶어 조바심이 난 위풍당당한 베테랑들처럼 일렬로 도열시켜 놨다. 하지만 이 DC-9기들은 다시는 하늘을 날지 못할 것이다. 그들은 그렇게 말없이 앉아서 부품이 해체될 때까지 기다리거나 혹은 완전히 분해돼서 그 화려한 비행 역사보다는 알루미늄 판에 훨씬 더 높은 값을 매기는 고철장수에게 넘겨질 때까지 그 묘지에 머무르게 될 것이다. 포터는 묘지 반대편에 대서양 횡단 비행의 제왕이자 여객기의 전설인 보잉 767기 7대를 늘어놓았다. 캐나다 항공에서 이 여객기들을 어떻게 처리해야 할지 몰라 포터의 사막 전초기지에 이렇게 맡겨 두었다고 한다. 포터는 이 비행기들을 갖게 돼서 기뻤다. 그에게는 공간도 충분했고, 이 비행기들을 대여해서 돈도 짭짤하게 벌고 있다.

포터는 모하비 사막의 가장자리에 있는, 로스앤젤레스에서 북쪽으로 75마일 떨어진 사막의 먼지 나는 한쪽 귀퉁이에 P&M 항공이라는 회사를 운영하고 있다. 항공업계에 재난이 닥치면 포터는 추방된 비행기들이 착륙해서 쉴 수 있는 공간을 마련해주고 있다. 64세인 포터는 TWA 항공사의 조종사로 하늘을 호령했던 영광스런 젊은 날을 기념하는 뜻에서 캡틴 마이크라고 불러주면 기뻐한다. 스무 살에 그는 미 항공사에서 가장 어린 조종사가 됐다. 23세에 포터는 TWA에서 가장 젊은 기장으로 승진해서 TWA 컨베어 880기의 지휘를 맡았고, 나중에는 보잉 707기를 조종했다. 이야깃거리가 많은 포터는 항공업계의 거물인 하워드 휴즈가 아직 TWA의 대주주였을 때 그 밑에서 비행기를 조종했던 시절에 대해 이야기하는 것을 좋아한다. 포터는 1981년 당뇨 진단을 받은 후 은퇴했다. 포터는 체격이 큰 사람이다. 그는 P&M 사를 한 번씩 돌 때면 종종 기장 모자를 쓴다. 회색 수염을 짙게 기른 그의 이미지는 산타클로스 같다. 산타가 캘리포니아 사막에서 여름을 보내고 사슴이 끄는 썰매 대신 제트기를 타고 날아다닌다면 말이다.

포터는 흔들흔들한 비행기들을 보관하고, 사들이고, 파는 독특한 방식으로 생계를 꾸려가고 있다. 그는 이런 비행기들을 싸게 사서 더 싸게 판다. 그는 '요즘 기준으로 보면 완전 기름 잡아먹는 하마'인 낡은 보잉 737기 한 대를 10만 달러에 사들인다. "그 다음에는 이놈을 작업장에 세워놓고 엔진 하나당 7만 달러씩 받고 판 다음에 사람들이 주문을 할 때마다 부품을 하나씩 뜯어서 팝니다. 시간이 좀 걸리긴 하지만 인내심만 있다면 이 작업이 다 끝났을 때 30만 달러를 손에 쥐게 되죠."

포터는 TWA 880기 몇 대를 예비역으로 돌리기 위해 사막으로 날아다닌 1978년 처음 이 업계에 발을 들여놨다. 나중에 그는 모하비 사막에 땅을 사서 아무도 원하지 않는 비행기들을 사들였다. 그의 사업장에는 온갖 종류의 비행기가 몇 대씩 있다. 포커 100, 컨베어, 보잉 707, 727, 737, 747, 757, 767, MD^{맥도넬 더글라스}-80, DC-9와 DC-10과 같은 비행기들이 골고루 있다. 그는 무엇이든 판다. 비행기 좌석, 보조익, 엔진, 비행기 문, 계기판. 부품들을 모두 떼어내서 판다. 그리고 근처에 있는 에드워드 공군 기지^{미 공군의 시험비행 센터 기지 - 역주} 소속 특공대가 부품을 떼어내고 남은 비행기로 인질 구출 기법을 연습할 수 있도록 해준다. "특공대원들은 문네 짝을 모두 날려버리는 데 가끔은 로켓을 쓰기도 하고, 또 가끔은 C4^{군사용 플라스틱 폭탄 - 역주}를 쓰기도 하고, 또 가끔은 우리는 볼 수 없는 물건들을 쓰기도 하죠." 포터는 이렇게 말하면서 껄껄 웃었다. "그럴 때면 특공대에서 이렇게 말하죠. '가서 오래 오래 점심이나 먹고 오세요'."

포터는 종종 남은 비행기 잔해를 할리우드 감독들에게 대여해서 멋지게 그 잔해를 날려버리거나 총을 쏴서 벌집을 만들게 해준다. 그동안 스피드, 에어 콘트롤, 트위스터와 같은 영화에 소도구로 비행기를 공급해왔다. 키퍼 서덜랜드가 나오는 폭스 사의 드라마 24 시즌 6의 몇 장면도 포터의 P&M 항공사 사업장에서 찍었다. 닥터 드레^{미국의 음악 PD이자 가수 - 역주} 역시 포터의 컨베어 880기에서 수십 명의 파티꾼들과 함께 댄스파티를 열어 'Keep their heads ringin'라는 노래의 뮤직 비디오를 찍었다. 포터는 자랑스럽게 자사 웹사이트에 그 뮤직 비디오를 올려놨다.

포터는 영화업계와 항공업계에 필요한 것은 뭐든 구해다 주는 사람으로 정평이 나왔다. 할리우드의 독특한 입맛을 맞춰주고, 중고 비행기를 거래하는 이 사업으로 포터는 많은 돈을 벌었다. 산타 바바라에 요트도 한 척 있어서 원할 때는 언제나 탈 수 있다. 포터는 아마 기장 모자를 쓰고, 오래 전부터 사용한 비행기 호출 신호를 사용해 무전을 하면서, 트랜스 월드 원이란 친숙한 이름으로 등록한 요트를 몰고 파도를 누빌 것이다.

포터의 사업은 건조한 미 서부에 흩어져 있는 비행기 묘지라는 느슨한 네트워크의 일부이다. 위성사진으로 볼 수 있는 환상적인 장소들 중에서도 가장 독특한 장소를 몇 개 꼽으라면 서부 여기저기에 흩어져 있는 대여섯 개쯤 되는 비행기 묘지를 들 수 있을 것이다. 물론 그중 하나가 바로 모하비 사막에 있는 포터의 사업장이다. 또 다른 하나인 피날 에어파크는 투손 외곽에 있다. 또 다른 묘지는 캘리포니아의 빅토빌에 있다. 한 다스가 넘는 747기들이 애리조나 주 피날 작업장의 경계를 꽉꽉 매우고 있다. 그 거대한 몸체에다 노스웨스트 에어라인 고유의 마크인 꼭대기 부분에 빨간색을 칠한 페인트 덕분에 그 비행기들은 그릴에 절반쯤 차 있는 거대한 이탈리아 소시지^{747기}처럼 보인다. 그 그릴의 나머지 반은 훨씬 더 크기가 작은 작은 점들^{737기와 DC-9}이 채우고 있다. 하지만 그중에서도 가장 사람들의 시선을 끄는 것은 투손 남동쪽에 있는 미 군 묘지인 데이비스 몬탄 공군기지이다. 구글 주소창에 데이비스 몬탄 공군기지라고 치면 지도가 금방 뜰 것이다.

거기에서 수천 대의 취역 해제된 전투기, 폭격기, 급유기와 화물 수송기들을 볼 수 있다. F-4팬텀, 록히드 C-5 갤럭시, 해군 해리어제트, AWACS^{공중조기경보기} 레이더 비행기와 유서 깊고 덩치 큰 B-52기와 같이 미국에서 날아다녔던 모든 비행기들이 애리조나 사막의 건조한 공기 속 알칼리성 토양(부식이 덜 되는) 위에서 영원히 쉬고 있다. 그 광경은 마치 장난감이나 플라스틱 모델 비행기들이 부드러운 갈색 카펫 위에 죽 늘어져 있는 것 같다. 현실은 미 공군 역사 전체가 단정하게 집결되어 있는 모습이지만. 심지어는 초음속 폭격기로 1985년 비행을 시작한 B-1B 랜서도 보인다. 미 납세자들에게 1대당 3억 달러의 비용을 물게 한 이 폭격기들, 다시는 날 수 없는 운명으로, 접혀서 안으로 쑥 들어가는 날개 뒤로 엔진이 보이는 이 폭격기들이 적어도 15대는 보인다. 이 묘지에 미국의 재산을 얼마나 들이부었을까? 수조 달러가 들어갔다는 건 확실하다.

전 세계 민간 항공사들을 위한 야외 묘지 역시 수십억 달러의 가치에 달하는 금속, 기술, 역사를 품고 있으며, 유가가 8달러에 이르게 되면 이 묘지는 더욱더 문전성시를 이룰 것이다. 유가가 8달러 혹은 그 이상이 되면 그때부터 매일 공중에서 묘지를 내려다보는 것이 점점 더 흥미로워질 것이다. 구글과 다른 지도 사이트들이 포스팅하는 사진들을 업데이트해서 미 항공업계의 거물들이 처리하는 비행기들을 지켜보면서 그 변화하는 양상을 따라갈 수 있도록 해달라고 빌어야겠다.

하지만 일단 다시 포터의 이야기로 돌아가 보자. 1990년대 초반에 지금까지 존재한 유명한 항공사 중 두 곳의 마크를 단 채 지상에 처박히게 된 비행기들로 사업장이 가득 찼던 때를 제외하고 지금처럼 사업장에 큰 비행기들을 많이 보관하고 있던 때가 없다. 1991년 이스턴 에어라인과 팬암 항공이 급등하는 유가와 저가 항공사들의 맹렬한 가격 경쟁 압력에 굴복했다. 두 항공사 모두 몇 년 동안 고전을 면치 못하다가 고루한 사업 모델과 비행 네트워크 때문에 결국 무너지고 말았다. 덕분에 비행기 부품 시장은 저렴한 비행기들로 그득해졌다. "분명 그때는 실컷 재미를 봤죠. 부품을 해체해서 다시 파는 사업으로만 보자면 최상의 시절이었죠." 포터가 말했다.

그의 사업에 그런 호황기가 다시 돌아올 거라는 걸 포터는 알고 있다. 구매자를 찾느라 좀 힘들 수는 있겠지만 그가 운영하는 사막의 주차장은 곧 저유가 자본주의의 날개 달린 프로였던 비행기들로 곧 넘쳐나게 될 것이다. 지금 50대의 비행기가 있지만 '머지않아 더 많아질 겁니다.'라고 포터는 뭔가 알고 있는 사람처럼 말했다.

유가가 피할 수 없는 지점인 8달러대로 오르게 되면 대대적인 규모의 항공사 대학살이 빠르게 일어날 것이다. 포터의 사업장은 다른 사막 묘지들처럼 눈에 익은 로고와 비행기들로 미어터질 것이다. 포터는 사업을 확장해야 할 것이다. 고도 4만 피트에서 500mph의 속도로 비행할 수 있는 인간의 천재성을 입증하기 위해 항공사들은 제트 A-1 등급의 연료를 사용한다. 제트기 연료로 등유를 쓰는데 제트기 엔진은 그 등유를 물 쓰듯이 쓴다. 737기는 1분당 약 13갤런의 등유를 소비한다. 그러나 항공업계의 연료 단위는 갤런이 아니라 파운드이기 때문에 다시 말하면 1분당 91파운드를 쓴다고 볼 수 있다. 시카고에서 로스앤젤레스까지 비행하는 737기는 대략 2만 5,000파운드의 연료를 소비한다. 같은 루트로 가는 747기는 10만 파운드 이상을 연소한다. 제트기 연료는 휘발유, 디젤, 아스팔트를 만드는 것과 같은 정련 과정을 거치기 때문에 제트기 연료의 가격은 유가만큼이나 불안하다.

전 세계 항공사 중역들은 이제 재난이 닥칠지 모른다는 아주 현실적인 가능성을 매일 주시하고 있다. 비록 그 사실을 입 밖에 꺼내어 인정하진 않더라도 그들의 수명이 얼마 남지 않았다는 것을 모두 생각하고 있다. 그들은 출근하는 날이면 날마다, 매 시간 그 사실을 염두에 두고 있다. 지난 5년간 항공사들이 해온 모든 조치, 예를 들어 전체 종업원 수를 삭감하고, 수하물에 요금을 물리고, 기내식을 줄이고, 무료 보상 비행 조건으로 내세우는 마일리지를 올리고, 오레오 한 봉지에 4달러를 받고, 생각할 수 있는 모든 서비스의 비용을 올리는 조치 모두 끊임없이 항공사를 멸종으로 몰아가는 연료비용 효과를 상쇄하기 위해 취한 조치들이다. 주유소에 명시된 휘발유 가격이 8달러로 나올 때면 항공업계의 파티는 끝날 것이다. 끝없이 복잡한 관료주의와 노조 문제가 가지에 가지를 친 항공사들은 하루 아침에 무너지지는 않을 것이다. 그 전에 미 연방 의회에서 의무적으로 무슨 조치를 취할 것이다. 어쩌면 연방 정부 차관이라는 경솔한 방법을 제시할지도 모른다. 하지만 결국 인상된 유가는 광범위한 항공 네트워크의 속을 파낼 것이고, 유가가 8달러대에 진입하면 남아 있는 항공사들이 별로 없게 될 것이다.

비행과 레저라는 이미지로 인식되고, 연상되던 항공사들은 이스턴 항공과 팬암 항공의 선례를 따라 망각 속으로 영원히 사라질 것이다. 물론 비행기를 타는 일이 불가능해지지는 않을 것이다. 미래에도 항공사는 남아 있겠지만 지금보다 그 수가 대폭 줄어있을 것이며 살아남은 항공사들은 (어떤 항공사들이 살아남는지 독자 여러분에게 귀띔해드리겠다) 보통 사람들이라면 일상적으로 내는 요금보다 훨씬 더 막대한 액수의 요금을 물리게 될 것이다. 단지 그렇게 하면 기쁠 거라는 이유로 서부 해안으로 졸린 숙모와 프레디 삼촌을 보러 비행기를 타고 가거나, 추수감사절을 부모님과 보내기 위해 비행기를 타고 집에 가는 시절은 돈이 남아도는 몇몇 사람을 제외하고는 막을 내릴 것이다. 물론 돈이 남아도는 부자들이야 언제고 비행기를 탈 수 있다. 하지만 대부분의 사람들에게 비행은 1년에 한 번 혹은 2년에 한 번 오랫동안 고심한 끝에 누릴 수 있는 일종의 사치가 될 것이다. 미국식 소비주의와 천재적인 마케팅의 결합물인 디즈니월드로 아이들을 데려가 자본주의의 세례를 받게 하려고 전 가족이 비행기를 타고 가는 비용도 앞으로는 엄두를 낼 수 없을 정도로 높아질 것이다.

세계 산업 역사상 항공 산업만큼 단순한 경제법칙을 오랫동안 무시해온 산업도 없다. 어떻게 유나이티드, 아메리칸, 유에스 에어웨이, 델타, 노스웨스트, 컨티넨탈과 같은 미국의 유서 깊은 대형 항공사들이 매년 적자를 내는데도 여태까지 살아남을 수 있었을까? 미국의 주식 투자자들은 항공사에 대해 기이한 호감을 품고 있다. 항공사 모델은 심지어는 경기가 최고의 호황을 누릴 때도 이익률이 아주 낮았고 거기다 휘발유 가격이 1센트씩 올라갈 때마다 손해를 봤다. 하지만 사람들은 마치 유나이티드 항공 주식을 몇 주 보유하는 것이 크래프트^{세계2위의 식품 회사 - 역주}나 코카콜라의 주식을 가지는 것보다 더 섹시한 것처럼 항공사 주식에 끌리는 것 같았다. 도저히 이치에 맞지 않은 행동이었다. 지난 8년간 모든 항공사들이 한 일이라곤 손해 본 것뿐이다. 그것도 아주 막심한 손해를. 2001년 이후 항공사들은 450억 달러의 자산 손실을 입었다. 이들의 운명은 2007년 56억 달러의 이익을 내면서 실제로 상당히 괜찮은 반전을 거뒀지만 치솟는 유가가 그 흥겨운 파티에 재빨리 찬물을 끼얹어 항공업계는 2008년 연료비에만 1860억 달러를 쓰면서 그 소득을 그대로 잃고 말았다. 대개 한 산업이 이렇게 오랫동안 실적이 부진할 경우에는 사라지거나 급격하게 변화되기 마련이다. 그러나 대부분의 사람들은 항공업계의 전면적인 개혁이 임박했다는 것을 의식하지 못하고 있다.

불과 6년 전인 2003년만 해도 연료비는 항공사 운영비의 채 13퍼센트에도 미치지 못했다. 그러다 2008년 몇 개월 동안 유가가 1갤런당 4달러가 되자 연료비는 항공사 운영비의 40퍼센트를 차지하게 됐다. 이는 실로 놀라운 수치이다. 비행기 가격, 지상근무원들과 조종사들에 들어가는 비용, 보험, 공항세, 비행기의 보수 정비에 들어가는 비용을 포함한 항공사 운영비의 거의 절반이 그르렁거리는 유선형의 기계를 공중에 띄우기 위해 필요한 탄화수소에 들어간다는 뜻이다. 유가가 8달러가 되면 항공사들은 연료비로 운영비의 60퍼센트를 쓰게 될 것이다. 그런 식으로는 오래 버틸 수 없다. 궁극적으로는 항공업계가 축소될 수밖에 없게 된다.

항공사들도 이 점을 알고 있다. "이 위기는 SARS^{중증 급성 호흡기 증후군 - 역주}나 9.11사태 때 급격하게 감소한 수요로 인한 충격파보다 더 큰 파장을 몰고 와 업계를 재편하고 있습니다."라고 국제 항공 운송 협회 회장인 지오바니 비시그나니가 말했다. 이 협회는 전 세계에 위치한 대부분의 항공사들을 대표하는 단체이다. "연료비가 7년 만에 운영비의 13퍼센트에서 40퍼센트로 껑충 뛰어오른 상황에서는 도저히 이전과 같은 방식으로는 사업할 수 없습니다. 근본적인 변화가 필요합니다."

잘못 꿰어진 첫단추

1998년에서 2000년 사이에 대학을 졸업한 사람들에게는 세상은 두둑한 월급봉투와 화려한 삶으로 가는 길을 수없이 열어주는 것만 같았다. 그때 우리는 돈을 쉽게 벌 수 있다고 생각했다. 그때는 주식 시장에서 도박을 하는 게 아니라 숫제 돈을 찍어내는 시대였다. 야후나 델이나 AOL이나 마이크로소프트가 그런 대박을 물어다 줬다. 모두 힘들이지 않고 돈을 벌었다. 역사상 1990년대 후반보다 더 열의가 넘치고, 돈 벌기 쉬웠고, 자기 과신 풍조가 하늘을 찔렀던 시대는 없었다. 1999년 샌프란시스코는 인터넷 광풍의 절대적인 진원지였다. 그때 샌프란시스코에 살았던 사람들은 달력에 자신이 부자가 될 날을 동그라미 쳐놓고 살던 친구가 하나씩은 있었다. 엔지니어 두어 명을 거느리고 잉크젯만 하나 있으면 어떤 회사라도 사업 계획서를 작성해서 외부 투자자들로부터 수백만 달러를 받아낼 수 있었다.

기술 혁명에 의지해 주식 시장에서 연일 대박이 터지는 동안 나머지 미국인들도 부유해진 것 같은 느낌을 한껏 만끽했다. 미국 기업들은 우리 시대의 유례없는 호황에 흥청망청했다. 월급봉투는 두둑했고, 보너스와 특혜도 풍족했다. 접대비는 이내 타락으로 가는 열쇠가 됐다. 그리고 이 풍요로운 시대를 질주하는 비즈니스맨들은 자본주의란 명목 하에 전 세계의 온갖 멋진 곳에 출장을 다녔다. 2등석을 탔냐고? 노우! 비즈니스 때문에 가는 출장이니 당연히 비즈니스 클래스를 탔다. 중소기업이건 대기업이건 모두 마음 내키는 대로 많은 돈을 들여 직원들을 이런 저런 회의에 참석시키거나, 고객과 만나게 하거나, 또는 다른 사업상 용무를 보게 하려고 비즈니스나 1등석 티켓을 끊어서 비행기를 태워 보내줬다. 그때 돈을 벌지 못하는 항공사가 있었다면 그야말로 뭔가 잘못 되도 크게 잘못된 거였다. 그 당시 항공사들은 보통 로스앤젤레스에서 시카고까지, 또는 샌프란시스코에서 애틀란타까지 노선에 상관없이 티켓당 1,000달러가 넘는 거금을 지불한 승객들로 1등석과 비즈니스 클래스 섹션을 절반 이상 채운 채 비행했다(현재는 비행기 마일리지를 이용해서 한 푼도 들이지 않은 채 좌석을 업그레이드한 승객들이 이 섹션을 이용하고 있다).

항공사들은 경기가 항상 그렇게 호황일 거라고 믿고 미래의 사업을 계획했다. 승객 정원을 늘리고, 새 비행기를 사들이고, 터미널을 짓고, 항공사 상용 고객 클럽을 위한 최고급 프로그램을 제공하고, 노조에 가입된 직원들에게도 아주 두둑한 보수를 지불했다. 이렇게 항공업계가 재미를 보던 시절은 역사상 전례를 찾아볼 수 없을 정도로 낮았던 유가와 맞물려 있었다. 이전 장에서 언급했던 것처럼 1998년에 미 대부분의 지역에서 유가는 1갤런당 채 1달러도 되지 않았다. 비행기 연료도 마찬가지였다. 저유가와 흥청망청 돈을 써대는 기업들 덕분에 미 항공사들은 1998년 영업 이익으로 93억 달러를 벌어들였고, 1999년 84억 달러 그리고 2000년에는 70억 달러를 벌었다. 대박이다. 이 시기에 항공사들은 좌석의 70퍼센트만 채운 채 비행했다. 업계 전문 용어로는 이 수치를 로드 팩터_{항공기 내 좌석 대비} _{승객이 채워진 비율 - 역주}라고 한다. 요즘 로드 팩터는 85퍼센트에 육박하지만 항공사들은 파산을 피하기 위해 이 수치를 더 높게 끌어올리려고 사력을 다하고 있다.

당시 남아도는 좌석과 기업들의 무분별한 지출 덕에 일반인들과 여가로 여행을 다니는 여행객들이 혜택을 봤다. 1990년대 후반과 2000년대 초반 우리는 어디든 우리가 원하는 시간에 원하는 곳을 신기할 정도로 부담 없는 가격에 날아갈 수 있었다. 우리가 즐겨 이용했던 그 저렴한 비행기 티켓 요금은 미국의 사업가들이 멋대로 잡아뒀던, 터무니없이 높은 가격이 매겨진 비즈니스 클래스의 좌석들 덕분에 나온 요금이었다. 한 좌석에 2,000달러나 하는 비즈니스 석에 중역들이 15자리나 차지하고 앉았다면 비행기의 나머지 좌석 중 일부 요금을 한 좌석당 187달러로 매겨도 괜찮았던 것이다. 그 당시는 한 해에 8,000만 명의 승객들이 국내선 비행에 일반 요금보다 서너 배 때로는 그보다 더 많은 돈을 주고 탔다. 그 수치는 현재 절반으로 줄었고, 매년 더 많이 줄어들고 있다.

인터넷 기업의 거품이 꺼지기 시작한 2000년대 후반 경기가 급속도로 악화됐다. 또한 2001년 9월 11일의 테러리스트 공격은 9.11 공격이 있기 전부터 빠져나간 비즈니스 여행자들과 여가활동으로 여행을 즐기던 사람들을 겁에 질리게 했다. 게다가 전보다 가벼워진 주머니 사정이 더해져 여행을 자제하면서 절박한 상황에 놓여있던 항공업계의 위기를 한층 더 가속화시켰다. 많은 비행기들이 좌석의 절반도 채우지 못한 채 비행했다. 이 로드 팩터는 미 항공 업계가 역사상 가장 긴 5년 동안 500억 달러를 벌어들인 후 2001년 103억 달러의 적자를 내면서 계속 변함이 없었다.

그러나 항공업계는 2001년부터 2004년까지의 암흑기를 거치면서도 별로 많은 것을 배우지 못했다. 항공사들이 파산하고 해체되었어야 할 때에 도리어 정부가 지원하는 차관과 파산법 11장에 따른 구조 조정을 거쳐서 대부분 별다른 영향을 받지 않고 수익을 낼 생각은 전혀 하지 않은 채 전보다 더 낮춘 요금으로 승객들을 확보할 생각에만 몰두해 있게 됐다. 2005년부터 2007년까지 저금리와 주택 시장의 활기 덕분에 찾아온 경기 호황으로 항공사들은 가까스로 지불능력을 되찾았다. 그러나 이 두 가지 요인 때문에 미국은 2008년 후반에 다시 재정적인 혼란에 빠졌다. 항공업계의 앞날은 점점 더 어두워질 것이다. 항공사들의 암울한 운명은 치솟는 유가의 영향을 완화시키는 경기 후퇴 덕분에 인위적으로 지연된 상태다. 하지만 미래에 대한 단 한 가지 기정사실은 유가가 끊임없이 오를 것이라는 점이다. 그렇게 되면 항공사들은 하나씩 차례로 해체될 것이다.

항공업계의 공룡들, 유가 8달러라는 소행성에 맞아 죽다

1970년대 규제가 철폐되면서 등장한 유나이티드, 노스웨스트 앤 델타, 아메리칸, 컨티넨탈과 유에스 에어웨이 같은 유서 깊은 항공사들이 고에너지 비용이라는 새로운 세계에서 가장 많이 그리고 빠르게 타격을 입을 항공사들이다. 이 항공사들은 그간 거둔 이익이 적어서 충격을 흡수할 역량이 부족해 9/11 사태 이후 가장 큰 타격을 입었다. 이들이 이런 곤경에 처하게 된 데는 노쇠한 종업원들, 노조 계약, 유지비가 많이 드는 허브 공항들과 비싼 비행기가 원인이다. 이들은 막대한 부채를 지고 있기 때문에 조금이라도 수익을 거둬 여윳돈이 생겼을 때 새 비행기를 사고 터미널을 개량하거나 비행기를 수리하는 데 쓰지 못하고 전부 빚을 갚는 데 써야 했다.

"이 항공사 중 일부가 문을 닫아야 하는 건 분명한 사실입니다."라고 본 코들은 말한다. 코들은 월 스트리트의 잘난 척하는 전문가가 아니다. 그는 25년이 넘게 미국에서 가장 큰 항공사 중 하나에서 보잉 777기를 몰아온 조종사이다. 공인회계사이기도 한 코들은 1990년대 후반에 정열적으로 항공업계의 경제학을 공부하기 시작했다. 그러다 이 세계의 매력에 흠뻑 빠져 대형 항공사들의 용어와 복잡한 경영 체제 연구에 몰두했다. 그의 전문지식은 은행과 다른 대형 투자자들에게 그들이 보유한 항공사 주식을 검토하고 충고해주는 에어라인포어캐스트라는 컨설턴트 사업에서 잘 나타난다. 코들은 미 항공사가 직면한 혼란이 커지면서 빠르게 번창하는 컨설턴트 사업에만 집중하기 위해 최근 조종사 일을 그만뒀다. CNN이나 폭스 뉴스나 MSNBC나 CNBC 같은 채널에서 항공업계에 대한 분석을 하는 것을 보면 대개는 코들이 나와서 하는 경우가 많다. 코들은 전에 다닌 회사와 법률적인 논쟁에 휘말리는 것을 피하기 위해 그 회사의 이름은 거론하지 않기로 동의했다.

그렇지만 코들은 이에 굴하지 않고 그가 오랫동안 일했던 업계를 깜짝 놀라게 하는 발언을 거침없이 하고 있다. "지금으로서는 항공업계의 경쟁이 너무 치열합니다." 그는 이렇게 말하면서 유서 깊은 항공사들에 대해 불길한 전망을 내놓았다. "이들은 공룡입니다. 회사 문화도 도움이 되지 못합니다. 과거에 받았던 두둑한 봉급을 계속 받고 싶어 하는 노조를 상대해야 할 경우 그 싸움은 힘들 수밖에 없는데 지금 그런 상황에 처해 있습니다. 이 회사들의 종업원들은 나이도 많은 데다 불만에 가득 차있습니다. 화가 잔뜩 난 할머니 스튜어디스들이 식사를 가져다 주는데 좋은 서비스가 나올 리 있습니까? 은행과 투자자들이 계속 항공사들을 어려운 상황에서 구해주고 있지만 언젠가는 그들의 목숨을 끊어주는 게 그들을 위해서도 훨씬 나을 겁니다."

그리고 그는 자신이 한 말을 강조하기 위해 다시 한 번 말했다.

"그 회사들은 정말 공룡이라니까요."

코들의 회사는 항공사들과 2008년 후반 유가에 대해 광범위한 연구를 했다. 그의 연구는 유가 8달러 시대에 어떤 항공사들이 살아남을지 예측하는 것이다. 코들은 그의 연구가 중요한 의미가 있을 것이라고 예상했다. 유가는 향후 3, 4년 내에 8달러로 오르게 돼 있다고 그는 말한다. 유가가 8달러로 오르게 되면 현재 하늘을 나는 비행기 좌석 중 절반이 줄어들 것이며 그때는 항공사들이 허리띠를 졸라매는 것만으로는 견디지 못할 것이라고 그는 예측했다. 결국엔 문을 닫는 회사들이 속출할 것이라는 말이다.

역사의 뒤안길로 영원히 사라지게 될 첫 항공사는 유에스 에어웨이다. 애리조나를 본거지로 한 아메리카 웨스트와 북동부 노선을 주로 운항하는 유에스 에어를 엉성하게 합병한 이 회사는 샬럿, 필라델피아, 피닉스와 같은 애매한 곳에 허브 공항을 두고 있다. "유에스 에어웨이는 지금 이미 서서히 정리 단계에 있습니다." 코들이 말했다.

이 글을 쓰는 시점에도 유에스 에어웨이는 전속력으로 날고 있다. 하지만 독자 여러분이 이 글을 읽을 때쯤이면 그 항공사는 이미 2002년 이후 세 번째로 챕터 11 신청을 하고 있을 수도 있다. 유에스 에어웨이는 지금까지 5년이 넘게 빚으로 운영해왔다. 2002년에 진 정부 차관은 다른 금융업자들에게서 빌린 돈으로 갚았다. 유에스 에어웨이가 사라지면서 샬럿과 필라델피아와 피닉스와 라스베가스에 사는 사람들의 여행 선택권은 점점 더 줄어들게 될 것이다. 유에스 에어웨이가 남긴 빈자리는 이 도시들에서 활발하게 활약하고 있는 사우스웨스트 에어라인이 거머쥐고 비행편을 늘릴 것이다. 그러나 사우스웨스트는 유에스 에어웨이가 물리던 요금 그대로 운행하지는 않을 것이다. 이곳을 여행하려는 여행자들은 그 즉시 전보다 훨씬 더 높은 요금을 물게 될 것이다.

그 다음으로 쓰러질 항공사는 유나이티드 에어라인이다. 회사 경영진들의 무능한 업무 처리로 거의 북미 최고라고 간주되는 허브 공항과 노선이 낭비될 것이다. 유나이티드 사의 허브 공항들은 워싱턴에서 시작해 시카고, 덴버, 그리고 수익성이 좋은 아시아 노선의 관문 격인 샌프란시스코까지 미국의 48개 주를 일직선으로 관통해서 정확히 이등분한 위치에 있다. 이렇게 타고난 장점에도 불구하고 유나이티드는 챕터 11 관리 기간을 어이없을 정도로 질질 끌어서 2002년 12월에 시작된 법정 관리를 2006년 2월이 돼서야 끝낼 수 있었다. 정기적으로 파산 전문 변호사들을 부자로 만들어주는 이 업계에서도 유나이티드 사는 챕터 11 관리 대상 회사 중에서 가장 규모가 크고 오래 시간을 끈 회사였다.

유가가 1갤런당 10달러로 오를 경우 유나이티드 사는 5억에서 6억 달러의 손해를 본다. 유나이티드 사의 중역들은 합병을 요구했지만 2008년 초반 컨티넨탈이 유나이티드 사와 합병을 고려했다가 결국 거절하고 혼자 건실하게 운영해나가기로 결정했다. 항공업계는 축소되겠지만 그 축소 과정에서 유나이티드 사는 회생할 가능성 없이 쓰러질 것이다. 유나이티드 사가 백기를 들면서 남아 있는 회사 중 원하는 회사들이 그 전리품을 가져갈 것이다. 유나이티드 사의 워싱턴 D.C 노선 일부는 사우스웨스트 항공이 확보할 것이다. 그러나 유나이티드 사의 노른자위인 샌프란시스코의 아시아 노선과 시카고의 오헤어 공항은 다른 구혼자에게 넘어갈 것이다.

델타와 노스웨스트는 2008년 4월 합병해서 델타 에어라인으로 운영될 것이라고 발표했다. 이들은 하늘도 함께 날아다니고, 실패도 함께 할 것이다. 이 두 회사가 합병하면서 델타 항공의 애틀랜타, 신시내티, 뉴욕JFK, 솔트레이크시티와 노스웨스트 항공의 디트로이트, 미니애폴리스, 멤피스, 도쿄가 합쳐져서 기이한 허브 공항들을 보유한, 세계에서 가장 큰 항공사가 탄생했다. 델타 항공은 2005년 챕터 11 파산보호를 신청했다가 2007년 간신히 그 절차를 벗어난 터라 재정적으로 건실하지 못한 상태였다. 노스웨스트 항공 역시 2007년 파산 상태를 면했다. 이런 손해를 모두 합쳐 이 항공사는 채무액만 거의 200억 달러에 달하며 잉여 현금 흐름은 전무한 상태이다. 수익을 내지 않는다면 이 거대한 채무를 갚아나가기가 실로 어려운 상황이다. 중서부에 위치한 허브 공항들을 가지고 더 날렵하고 영악한 몸매를 하고 활약하는 델타라고 해도 유가 8달러의 폭탄을 맞으면 결국엔 사망할 것이다.

이렇게 되면 이제 유서 깊은 대형 항공사로는 아메리칸과 컨티넨탈 이렇게 두 개만 남는다. 아메리칸은 놀랍게도 현대에 들어와서 파산을 피한 유일한 미 대형 항공사이다. 하지만 아메리칸 항공 역시 부채를 지고 있다. 아메리칸의 부채는 100억 달러가 넘는다. 또 고유가가 불러온 재앙에 민감한 성향이 아마도 이 업계에서는 가장 두드러지게 나타날 것이다. 아메리칸 항공은 연료를 끝도 없이 잡아먹는 MD-80기 300대를 포함해서 비효율적인 제트기들을 보유한다. 이런 비효율적인 기종이 아메리칸 항공 소유 비행기의 절반을 차지하고 있다. 닥치는 대로 새 비행기를 사들이지 않았기 때문에 아메리칸 항공은 챕터 11의 신세를 지지 않을 수 있었지만, 낡고 노후한 비행기들은 유가가 8달러 그리고 그 이상이 될 미래에서 결정적인 약점으로 작용할 것이다.

아메리칸 항공은 유가가 4달러로 오른 한 분기에만 10억 달러가 넘는 손해를 봤다. 유가가 1배럴당 200달러 선을 넘고, 휘발유 값이 1갤런당 8달러가 되면 아메리칸 항공은 무너질 것이다. 그때는 챕터 11 과정을 마치는 데 필요한 자금을 조달해줄 사람도 없을 것이다. 아메리칸 항공은 파산해서 결코 나타나지 않을 대출업자를 기다리다 죽을 것이다. 아메리칸의 국내 네트워크도 사라질 것이다. 아메리칸 항공이 그 도시 비행편의 대부분을 장악하고 있는 달라스가 가장 큰 타격을 입을 것이다. 아메리칸 항공의 이미 대폭 축소된 허브 공항인 세인트루이스 역시 회복 불가능한 서비스 축소 사태를 맞이하게 될 것이다. 사우스웨스트와 젯블루가 아메리칸의 매력적인 국내 노선인 시카고, 뉴욕, 로스앤젤레스를 나눠가지게 될 것이다. 수익성이 높고 광범위한 라틴 아메리칸 네트워크의 관문이자 아메리칸 항공의 허브인 마이애미는 컨티넨탈 사가 접수해 그중에서도 가장 알짜배기인 남미와 중미 노선을 쟁탈해서 이 지역에서 주도적인 미 항공사가 될 것이다.

코들은 유가 8달러 시대에 살아남을 가능성이 가장 큰 대형 항공사로 컨티넨탈 항공을 지목했다. "이 회사 직원들의 사기는 업계 최고이고, 경영

팀 또한 업계 일류이며, 이들은 가치를 극대화하는 노하우 또한 지니고 있습니다." 코들이 설명했다.

컨티넨탈에도 부채가 있지만 대부분의 미 경쟁 항공사들의 절반 정도밖에 안 되는 50억 달러 수준이다. 그리고 이 회사의 라틴 아메리카 네트워크는 미국 네트워크의 절반밖에 안 되는 크기지만 돈은 더 많이 벌어들이고 있다. 또 유럽 네트워크는 미국 네트워크와 비슷한 규모지만 돈은 두 배로 벌어들이고 있다. 태평양 네트워크 역시 상당히 많은 이윤을 남기지만 유나이티드와 노스웨스트 항공사보다는 수익이 적다. 1980년대와 1990년대 두 번에 걸쳐 챕터 11 관리 대상이었던 컨티넨탈 항공은 오랫동안 빈틈없이 알뜰한 경영 체제를 지향해왔다. 이 항공사는 대형 경쟁 항공사들보다 더 신중하고, 알뜰하고, 재정적으로 현명하게 15년 이상을 경영해왔던 것이다.

그런 혜안은 사실상 컨티넨탈 사가 세 번째이자 치명적인 파산을 향해 나아가던 1994년, 보잉 사의 중역이었다가 이곳으로 옮겨온 고든 베튠에게서 나온 것이다. 베튠은 뛰어난 지도력을 발휘해 컨티넨탈을 파산 직전에 구해 건실하게 경영해왔다. 컨티넨탈 항공사는 한때 고객 만족도의 거의 모든 범주에서 꼴찌를 차지했다. 이에 고객의 주문을 처리하고, 고객의 욕구를 만족시키는 데 집중하도록 베튠이 독려하면서 컨티넨탈 항공은 전 세계 어떤 항공사보다도 더 많이 J.D 파워 & 어소시어트 상을 수상했다. 베튠과 그의 부하직원들은 또한 컨티넨탈 항공의 노선 구조를 최대한 활용해서 수익을 내지 못하는 노선과 목적지들을 없애고 뉴어크와 휴스턴 허브 공항에 서비스를 집중했다. 베튠은 가격을 협상해서 특가로 구매한 새 보잉 기종들로 항공사의 비행기 수준을 끌어올렸다. 2004년 은퇴한 베튠은 컨티넨탈을 흑자로 돌린 업적 덕분에 월가와 미 전역의 경영대학원에서 전설적인 위상을 획득했다. 그의 아우라와 가치관은 컨티넨탈에 계속 남아 있을 것이다.

미 항공사들의 암울한 미래

유가가 8달러로 오르면 미 국내선 네트워크는 지금 규모의 절반으로 줄어들 것이다. 미시간 주의 그랜드래피즈, 오하이오 주의 데이튼과 같은 타 도시들에 비해 뒤지지 않은 항공 서비스를 받고 있는 중소 도시들은 대부분 그 혜택을 잃게 될 것이다. 미 대륙 횡단 티켓은 200달러가 아닌 1,000달러에 가까워질 것이다. 사우스웨스트와 젯블루가 유가 8달러 시대에 주요 국내선 항공사가 될 것이다. 비용을 절감한 세련된 경영 체제 덕분에 이 항공사들은 고유가 시대에도 견뎌낼 수 있을 것이다. 막대한 손해를 보고 있는 항공업계에서 경쟁이 줄어들게 되면 젯블루와 사우스웨스트는 유가 8달러 시대에 흑자를 내기 위해 필요한 할증금을 부과할 수 있게 될 것이다.

비행기 한 대에 좌석이 30석밖에 되지 않는 지역 항공사는 사라질 것이다. 시카고에서 클리블랜드까지 하루에 25번 운항하던 비행편은 이제 보지 못할 것이다. 미래에는 하루에 단 두 번 운행될 것이다. 그것도 작은 비행기가 아니라 큰 비행기로. 시카고에서 클리블랜드까지 350마일 정도의 거리는 미래에 운행되는 상업용 여객기의 최단거리가 될 것이다. 만약 뉴욕에서 보스턴까지 가거나 혹은 시카고에서 인디애나폴리스 혹은 시애틀에서 포틀랜드까지 비행기로 가고 싶다면 비행기를 한 대 사는 편이 나을 것이다. 이렇게 짧은 거리를 가는 상업용 여객기는 미래에 존재하지 않을 것이기 때문이다. 화상전화와 위성 원격지간 회의와 같은 기술 덕분에 근거리 출장은 점점 더 빨리 없어질 것이다. 비행기는 순항 고도에 이르기까지 무지막지한 양의 연료를 연소시키기 때문에 근거리 비행은 마일당 연료비가 더 많이 든다. 200마일 비행에 750달러를 지불할 사람은 거의 없기 때문에 같은 지역 내의 대도시들 사이를 오가는 비행편은 소멸될 것이다.

지역 비행편이 부족하기 때문에 틈새시장을 겨냥해서 10 내지 20인승 제트기들을 가지고 뉴욕에서 보스턴과 같은 장소들을 하루에 한두 번 정도 비행하면서 한 번에 900달러 정도 받는 소규모 항공사들이 출현할 가능성도 있다. 하지만 사우스웨스트와 젯블루 같은 대형 항공사들은 그런 사업에는 뛰어들지 않을 것이다. 유가가 인상되면서 비행 반경은 점점 더 늘어날 것이다. 유가가 12달러로 오르면 500마일 미만의 거리는 차나 버스나 기차로 다니게 될 것이다.

컨티넨탈 항공은 유가 8달러 시대에 간신히 살아남을 것이다. 유서 깊은 대형 항공사 중에서 유일하게 살아남은 이 항공사는 국내선 네트워크를 줄여서 젯블루와 사우스웨스트가 남은 국내 시장을 가지고 경합하도록 만들 것이다. 그리고 컨티넨탈은 국제 비행에서 막강한 영향력을 휘두르는 강자가 되는 데 전력을 투입할 것이다. 이 항공사는 뉴어크에 있는 기존의 뉴욕 허브 공항에 덧붙여 앞서 언급한 것처럼 마이애미뿐 아니라 샌프란시스코, 로스앤젤레스, 시카고에 국제 허브 공항을 열 것이다. 컨티넨탈은 런던, 파리, 브뤼셀 그리고 유럽의 다른 대도시로 운항하던 아메리칸과 유나이티드의 비행편을 소생시킬 것이다. 소비자들에게는 고맙게도 북미에서 세계적인 대도시로 운항되는 노선을 컨티넨탈이 독점하지는 않을 것이다.

일부 외국 항공사들 역시 역경을 이겨내면서 국제 항공여행 시장에서 경합을 계속할 것이다. 그때 살아남을 것으로 예상되는 항공사들로는 루프트한자, 브리티시 에어웨이, 에어 프랑스-KLM과 일본의 올 니폰 에어웨이가 있다. 외국의 여러 일류 항공사들은 미 항공사들보다는 재정적으로 안정돼 있어서 고유가 시대를 더 잘 헤쳐 나갈 수 있다. 많은 항공사들이 유가 4달러 시대에 이익을 내던 반면 미국의 모든 대형 항공사들은 손해를 봤다. 외국 항공사들은 미국 항공사들보다는 고국에서 상대적으로 경쟁이 덜 치열하다. 미 항공사들처럼 국내 시장을 놓고 대여섯 개의 대형 항공사들과 경쟁해야 할 필요가 없다. 그리고 300달러를 받고 승객들을 발티모어와 달라스 같은 장소에 실어 나르느라 막대한 돈과 에너지를 투입하는 미 항공사들에 비해 외국 항공사들의 사업 비중은 국제 항공편이 더 높으므로 따라서 수익성이 더 좋다.

벨기에, 네덜란드, 스위스, 오스트리아, 아일랜드, 이탈리아와 같은 나라들은 컨티넨탈, 에어 프랑스, 브리티시 에어웨이, 루프트한자와 같은 외국 항공사들이 대서양 횡단 시장을 차지하면서 자국의 국영 항공사들을 잃게 될 것이다. 환태평양 지역도 사정은 마찬가지여서 대한항공, 차이나 이스턴, 아시아나, 타이항공 모두 사라질 것이다.

유가 8달러 시대가 지속되면 미국에서 유럽까지의 일반석 가격이, 그것도 그나마 저렴한 편이 2,000달러가 될 것이다. 가족을 데리고 대서양을 횡단해서 파리나 런던이나 로마 같은 곳에 짧게 여행을 다녀오는 것은 심지어 중상층이라고 해도 선뜻 할 수 없는 일이 될 것이다. 유가가 8달러에서 더 오르게 되면 대서양 횡단 비행은 점점 더 최상류층과 부자들의 독점물이 될 것이다. 유럽으로 한 번 여행을 가는 것은 많은 것을 희생하고, 돈을 절약해서 10년에 한 번 다녀올까 말까 한 것이 될 것이다. 여기서 유일한 희소식은 유럽의 광범위한 전기 기차 네트워크로 유럽 대륙을 여행하면 비교적 부담이 덜할 것이라는 점이다. 하지만 일단 대서양을 건너는 것이 모든 휴가 비용의 절반을 차지하게 될 것이다. 유가가 8달러에서 더 오르게 되면 항공사의 수용 인원 역시 줄어들게 될 것이다. 더 많은 비행기들이 땅에 묶이게 될 것이고 중소도시들의 항공 연결편은 없어질 것이다.

거대한 공항의 줄기에서 한때 일렬로 뻗은 꽃잎처럼 늘어섰던 공항 터미널들 역시 닫힐 것이다. 미래의 고유가 시대에 지금 존재하는 공항은 너무 크다. 덴버, 달라스, 디트로이트, 애틀랜타, 휴스턴에 있는 거대한 공항들의 절반 이상이 문을 닫게 될 것이다. 하나 이상의 큰 공항이 있는 대도시들, 예를 들면 뉴욕JFK, 라구아디아, 뉴어크, 시카고오헤어, 미드웨이, 샌프란시스코SFO, 오클랜드, 산호세는 공항을 하나로 통합하게 될 것이다. 그때가 되면 공항에서 주차하는 것은 누워서 떡 먹기가 될 것이고 공항에서 가장 멀리 떨어진 곳에 있는 주차장들은 닫힐 것이다. 예전에는 짧은 시간만 주차할 수 있었던 주차장들로도 우리의 소형차를 충분히 주차할 수 있게 될 것이다.

유가가 인상되고 전통적인 항공사들이 모두 묘지로 향하면서 온갖 종류의 독특한 방법을 사용해 창업한 새로운 항공사들과 기이한 혁신을 한 항공사들을 보게 될 것이다. 그중에서도 우리가 목격하게 될 것이 분명한 새로운 항공사는 무게로 비행을 제한하는 항공사다. 이 아이디어는 이미 필라델피아 인콰이어러와 필라델피아 데일리 뉴스가 가상의 항공사인 데리에어를 선전하기 위해 "체중이 더 나갈수록, 요금이 더 올라갑니다."란 풍자적인 광고를 실어서 널리 알려졌다. 이 신문사들의 사주인 필라델피아 미디어 홀딩스와 지로 광고 대행사는 일종의 홍보용 농담으로 이 광고를 제작했다. 대부분의 독자들은 이 광고를 보고 한바탕 시원하게 웃었다. 하지만 어딘가에 있을 어떤 기업가의 머릿속에서는 이런 식으로 항공사를 경영해볼까 하는 생각이 싹트고 있을 것이다. 분명 체구가 큰 사람들은 정말 데리 에어가 존재한다면 그 항공사의 비행기는 타지 않겠지만 바로 그것이 기업가가 의도하는 바이다. 연료를 절약하자면 무게를 줄이는 것이 핵심이다. 데리 에어가 날씬한 승객만 태운다면 분명 경영상 큰 이점이 생길 것이다. 정치적으로 공정해야 한다는 생각은 분명 미래의 데리 에어나 데리 에어를 이용하는 사람들에게는 문제가 되지 않을 것이다. 유가가 8달러가 됐는데 타인의 기분에 신경 쓸 여유가 어디 있겠는가? 이 아이디어가 실현되려면 1갤런에 8달러 하는 휘발유와 약간의 자본과 저렴한 비행기 몇 대만 있으면 되는데 이 비행기들을 찾는 것은 어렵지 않다. 모하비 사막에 있는 포터란 남자에게 부탁하면 되니까.

항공 산업 붕괴가 불러올 후폭풍

미 항공 산업은 대형 산업이다. 이 산업의 절반이 사라지면 큰 공백이 생긴다. 사우스웨스트, 젯블루, 컨티넨탈과 저가 항공사 한 곳 정도가 그로 인해 생긴 노선들과 실직하고 방황하는 종업원들을 일부 떠맡기는 하겠지만 이는 스스로 다 타서 꺼질 때까지는 누구도 손대지 못하는 경제적 대화재가 될 것이다. 이 화재의 생존자들이 유지해갈 부분과 노선을 계산에서 뺀다고 치더라도 앞서 언급한 항공사들이 문을 닫게 되면 이런 결과가 생긴다. 즉 2,800대의 비행기들이 비행을 할 수 없게 되고, 20만 명이 실직하고, 1만 3,000편의 항공편이 없어지고, 670억 달러의 수입이 증발한다. 유가가 8달러 이상으로 오르게 되면 사태는 더 악화된다.

사라진 항공사들의 조종사들은 대체 어디로 가야 하나? 승무원들은? 수하물을 체크하는 항공사 직원들은? 정비사는 또 어떻고? 이들은 새 직업을 찾아야 할 것이다. 운이 좋은 몇몇 조종사들은 계속 비행기 조종을 해서 먹고살 수 있겠지만 대부분은 그렇지 못할 것이다. 이 사태에는 아무리 눈을 씻고 봐도 긍정적인 면이 없다. 사방이 암흑이다. 제트기를 날리려면 기름이 있어야 한다. 비행기를 띄울 수 있는 다른 방법이란 존재하지 않는다. 사람들은 비행기 요금이 두 배, 세 배, 그리고 계속해서 오르게 되면 생활 방식을 바꾸고 비행을 줄이게 될 것이다. 거대한 인력을 보유한 항공 산업은 급격히 축소될, 피할 수 없는 운명을 지니고 있다. 앞서 언급한 수치는 항공사 내 직종만 적용한 것이다. 우리의 비행 네트워크를 지탱해주는 수천 개의 직업들 또한 사라질 것이다. 공항에서 일하는 사람들, 정비 공장들, 비행기에 음식을 공급하는 업체들, 렌터카 회사들, 여행사들, 비행기를 대여하는 회사들과 심지어는 택시와 셔틀버스 기사들과 같이 공항 주변에서 일하는 직종도 타격을 입을 것이다.

이로 인한 경제적 피해는 도처에서 심각하게 드러날 것이다. 이 사태는 우리 경제의 주요 동력 파괴의 시작일 뿐이다. 수많은 사람들이 다른 업종에 취직할 희망도 없이 실직자가 될 것이다.

에어버스와 보잉 사를 궁지로 모는 것들

항공사들이 비행기들을 처분하고 수용인원을 줄일 때, 심지어는 이 항공사들의 절반 이상이 챕터 11 파산보호 신청을 거쳐 멸종되기 전에 벌써 세계의 중고 비행기 시장은 남아도는 비행기들로 넘쳐날 것이다. 포터는 거인들이 쓰러진 자리를 메우기 위해 저가 항공사들이 많이 출현할 것으로 예상하고 있다. 항공사 창업비용이 별로 들지 않는다는 이유에서다. "아직 오래 쓸 수 있는 737기를 고작해야 70만 달러에 살 수 있을 걸요?"

포터는 현재 5,000만 달러의 가격이 붙은 비행기에 대해 이렇게 믿을 수 없는 가격을 불렀다. "순 거저나 마찬가지잖아요. 그러니 이렇게 싼 비행기를 사서, 연료 좀 넣고, 안전 증명서만 따면 그걸로 준비 끝이거든요."

하지만 유가 인상은 8달러에서 멈추지 않을 것이고, 이렇게 저렴한 중고 비행기를 사서 새로 사업을 시작한 항공사들도 연료 비용을 감당하지 못해서 결국은 얼마 못 가 그 비행기들이 다시 중고 시장으로 돌아올 것이다. 포터 같은 판매업자들은 아마 같은 비행기를 두, 세 번씩 파는 일도 생길 것이다. 그리고 거목들이 쓰러지기 시작하면 잔뜩 멋을 낸 신형 비행기들을 보유한 오래된 항공사들도 결국엔 그 비행기들을 시장에 내놓게 될 것이다. 777기와 최신 모델인 787 같은 고급 기종들이 헐값에 돌아다니게 될 것이다. 이 비행기들은 현재로서는 항공사들이 줄을 서서 주문하는, 인기 최고인 기종들이다. 777기와 787기를 주문해서 받기까지 보통 6년을 기다려야 한다.

그러니 중고 시장이 신형 비행기들로 미어터질 때 에어버스_{영국, 프랑스, 독일이 합작해서 만든 비행기 제조 회사 - 역주}와 보잉 사_{미국의 항공기 제작 회사 - 역주}의 사업은 어떻게 되겠는가? 분명 이 두 회사는 상업용 여객기 사업 분야에서 큰 타격을 입게 될 것이다. 두 회사 모두 연료 효율이 높고 보수 유지비가 많이 들지 않는 차세대 항공기를 개발하는 데 집중해야 할 것이다.

그러다 결국에는 보잉이나 에어버스 중 하나는 상업용 대형 여객기를 판매하기 위한 싸움에서 물러나게 될 것이다. 대형 상업용 여객기를 만드는 데 두 회사가 다툴 만큼 큰 시장이 없기 때문이다. 보잉은 방위 계약도 있고 위성과 미사일 사업을 하기 때문에 여객기 시장은 유럽 정부들에게서 보조금을 받음으로써 쑥대밭이 된 상업용 여객기 시장에서 상대적으로 더 쉽게 살아남을 수 있는 에어버스에게 넘겨줄 수도 있을 것이다. 겉보기에 이 시나리오는 아주 그럴듯해 보인다. 하지만 이 시나리오는 석유가 부족한 시대를 대비해 고안된 제1세대 비행기를 건조하는 데 있어 보잉이 현재 아주 큰 장점을 지니고 있다는 점을 무시하고 있다.

줄어드는 석유 공급에 대비한 보잉 사의 거대한 도전

연장을 가져오느라 잰 걸음으로 사방을 시끄럽게 돌아다니고, 높이 솟은 복잡하게 만든 비계를 기어 올라가 꼼꼼하게 도면을 점검하는 모습에서 기술자들의 결연한 의지가 풍겨난다. 이 숙련공들은 지금 건물을 짓는 게 아니라 완공된 건물 안에 있다. 이 건물은 시어스 타워의 9배에 달하는 크기와 하늘 높이 솟은 4억 7,200만 입방피트의 면적으로 세계에서 가장 크다. 이 거대하면서 불규칙하게 사방으로 뻗은 건물은 워싱턴 주 북서부만인 퓨젓 사운드의 뒤쪽 포제션 사운드 근처에 있다.

시애틀 북쪽에서 45분 걸리는 이곳에서 보잉 사는 자사의 대형 기종인 747, 767, 777기를 만들고 있다. 그러다 최근 이곳에서 좀 다른 형태의 비행기인 787기를 만들기 시작했다. 이 비행기는 여러 면에서 시카고에 본사가 있는 이 회사의 재기를 염두에 두고 제작되고 있다. 이 건물에서 일하고 있는 기술자들은 세계 최고의 실력자들로 뭔가 특별하고, 뭔가 다르고, 항공의 법칙을 다시 쓰게 될 뭔가 대단한 것을 만드는 데 자신들이 기여하고 있다는 것을 잘 알고 있다.

날개 위에 걸쳐진 비계 위를 올라가 죽 따라가 보면 형구, 지주, 버팀대로 이뤄진 정교한 거미집 속에 비행기의 형체가 들어있다. 기술자들은 비계의 널빤지를 걸어서 지나다니면서 비행기의 배선 설치와 패스너^{잠그는 금속}

구-역주를 점검한다. 비행기의 거대한 내부가 아주 인상적이다. 헐벗은 강철과 티타늄 구조재가 훤히 드러나 보이고, 그 사이사이에 전열 블랭킷을 쑤셔 박은 동체의 골격이 한 눈에 들어온다. 승객들이 편안하게 쉴 수 있는 내부공사가 아직 시작되지 않았기 때문에 관찰자들은 와이드보디동체의 폭이 넓은 여객기 – 역주의 그 거대한 위용을 잘 감상할 수 있다. 그건 마치 한 쌍의 날개와 바퀴 위로 침실 3개짜리 집 두 채를 쑤셔 넣는 것 같은 모습이다.

787기 프로그램 책임자인 팻 샤나한은 많은 사람들이 지금까지 나온 여객기 중 가장 위대한 여객기가 될 것이라고 여기는 비행기를 만드는 이야기를 하면서 록 스타처럼 얼굴이 환하게 빛났다. 샤나한의 작업팀은 노사 분쟁을 거치고, 부품 공급업자들이 제대로 주문을 맞춰주지 못해서 수도 없이 좌절을 겪으며 비행기를 조립하다가 최근 들어서야 작업이 본 궤도에 올랐다. "6개월 전에만 여길 왔어도 모두 침울한 얼굴로 의기소침해 있는 걸 보셨을 겁니다. 지금은 직원들 모두 열의가 대단합니다. 모두 이제 성과가 나기 시작한 걸 보게 된 거죠. 다들 의욕이 넘칩니다." 샤나한이 자랑스럽게 말했다.

이 기술자들만큼이나 한 대당 1억 5,000만 달러인 이 비행기를 사려고 줄을 선 보잉 사 고객들의 열기도 뜨겁다. 지금 이 글을 쓰는 중에도 한 번도 승객을 태워본 적도 없는 보잉 787기에 대한 주문이 놀랍게도 900건이나 쌓였다. 여기서 한 가지 짚고 넘어갈 점이 있다. 보잉 사의 진용에서 787기는 어떤 기준으로 봐도 성공작이며 지금까지 나온 대서양 횡단 제트여객기 중에서 가장 인기가 많았던 기종인 767기의 인기를 빼앗게 될 것이라는 점이다. 보잉은 767기를 25년이 넘게 팔면서 불과 3년 전 1,000번째 767기를 팔았다. "보잉은 비행기의 아이팟을 만들어내는 데 성공했습니다. 모두들 이 비행기만큼은 꼭 가져야겠다는 생각을 하게 됐죠." 업계

분석가인 로날드 엡스타인이 말했다.

나는 운 좋게도 보잉 사가 2008년 세계 기자단을 위해 준비한 787기의 첫 번째 발표회에 참석해서 비행기 내부를 돌아볼 수 있었다. 이 발표회를 취재하기 위해 세계 각국에서 모인 기자들을 보면서 이 비행기에 얼마나 많은 관심이 쏟아지고 있는지 여실히 느낄 수 있었다. 규모로 보면 북미 기자단은 적게 온 편이었다. 유럽의 거의 모든 주요 국가의 언론사에서 대표로 최소한 두 명씩 파견했다. 그리고 태국, 싱가포르, 한국, 일본, 타이완과 같은 많은 아시아 국가에서는 그보다 더 많은 기자들을 보냈다. 이 비행기는 역사상 그 어떤 것보다도 중요한 의미를 지니고 있는 것 같았다.

어떻게 비행기 한 대에 전 세계가 열광할 수 있을까? 그 비결은 간단하다. 이 비행기는 연료가 적게 들어간다. 787기는 알루미늄을 주요 소재로 한 동급의 비행기보다 연료를 20퍼센트 덜 쓴다. 787기는 동체의 금속 소재에 리벳을 박아 만들지 않고 탄소섬유와 합성물질이라고 하는 에폭시를 써서 만든 최초의 대형 상업용 여객기이다. 제조 방법은 에폭시에 담근 탄소섬유를 틀 위에 감은 다음에 고온, 고압에 구워서 동체 일부를 만들어낸다. 만약 이 조각을 알루미늄으로 만든다면 1,500개의 금속 조각들과 5만 개의 패스너가 필요할 것이다. 이 합성물질 건조는 강한 데다 가볍고 고가의 금속인 티타늄으로 마무리하는데 티타늄이 15퍼센트가 들어간다.

787기는 현대 와이드보디 시대를 열었던 점보제트기인 보잉 747기 이후로 상업용 여객기 분야에서 가장 큰 도약을 이룬 기종의 대표주자이다. 787기의 내구력은 아주 강하고 부식되지 않는 합성물질을 소재로 만들었기 때문에 보수 정비도 많이 할 필요가 없어서 동급의 알루미늄 소재 비행기보다 운영비가 35퍼센트나 덜 든다. 모든 면에서 787기는 공학의 경이인 것이다.

전 세계 항공사들은 모두 이 점을 잘 알고 있다. 그들은 787기에 어떤 장점이 있는지 잘 알기 때문에 앞 다퉈 주문해서 누구보다 먼저 비행기를 받으려고 안달하고 있는 것이다. 하지만 마법의 787기라고 해도 현재 존재하는 항공 여행을 구할 수는 없다. 각 항공사가 이 비행기를 한 다스 정도 가지고 있다고 해도 유가 8달러의 치명적인 효과를 상쇄시킬 수는 없다. 또한 어떤 기술혁신으로도 다가오는 재앙을 막을 수 없다. 항공 여행을 우리가 현재 즐기는 수준으로 복구하는 것이 앞으로 우리의 지상과제가 될 것이다. 항공 산업의 경제성은 적나라하게 드러난 상태이다. 항공사들의 붕괴는 유가 8달러 시대가 머지않은 시점에서 대부분의 사람들이 생각하는 것보다 훨씬 빨리 일어날 것이다.

한 지역에 모여 살게 될 가족들

비행기로 국내를 왕래하는 데 적어도 1,000달러 이상 들게 되면 사업상의 모임만 영향을 받는 것이 아니다. 근본적으로 멀리 사는 친지들의 사이가 더 멀어지게 될 것이다. 지금까지는 일 때문에 혹은 마음 내키는 대로 젊은이들과 가족들이 어렵지 않게 거처를 옮길 수 있었다. 신시내티가 고향인 신혼부부는 별다른 걱정 없이 피닉스로 이사 갈 수 있었다. 그들은 추수감사절과 크리스마스 같은 때, 일 년에 한두 번은 가족들을 보러 고향에 올 수 있었다. 그리고 따뜻한 기후를 만끽하기 위해 중서부에서 친지들이 놀러오는 일도 잦았다. 친지에 대한 그리움이 깊어지면 언제고 다음 번 휴가를 기약할 수 있었던 것이다. "두 달 후에 할머니랑 할아버지를 뵈러 가지 뭐." 사람들은 이렇게 말하곤 했다. 그렇게 미국인들은 가족 간의 유대를 강화할 수 있었다.

미래에는 이런 일이 결코 쉽지 않을 것이다. 머나먼 곳으로 이사를 가게 되면 계속 그 자리에 머물러 있게 될 것이다. 잘해야 부모님을 일 년에 한 번 볼까말까 하게 되면 먼 곳으로 이사를 가거나 전근을 가게 되는 결정을 내리기가 쉽지 않게 될 것이다. 미래에 항공 여행비용이 크게 늘어나면서 더 많은 사람들이 고향을 떠나지 않게 될 것이다. 가까운 친지들과 연락을 주고받는 데 화상 전화는 근사한 매개체가 되겠지만 실제로 얼굴을 맞대는 친밀감에서 우러나는 기쁨을 대체하기는 힘들다. 따라서 멀리 이사 가는 가족이나 친지들도 줄어들 것이다. 따라서 함께한다는 가족의 가치는 유가 8달러 혹은 그 이상의 시대에서 더 힘을 받게 될 것이다. 이모나 사촌을 미래에는 좀 더 자주 보게 될 것이며 자녀들은 할아버지와 할머니의 정을 더 많이 느끼게 될 것이다.

줄어드는 대학 선택의 폭

항공 요금이 인상되면서 일어나는 부정적인 면 중에 하나는 미 대학에 다니는 학생들의 지리적 배경의 다양성이 줄어들 것이라는 점이다. 예를 들어 시카고 출신의 명석한 학생이라면 과거에는 버클리나 버지니아 대학과 함께 지방대로는 일리노이, 미시간, 노스웨스턴 대학을 고려해봤을 것이다. 그러나 이제는 더 이상 그렇게 멀리 떨어진 대학들을 고려해볼 여유가 없게 될 것이다. 먼 곳에 있는 대학을 가게 되면 휴가에도 집에 오지 못하고, 대학 등록금이란 부담을 지게 될 부모님들이 학교에 찾아 올 거란 기대도 하지 못하게 된다. 부유한 집의 자녀들은 이런 변화에도 둔감할 것이다. 샌프란시스코에 사는 부잣집 아이인데 성적이 좋고 자신도 원한다면 뉴어크까지 가는 비행기 요금에 상관없이 프린스턴을 선택할 것이다.

중류 사립대학들은 타주 출신 학생들이 내는 거액의 등록금에 재정을 의지하고 있기 때문에 가장 큰 타격을 받게 될 것이다. 여기다 미래에는 출생률이 줄어든다는 점까지 감안하면 중류 사립대학들이 처한 미래는 매우 불확실하다. 전국에 있는 수십 개의 대학들은 영원히 문을 닫게 될 것이다. 다시 말하지만 충격을 흡수해줄 풍부한 기부금이 없는 대학들(대개 변두리에 있는 대학들)이 제일 먼저 문을 닫게 될 것이다.

타주 출신 학생들에게 의존하는 주립대 역시 타격을 입게 될 것인데 여기에는 타주 출신 학생 비율이 65퍼센트나 되는 버몬트 대학과 48퍼센트의 외부 학생 비율을 보유하고 있는 노스다코타 대학이 포함된다. 주의 인구가 적어서 25퍼센트 이상을 차지하는 외부 학생들에게 재정을 의존하고 있는 큰 국립대들도 축소될 것이다. 예를 들면 학생의 34퍼센트가 타주 출신인 아이오와 대학이 그러하며 28퍼센트의 학생이 외부에서 온 오리건 대학 역시 형편은 마찬가지이다. 이렇게 거주 지역 내 대학을 가게 되면서 실력이 있는 학생이라면 전국 어느 대학이나 골라서 갈 수 있었던 놀라운 시대는 막을 내리게 될 것이다.

외로워지는 리조트 지역 주민의 삶

지난 20년간 미국뿐 아니라 전 세계에서 휴양지 리조트가 폭발적으로 늘어났다. 한때는 흙만 깔려있던 땅에 새로운 마을들이 우후죽순으로 생겨났다. 한때는 작은 시골이었던 곳이 지금은 세계적으로 유명해져 백만장자들의 놀이터가 됐다. 얼마 전만 해도 와이오밍 주 잭슨은 옐로스톤 국립공원을 찾은 관광객들이 잠시 머무는 초라한 호텔만 몇 채 있는 곳이었다. 그런데 지난 15년 동안 그 마을과 근처에 있는 스키 리조트인 잭슨 홀

마운틴 리조트는 예전의 모습을 알아볼 수 없을 정도로 변했다. 이제는 뛰어난 음식 맛을 자랑하는 수십 개의 레스토랑이 이곳의 명물이 됐다. 그리고 10년도 안 된 짧은 시간에 폰데로사 소나무^{북미산 큰 오엽송의 하나 - 역주}와 수세미만 있던 곳에 스키 리조트 남쪽 경사지로 포시즌 호텔과 스파가 들어서 있다. 스키 시즌에 이 호텔의 객실 요금은 하룻밤에 2,500달러 이상 간다.

잭슨은 자석처럼 전국 방방곡곡의 부자들을 끌어당겼다. 1999년 15만 달러가 나가던 집이 지금은 100만 달러가 나간다. 마을에서 가장 집값이 낮은 집은 1970년대 주택단지 조성 사업 때 끔찍한 양식으로 지어진 침실이 하나인 볼품없는 아파트 단지이다. 그런데도 그 초라한 아파트 한 채가 50만 달러에 팔리고 있다. 부자가 아니라면 도저히 잭슨에서는 집을 살 수 없다(10년 전에 사놓지 않았다면). 잭슨의 스키 가이드인 짐 우디 우드멘시는 이렇게 말했다. "내 아이들은 내 집을 물려받지 않는 한 여기서 살 수 없을 겁니다."

잭슨의 상황은 미래를 리조트 산업에 걸고 있는 다른 마을들과 다를 바가 없다. 평균 집 한 채 가격이 400만 달러가 넘어가는 아스펜^{콜로라도 주에 있으며 스키장과 캠핑장으로 유명함 - 역주}이 대표적인 예이다. 콜로라도 주의 크레스티드 버트, 유타 주의 파크 시티, 콜로라도 주의 베일, 캘리포니아 주의 타호와 콜로라도 주의 텔루라이드에서도 이와 비슷하게 마을이 폭발적으로 성장했다. 그렇다고 그곳 토박이들이 관광객들을 등쳐먹고 동네 부동산 값을 올려서 부자가 됐다는 말을 하려는 게 아니다. 기술 산업과 월가가 값비싼 별장을 살 수 있는 미국인들의 수를 대대적으로 늘려놓은 것이다. 그래서 잭슨의 집값이 오른다면 그것은 천재적인 인터넷 기업가가 거의 쓰지도 않을 1만 평방피트의 집을 1,200만 달러에 사려고 뉴욕의 은행가와 경합을 벌였기 때문일 것이다. 그 지방의 토박이들은 그런 거주 형태를

10-2-2라고 부르는데 그 뜻은 10,000평방피트의 집을 두 사람이 일 년에 2주 쓴다는 뜻을 앞자리의 숫자만 따서 명명한 것이다.

이 현상은 두 가지 이유로 불이 붙게 됐다. 즉 아주 부유한 미국인들의 숫자가 증가하고, 유가가 낮은 덕분이었다. 잭슨 홀과 아스펜과 베일이 원래부터 아름다운 곳이었다는 점 외에 제트족제트 여객기로 세계를 돌아다니는 상류 계급-역주들의 마음을 사로잡은 이유는 비행기로 그곳에 갈 수 있다는 점이다. 시카고, 덴버, 달라스 같은 곳에서 타는 승객들을 싣고 유나이티드, 아메리칸, 델타 항공사들의 757 기종 같은 대형 제트기들이 한 겨울에 테튼 앞에 있는 활주로에 내릴 수 없었다면 잭슨은 궁벽한 곳이 됐을 것이다. 콜로라도 주에 있는 발리/이글 공항 역시 같은 종류의 항공편과 기종이 단골로 드나들고 있다. 대부분의 경우 리조트들은 그곳에 들어오는 항공사들의 좌석 요금을 보장해준다. 즉 잭슨 홀 마운틴 리조트건 발리 리조트가 됐건 아메리칸 에어라인이 리조트 공항까지 비행하는 데 적어도 한 좌석당 300달러의 수익을 올릴 수 있도록 보장해주는 것이다. 만약 항공사에서 그만한 수익을 거두지 못하면 리조트에서 그 차액을 보상해준다. 하지만 그럴 경우는 거의 없다. 스키어들은 계속해서 잭슨 홀을 찾아오고, 그곳의 부동산 열기는 식지 않으며 포시즌은 항상 열려있다.

하지만 유가가 8달러인 세계에서는 항공사가 좌석당 800달러 혹은 그 이상을 요구하면서 항공사에 수익을 보장하는 것이 위험한 도박이 될 것이다. 발리, 아스펜, 잭슨 홀에서 스키를 타는 사람들은 분명 평균적으로 대부분의 미국인들보다는 훨씬 부유하다. 그러나 일 년에 두 번 5일 동안 스키를 타려고 가족 한 사람당 1,000달러씩 비행기 삯을 치를 만큼 그렇게 부유하지는 않다. 리조트에서 돈을 가장 많이 쓰는 사람들은 미국의 동해안, 중서부, 혹은 서해안에서 날아온 사람들이다. 덴버 주민들이 발리에 있는 최고급 간이식당과 스키숍의 고객은 아니다. 물론 자신의 제트기를 타고 잭슨에 날아오며, 비행기 요금이 높아졌다고 해도 별다른 영향을 받지 않을 초특급 부자들도 많을 것이다. 하지만 잭슨 홀에서 스키를 타고 포시즌 호텔 밖에서 마시멜로우를 구어 먹는 사람들은 대부분 아메리칸 에어라인이나 유나이티드 항공을 타고 오는 사람들이다. 항공계의 재편은 리조트 세계를 강타할 것이다. 리조트 사업은 축소될 것이고, 주변 부동산 가격은 별장을 찾아오는 비용이 심지어는 부자들에게도 부담이 되면서 뚝 떨어질 것이다.

스키 리조트 타운이 여기서 말하는 요지를 잘 보여주고 있지만 카보 산 루카스가 됐건, 바하마가 됐건, 칸쿤이 됐건, 하와이가 됐건 비행기를 타고 찾아오는 고객들을 맞았던 휴양지 리조트라면 사정은 모두 비슷하다. 긍정적인 면에서 보자면 부동산 시장을 공략하는 외부인들의 자금이 줄어들면서 지역 주민들이 집을 장만하기는 좀 더 쉬워질 것이다. 하지만 그곳의 1차 산업인 관광사업의 규모가 대폭 축소되면서 이곳의 취업 시장이 타격을 입게 될 것이다.

리조트 사업을 이야기하면서 앞서 언급한 디즈니랜드를 도외시할 수는 없다. 많은 사람들이 어렸을 때 디즈니에 놀러가서 생애 최고의 시간을 만끽했다. 하지만 유가 8달러 시대에 너덜너덜 찢어진 항공사 네트워크와 터무니없이 비싼 비행기 요금이 판치는 세상에서 플로리다 외곽에서 당일치기로 놀러오는 사람들 외에 누가 비행기를 타고 디즈니랜드엘 가겠는가? 유가 8달러 시대에 디즈니는 어떻게 할 것인가? 실로 난감한 질문이 아닐 수 없다.

하지만 결국 유가가 10달러 그리고 그 이상으로 오르면 디즈니랜드 역시 문을 닫게 될 것이고, 그 문제에 관한 최종 발언권은 경제성이 쥐게 될 것이다. 물론 디즈니 회사는 계속 건재할 것이다. 지리적으로 거리가 멀어졌다고 해도 디즈니 사의 만화, DVD와 영화는 위축되지 않을 것이다. 백설공주도 사라지지 않는다. 하지만 신데렐라가 사는 성으로 한껏 환상적인 분위기를 풍기는 따뜻한 열대의 세트에서 백설공주와 백설공주를 둘러싼 난장이들과 그 외에 디즈니랜드에 사는 동화 속 주인공들은 영원히 사라질 것이다. 디즈니랜드를 봤던 사람들은 상상력을 발휘해서건 아니면 생생하게 기억해냈건 어찌 됐든 손자들에게 그 감미로운 풍경을 세세하게 이야기로 들려줄 것이고, 손자들은 입을 떡 벌린 채 그 이야기를 들으며 부러워할 것이다.

사막에 세워진 도박의 전당, 라스베가스의 파산

라스베가스. 300달러로는 사람들이 이곳에 오지 못하게 될 때 사막에 세워진 무절제한 축제의 도시는 어떻게 될까? L.A 도박 중독자 몇몇을 빼놓고는 라스베가스까지 운전을 해서 오는 사람은 거의 없을 것이다. 그리고 남부 캘리포니아에서 5시간 동안 운전을 해서 오는 것도 기름값이 150달러나 들기 때문에 그다지 내키는 일이 아닐 것이다. 그렇다면 누가 라스베가스의 퇴폐적인 분위기와, 분수들과, 화려한 조명과 펠트 천을 씌운 테이블들과 무료 칵테일을 즐길 것인가?

라스베가스는 지난 15년 동안 거액을 거는 도박사들이 터무니없을 정도로 사치스런 환경에서 도박을 즐기고, 평범한 사람들이 그 나름 화려한 분위기를 즐길 수 있던 곳이지만 이 역시 변하게 될 것이다. 누구도 막을 수 없는, 모래를 먹는 바이러스처럼 전진하던 스트립라스베가스의 유명한 호텔, 카지노, 리조트들이 몰려 있는, 대략 6km 되는 라스베가스 대로를 가리킴 - 역주은 줄어들게 될 것이다. 그 주변에 있는 호텔들과 카지노도 없어질 것이다. 단지 최신식 최고급 리조트들만 살아남을 것이다. 사업상 열리는 정기 총회 역시 라스베가스에서 계속 열리긴 하겠지만 지금처럼 자주 열리지는 않을 것이다. 비행기 요금이 한 명당 1,000달러나 하는 상황에서 50명이나 되는 직원들의 비행기 요금을 감당할 회사는 없을 것이다. 우리가 지금까지 익숙해져 있던 정기 총회는 큰 영향을 받게 될 것이다. 매년 총회를 개최하던 협회와 단체들은 2년에 한 번 혹은 3년에 한 번으로 바꿀 것이다.

라스베가스는 이 시련을 버텨내긴 하겠지만 그 크기는 현재의 절반도 못 되는 크기로 줄어들 것이다. 세상에서 가장 큰 25개의 호텔 중 19개가 라스베가스에 있다. 유가가 8달러 이상으로 지속되면 이렇게 거대해진 도박의 성전 중 절반이 문을 닫게 될 것이다. 이 싸움에서 승자는 가장 최근에 세워지고, 가장 깨끗하며 가장 호화로운 리조트들이 될 것이다. MGM 그랜드 객실료가 그렇게 비싸지 않다면 굳이 서커스서커스 호텔에서 머물 사람은 없을 것이다. 서커스서커스 호텔은 헐릴 것이며, 재건축되는 일은 없을 것이다. 50년 넘게 강력한 존재감을 발휘하며 할리우드 유명 인사들을 끌어들인 플라밍고 호텔 역시 무너질 것이다. 임페리얼 팰리스와 그보다 나중에 지어진 엑스칼리버와 스트립에서 조금 떨어진 곳에 있는 아이콘과 같은 존재인 라스베가스 힐튼 호텔 역시 없어질 것이다.

라스베가스의 전성기가 끝났다는 것을 알려주는 진정한 전조로 현재 라스베가스의 대부와도 같은 존재인 호텔 겸 카지노 미라지가 문을 닫게 될 것이다. 1989년 문을 열었을 당시 이곳은 공학과 건축과 허영심의 경이로운 산물이라 간주됐다. 이 호텔의 분수들과 폭발하는 화산에 나머지 호텔들은 압도되고 말았다. 그러나 카지노 업계의 제왕으로서의 미라지의 권세는 오래 가지 못했다. 그 사치스러움과 기술적 경이는 벨라지오, 룩소, 그리고 가장 최근에 개업한 윈과 같은 새로운 카지노들에 밀려 빛을 잃었다. 미라지 호텔이 철거반의 폭탄에 무너질 때 스트립의 절반도 같이 무너져서 다시는 재기하지 못할 것이다.

1갤런당 10달러
자동차의 개념이 뒤바뀌다

$10.00/GALLON

UPS는 2007년도에 지도 소프트웨어를 사용해 배달 기사의
루트에서 좌회전을 해야 할 루트를 모두 없애고 다른 루트를
이용하도록 해 2,850만 마일의 주행거리와 300만 갤런의 휘발
유를 절약했다. UPS는 첨단기술을 이용해서 휘발유 부족이라
는 심각한 타격을 완화시키고 경제적으로 이익을 볼 수 있는
시점에 이르면 석유 사용을 중단할 준비가 될 것이다.

그날은 일 년에 적어도 두어 번은 찾아오는, 날씨가 계절을 거스르는 그런 이상한 시카고의 어느 날이었다. 가끔은 그런 날이 좋을 때도 있고, 또 가끔은 나쁠 때도 있다. 이번 경우에는 좋았다. 그날은 차에 대한 미국인의 열정과 사랑이 얼마나 뜨겁고 강한지 다시 한 번 확인할 수 있는 날이었다. 그 11월 초 어느 날 애번스턴^{미국 일리노이} ^{주 북동부에 있는 도시 - 역주}에는 낙엽이 아직 많이 떨어지지 않았고, 기온은 놀랍게도 섭씨 22도로 화창한 날이었다. 공기 중에는 가을 냄새가 풍겼고, 전체적으로 풍기는 분위기도 가을 같았지만 다가오는 겨울의 추위를 예감할 수 있는 쌀쌀한 기운은 전혀 느껴지지 않았다. 나는 우리 집 뒤쪽에 있는 작은 목재 테라스에 앉아 햇살을 받으며 원고를 교정하고 있었다. 우리 집에는 뒤뜰이 없어서 그 테라스는 골목 옆에 붙어 있는 셈이었다.

나는 차가 골목길을 천천히 지나갈 때마다 원고에서 눈을 떼서 가끔은 손을 흔들어주기도 하고, 또 가끔은 그냥 쳐다보기만 했지만 매번 궁금한 마음에 밖을 보곤 했다. 그러다 한 번은 낡은 포드 에어로스타가 한 대 지나가는 것을 보게 됐다. 나는 그 차와 차를 몰고 가던 사람을 한 번에 알아봤다. 그는 숱이 많은 회색 수염을 기르고, 항상 머리에 삼각형의 스카프를 매고 있었다. 그 남자의 이름은 몰랐지만 그가 무슨 일을 하는지는 알고 있었다. 그는 일종의 골동품 사냥꾼이었다. 그는 골동품을 감정하고 사들인 골동품을 다시 파는 일을 하는데, 우리 집에서 두 집 건너 사는 이웃을 위해 항상 골동품을 찾아다녔다. 그의 차 번호판에 유명한 경주마의 이름이 붙어 있는 걸 보면, 그는 경마도 좋아할 거란 짐작이 들었다. 나는 내 이웃에게 또 골동품을 넘기고 나가는 길일 게 분명한 그 남자에게 손을 흔들었고, 그도 답례로 내게 손을 흔들어줬다. 그는 우리 집을 지나쳐서 골목길을 조금 더 내려가다가 갑자기 차를 왼쪽으로 돌리더니 멈췄다. 그는 내 이웃 중 하나가 차고에 넣어두는, 오래된 1960년대 포드 머스탱을 자세히 보려고 잔뜩 들떠서 차에서 나왔다. 보통 때는 그 차에 덮개가 씌워져 있는데 그날은 그렇지 않았다.

골동품 사냥꾼은 그 머스탱을 보고 감격했다. 그는 왼쪽, 오른쪽을 번갈아가며 돌아다니면서 차를 향해 추파를 던졌다. 그 다음에는 유리창 안쪽을 보면서 내부를 살펴봤다. 그러더니 차의 각 부위를 세세하게 보기 위해 천천히 차 주위를 걸어 다녔다. 그때 나는 교정은 거의 손도 대지 않은 채 그 남자만 보고 있었다. 내 원고보다는 골동품 사냥꾼의 차에 대한 열정이 훨씬 더 흥미로웠다. 나는 훔쳐보는 것을 그에게 들키지 않으려고 노력했다. 그러나 그가 자기 차의 뒷문을 열어서 장비들을 갑자기 꺼내기 시작하자 몰래 숨어서 보는 것이 훨씬 더 힘들어졌다. 저 남자가 대체 뭘 하는 걸까? 그가 차의 앞부분으로 가서 내 시야에서 몇 분 동안 사라져 있었지만 그러는 내내 땡그랑거리는 소리와 절거덕거리는 소리를 들을 수 있었다. 그는 뭔가 작업을 하고 있었다. 그러다 다시 자신의 차에서 나왔는데 이번에는 아주 섬세한, 먼지를 털어내는 솔처럼 보이는 물건을 가지고 나왔다. 아마 골동품을 다룰 때 쓰는 장비 같았다. 분명 그는 이 포드 머스탱과 빅토리아 시대의 장롱을 동급으로 여기고 있는 것 같았다. 그는 그 먼지 닦는 솔을 꺼내서 그걸로 머스탱의 보닛과 창문에 쌓여 있는 단풍나뭇잎 몇 개를 가볍게 떨어냈다. 모든 잎을 다 치우자 그는 조금 뒤로 물러서서 반짝거리는 메탈 블루 페인트가 칠해진 포드의 고상한 모습을 한껏 감상했다.

그러나 뭔가 그의 성에 차지 않았던 것 같다. 그는 다시 자신의 트럭으로 가서 광을 내는 천을 가져와 차의 크롬도금 장식을 닦기 시작했다. 그가 족히 20분 동안 그 차를 닦느라 정신을 쏟고 있을 때 차 주인이 나타났다. 그녀는 분명 집의 뒤쪽 창문으로 그 남자를 보고, 그 늙은 히피가 왜 그녀의 차를 그렇게 꼼꼼히 손질하고 있는지 궁금했을 것이다. 두 사람이 만나서 순간 긴장된 분위기가 흘렀다고 해도 그런 분위기는 순식간에 사라졌다. 그 두 사람이 무슨 말을 했는지 들을 수는 없었지만 그 남자는 꽤나 싹싹한 수다쟁이 같았다. 아마 그는 머스탱을 보고 한 눈에 반해서 제대로 광을 내줘야겠다는 고백을 하고 있었을 것이다. 그것도 지금 당장 광을 내줘야 한다고. 이내 두 사람은 깔깔거리고 웃으면서 정신없이 이야기를 나누기 시작했다. 그녀가 서서 이야기를 하는 동안 그 남자는 계속 천으로 차를 문질러 광을 내고 있었다. 둘은 그런 식으로 또 20분 정도 이야기를 나눴다. 그러는 동안 아내가 집에 와서 내게 키스를 하고 안으로 들어갔다. 보통 때 같으면 나도 아내를 따라 집 안으로 들어가 그날 있었던 이런저런 일을 이야기했겠지만 그날은 그냥 테라스에 퍼질러 앉아 나랑은 아무 상관도 없는 그 두 사람의 만남을 보느라 정신이 없었다.

마침내 그 골동품 사냥꾼은 전기 솔을 쓰지 않는 한 더 이상 윤을 낼 수 없을 만큼 반짝반짝하게 차를 닦았다. 그는 뒤로 물러서서 차를 보며 감탄하다가 다시 그 차 주인과 다정하게 5분 정도 이야기를 나눴다. 그리고 마침내 장비를 차에 넣고 입가에 미소를 머금은 채 자신의 녹슨 에어로스타를 몰고 떠났다. 머스탱 주인 역시 활짝 웃는 얼굴로 집으로 들어갔다. 두 사람은 전혀 의식하지 못했던 나 역시 혼자 껄껄거리고 웃었다. 미국인의 차에 대한 애정이 얼마나 강한지 이보다 더 잘 보여주는 예가 있을까? 이 감정은 오래 전부터 미국인의 마음을 강력하게 사로잡아왔다.

이 나라에서 우리가 모는 차종과 운전 방법을 바꾸는 데는 실로 엄청난 결단과 의지력이 필요할 것이다. 사람들은 어쩔 수 없는 이유가 있지 않는 한 자신이 모는 SUV와 스포츠카를 포기하지 않을 것이다. 유가 10달러가 최상의 이유가 될 것이다. 유가 10달러는 진보와 기술에 대한 보루를 완전히 무너뜨릴 것이다. 이는 우리가 여행에 대해 생각하는 방식을 완전히 바꿔놓을 것이다. 그리고 무엇보다 유가 10달러는 내가 오늘 골목길에서 목격한 것과 같은, 차와 미국인의 깊고도 절절한 관계를 끊고 실용주의와 절약이라는 미래로 나아갈 수 있게 만드는 강력한 동인이 될 것이다. 사람들은 대부분 변화가 다가오고 있다는 것을 알고 있다. 모두 그 사실을 마음 속 깊이 묻어버리고 인정하지 않을지 모르지만 그래도 마음 한편으로는 그것이 진실임을 알고 있다. 그리고 사실 어떤 사람들은 오랫동안 유가 10달러 시대를 대비해왔다.

미래 차량을 살짝 들여다보다

내 바지는 갈색이고, 셔츠도 갈색이고, 구두도 갈색이다. 심지어는 양말도 갈색이다. 나는 아침 일찍 맨해튼의 소호 근처를 덜거덕거리며 달리는 거대한 트럭의 보조좌석에 타고 있다. 날씨도 화창한 10월의 어느 날이다. 이렇게 이른 아침에 거리를 걸어 다니는 사람들은 소호에 살거나 일하는 사람들이다. 나중에 이곳에 몰려올 관광객들은 아직 호텔 방에서 CNN을 보고 있거나 아니면 왜 뉴욕 식당에서는 베이글과 커피를 한 봉지에 넣어 줄까 의아해하고 있을 것이다.

우리가 우스터 가를 지나쳐서 프린스 가를 지나 6번가로 향하면서 웨스트 브로드웨이에서 왼쪽으로 돌아가자 내가 앉아있던 쪽의 트럭이 넓게 교차로를 돌았다. 내가 앉은 쪽의 차 문은 활짝 열려있었고, 그 문으로 아침 공기가 들어왔다. 손에 테이크아웃 커피를 든, 모퉁이에 서있던 보행자들은 우리 트럭이 지나가자 나를 향해 고개를 끄덕여 보였다. 나는 이 드라이브가 매우 맘에 들었다. 내 차를 타고 다닐 땐 이렇게 재밌지 않던데. 웨스트 브로드웨이가 한가로웠기 때문에 주차할 곳도 쉽게 찾을 수 있었다. 우리는 라코스테 상점 앞 모퉁이로 천천히 다가갔다. 다른 곳에서라면 라코스테 상점은 꽤 고급 상점으로 쳐주겠지만 여기 소호에서는 저가 상점 중 하나일 뿐이다.

우리는 길가 모퉁이에 서서 보도 쓰레기통을 비우고 있는 시 미화원에게 우리 차가 다가가고 있는 것을 공손하게 소리쳐서 알리느라 모퉁이까지는 가지 않았다. 그 미화원은 처음에 우리 트럭이 다가오는 소리를 듣지 못했다가 웃으면서 우리에게 손을 흔들었다. 그는 우리가 탄 트럭 기사인 르네 린다인과 잘 아는 사이였다. 르네와 나는 트럭에서 뛰어 내려 아침 햇살이 백만장자들의 아파트 창문을 밝히는 가운데 주위를 둘러보면서 우리 트럭인 UPS 트럭 뒤편으로 걸어갔다. 나는 오늘 미국 거리 어디서나 볼 수 있는 화물 배송 회사의 직원으로 일하고 있는 중이다. 르네는 이 소호 배달 구역을 매일 다닌다. 그는 보행자들이나 쓰레기통을 비우고 있는 시 환경미화원 같은 시청 소속 노무자들에게 아주 조심스럽게 자신의 존재를 알리는 방법을 배웠다. 르네는 손목의 반사 신경을 발달시켜서 다른 사람들이 들을 수 있을 정도의 큰 소리로, 하지만 뉴욕 시내 도처에서 심술궂게 울려대는 경적소리들과는 다르게 경적을 짧게 울리는 기술을 터득했다. 모든 UPS 기사들이 유명한 갈색 트럭을 타고 거리로 나가기 전에 혹독한 안전 교육을 이수하지만 르네의 업무는 그보다 한층 더 까다롭다. 그의 배달 구역이 미국에서 가장 인구가 조밀한 도시이기도 하지만 그가 운전하는 트럭이 아무 소리도 내지 않은 채 도시를 누비고 다니기 때문이다. 르네의 트럭은 살그머니 돌아다니는 갈색 거인 같다. 이 트럭은 하이브리드가 아니라 순수한 전기 자동차다. 이 트럭은 운전대와 화물칸 밑에 장착된 3개의 거대한 배터리의 전자에서 나오는 추진력으로 움직이다.

근무가 끝나는 밤이면 이 트럭은 휴스턴 가와 그린위치 가 사이에 있는 사우스웨스트 맨해튼의 UPS 집결지로 간다. 아침이면 이 시설에서 운행하는 150대의 트럭이 짐 싣는 구역에 한 줄로 늘어서 있고, 거기서 직원들이 기사의 배달 구역 순서에 따라 각 배달 트럭의 선반을 채운다. 아침 7시 반이 되면 이 물류센터는 질서정연하게 업무를 처리하는 가운데 분주해지기 시작한다. 멋진 갈색 제복을 입은 사람들과 칙칙한 황갈색 판지로 만든 박스들이 사방에 날아다닌다. 르네의 트럭과 그 옆에 있는 또 다른 트럭은 UPS 로고 바로 밑에 황금색 레터링으로 '배기가스 제로 전기 자동차'라고 적혀 있는 점이 다르다. 그 옆에 일렬로 늘어선 디젤 트럭들과 똑같이 생겼지만, 그리고 다른 점이 또 한 가지 있다. 건물 가장자리에 있는 근처 기둥에서 두 대의 트럭의 보닛 밑까지 두꺼운 전기코드가 연결되어 있다. 오늘 운행을 위해 충전하고 있는 것이다.

도로에 나온 트럭은 다른 갈색 UPS 트럭처럼 덜컥거리면서 흔들리며 달리지만 디젤노크(디젤기관에서 일어나는 노크 현상 – 역주)의 소음은 나오지 않는다. 대부분의 UPS 기사들은 트럭을 운전할 때 기어를 바꾸고 클러치를 조작해야 하지만, 전기 트럭을 운전할 때는 그런 것을 걱정할 필요가 없다. 르네는 아주 편하게 가속 페달을 밟아(배터리의 동력을 받아) 앞으로 나아가며 편안하게 운전한다. 그리고 대부분의 UPS 기사들이 수동식 브레이크로 운전하는 반면 이 트럭에는 브레이크 페달이 있다. 대체로 이 트럭은 어마어마한 화물 공간을 갖춘, 동력이 높은 골프 카트와 비슷하다. 심지어는 트럭의 변속 메커니즘 역시 페어웨이^{tee와 putting green 사이의 잔디밭을 가리키는 골프 용어 – 역주}를 누비는 골프 카트와 같아서 전진, 중립, 후진 이렇게 3개의 조절점이 있는 강철 계기반에 2인치 크기의 레버가 하나 달려 있다. 이 트럭의 가속은 디젤 트럭보다 훨씬 낫다. 빨간 불이 들어와 멈춘 우리 옆으로 린이란 이름의 기사가 운전하는 우체국 디젤 트럭이 서게 됐다. 르네는 린과 친해서 두 기사 사이에 재치 있는 대화가 오갔다. 신호등이 다시 파란 불로 바뀌었을 때 우체국 트럭은 멈춰있던 곳에서 천천히 풋풋풋 거리면서 앞으로 나아간 반면 연소 시관의 결점이 없는 우리 전기 트럭은 총알처럼 앞으로 튀어나갔다.

우리는 오후 2시에 배달을 다 끝냈다. 이제 화물을 집배할 시간이다. 르네는 이 지역에서 17년 동안 근무했는데 주민들 사이에서 인기가 높았다. 그의 트럭이 지나가자 거리 건너편에 있던 모델들, 감독들, 화가들과 배우들이 그를 큰 소리로 부르며 반가워했고, 문간에서 그를 맞아 포옹을 하기도 했다. 오늘 정말로 즐거웠던 때는 차를 타고 돌아다닐 때였다. 전동기 동력으로 휙휙 소리를 내며 트럭 문을 열어놓고 맨해튼 거리를 달리는 맛이 그만이었다.

내가 UPS 배달 현장에서 일하면서 보낸 하루에 이 회사가 미래를 위해 예행연습을 하는 모습이 그대로 반영됐다. 그래서 이 회사가 시간과 돈을 투자해서 전기 트럭 같은 비싼 차량을 뉴욕 거리에서 운행하고 있는 것이다. 좀체 종잡을 수 없는 유가가 10달러로 정착하면 UPS는 선견지명을 가지고 준비한 덕에 그 시대의 승자로 떠오를 수 있을 것이다. 전기 트럭은 자주 멈췄다 다시 달려야 하는 맨해튼의 운전 관행에 잘 맞는 장점을 가지고 있다. UPS는 4년이 넘게 맨해튼 루트에서 2대의 전기 트럭을 시험 운행하고 있다. 이 트럭들의 효과는 대단했다. 실제로 이 트럭들은 일반 UPS 배달 트럭보다 유지비와 보수관리비가 훨씬 적게 들며 휴스턴 가에 있는 물류센터의 운영 체제에도 잘 맞았다. 이 전기 트럭들은 다른 트럭과 같은 양의 짐을 배달한다. 단순한 시험 운행이 아닌 것이다.

UPS 사업은 저렴하고 쉽게 구할 수 있는 석유에 의존해왔다. 이 회사는 자사의 석유 의존도가 얼마나 큰지 정확하게 알고 있다. 그래서 휘발유가 아닌 다른 동력으로 달리는 트럭에 대해 그렇게 열심히 연구했던 것이다. UPS는 이 전기 트럭들을 대체 연료를 쓰는 자사의 1,600대 트럭 군단에 포함시켰다. 이 트럭 군단은 그런 성격을 띤 그룹 중에서는 전 세계에서 가장 큰 규모를 자랑하는 민영 차량 그룹이다. 이 트럭들 중 많은 트럭들이 프로판이나 천연가스를 연료로 쓰는데 이 연료들도 사실상 휘발유처럼 언젠가는 결핍 문제에 처하게 될 것이다. 하지만 UPS는 하이브리드 전기차량도 운행하고 있으며 최근에는 크랭크샤프트로 동력을 가하는 대신 가솔린 엔진에 가압된 수압 탱크를 장착시켜서 기존의 디젤 트럭 연비의 두 배가 나오는 새로운 종류의 흥미로운 트럭을 추가시켰다. 2008년 UPS는 500대의 전기 하이브리드 트럭을 사서 자사의 트럭 군단에 추가시켰다. 이 수치는 전 세계적으로 9만 대(미국에는 6만 8,000대가 있다)의 트럭을 보유하고 있는 UPS의 차량 보유 수치로 볼 때 적은 숫자지만 어쨌든 UPS는 석유가 서서히 사라지면서 유가가 올라갈 시대를 대비하고 있는 것이다.

UPS는 2005년, 연료비로 21억 달러를 지출했다. 2008년에는 그 연료비가 두 배로 늘었다. 유가가 10달러로 오른다고 해서 UPS가 현재의 사업 모델을 포기할 수는 없다. 따라서 UPS는 경쟁자인 페덱스와 미 우체국이 그렇게 하듯이 유가가 올라가면 요금을 올릴 것이다. 하지만 UPS처럼 현명하게 경영하는 회사들은 변화하는 사업 환경에 휘둘려 회사의 운명이 좌지우지되도록 놔두지 않는 법이다. 이런 회사들은 변화를 철저히 파악해서 아무도 돌아보지 않는 곳에서까지 비용을 절감하는 법을 찾아낸다. UPS는 2007년도에 지도 소프트웨어를 사용해 배달 기사의 루트에서 좌회전을 해야 할 루트를 모두 없애고 다른 루트를 이용하도록 해 2,850만 마일의 주행거리와 300만 갤런의 휘발유를 절약했다. UPS는 첨단기술을 이용해서 휘발유 부족이라는 심각한 타격을 완화시키고 경제적으로 이익을 볼 수 있는 시점에 이르면 석유 사용을 중단할 준비가 될 것이다.

UPS는 미국보다 휘발유 값이 3배나 높은 유럽 주요 도시에서 많은 전기 트럭을 시험적으로 운행하고 있는데, 현재 런던 중심부에서도 마찬가지다. 런던 중심부에 진입하는 차량은 통행료로 16달러를 내야 하지만 대체 에너지를 쓰게 유도하려는 영국 정부 프로그램의 일환으로 전기 트럭에는 이 통행료가 부과되지 않는다. 게다가 휘발유에 들어가는 비용도 없으니 런던에서 전기 트럭 사용은 재정적으로 이득을 보게 된다. 바로 이런 점 때문에 UPS가 런던에서 전기 트럭을 운행하고 있는 것이다. "유가가 6달러대, 8달러대로 들어가면 우리는 회사의 전 차량을 검사해서 휘발유를 쓰지 않을 수 있는 방법을 조속히 시행할 겁니다."라고 UPS의 자동차 보수 관리와 기술국장인 로버트 홀이 말했다. "유가가 10달러가 되면 진정한 변화가 일어날 것이라고 장담할 수 있습니다."

일반적인 UPS 배달 트럭 한 대의 가격은 5만 달러이다. 하이브리드 트럭 가격은 10만 달러에 가깝고 전기 트럭은 그보다 더 비싸다. 이렇게 가격차가 생기는 첫 번째 이유는 대체 차량에 리튬-이온 배터리와 전자 운전 시스템을 조절하는 CPU^{중앙처리장치} 같은 좀 더 고가의 전자 장비가 탑재되어 있기 때문이다. 두 번째이면서 좀 더 중요한 이유는 하이브리드와 전기 트럭은 UPS와 다른 배달 회사들이 매년 수천 대씩 주문해서 대규모로 생산했을 때 얻을 수 있는 디젤 트럭과 같은 규모의 경제 효과가 없기 때문이다. 그래서 수요가 서서히 올라갈수록 생산량 역시 늘어나게 되니 기술적으로 진보한 트럭의 가격 역시 낮아질 것이라는 게 홀의 생각이다. 물론 이런 일들은 휘발유 가격이 지속적으로 상승했을 때 일어나게 될 것이다. 그래서 회사들은 지속적으로 유가 상승이라는 크나큰 압력에 시달리면서 휘발유가 아닌 대체 에너지를 사용해서 달리는 트럭의 장점에 눈을 돌리게 될 것이다.

UPS는 또한 세계 제9위의 항공사로 꼽힐 만큼 큰 규모를 자랑하는, 580대의 자사 소속 대형 제트기들을 가지고 조용히 변화를 추구해왔다. UPS 소속 비행기는 다음 날의 배달 일정을 맞추기 위해 정기 왕복 편으로 소포를 수송하는데 주로 한밤중^{새벽 한두 시}에 비행한다. UPS는 밤 10시 이후에 자사의 화물 수송 집결지인 루이스빌 공항을 거의 전세 내다시피 한다. 그렇기 때문에 항공 교통 관제 기관에서도 UPS 조종사들이 착륙할 때는 지속적으로 하강하는 방식을 이용할 수 있도록 허가해 수백만 갤런의 제트기 연료를 절약할 수 있게 했다. 대개 비행기가 공항에 접근할 때는 항공 교통 관제 기관의 허가하에 일단 높은 고도에서 접근했다가 점차적으로 고도를 낮춰 착륙하게 된다. 보통 비행기는 3만 5,000피트에서 시작해서 승인을 받은 후 3만 피트로 내려가고, 또 다시 승인을 받아서 2만 5,000피트로 내려가는 식으로 움직인다. 이렇게 지속적으로 상승을 멈춰 수평으로 고도를 맞추면서 조금씩 내려오면 비행기의 진로를 쫓는 것은 용이하지만 연료가 많이 들어가게 된다. 휘발유가 1갤런당 10달러가 되면 각 항공사가 비행을 줄이게 되면서(이 현상은 유가 8달러 때부터 시작될 것이다) 항공 교통량 역시 줄어들어 하늘의 공간이 좀 더 여유로워지게 되니 세계 유수의 공항에서는 종전처럼 계단 모양으로 하강하지 않고 지속적으로 하강할 수 있게 허용할 것이다.

UPS 사는 유가 10달러 시대를 사실 악재로 간주하지 않는다. "우리가 생각하기에 그때쯤이면 인터넷을 기반으로 한 경제활동이 좀 더 활발해질 겁니다. 그렇게 되면 중개자인 저희의 역할이 한층 더 커지게 되는 거죠." UPS의 기업활동설명 담당 부장인 노먼 블랙이 말했다. "그때쯤이면 사람들은 물건을 사기 위해 차에 기름을 넣고 일반 상점에 쇼핑하러 가지 않을 겁니다. 고유가 때문에 전에는 꿈도 꾸지 못했던 놀라운 기회가 우리에게 찾아올 겁니다."

고유가 덕분에 UPS는 몇 년 동안 시험적으로 실시하던 계획들을 드디어 정식으로 실시할 수 있게 될 것이다. 이중 많은 계획들이 유가 6달러와 8달러 시대에 추진될 것이다. 유가가 10달러에 이르면 UPS는 지금처럼 순전히 연소 기관에만 의존하던 기존 배달차량 부대의 구성을 전폭적으로 바꾸는 데 전념하게 될 것이다. 현재는 별반 사람들의 주목을 받지 못한 채, 그저 새롭고 신기한 종류의 차로 인식되며 소호를 누비고 다니는 르네의 전기 트럭이 그때 가서는 UPS 트럭의 표준으로 자리 잡을 것이다.

유가 10달러 시대는 언뜻 보기에는 먼 미래처럼 보이지만 세계 석유 공급의 근본 원칙과 수요가 계속 늘어날 것이 확실하다는 점을 고려해보면 분명 향후 10년 안에 우리 눈으로 목격하게 될 것이다. 그때가 오면 회사들과 소비자들 모두 운전의 기초가 영원히 바뀔 것을 분명 실감하게 될 것이다. 그때를 대비해 현명하게 계획을 세우고 준비한, 애틀랜타에 본사를 둔 거대 회사인 UPS는 풍요로운 결실을 거두게 될 것이다. 이 회사는 전기 트럭이 디젤 트럭을 대체할 수 있으며 그렇게 해도 소비자들과 회사 이익에 손해를 끼치지 않았다는 것을 증명해냈다. 이 상황에서 유일하게 부족한 한 가지는 바로 재정적인 동기다. 주유소에 표시된 유가가 두 자리 숫자가 되고 센트 대신 달러 표시가 올라오게 되면 UPS의 전기 트럭과 플러그로 충전하는 전기차들의 시대가 도래할 것이다.

전기차의 세계로 가는 다리, 하이브리드 자동차

우리는 일단 플러그 접속식 차의 시대를 거쳐 완전한 전기차의 세상으로 들어가게 될 것이다. 이 플러그 접속식 차는 현재 시장에 나온 하이브리드 차인 도요타 프리우스와 혼다 인사이트와 비슷한 방식으로 작동하지만 이 차의 배터리가 더 크며 매일 밤 벽에 플러그를 꽂아서 충전해야 한다는 옵션(우리는 기꺼이 이 옵션을 택할 것이다)이 하나 더 있다는 점에서 다르다. 밤에 차고에서 충전한 플러그 접속식 하이브리드는 대개는 배터리의 힘만으로 30~40마일 정도를 적당한 속도로 달릴 수 있다. 배터리의 충전량이 거의 다 떨어지면 하이브리드의 가솔린 엔진이 작동해서 차를 달리면서 다시 배터리를 충전시킨다. 하루에 채 30마일도 달리지 않는 사람들은 주유소에 자주 갈 필요가 없다. 하지만 이 차에는 가솔린 엔진도 달려 있기 때문에 필요하다면 400마일씩 장거리도 달릴 수 있다.

플러그 접속식 하이브리드 차량은 어떤 형태로든 2010년경에는 도로에 나오게 될 것이다. 하지만 결코 저렴하지는 않을 것이다. 디트로이트의 자동차 업계에서 아주 큰 기대를 하고 있는 플러그 접속식 하이브리드 차량인 GM사의 시보레 볼트는 무려 4만 달러가 넘을 것이다. 닛산, 도요타, 혼다, 포드가 이 플러그 접속식 하이브리드 시장에 신상품을 출시해서 대대적인 경쟁이 시작되면 가격은 내려가겠지만, 그렇다고 해도 이 차량에는 값비싼 배터리와 전자 시스템에다 가솔린 엔진까지 장착됐기 때문에 가솔린 엔진만 장착된 기존의 차만큼 저렴하게 시판될 일은 결코 없을 것이다. 유가가 6달러 혹은 그보다 낮을 때는 그런 비용을 감당할 이유가 없다. 하지만 휘발유 가격이 6달러를 향해 올라가면 플러그 접속식 하이브리드 차량의 가치와 유용성 역시 올라가서 점점 더 많은 사람들이 구매하게 될 것이다. 플러그 접속식 하이브리드와 함께 파격적인 경쟁자들이 나타나면서 우리는 전기차라는 미래로 향한 여행을 계속하게 될 것이다.

그건 그렇고 고속도로를 달리는 다양한 차종 중 하나로 트레일러가 달린 트랙터들은 배터리로 동력을 공급받기에는 너무 몸체가 큰 차량이다. 유가가 10달러를 넘게 되면 도로로 나온 이 차들의 숫자는 확연히 줄어들게 될 것이다. 일부 품목에 대한 운송료는 감당할 수 없을 정도로 올라갈 것이다. 나라 반대편으로 옮기는 이사는 전보다 한층 더 힘들고 돈도 많이 들게 될 것이다. 많은 사람들이 버지니아에서 샌디에고로 이사 갈 때 유홀 U-Haul, 북미 전 지역에 체인점이 있는 이삿짐 회사로 이사 트럭과 창고를 크기별로 대여해줌 - 역주에 이 삿짐을 싣고 기름값으로만 3,000달러를 지불하고 거기다 트럭 대여료까지 내면서 고생스럽게 이사하느니 차라리 버지니아에서 짐을 다 팔아버리고 샌디에고에 도착해 다시 가재도구를 장만하는 편이 낫게 될 것이다. 물건에 감정적인 애착이 있는 사람들에게는 슬픈 현실이 되겠지만 그렇지 않은 사람들은 자유롭게 될 것이다. 지금까지 자신을 구속하던 모든 것을 다 버리고 떠나서 새로운 곳에 도착하면 새로운 환경에서 새 가구와 물건을 장만하는 것이다.

전기차에 맞설
경쟁자들의 등장

나는 다시 10월 한 달 동안 UPS 배달 트럭을 타고 다니고 있다. 오늘 날씨는 따뜻하다기보다 다소 쌀쌀하다. 섭씨 8도 정도니 애틀랜타 날씨치고는 추운 편이다. 애틀랜타 거리는 허드슨 만에서 불어오는 칼바람을 견뎌내기 위해 가지각색의 방한 재킷을 입고 나온 사람들로 가득 찼다. 많은 사람들이 인조털이 달린 후드나 모자가 있는 오리털 재킷을 입고 장갑을 끼고 스카프를 메고 있었다. 이 사람들은 결코 시카고의 혹한은 견뎌내지 못할 거라는 생각이 문득 들었다. UPS 트럭에 탄 나는 이번에도 운전석 옆 보조좌석에 앉아서 옆문을 열어두고 있다. 날씨가 쌀쌀하건 말건 차문을 열어놓는 특권은 절대로 포기할 수 없다. 우리는 지금은 특별한 업무 없이 시내를 질주하고 있다. 이 트럭은 능력은 되지만 지금은 일을 하지 않고 있다. 우리가 탄 차는 애틀랜타에서 1996년 개최된 올림픽을 기념하기 위해 세워진 센테니얼 올림픽 공원 바깥을 지나 우회전을 해서 마리에타 가로 들어서서 속도를 높였다. 하지만 그렇게 속도를 내는데도 소음이 나지 않았다. 이 차에는 엔진도 없고, 쉭 하는 소리도 나지 않는다. 그리고 이 차에는 배터리도 없다.

이 차에 있는 것은 바로 UPS와 환경보호국이 유압식 하이브리드 구동렬이라고 부르는 것이다. 환경보호국은 직경 12인치에 5피트 길이의 실린

더인 유압유 압축 탱크에 에너지를 저장하는 기술을 개발했다. 이 탱크는 고압으로 유압유를 압축해서 에너지를 저장하는 일종의 배터리와 같은 작용을 한다. 트럭이 앞으로 움직이면 탱크가 압력을 분사해서 액셀을 돌려 트럭이 나아가게 한다. 브레이크를 밟으면 앞으로 움직일 수 있도록 트럭에 비축한 거의 모든 에너지가 재빨리 유압식 탱크로 압축된다. 전기 하이브리드 차량도 같은 식으로 작동해서 브레이크를 걸 때 나오는 에너지를 잡아 그중 일부를 차내에 탑재한 배터리로 돌려보낸다. 하지만 전기차의 배터리는 이렇게 많은 양의 에너지를 한 번에 다 받기에는 적합하지 않다. 배터리는 벽에 설치된 콘센트에서 충전하는 것처럼 전자를 조금씩만 흡수할 수 있다.

UPS는 이 유압식 하이브리드 차량 두 대를 미시간 주 남동부에서 시험 운행하고 있다. "UPS 기사들은 이 유압식 탱크를 사용할 때마다 트럭이 멈췄다고 생각했죠, 사실은 그렇지 않은데." 환경보호국의 기술이전 국장인 존 카굴이 껄껄 웃으며 말했다. 유압식 탱크는 종종 극도의 침묵 속에서 작동된다. 유압식 하이브리드 차량은 배터리로 움직이는 차보다 수리하기도 쉽고 보수 관리도 쉬운 장점이 있다. "요즘 차 정비사들은 유압식 장치에 대해 잘 알고 있습니다. 금속으로 만들어져 있고, 베어링도 있거든요. 정비사들은 이 탱크를 보면 이렇게 말하죠. '아, 이 장치는 제가 이해할 수 있는 거네요. 제가 손을 볼 수 있겠습니다.'라고요. 유압식 기술은 사실 오래된 기술이죠." 카굴이 말했다.

1980년대 초반 석유 위기가 발생하면서 트럭 제조회사들은 유압식 하이브리드 트럭을 시험 삼아 제작해봤지만 일반 트럭보다 더 효율적인 시스템을 만들 수 없었다. 그 한 가지 이유로는 유압유를 조절하는 데 필요한 압력을 처리하기 위해 강철로 만든 유압 축압기가 아주 무거워야 했기 때문이다. 당시 연구원들은 저렴하면서도 소형으로 나온 정보 처리 능력을 이용할 수 없었다. 현재는 이 연산력을 이용해 트럭이 움직이는 시간의 반절 정도 되는 시간 동안 작동되는 디젤 엔진을 조절하고 있다. 1980년 대에는 모든 것을 수동으로 조절해서 극히 비효율적이었다. 현대에 들어와 엔진 소재 무게와 자동화 기술이 개선되면서 새로운 유압식 하이브리드 트럭의 연비는 10mpg가 나오는 UPS 표준 트럭과 비교해 18mpg가 나온다. 환경보호국은 유압식 기술이 더 개선되고 UPS가 한 번에 하이브리드 트럭을 수천 대씩 주문할 역량을 갖추면 일반 배달 트럭보다 7,000달러 더 높은 가격으로 이 하이브리드 트럭을 구입할 수 있을 것이라고 추산했다. 이 추가 비용은 유가가 5달러 혹은 그 이상으로 올라가면 2년 안에 회복할 수 있다. UPS의 유압식 하이브리드 차량은 휘발유를 연소하는 차량에서 리튬-이온 배터리로 재충전해서 달리는 전기차량으로 회사의 전체 차종을 바꾸는 다리 역할을 할 수 있게 될 것이다. 트럭을 운전하기 위해 필요한 탱크 크기 때문에 유압식 하이브리드는 보통 가정에서 모는 세단에 장착하기에는 너무 크다. 하지만 트럭과 UPS 회사 소속 대형 차량에는 아주 중요한 기술이 될 것이다.

이처럼 휘발유 대체 연료를 찾으려는 공황 상태를 틈타 새롭고 신선한 기술들이 빛을 보게 될 것이다. 그만큼 우리가 절박해질 것이라는 뜻이다. 여러 형태의 추진 수단이 찰나의 명성을 누리게 될 것이다. 그중에서도 확실히 세상의 빛을 볼 추진 수단은 바로 공기 동력이다. 프랑스 인인 기 네그르는 압축 공기로 달리는 차를 만들어냈다. 이 콘셉트야말로 대중의 상상력을 사로잡을 수 있는 최고의 아이디어가 아닐까? 네그르의 회사인 MDIMotor Development International는 공기로 달리는 차로 니스 근교의 사무실 옆에 있는 프렌치 리비에라 주변을 시운전했다. 여러 가지 밝은 색깔로 제작된 이 에어카는 70mph를 갈 수 있고, 평평한 도로에서 시속 125마일까지 나온다. 이 자동차는 압축된 공기를 규칙적으로 강력하게 분출해서 두 개의 피스톤을 상하로 밀어 움직인다. 엔진에서 나온 배기가스는 인체에 해가 없는 공기이며, 더운 날에는 에어컨으로도 쓸 수 있을 만큼 시원하다.

67세의 기계공학자인 네그르는 1980년대와 90년대에 르노의 F1 경주용 자동차의 디자인 팀에서 근무했으며, 피스톤을 제작하는 데 처음으로 마그네슘을 사용해서 경주용 차의 놀라운 발전을 이뤄냈다. 네그르는 1980년대 자동차 연구를 하다가 친환경 차에 매료됐고, 1991년 벤처 자금인 3만 6,000달러로 MDI를 창업했다. 이 자금은 공장을 짓기에도 충분하지 않았지만 수완이 비상한 네그르는 방법을 찾아 그 후 몇 년에 걸쳐 몇 가지 테스트 모델을 만들어냈다.

연소 기관이 없기 때문에 네그르는 얄팍한 알루미늄 엔진 케이스를 사용할 수 있었다. MDI의 엔진은 도요타 코롤라의 소형 엔진 무게의 3분의 1밖에 안 되는 40킬로그램이다. 이 에어카의 연료는 1평방인치당 4,350파운드, 우리가 마시는 공기압의 300배가 되는 압축 공기이다. 네그르는 탱크 안의 압력이 어마어마하지만 차가 충돌할 경우, 탱크 옆이 찢어져서 픽소리를 내며 아무 해도 끼치지 않은 채 공기가 발산될 것이라고 주장했다.

영어를 하긴 하지만 유창하게는 하지 못하는 네그르는 이 말을 즐겨했다. "차의 미래는 공기입니다." 약간 과장하는 기질이 있는 엔지니어다운 말이다. 에너지 보관 매체로 공기를 사용하는 것은 아주 깨끗하고, 저렴하며, 현명한 해결책이다. 다만 에어카의 압축 공기 저장량이 한정되어 있기 때문에 자주 압축 공기 보관소에 가서 충전을 해야 하는데 현실에는 그런 곳이 없다는 것이 문제이다. 하지만 에어카를 운전하는 사람들은 차내에 탑재된 압축기를 집에 있는 플러그에 꽂아 집에서 충전할 수 있다. 다만 충전하는 데 몇 시간씩 걸리게 된다. 그렇지만 이것은 에어카의 결정적인 단점은 아니며, 에어카의 충전 시간이나 전기차의 충전시간은 비슷하다. 가장 중요한 문제는 에어카의 무게가 1,873파운드밖에 나가지 않아서 (연료가 없을 때) 미국의 안전 규정을 통과하지 못할 수 있다는 점인데 네그르는 그 문제는 개선할 수 있다고 말했다. "미국 시장으로 진출하고 싶다면 당연히 안전 규정을 통과해야 하니, 그렇게 할 계획입니다." 네그르는 자랑스럽게 선포했다.

MDI 사는 매력적인 시장에 있는 제조업자들에게 에어카의 면허를 내줄 계획이다. 네그르는 이 프랜차이즈 회사들이 MDI의 부품을 사서 조립해 공장 내에 있는 전시실에서 직접 소비자에게 차를 팔게 될 것이라고 생각하고 있다. ZPM^{Zero Pollution Motors}라는 한 미국 회사는 국내에서 에어카 공장을 짓기 위해 MDI에게서 면허를 취득했다. 뉴욕의 팔츠에 있는 ZPM 사의 최고 경영자인 시바 벤케트는 2010년에 그 에어카를 한 대당 1만 8,000달러에 대량 생산할 포부를 품고 있다. "1만 8,000달러밖에 안 되는 차가 1갤런당 100마일과 동급의 연비를 낼 수 있다면 시장 점유율이 적어도 2퍼센트 이상은 될 거라고 생각합니다만 그래도 신중하게 시장을 예측해야겠죠." 벤케트는 자신이 세운, 한 해 30만 대 판매 목표를 쉽게 달성할 수 있다는 뜻으로 말했다.

벤케트의 목표는 아무래도 한갓 꿈으로 끝날 공산이 크다. 미래에 에어카는 틈새시장의 일부로 활약하게 될 것이다. 심지어 에어카 수만 대가 도로에 나올 수도 있지만 그렇다고 에어카가 국민차가 되는 일은 없을 것이다. 공기로 달리는 차는 리튬 이온 배터리로 동력을 받아 달리는 미래의 선두주자인 전기차와 비교했을 때 심각한 단점을 지니고 있다. 현재 설계된 에어카는 탱크에 있는 공기압을 올리기 위해 작은 프로판 히터에서 발사되는 열을 이용한다. 데워진 공기의 부피가 커지면서 압력이 올라가게 되고, 그렇게 해서 충전된 공기의 힘으로 차가 달리게 되는 것이다.

하지만 이렇게 화석 연료라는 꼬리를 달고 있는데도 에어카는 DVD 플레이어와 비디오 게임 시스템 같은 사치스러운 기기는 고사하고 히터, 스테레오, 파워 윈도_{스위치를 눌러 유리를 조작하는 자동 윈도 시스템 - 역주}, 자동 잠금장치 같이 미국인들이 차에 갖춰져 있기를 바라는 우아한 소품들만 갖춰도 달릴 수 없다. 공기 동력은 작고 가벼운 차를 운전하는 데 좋다. 공기로 동력을 넣는 차에 실질적인 무게를 가하면 가속거리가 급격하게 떨어지게 된다. 에어카는 주로 살고 있는 동네 주변만 다닐 저렴한 차를 필요로 하는 가족에게는 유용하게 쓰일 수 있다. 하지만 이런 가족들이 주로 쓰는 차는 현재 우리가 가지고 있는 차와 비슷한 안전과 속도와 편안함을 제공하는, 배터리로 작동되는 세단이나 스테이션왜건이 될 것이다.

결국 에너지 부족으로 인한 현실과 우리의 필요에 의해 우리는 전기차를 몰게 될 것이다. 비교적 우리에게 풍부하게 있는 에너지는 발전소에서 나온 에너지뿐이다. 즉 우리가 가진 최고의 패는 전기 배관망인 것이다. 배터리 덕분에 우리는 침착하게 이 카드를 쓸 수 있을 것이다.

현실성이 떨어지는 수소 에너지 해법

치솟는 유가로 인한 위기가 계속되면 에너지 문제에 대한 깨끗하고 죄책감이 느껴지지 않는 해답으로 다시 한 번 수소 에너지가 등장할 것이다. GM은 이 아이디어를 쫓아 무려 10억 달러가 넘는 돈을 투자했지만 그 꿈은 신기루처럼 사라질 공산이 크다. 수소를 기반으로 한 교통 시스템이란

1950년대 흡연이 건강에 나쁘지 않다는 주장이 제기된 이후로 미국인에게 지속적으로 세뇌된 속임수 중 하나이다. 여기서 수소 에너지의 정체를 밝히려고 길게 시간을 낭비하고 싶지는 않다. 한두 문장이면 간단하게 그 정체를 드러낼 수 있기 때문이다. 수소는 에너지원으로서는 아주 우수하다. 수소 연료 전지는 깨끗하고, 조용하고, 효율적으로 작동한다. 이 전지는 수소 원자에서 전자를 분리해 그 분리한 전자들을 회로를 통과시키면서, 이 회로로 모터를 돌리거나 전구를 켜는 식으로 작동한다. 회로를 통과한 전자는 다시 연료 전지로 돌아와 남은 수소 이온과 산소와 결합해서 수소 연료 전지의 무해한 배출물인 수증기가 된다.

그런데 연료 전지를 제조하는 데 거금이 든다는 문제 외에도 수소의 가장 큰 단점은 어디서 수소를 얻을 것이냐는 문제다. 수소 광산이란 세상에 존재하지 않는다. 가장 단순한 원소들이 모여 생성된 이 물질이 저장된 거대한 보고란 없다는 뜻이다. 또한 막대한 양의 에너지를 사용하지 않고는 공기나 물에서 수소를 뽑아낼 수 없다. 그렇다면 우리가 사용하는 거의 모든 수소 에너지는 도대체 어디서 나오는 걸까? 천연가스 혹은 그보다 더 나쁜 석유에서 나온다. 그런데 천연가스, 메탄에서 수소를 분리시키면 탄소가 잔여물로 남아 거기서 이산화탄소가 나오고 결국은 그 이산화탄소가 우리가 마시는 공기 속으로 배출된다. 그러므로 바닷물과 같은 곳에서 수소 에너지를 뽑아내는, 생각지도 못한 획기적인 해결책이 나오지 않는 한 본질적으로 수소 에너지 저장량은 화석 연료의 저장량과 매한가지이다. 그래서 현재로서는 수소 에너지는 해결책이 될 수 없다.

전기차, 자동차 세계의
패권을 차지하다

인류는 150년이 넘는 세월 동안 전기 자동차를 집적거려왔다. 연소 기관에서 휘발유와 공기를 섞기 위해 카뷰레터를 만들기 훨씬 전부터 우리는 납축전지의 전원으로 움직이는 조잡한 형태의 4륜 자동차를 몰고 있었다. 1834년 뉴햄프셔에 사는 제철공이자 전자 모터의 발명가인 토마스 데븐포트는 충전된 레일에서 나오는 전기로 달리는 차를 만들어냈다. 하지만 그 감격적인 순간은 대중들의 뜨거운 관심을 불러일으킨 철도 시대에 사용하기에는 증기 기관이 좀 더 믿을만하다는 사고 때문에 그만 수십 년 동안 역사 속에 묻히고 말았다.

하지만 20세기 초반에는 전기차를 생산하는 회사들이 한 다스나 있었다. 1987년 필라델피아의 Electric Carriage & Wagon 사는 뉴욕 시에서 운행하게 될 일단의 전기 택시 부대를 제조했다. 한동안은 미국이 전기차를 사용할 것 같았다. 그러나 1908년 천재적인 헨리 포드가 휘발유로 달리는 모델 T란 자동차를 전기차의 반값으로 시장에 내놓으면서 결정적으로 우리의 미래는 다른 방향으로 나아갔다. 그리고 포드가 대량 생산 체제를 능숙하게 다듬어가면서 모델 T 자동차의 가격은 계속 떨어져갔다.

포드가 그 당시 했던 일 덕분에 우리 수송 기관의 숙명인 배터리로 전원을 공급받는 전기차 생산이 100년 넘게 후퇴됐다는 결론이 나오게 된 것이다. 이 아이디어는 실로 아주 간단하다. 벽에 플러그를 꽂아서 밤에 전기차를 충전시키는 것이다. 또한 회사 주차장에 그런 설비가 돼 있다면 낮에도 충전할 수 있다. 배터리라고 매사에 완벽하진 않다. 그러나 배터리는 석유 부족 사태가 날로 더 심각해지는 세상에서 우리가 취할 수 있는 최선이자 가장 경제적으로 부담이 덜 가는 선택이다.

약 100마일로 달리는 보통 세단에 들어가는 대형 배터리를 충전시키는 데 현재 전기 요금으로 보면 5달러도 안 들어간다. 휘발유 가격과 비교해 보면 아주 저렴한 가격이다. 일단 전기차 네트워크를 건설하는 데 들어가는 막대한 비용을 처리하고 나면 주행거리에 대한 비용은 상당히 크게 줄어들 것이다. 이 전기차의 연료는 지역 전기 회사에서 우리 차 배터리로 배달되는 전기가 될 것이다. 이 연료는 휘발유에 비하면 아주 저렴하다. 현재 시판되고 있는 하이브리드 차 중 하나인 도요타 프리우스는 1갤런당 거의 50마일을 달리는데 유가가 1갤런당 4달러일 때 휘발유로 생성된 동력이 전기 1킬로와트시일 때 40센트가 든다. 대부분의 전기 콘센트에서 나오는 전력은 1킬로와트시가 채 20센트가 못 되며 전력 사용이 많지 않을 때(밤)는 그 반도 안 된다. 휘발유에 기초한 수송기관의 세계에서 전기 수송기관의 세계로 넘어가는 것을 미룰수록 우리의 고통은 더 커질 것이다. 그리고 그 고통은 아주 끔찍할 것이라고 샤이 애거시는 말한다.

배터리로 달리는 자동차의 해결사

애거시는 휘발유를 위한 기반시설이 완벽하게 갖춰진 세상에서 전기차가 직면한 여러 가지 복잡한 문제들을 해결하기 위해 베터 플레이스를 설립해 이끌어가고 있다. "우리에겐 선택의 여지가 없습니다. 이 일을 하든가, 아니면 세계 경제의 파멸과 지구 온난화라는 대재앙을 받아들이는 수밖에 없습니다." 애거시는 이렇게 전했다.

이스라엘 태생인 애거시는 수송기관과는 인연이 없는 곳 출신이다. 애거시와 그의 아버지는 1990년대에 소프트웨어 회사를 설립했는데 독일의 소프트웨어 업계 거인인 SAP 사가 2001년 애거시 부자의 회사를 4억 달러에 사들였다. 애거시는 그 후 SAP에 합류해서 제조사 사장직을 맡았고, 대내외적으로 장차 이 회사의 CEO가 될 것이라고 인정받았다. 하지만 2007년 가을 애거시는 SAP에서의 탄탄한 미래를 버리고 베터 플레이스를 창업했다. 그는 그때부터 이 운동에 헌신해왔다. 애거시는 중요한 말을 하고자 할 때는 그 효과를 배가하기 위해 잠시 뜸을 들이는 습관이 있었다. 그는 일반 통념을 즐겨 공격하면서, 이런 말로 공격을 시작했다. "제 말을 들으면 좀 아찔할 겁니다." 그는 일방적으로 자신의 관점에서 현재 상황을 판단하고 있다. 하지만 그의 그런 시각이 옳았다는 것이 과거에 여러 번 증명됐다. SAP 사의 한 고위 간부는 내게 이런 말을 했다. "애거시는 가끔 아주 건방지게 들리는 말을 할 때도 있지만 내가 본 사람 중 최고의 세일즈맨이었습니다." 애거시의 뛰어난 설득력과 지성에 넘어간 세계적인 명사들이 한둘이 아니다. 2억 달러가 넘는 자본을 유치한 베터 플레이스의 목표는 세상을 바꾸는 것이다.

애거시가 일반적인 회사의 목표를 밀어붙이는 평범한 CEO가 아닌 것은 분명하다. 그는 연차 보고서에 나온 숫자들을 초월하는 혁신적인 이상과 일단의 가치를 위해 일하고 있다. 하지만 이런 이상주의를 일단 접어두면 베터 플레이스 역시 하나의 회사이고 돈을 벌기 위해 일하고 있는 조직이다. 하지만 베터 플레이스가 돈을 번다는 것은 애거시의 시각으로 보면 변화하지 않고 지금 하던 대로 하면 어김없이 닥쳐올 자원 재앙으로부터 서구 사회를 구할 수 있다는 뜻이기도 하다. 한 나라가 휘발유로 달리는 차를 타다가 전기차로 바꾸려면 온갖 종류의 문제가 발생한다. 단순히 전기차를 사서, 집에 몰고 가서, 차고에 있는 플러그에 꽂아 충전하는 걸로 끝날 문제가 아니라는 것이다. 흠, 어쩌면 소비자들과 차 소유주들에게는 그렇게 간단할 수도 있겠지만 대다수의 인구가 전기차를 사용할 수 있도록 만들기 위해 엄청나게 복잡한 공정을 거치는 과정의 배경설명이 필요하다. 이렇게 문제가 복잡해진 이유는 우리가 살고 있는 지역의 송전선은 한 블록에 있는 대부분의 집들이 차의 배터리를 충전하기 위해 플러그를 꽂을 때는 물론이고, 그 블록에 사는 전체 가구의 3분의 1만 플러그를 꽂아도 그 전력량을 감당하지 못하기 때문이다. 그런 일이 벌어지면 변압기들이 폭발하고, 지역 전기 배관망은 녹아내릴 것이다. 이렇게 사정이 복잡해진 이유는 배터리를 충전하는 데 오랜 시간이 걸리기 때문이다.

그렇다면 전국적인 전력망을 다시 만들기 위해 1조 달러를 쓰지 않고 어떻게 휘발유 차에서 전기차의 시대로 넘어갈 수 있을까? 바로 이때 베터 플레이스가 등장한다. 베터 플레이스는 전기차의 세상에서 액슨 모빌세계 최대 석유회사 - 역주과 같은 존재가 되고 싶어 한다. 액슨이 석유를 시추해서 휘발유를 배로 선적해 우리 동네의 주유소로 실어 보내는 것처럼 베터 플레이스는 전기를 배달해주는 중개자가 되길 원하는 것이다. 베터 플레이스는 현재 우리의 분열된 전기 배관망을 사용하기 쉽게 만든, 거대한 주유소 네트워크와 같은 존재가 되려는 것이다. 베터 플레이스는 차를 팔려고 이 사업에 뛰어든 것이 아니다. 차는 누구든 팔 수 있다. 이 회사는 전기차가 직면한, 겉보기에 아주 해결하기 힘든 문제를 해결하고, 그 문제를 해결하는 과정에서 리튬 이온 전지 업계의 액슨 모빌이 되려고 하는 것이다.

베터 플레이스는 사람들이 배터리 없이 전기차만 사길 원한다. 그들은 배터리와 휘발유를 동급으로 간주한다. 보통 차를 살 때는 향후 10년간 그 차가 쓰게 될 휘발유에 대한 장기 할부를 하지 않는데 왜 배터리는 그렇게 해야 하냐고 베터 플레이스는 반문한다. 사람들은 휴대폰을 사는 것처럼 전기차를 사게 될 것이라고 애거시는 말한다. 그리고 이동 통신 사업자와 같은 역할을 하는 베터 플레이스가 개개인이 쓰는 전기량에 기초해서 부담하기 쉬운 요금에 그 차가 달릴 수 있도록 관리해줄 것이라고 말했다. 여기서 애거시가 세우고 있는 기반시설은 그가 이전에 직장 생활을 하면서 창립한 소프트웨어 회사와 크게 다르지 않다. 특수 고안된 소프트웨어를 사용해서 사람들은 이전에는 힘들었던 업무를 간단하게 처리할 수 있게 된다. 한때는 믿을 수 없을 정도로 복잡하고 힘들었던 문제를 소프트웨어 하나로 쉽게 처리하는 것이다. 마치 문법적으로 정확한 산문을 몇 페이지에 걸쳐 쓸 수 있도록 하는 일을 워드프로세서가 떠맡거나 공식과 수를 계산하는 일을 스프레드시트가 대신하거나 한때는 문서 정리원을 난감하게 했던 일을 이제는 세금계산 소프트웨어가 해주는 것처럼 말이다. 애거시는 고도로 복잡하고 까다로운 문제들을 푸는 데 익숙해져 있기 때문에 소프트웨어 없이는 전기차가 지배하는 세상을 파멸로 이끌 성가신 문제들을 해결하는 데도 능숙하다.

앞서 언급한 것처럼 전기차의 물결이 우리의 차 시장을 휩쓸게 하는 데에는 세 가지 큰 문제가 자리 잡고 있다. 이 세 가지 난제를 궁극적으로 애거시가 모두 해결하지는 않겠지만 현재로서는 그가 우리 전력망의 단점들과 전기차의 결점을 해결하는 데 앞장서야 할 대의를 위해 적지 않은 자금을 투입하고 있는 유일한 사업가이다. 첫 번째로 해결해야 할 문제는 전기차 배터리 가격이다. 차 한 대당 배터리의 가격은 1만 달러가 넘는다. 베터 플레이스의 계획에 따르면 그 문제는 전기차 사용자들이 매달 일정한 금액의 배터리 사용 요금을 내는 것으로 해결될 것이라고 한다. 그 요금은 유가가 1갤런당 4달러일 때 매달 쓰게 되는 기름값보다 적을 것이다. 배터리는 차 소유주의 것이 아니라 베터 플레이스의 것이다.

이는 기본적으로 차를 쓰는 기간 내내 배터리 동력 보관 가격을 할부 상환하는 것과 같은 원리이다. 이러한 가격 구조는 휘발유를 사는 운전자들이 모두 익숙해진 것이다. 이런 식으로 배터리를 관리하게 되면 차 소유주들은 차를 10년 넘게 사용했을 때 직면하게 될 배터리 교체와 폐기 비용을 부담하지 않아도 된다. 앞서 말했듯이 배터리를 교체하는 데 1만 달러 이상이 들어가게 되는데, 이는 한 번에 변속기를 다섯 번 교체하는 것과 같은 거금이다.

베터 플레이스가 해결하고자 하는 두 번째 문제는 배터리로는 아주 먼 거리는 갈 수 없다는 점이다. 기껏해야 100마일 정도, 필경 그보다 못 갈 것이다. 베터 플레이스의 해법은 문제만큼이나 간단하다. 현재 우리가 운전하는 차의 기름이 떨어지면 주유소를 찾아가는 것처럼 배터리의 충전량이 거의 다 떨어졌는데 더 멀리 가야 한다면 베터 플레이스의 배터리 충전소로 가면 되는 것이다. 큰 차의 배터리를 몇 시간 이내에 충전할 방법은 현재로서는 없지만 그렇다고 해서 이미 완전히 충전된 배터리로 교체하지 못하란 법은 없다. 베터 플레이스는 채 5분도 안 되는 시간에 거의 다 쓴 배터리를 빼내고, 완전히 충전된 배터리를 넣어서 운전자가 주유소에서 주유하는 만큼의 시간만 들이면 계속 운전할 수 있도록 해줄 것이다.

베터 플레이스가 해결하려고 하는 세 번째 문제는 보통 사람들은 좀 이해하기 힘들겠지만 처음 두 문제처럼 해결하기 힘든 문제로 밤새 한 블록에 몇 명의 사람들이 동시에 플러그를 꽂고 충전하려고 할 경우에 대해 지역 내 전기 배관망이 대비가 돼 있지 않다는 점이다. 지역 발전소에 여분의 전기는 있겠지만 지역 송전선으로는 한꺼번에 필요한 전류량을 모두 전송할 수 없다. "가정에서 6시간 정도 플러그를 꽂아서 220볼트의 전압으로 30amps의 전력을 끌어낼 수는 없습니다."라고 베터 플레이스의 전기 기사인 마이크 린드하임은 말한다. "정말이지 그 정도의 전력을 끌어내는 것은 불가능한데 그렇게 하려는 사람이 동시에 아주 많다고 생각해보세요." 만약 같은 블록에 사는 사람 서너 명이 동시에 자신의 차를 충전시키기 위해 플러그를 꽂는다면 지역 변압기가 폭발하게 될 것이다. 결국에는 지역 전기 기반시설이 교체되겠지만 그렇게 되기까지는 수십 년의 시간과 수천억 달러가 들 것이다.

베터 플레이스는 물론 잠정적인 해결책을 내놓았다. 모든 전기차에 컴퓨터를 탑재해서 베터 플레이스 네트워크와 지속적으로 통신하면서 차의 위치가 어디쯤인지, 충전량이 얼마나 남았는지, 혹은 충전시켰는지 여부에 대한 정보를 전달한다. 운전자가 A라는 지점까지 가고 싶은데 현재 충전량에 비춰 그 거리가 좀 멀다고 생각되면 그는 차내에 탑재된 GPS에 목적지를 말하고, 차내에 탑재된 컴퓨터가 현재 충전량으로 목적지에 도착할 수 있는지 여부를 말해준다. 만약 충전량이 부족한데 운전자가 오랜 시간을 들여 다시 충전하고 싶지 않다면 컴퓨터가 베터 플레이스와 통신해서 가는 길에 가장 가까운 배터리 충전소가 어디 있는지 알려준다. 그 다음에 배터리 충전소에 지금 운전자가 15분 내로 새로 충전된 배터리로 교체하기 위해 도착할 것이라고 알려준다. 운전자에게는 주유소에 가서 들이는 시간이나 배터리 충전소에 가서 들이는 시간이나 똑같게 된다.

마찬가지로 차내에 탑재된 컴퓨터는 차가 언제 차고에 있는 콘센트에 플러그를 꽂아서 충전하는지 알게 될 것이고, 그 정보를 베터 플레이스 네트워크에 전송해 베터 플레이스가 같은 블록에서 이미 다른 세 대의 차량이 충전중인지 아닌지를 파악할 수 있게 해준다. 베터 플레이스는 그 다음에 플러그를 꽂은 차 세 대와 모두 통신해서 어떤 차의 충전량이 가장 낮아서 제일 먼저 충전해야 할지 판단한다. 지역 전기 그리드^{배관망}의 변압기가 과부하되는 일이 없도록 베터 플레이스의 컴퓨터들은 밤새 순서대로 각 차들이 충전되게 조절해서 아침까지 차 네 대의 배터리 모두 완전히 충전될 수 있도록 한다. 배터리를 완전히 충전시키는 데는 4시간밖에 들지 않으며 대부분의 차들은 밤에 충전시키기 위해 플러그를 꽂았을 때 충전량이 완전히 바닥난 것이 아니라 대부분 반쯤 남았거나 혹은 그보다 더 많이 남아 있기 때문에 한두 시간 정도면 완전히 충전할 수 있다. 때문에 하룻밤이면 한 블록에 있는 차 모두를 충전시킬 수 있는 시간이 된다.

이 모든 해법은 애거시의 프로그래머들에게는 이미 익숙한 코딩과 알고리즘을 사용해 만든 베터 플레이스의 독자적인 소프트웨어로 운영될 것이다. 전기차로 전환하기 위해 필요한 충전 기반시설은 이미 존재하고 있으니 각 차의 충전 방식을 관리할 강력한 컴퓨터 네트워크만 있으면 된다고 애거시는 말한다. 베터 플레이스는 이미 국내 대형 전기 회사들과 모든 주요 도시와 지역에 존재하는 전기 용량을 포괄적으로 지도화하기 위해 측량을 논의하고 있다. 이 정보를 입수해서 디지털화하면 베터 플레이스는 새 전기차의 소유주들을 지역 충전 네트워크 속으로 쉽게 편입시킬 것이다.

그러나 처음에 그 네트워크를 세우려면 자본주의의 힘 이상의 것이 필요할 것이라고 애거시는 말한다. "지금의 차 생산 업계는 자율 규제 체제로 운영되지만 그 효과는 전무한 실정입니다." 애거시는 이렇게 운을 떼었다. "지금 하고 있는 일에서 손을 떼고 새로운 일을 하기 위한 인센티브가 전무합니다. 차란 제품을 기획하고 생산해서 그 수명이 다할 때까지 쓰는 데는 아주 오랜 시간이 걸립니다. 그러니 그만큼 기존의 차 업계가 변화를 시도하기란 쉽지 않습니다. 그들이 변할 수 있는 유일한 방법은 강제적으로 하는 방법밖에 없습니다." 그는 이렇게 설명했다.

여기서 애거시가 하는 말을 들어보면 정부 개입을 권하고 있는 것 같이 들린다. 사실 애거시는 그렇게 하고 있다. 이제 초기 단계에 선 베터 플레이스는 자사의 네트워크를 소비자들이 아니라 국가 수장들에게 설명하고 있다. 애거시의 세일즈 기술은 12개월도 채 안 되는 시간 동안 이스라엘, 덴마크, 오스트레일리아 정부와 계약을 체결함으로써 세 번이나 검증받은 바 있다. 이스라엘에서는 차량에 78퍼센트의 세금을 물리고 있는데 베터 플레이스의 전기차에 대한 세금은 대폭 감면돼서 10퍼센트만 물리게 될 것이다. 그것은 소비자들에게는 아주 강력한 인센티브가 될 수 있다. 덴마크에서는 아예 전기차에는 세금을 부과하지 않을 것이다. 오스트레일리아 정부는 차 생산업자들에게 자국산 전기차량을 만들도록 격려하기 위해 5억 달러의 기금을 조성했다.

프랑스의 르노 자동차는 이스라엘과 덴마크에서 베터 플레이스가 사업을 할 수 있도록 그 두 나라에서 달리게 될 전기차를 만들 것이다. 이 전기차들은 양국에서 2011년 데뷔하게 될 것인데 베터 플레이스는 2011년 말에는 베터 플레이스의 그리드에서 10만 대의 차를 관리하기를 희망하고 있다. 이 프로그램을 위해 르노에서 출시될 표준형 세단의 가격은 2만 달러에서 2만 5,000달러 수준이 될 것이다. 분명 싼 차는 아니다. 하지만 이 정도 가격이라면 소비자들이 전기차를 단순히 신기하고 기이한 차나 사치품으로 치부하고 외면할 정도도 아니다. 이는 일단 유가가 10달러로 오르면 많은 사람들이 받아들이게 될 하나의 개념인 것이다. 그렇다고 물론 모두가 전기차를 소유할 수는 없을 것이다. 이는 새 차를 장만하는 데만 2만 달러, 그러다 보면 결국에는 2만 5,000달러 이상이 들게 될 자본비용을 감당할 수 있는 사람들에게만 선택권이 주어질 것이다. 이 가격은 상당히 많은 차 구매자들을 배제시키고 특히 주로 중고차를 사는 사람들에게는 해당되지 않는 가격이다.

애거시는 전기차란 개념을 포용하기 위해 유가가 10달러로 올라갈 때까지 기다릴 시간이 우리에겐 없다고 말한다. 그때쯤이면 우리는 해법이 별로 없는 지독한 곤경에 처하게 될 것이라고 한다. 전기와 배터리가 있다면 사우디아라비아를 차지하기 위해 전쟁을 벌이는 대신 사우디아라비아를 하나 세울 수 있다고 애거시는 주장한다. "차의 휘발유를 끊지 않는 한 우리 미래의 시나리오는 하나도 좋을 게 없습니다." 애거시의 말이 전적으로 틀린 건 아니다. 더 오래 기다릴수록 이런 변화를 이루는 것이 더 힘들어지지만 한편으로 그가 인터뷰에서 주장하는 핵심적인 내용들은 베터 플레이스를 세계 최고의 기업으로 만들려는 그의 야심을 반영한 것이란 점도 잊어서는 안 된다. 그의 자신만만한 선언을 평가할 때 그의 야심 역시 따져봐야 한다는 것이다. 우리가 볼 때 베터 플레이스의 장점은 그 회사가 현재 이스라엘과 덴마크라는 각기 다른 두 장소에서 실험을 실시하고 있다는 점이다. 그러니 우리는 뒤로 한 발짝 물러서서 앞으로 일어날 사태의 추이를 살펴보면 된다. 애거시와 베터 플레이스가 미국과 결국에는 세계를 장악해서 전기차가 대세가 되는 시대로 나아가게 하든지 어쩌든지 우리는 분명 베터 플레이스가 현재 하고 있는 사업에서 셀 수 없이 많은 중요한 교훈을 배우게 될 것이다. 유가가 10달러가 됐을 때 베터 플레이스든 아니면 다른 누구든 전기차를 대대적으로 사용하게 할 사업 말이다.

전기차가 넘어야 할 고비들

현재 우리가 사용하는 개인적인 교통수단을 휘발유 차에서 전기차로 바꾸는 것은 우리나라뿐 아니라 전 세계 문명을 지속시킬 수 있는 미래를 건설하기 위해 우리가 취해야 할 가장 중요한 조치 중 하나가 될 것이다. 유가가 10달러가 되면 차를 가진 사람들의 비율은 급격히 줄어들 것이다. 많은 사람들이 높은 유가 때문에 그동안 보유하고 있던 낡은 혼다 어코드, 도요타 캠리, 포드 타우루스와 같은 차를 버리게 될 것인데, 그렇다고 전기차는 가격이 높고, 또 전기차의 중고차 시장은 존재하지 않기 때문에 배터리로 달리는 차를 쉽게 살 수도 없을 것이다.

주요 도로에서 차량들이 무수히 빠져나갈 것이고, 교통사고 사망자 감소, 대기 오염 감소, 비만 인구 감소와 같은 긍정적인 부작용은 유가 6달러부터 조금씩 나타났다가 유가가 10달러로 인상되면 전면적으로 느껴질 것이다. 그런가 하면 도로 사용 요금이 전면 확대될 것이다. 도로를 관리하고 유지 보수하기 위해 모든 사람들에게 세금을 물리는 모델은 모든 사람이 도로를 사용했을 때는 효과가 있었다. 그러나 이 모델은 높은 유가와 아직 규모가 작은 전기차 시장에서 나오는 고가의 전기차 때문에 도로로 나오는 사람들이 줄어들면서 실효를 거두지 못해 바뀌게 될 것이다. 도로 사용 요금이란 부담은 실제로 도로를 사용하는 사람들에게 전가돼서 사실상 저소득층이 차를 구매할 수 있는 기회는 점점 더 멀어지게 될 것이다. 고속도로는 고속도로 통행료가 주 세원이 될 것이다. 일부 도시의 간선도로와 주간 고속도로는 개방된 고속도로에 대한 수요가 줄어들면서 폐쇄될 것이다.

휘발유 차는 유가가 10달러를 넘어가더라도 남아 있겠지만 유가가 계속 오를수록 그 역할은 점점 더 줄어들 것이다. 사람들은 휘발유 차를 집의 한쪽에 모셔두고 위급한 상황이나 장거리 여행을 떠날 때 쓰게 될 것이다. 이는 차가 우리 사회와 체제와 우리의 정체성을 규정하도록 놔둔 75년간의 세월이 종말에 이르렀다는 것을 의미한다. 아주 오랫동안 개개인의 용도와 스타일과 선호를 표현했던 차는 말처럼 실용적인 물건이 될 것이다.

운전을 할 수 있고, 너무 불편하지 않다면 하나의 차로서 그 역할을 수행하게 될 것이다. 많은 사람들이 독립적으로 별 부담 없이 이동할 수 있는 능력을 잃게 되면서 대중교통과 대중교통을 이용하는 사람들이 점점 많이 전면에 등장하게 될 것이고, 유가가 12달러를 넘어서게 되면 그들의 힘은 더 강력해지게 될 것이다.

우리가 아는 차 제조회사들은 이미 사멸하지 않았다면 새로운 변화에 적응하게 될 것이다. 그러지 못한다면 이내 죽게 될 것이다. 또한 대담하고 강한 비전을 가지고 창업한 한두 개의 회사들이 사적인 수송기관 세계를 주도할 것이며, 이 회사들은 구글, 마이크로소프트와 인터넷 초창기에 아이콘으로 떠오른 다른 유명한 회사들을 뛰어넘는 거대 회사로 성장하게 될 것이다. 아마도 베터 플레이스가 그중에서도 최강자로 등극할 것이다. 미국인들은 플러그를 일종의 새로운 주유 펌프로 보게 될 것이다. 미국의 차 군단을 전면적으로 개조하는 데는 수십 년이 걸리겠지만 우리의 문명을 새롭고 흥미진진한 방향으로 이끄는 데 가장 큰 역할을 한 것이 1갤런당 10달러의 유가였음을 우리는 회상하게 될 것이다.

이미 많은 미 도시에서 진기한 물건 이상의 존재로 자리 잡은 자전거 도로가 주안점이 될 것이다. 미국에 있는 최고의 자전거 길과 도로들은 돈을 절약하고 삶의 방식을 바꾸려고 노력하는 가족들과 시민들을 유혹하는 미끼가 될 것이다.

이 변화는 순조롭게 조용히 일어나지는 않을 것이다. 이런 변화가 그렇게 일어나는 법은 거의 없다. 사람들은 종국에는 절박해져서 모든 종류의 차 추진 기술에 대해 돈을 쏟아 부을 것이다. 일 년에 필요할 때만 운전해서 차 두 대로 1만 5,000마일을 달리는 가족의 연비가 대략 30mpg가 나온다면 이 가족이 연간 소비하는 연료비는 1만 달러가 된다. 이는 미국인들이 선뜻 지출할 수 있는 그런 금액이 아니며, 그런 식으로 운전하더라도 결국엔 오래할 수 없다. 우리는 삶을 바꿀 것이다. 우리는 운전하는 방식을 바꾸고, 운전 거리를 바꾸고, 어디를 운전해서 가야 할지에 대한 모든 사고방식을 바꿀 것이다. 우리는 사는 곳도 바꿀 것이다. 시장은 일종의 공황 상태에 빠질 것이다. 사람들은 이제 어떻게 해야 하냐고 소리를 지를 것이다. 대중은 빠르고 쉬운 해결책을 원할 것이다. 하지만 불행하게도 그런 해결책은 존재하지 않는다. 교통수단에 밀어닥친 떠들썩한 위기 때문에 회사들과 사람들은 구원의 기술을 찾아 사방을 둘러볼 것이다. 로비스트들이 익숙하거나 낯선 다양한 형태의 에너지들을 크게 선전해댈 것이다. 그러나 별 수 없다는 점을 알아야 한다. 우리의 대체 연료 시장처럼 100퍼센트 개방된 곳에서 이제까지 보지 못했던 비밀의 자원을 찾아내는 천재 과학자가 등장할 일은 결코 없다는 것을 깨달아야 한다. 변화는 사회의 몫이 될 것이다. 이 변화에 쓸 수 있는 도구들은 다 나왔다. 우리는 그 도구들을 신중하게 써서 연마해야 할 것이다.

휘발유를 들이켜는 남성용 장난감의 멸종

혁신이 태어나면 낡은 것들은 죽는다. 유가 10달러 시대엔 순전히 오락용으로 존재했던, 휘발유가 남아도는 시대에 만들어진 기계들이 제일 먼저 사라질 것이다. 옐로우스톤에서 스노모빌^{설상차}을 사용하는 문제에 대한 토론은 대부분의 설상차 제조업자들이 점점 가파르게 상승하는 유가의 압력에 굴복하면서 결국 끝내지 못할 것이다. 엔진을 단 눈썰매를 타고 하루 놀자고 휘발유 값으로만 200달러를 지불할 사람들은 별로 없을 게 분명

하니 설상차 사업 자체가 망하게 될 것이다. 설상차는 오락용보다는 비상 사태를 대비한 기계로 그 위상이 줄어들게 될 것이다. 시골에서 스키를 타는 스키어들과 설피를 신고 걸어 다니는 사람들과 크로스컨트리^{눈이 쌓인 산이} ^{나 들판에서 정해진 코스를 스키를 신고 가능한 빨리 완주하는 경기 - 역주} 광들은 한결 조용해지고 맑아진 숲에서 즐거워할 것이다.

스노모빌은 유가 10달러 시대가 남긴 수많은 시체 중 하나일 뿐이다. 제트 스키와 웨이브 러너^{수상보트의 한 종류 - 역주}들도 사라질 것이다. 사람들이 몰려 북적거리던 호수와 항구가 한가로워져 배를 조종하는 일이 훨씬 더 쉬워지면서 전 세계의 선원들이 환호하게 될 것이다. 미국에서 매년 1만 2000건씩 일어나는 제트 스키 사고에다 그중 열두어 건은 사망자가 나오는 그런 과거는 아무도 그리워하지 않을 것이다. 우리의 호수와 바다를 혼잡하게 만드는 모터보트, 쾌속정, 스키 보트는 크게 줄어들고, 요트, 카누, 카약^{에스키모인의 가죽을 입힌 카누 - 역주}과 노 젓는 보트가 파도를 지배하게 될 것이다. 시끄러운 가솔린 엔진 소리와 끝이 뾰족한 타이어로 숲속을 헤집고 다니는 모든 전천후 차량과 트레일 바이크^{험로용 오토바이 - 역주}는 골동품 신세로 전락할 것이다. 대신 산악자전거족, 하이킹을 좋아하는 사람들과 트레일 러너^{산길을 달리는 사람들 - 역주}들은 기뻐할 것이다.

올라만 가는 유가 때문에 많은 사람들이 그동안 즐기던 취미를 잃게 될 것이다. 이제는 여름에 가족끼리 모터보트를 타고 즐길 수도 없게 될 것이다. 힘껏 앞으로 민 조절판이 뒤로 밀려날 때 7월의 태양이 모터보트 앞 유리에 튄 물보라를 데우던, 스릴 넘치는 물놀이는 아직 할 수 있을 때 실컷 즐겨두기 바란다.

결국 모터보트, 제트스키, 스노모빌과 같은 것들을 포기하는 것은 사소한 일에 지나지 않는다. 사람들은 이 호수에서 저 호수로 300마력의 낚시

보트를 끌고 다니는 400마력의 픽업트럭 없이도 살아갈 수 있다. 그 트럭이나 낚시 보트 없이도 입 큰 농어에게 몰래 접근할 수 있겠지만 그러려면 그때는 노를 저어 움직이는 작은 보트를 타고 가거나 아니면 남의 눈을 피해 전기 트롤링 모터보트로 가야 할 것이다. 우리의 천연 자원을 그렇게 요란하게 연소시켰던 취미들이 사라진다는 것은 나쁘지 않다. 이론의 여지는 있겠지만 우리는 우리의 숲과, 눈이 덮인 들판과 호수를 더 여유롭게, 더 많이 즐길 수 있을 것이다. 이런 곳들은 결국에는 휘발유의 화학적 오염과 소음 공해가 사라지면서 아주 큰 덕을 보게 될 것이다.

플라스틱의 급성장

유가가 10달러가 됐을 때 사라질 제품들로 휘발유를 무분별하게 소비하는 장난감 차들만 있는 게 아니다. 이때가 되면 우리가 50년 동안 의존해 왔던 석유를 원료로 해서 만들었던 물건들을 대체하는, 온갖 종류의 제품들이 우리 삶의 전면에 나타나기 시작하는 것을 목격하게 될 것이다. 1950년대 생성된 불결하고, 지속될 수 없는 습관들을 쉽게 끊을 순 없겠지만 유가 10달러는 플라스틱 사회의 영구적인 종말이 시작되는 시기가 될 것이다. 이미 대외적인 이미지를 강화할 뿐 아니라 손익 또한 향상시키기 위해 여러 회사들이 플라스틱과 석유 파생물질 사용을 자제하고 자원 보존에 관심을 쏟고 있는 것을 볼 수 있다. 홀 푸드_{미국의 유기농 전문 식품 백화점 - 역주}에서는 소비자들에게 상품을 담아줬던 봉투를 다시 가져오면 10센트를 지불하고, 그 봉투를 다시 사용하고 있다. 대부분의 식품점에서는 석유를 원료로 하는 비닐봉투와 재활용한 종이봉투 두 개 중 하나를 가져갈 수 있는 선택권을 주고 있다. 5년 전에는 흔치 않은 일이었다. 이케아_{스웨덴에서 설립}

한 조립식 가구, 침구류, 주방/욕실 용품 브랜드 - 역주는 비닐봉투 한 장에 5센트씩 받아서 고객들이 동굴같이 생긴 이케아 매장에서 1회용 비닐봉투를 쓰지 않은 채 구매한 물건을 가져가도록 장려하고 있다. 이 정책 덕분에 고객들의 비닐 봉투 사용이 50퍼센트 줄어서 1년에 매립지로 가는 비닐봉투가 3,500만 장 줄었고, 결과적으로 정유공장으로 가는 이케아의 소득을 줄일 수 있게 됐다.

하지만 플라스틱은 없어지는 물질이 아니다. 플라스틱의 유용성 덕분에 우리 생활수준은 빠르게 향상될 수 있었고, 전 세계적으로 수많은 저소득 층이 새롭게 생활의 편리함을 누릴 수 있었다. 플라스틱은 변하지 않고 오래가며, 튼튼하고, 가볍고, 색을 칠하기도 쉽다. 또한 유연하게 만들 수도 있고, 단단하게 만들 수도 있다. 플라스틱 전선 절연체와 케이스와 회로기 판 지지물 덕에 컴퓨터가 그렇게 가볍고 강력해질 수 있었다. 폴리염화비 닐 파이프 덕분에 우리는 놀랄 정도로 저렴하고 안전하게 생활하수 오물 과 쓰레기들을 처리 시설로 보낼 수 있었다. 우주비행사들은 중합체로 만든 7겹의 절연된 우주복을 입고, 폴리탄산에스테르로 만든 투명한 보호 창이 달린 헬멧을 쓴다. 우리는 두껍게 여러 겹으로 만든 투명한 아크릴을 사용해서 완벽하게 제조된 렌즈와 전자장비들을 가지고 바다 속 깊은 곳을 탐험해왔다. 1960년 트리에스트 바티스카프호미국의 심해잠수정 - 역주는 태평양의 마리아나 해구 남서 단에 있는 챌린저 해연세계에서 두 번째로 깊은 곳 - 역주 에서 해저 3만 5,797피트까지 들어갔다. 자크 피카르드스위스 해양학자이자 엔지 니어 - 역주와 돈 월시미 해군 중위 - 역주는 플렉시 유리로 만든 두꺼운 판유리를 통해 작은 물고기들이 우글거리는 진흙투성이의 바다 밑바닥을 내다봤다. 이 유리는 1평방인치당 1만 6,000파운드의 압력이 가해지는 챌린저 해연의 수압을 견뎌낼 수 있는, 세상에서 유일하게 투명한 물질이다.

플라스틱은 인류가 고안한 물건 중 가장 놀라운 물건이다. 하지만 가장 해로운 물건 중 하나이기도 하다. 석유에서 파생된 플라스틱은 생물 분해가 너무나 서서히 일어나서 많은 플라스틱 제품들이 지금으로부터 영겁의 세월이 지나도 그대로 남아있을 것이다. 지금으로부터 1,000년이 지나면 당신의 유해는 영양분을 찾는 떡갈나무에 빨려 들어갈 것이고, 그 떡갈나무는 땔감으로 베어져 다시 태워질 것이다. 그 다음에 당신의 유해는 아마 처음에 있었던 곳에서 두 대륙 정도는 떨어진 먼 곳에서 새로운 생명체 속에 나타나게 될 것이다. 당신은 몽골에 있는 밀의 줄기에 있을 수도 있다. 반면에 당신의 낡은 휘풀볼^{구멍을 뚫어 멀리 날아가지 못하게 만든 플라스틱 공 - 역주}을 치는 배트, 핸들에 덕 테이프를 붙여놓은 두껍고 노란 플라스틱 배트는 당신의 집 근처에 있는 바위 속에 여전히 쑤셔 박혀 있을 것이다. 석유를 재료로 만든 플라스틱은 지금도 그렇고, 앞으로도 좋건 나쁘건 지구에 인간이 존재했다는 끈질긴 증거로 남을 것이다.

하지만 유가가 슬금슬금 올라가면, 비닐봉투 같은 플라스틱 용품들은 역사 속으로 사라지게 될 것이다. 예를 들어 비닐봉투 같은 경우에는 부엌 뒷문 고리에 걸어놓은 캔버스 백으로 간단하게 대체할 수도 있을 것이다. 다른 경우에는 석유를 원료로 하는 플라스틱보다 한 단계 진화된 대체품들이 나오게 될 것이다. 이런 대체품 중에서도 가장 흥미로운 것은 박테리아로 만든 플라스틱이다.

초원의 풀잎으로 만든 플라스틱

미시시피 강 근처, 동쪽으로 부드럽게 대지가 솟았다가 수그러드는 아이오와 초원에 주변 풍경과 어울리지 않게 사일로만한^{곡식, 마초 등을 저장하는 탑} ^{모양의 건축물 - 역주} 크기의 강철 통들이 우뚝 서 있다. 새하얗게 칠한 I 자형 들보 위에 올려진 은색 파이프가 강철 원통에서부터 밑으로 곧게 뻗어있다. 또 중서부 옥수수 지대에는 마치 상하이의 경제적 위세를 한 조각 베어다가 박아둔 것처럼 초원 한가운데 7대의 거대한 기중기들이 늘어서 있다. 이곳에 있는 옥수수는 멀리 다른 곳으로 가지도 않고, 에탄올로 만들지도 않는다. 이 옥수수는 근사하고, 유연하고, 강하고, 미생물에 의해 무해물질로 분해되는 플라스틱으로 변할 것이다. 그것도 아주 많이. 이 공장에서는 곧 일 년에 1억 1,000만 파운드의 플라스틱을 대량생산할 것이다. 그리고 이 수치는 몇 년 이내로 4배로 늘어날 것이라고, 이 공장의 공동 소유주인 아처 다니엘스 미드랜드^{ADM}와 메타볼릭스가 말했다. ADM은 일리노이 주의 옥수수와 화학물질 재벌이며, 메타볼릭스는 곡물과 설탕을 원료로 한 플라스틱을 발명해낸 보스턴 회사이다.

이 공장은 올리버 피플스 박사가 개발한 원리를 사용해서 2009년 초반 플라스틱을 생산하기 시작했다. 1990년대 초반 MIT 연구과학자로 재직 중이던 피플스와 다른 두 연구자들은 현대 유전공학 도구를 사용해서 생명체를 원료로 한 플라스틱을 만들 수 있지 않을까 생각하기 시작했다. 그렇게 했을 때 그 장점은 명백했다. 어떤 유전학적 스위치를 눌러야 할지 밝혀낼 수만 있다면 피플스는 생물 분해를 일으키는 능력, 경도, 유연성, 불투명함과 같은 특징들을 포함해서 플라스틱의 여러 특징을 자유롭게 조절할 수 있게 된다. 간단하게 그 작용 원리를 설명해보겠다. 우선 조작된 유기체^{박테리아}를 커다란 금속 탱크에 넣고 옥수수, 사탕무 혹은 스위치 그래스^{북아메리카에 자생하는 다년생 식물 - 역주}에서 추출한 당과 전분으로 만든 공급 원료를 먹인다. 유기체는 공급 원료를 게걸스럽게 먹고 크게 부풀어 전체 무게의 80퍼센트가 플라스틱으로 변한다. 그러면 탱크에서 플라스틱을 쉽게 추출해서 규격 틀 안에 넣어 작은 공 모양으로 상품화시켜 쉽게 녹이거나 원하는 모양을 만들 수 있도록 한다.

플라스틱 생산의 과학적 원리를 밝혀낸 피플스는 대단한 물건을 만들어 냈다고 확신하고 1992년 아직 MIT에 재직 중일 때 메타볼릭스를 설립했다. "우리는 그때 세상이 플라스틱을 만드는 방식을 바꿔야 할 때라고 판단했습니다." 피플스가 말했다.

그러나 당시는 석유 공급 과잉 상태가 10년 이상 지속될 때라서 타이밍이 좋지 않았다. 그리고 그때는 지금처럼 플라스틱이 환경에 미치는 피해에 대해 예민하게 반응하지 않을 때였다. "알고 보니 이런 식으로 플라스틱을 만드는 데 관심을 가진 사람들이 많지 않더군요." 피플스가 회상했다.

하지만 그 이후로 세상이 변했다. 메타볼릭스는 2006년 11월 주식을 공개했고 가끔은 시장가치가 5억 달러 이상으로 책정됐다. 메타볼릭스가 호황을 누렸을 때는 유가가 인상된 때와 시기가 일치했다. 바이오플라스틱은 미생물분해를 할 수 있는 특징을 잘 살린 용도 덕분에 현재 많은 부문에 사용되고 있다. 플라스틱을 만드는 벌레의 유전학적 특성을 바꿔서 플라스틱이 흙속에 들어가면 아주 빨리(짧게는 한 달에서 길게는 1년) 분해되게 만들 수 있기 때문에 환경적으로 민감한 해법이 요구되는 곳에 긴요하게 쓰일 수 있다.

메타볼릭스의 플라스틱인 미렐은 현재 냄비, 퇴비 주머니와 물 근처에서 쓰는 물질에 사용되고 있다. "태평양에 있는 유명한 플라스틱 쓰레기 섬을 아세요? 항상 그 자리에 머물면서 다른 먼 곳으로 가버리지도 않고, 매주 점점 커지는 섬 말이에요."라고 메타볼릭스의 CEO인 릭 에노가 말했다. 그가 말하는 섬은 거대 쓰레기 지대라는 이름으로도 알려져 있는

North Pacific Subtropical Gyre를 가리킨 것이다. 이 섬은 바다로 밀려든 플라스틱의 대부분이 쌓여 있는, 광대한 태평양의 한가운데에 있는 쓰레기 섬이다. 그곳은 사시사철 고기압 지대로 바람이 안으로 들어오지 못하고 주변의 바닷물이 끊임없이 소용돌이쳐서 섬으로 밀려온 쓰레기들이 멀리 떠내려가지 못하고 제자리에서 빙글빙글 돌고 있다. 이 지역은 바다 위로 100마일이나 뻗어있으며 매립지에서 밀려온 쓰레기, 배에서 투기한 쓰레기들과 해변에 버린 쓰레기들이 바람에 밀려와 300만 톤이 넘는 플라스틱 쓰레기들이 몰려서 떠다니고 있다. "뭐, 우리가 만든 플라스틱은 거기까지 가지 않을 겁니다. 우리 플라스틱은 그냥 분해돼서 흙, 퇴비, 습지대, 심지어는 바다 속에서 사라질 겁니다. 영원한 폐기물로 남아 환경을 압박할 필요가 없는 거죠."

미렐은 유효기간이 분명한 물건을 담는 병이나 뚜껑과 같이 식품 포장재 분야에서 서서히 인기를 얻고 있다. "식품 포장재에는 우리 플라스틱을 쓰는 것이 좋습니다." 에노가 말했다. 타겟^{미국의 대형 할인점 - 역주}은 흙 속에 들어갔을 때 6주 내로 미생물 분해가 될 플라스틱으로 상품권을 제작할 계획이다.(타겟에게는 아주 희소식이 될 부작용이 하나 있다: 시간이 지나면 상품권이 분해돼서 없어져버리니 상품권을 물건으로 바꿔줘야 할 책임 또한 없어지는 것이다!) 호텔들 역시 미 전역에서 매달 수백만 장씩 버려지는 키 카드를 미생물 분해가 되는 플라스틱으로 만들기 시작했다. 메타볼릭스는 탄소 쓰레기를 줄이는 데 관심을 가진 회사들을 위해 프린터 부품과 잉크 카트리지를 이 플라스틱으로 제조하기로 계획했다. 그리고 화장품 회사들에게 미렐을 최신 유행의 립스틱 용기로 제작하면 소비자들에게 그들이 환경 친화적 기업이라고 홍보할 수 있다는 점을 부각시키면서 설득하고 있다. 에노는 점점 늘어가는 환경에 대한 인식과 가파르게 인상

되는 유가와 석유 부족 사태가 자사의 제품에 대한 일종의 퍼펙트 스톰초대
형 폭풍-역주이 되고 있다고 말했다.

이런 틈새시장을 노린 근사한 상품들 가운데 바이오플라스틱이 물질세
계에서 장족의 발전을 하고 있는 것은 분명하다. 하지만 그들의 소위 퍼펙
트 스톰은 아직 도착하지 않았다. 유가가 1갤런당 4달러 근처를 맴돌 때
는 일반적인 플라스틱 폴리프로필렌이나 폴리에틸렌이 1파운드에 1달러
20센트이다. 플라스틱 가격은 근본적으로는 유가의 흐름에 편승하는 경
향이 있다. 유가가 두 배로 오르면 폴리프로필렌 가격 또한 껑충 뛰어오
를 것이다. 박테리아와 설탕으로 만든 미렐 1파운드는 2달러 50센트로 일
반적인 폴리 플라스틱 소재 가격의 두 배 정도다. 이 시장은 유가가 갤런
당 10달러가 됐을 때 정말로 흥미진진해질 것이다. 그때가 되면 우리 곁
에 오래 있었던 기존의 폴리프로필렌의 가격은 바이오플라스틱의 가격과
같아질 것이다. 그렇게 되면 미렐과 동급의 소재들은 더 이상 잘난 체하
는 녹색 환경보호주의자들만 신봉하는 신기한 제품이라는 편견에서 벗어
나게 될 것이다. 이들은 석유로 만든 플라스틱의 진정한 경쟁자가 될 것이
다. 그리고 이 플라스틱은 필요한 만큼 단단하거나, 부드럽거나, 오래 견
디게 제작할 수 있기 때문에 그 용도가 제한되어 있지 않다. 이 플라스틱
은 반영구적인 파이프에는 못 미치지만 그 외에는 거의 모든 용도로 사용
할 수 있다.

우리의 매립지에 있는 수십억 톤의 그 모든 플라스틱이 수천 년이 지난
다음이 아니라 몇 년 안에 사라진다고 상상해보라. 그것이 바로 바이오플
라스틱의 실체이다. 바이오플라스틱은 치솟는 유가가 그들의 잠재력을 드
러내줄 때를 기다리며 주류 바깥쪽에서 떠돌고 있는 경이로운 산물이다.

1갤런당 12달러

교외 지역을 탈출하다

$12.00/Gallon

지금 우리가 알게 된 지식을 가지고 완전히 새로운 도시를 세울 수 있다면 어떤 도시가 만들어질까? 만약 우리가 휴스턴을 처음부터 다시 만들어낸다면 어떤 도시를 세우게 될까? 재정적으로도 넉넉하고, 의욕도 있고, 도시 안에서 살고, 일하고, 놀 준비가 된 인구가 존재한다면 우리는 어떤 도시를 세우게

4 dollars | 6 dollars | 8 dollars | 10 dollars | 12 dollars | 14 dollars | 16 dollars | 18 dollars | 20 dollars

나는 지기인 톰 페닝튼과 함께 14번 가에 있는 유니언 스퀘어 캘리포니아 주 샌프란시스코 중심가에 있는 대 광장 - 역주 역의 승강 장에 서서 뉴욕 지하철 시스템의 거미줄처럼 가늘고 긴, 굉장한 네트워크를 생각하고 있었다. 톰과 나는 둘 다 토목공학을 전공하고 같이 졸업했다. 하지만 직업에 있어서는 각자 다른 길을 선택했다. 톰은 터널 공사를 전문 으로 하는, 미국에서 몇 안 되는 토목기사 중 하나이다. 톰은 파슨스 브린 커호프 회사에서 일하고 있는데, 새로운 맨해튼 지하철 터널 중 일부를 포 함해서 미국에서 몇 안 되는, 새로 만든 대형 터널 프로젝트를 설계한 회 사이다. 톰은 설계팀에 소속된 엔지니어이다. 그는 몇 달씩 들여 설계의 세부적인 면을 자세히 연구하는 일을 한다. 그는 지하철 공사에 얼마나 많 은 일이 따르는지 그리고 얼마나 많은 비용이 들지 직관적으로 알아보는 감이 있다. 우리는 오늘 밤 여기에 현장 조사나 일을 하러 온 사람들이 아 니라 그냥 지하철을 기다리는 두 친구일 뿐이다. 하지만 나는 톰에게 4개 의 선로와 승강장과 터널과 버팀목을 가리키면서 물었다. "지금 당장 아무것도 없는 상태에서, 뉴욕의 지하철 시스템이 아예 존재하지 않는다고 가정하고, 그걸 처음부터 지어야 한다면 돈이 얼마나 들까?"

톰은 이 질문을 잠깐 생각해보더니 몸서리를 쳤다. 그러다 크게 코웃음을 치더니 머리를 흔들었다. "지을 수 없을 거야. 정말이야. 그럴 수 없을 거야."

지금처럼 사람들이 개개인의 기호에 맞춘 교통수단인 차에 강한 애착을 가진 세상에서는 톰의 말이 옳다. 뉴욕 지하철을 다시 짓는 일은 일어날 수 없다. 하지만 유가가 12달러로 오르는 세상에서는 많은 것이 달라질 것이다. 그 세계에서는 지하철이 우리의 도시를 횡단하고, 우리 집 밑을 달리고, 도시의 이상을 향해 미국을 새로운 길로 실어다 줄 것이다.

미래에 대한 교훈이 담긴 바위 소리

오랫동안 토목기사로 일해 온 에드워드 케네디는 2번가와 63번가 사이에 있는 맨해튼의 어퍼 이스트사이드의 지하로 내려가는 18층 계단을 천천히 내려가고 있다. 이 계단은 맹꽁이자물쇠로 잠근 금속 문이 달린 별 특징 없는 벽돌 구조물에 달려있다. 매일 이 근처를 지나다니는 수천 명의 보행자들은 그 허름하고 낡은 금속 문을 두 번 다시 안 쳐다보겠지만 이 문의 문지방을 넘어서면 인류의 공학이 이뤄낸 경이로운 산물 중 하나의 로비로 들어서게 되는 것이다.

콘크리트 계단은 좁고 가파르다. 이 계단의 층간 높이와 발판의 비율은 과히 안전해 보이지 않는다. 케네디는 계단 하나하나를 적당한 속도로 비틀거리지 않으면서 확실하게 발을 디뎌 내려가고 있다. 콘크리트 벽에는 이 벽을 단단하게 고정시켜준 베니어판의 결이 그대로 드러나 있다. 층계참 개수가 벽에 검은색 페인트로 적혀있다. 케네디는 흙 속의 바위에 굴을 뚫어 터널을 만드는 일을 전문적으로 하는 토목기사다. 거기다 입심 좋은 이야기꾼이기도 하다. 그는 계단을 세 개쯤 내려가다 멈춰 서서 오래 전에 작업한 터널 공사에 대한 이야기나 지질공학적 지식에 대한 이야기를 풀어놓는다. "바위가 해주는 이야기를 잘 들어두는 편이 좋을 겁니다." 그는 내게 이렇게 말했다.

우리는 밑으로 3분의 2쯤 내려온 층계참에서 멈췄다. 거기에 문이 하나 있었는데 케네디가 그 문을 가리켰다. "여긴 우리 목적지는 아니지만 뭘 하나 보여드리죠."

우리가 그 문을 통과해서 20피트쯤 걸어가자 더러운 금속 난간이 하나 나왔다. "좋아요. 잠깐 기다려요." 케네디가 말했다. "한 대가 오는 소리가 들려요. 맞아요. 여기 오네요."

뉴욕의 F 지하철이 우리가 서 있는 곳에서 단지 5피트 떨어진 곳으로 휙 지나갔는데 거기 잔뜩 몰려 탄 승객들은 우리가 자신들을 지켜보고 있다는 걸 의식하지 못한 채 지나갔다. "여기서 지하철을 보게 되는 사람은 몇 명 안 되죠." 케네디가 싱긋 웃었다. 그는 다시 계단으로 가는 길을 앞서 가서 가파른 계단을 내려가 마침내 마지막 계단에 이르렀다.

우리는 이제 맨해튼의 가두 풍경에서 140피트 밑에 있다. 케네디는 거대한 동굴처럼 생긴 곳으로 우리를 들여보내기 위한 마지막 문의 자물쇠를 끌렀다. 이 동굴은 마치 거대한 파이프의 한가운데에 들어온 것처럼 벽이 매끄러운 게 마치 콘크리트를 부어놓은 것 같았다. 하지만 이 벽은 콘크리트가 아니라 100퍼센트 화강암이다. 가까이서 들여다보면 벽에는 마치 치즈 가는 강판으로 옆을 갈아놓은 것처럼 주름이 작게 잡혀있다. 물론 우리는 지금 동굴에 있는 게 아니라 터널에 들어와 있다. 화강암 터널. 이 터널은 지름이 22피트로 그 한가운데를 구불구불하게 생긴 기차선로가 쭉 뻗어있다. 터널의 윗부분에 설치된 두 개의 거대한, 공기로 부풀리는 도관으로 표면에 있는 공기가 터널을 따라 남쪽으로 전해진다. "이제 맨 트레인man train을 기다려봅시다. 금방 올 겁니다." 케네디가 말했다.

2분쯤 지나자 맨 트레인의 우르르 울리는 소리가 들리기 시작했지만 그러고도 7분이 지난 다음에야 그 모습이 드러났다. 맨 트레인의 소리는 컸지만 서서히 다가왔다. 그것은 가는 방향에 따라 디젤 엔진으로 밀리거나 끌리는 약 15피트 길이의 낡은 금속 객차였다. 객차에 타는 승객들은 몸을 객차 위로 들어 올려 출입용 구멍으로 들어가서 차 앞에서 뒤까지 길게 뻗은 벤치 한쪽에 앉는다. 이 기차는 일반 승객들이 타는 지하철 객차가 아니라 채굴용 객차다. 터널 공사장에서 일하는 노동자들이 이 객차를 타고 터널 속을 이동한다. 차의 창문에는 철사 격자가 달린 금속 박판에 큰 직사각형 구멍들이 송송 나 있었다. 이 작은 객차는 움직일 때마다 소리가 너무 크게 나서 차에 탄 사람들이 아무리 소리를 질러도 옆 사람이 하는 말을 잘 알아들을 수 없었다.

기차는 매끄러운 화강암 속을 매끄럽게 지나가다가 거대한 핀의 대가리처럼 화강암 밖으로 끝부분이 튀어나온 록 볼트터널, 지하 공간의 천장 붕괴 방지용 철제 볼트 - 역주가 나오면 간헐적으로 속도를 줄였다. 노동자들은 터널 공사를 하면서 나중에 큰 화강암 조각이 한두 개 떨어질 수 있는, 다소 갈라진 부분이 있는 화강암이 나오면 그 부분에 볼트를 단단히 박아 미연의 사고를 방지한다. 터널 벽에 거리 이름이 새겨져 있었다. 우리는 60번가를 지나 58번가, 56번가로 계속 나아갔다. 한 노동자가 스프레이 페인트로 갈겨 쓴 글이 눈에 들어왔다. "얼마나 더 가야 하지?" 곧 우리는 40번가로 들어왔고, 맨 트레인은 진창의 한가운데에 멈춰 섰다. 이 지점에서 철도 선로는 물속으로 사라졌다. 지하수와 이스트 강과 허드슨 강물이 항상 뉴욕 터널 속으로 들어온다. New York City Transit^{뉴욕의 대중교통 수단을 운행하는 교통공사 - 역주}은 753개의 펌프를 사용해서 매일 1,300만 갤런의 물을 퍼내고 있다. 펌프가 없었다면 터널 네트워크 전체가 36시간 내에 물로 꽉 차게 될 것이다. 터널 공사가 끝나지 않은 곳에는 뾰족 구두를 신고 가서는 안 된다는 말로 상황 설명이 될 것 같다. 여기서는 내내 고무장화를 신고 다녀야 한다.

이 터널을 완공하면 롱 아일랜드 통근 열차가 마침내 퀸스에서 맨해튼의 이스트사이드에 있는 그랜드 센트럴 역까지 갈 수 있게 된다. 현재 롱 아일랜드에서 출발한 열차는 맨해튼 아일랜드의 웨스트사이드에 있는 펜 역까지만 갈 수 있다. 그래서 이스트사이드 행 통근자들은 맨해튼의 서쪽에서 동쪽까지 오가는 데 하루에 대략 30~40분을 소비하고 있다. 이 터널 프로젝트로 롱 아일랜드에서 맨해튼 간의 지하철 승객 정원이 50퍼센트 증가하게 되고, 출퇴근 시간대에는 이스트 리버 브리지와 터널을 이용하는 자동차 행렬을 크게 줄여줄 것이다. 펜 역의 통근자들은 이스트사이드로 가는 승객들을 더 이상 받지 않아도 되기 때문에 그만큼 교통 혼잡에 덜 시달리게 될 것이다.

케네디는 터널의 진창 속을 쿵쿵거리며 걸어다니다가 가끔씩 멈춰 서서 분진 마스크를 벗고 그에게 용무가 있는 노동자들과 이야기를 나눴다. 그들 중 하나가 선두에 서서 우리를 공상 과학 소설에나 나올법한 근사한 기계인 터널 천공기로 이끌었다. 우리는 천공기 주변으로 돌아갈 수 없었다. 천공기가 터널 그 자체였기 때문이다. 화강암이 됐건 편암이 됐건 천공기가 바위를 뚫고 나가면서 비로소 터널이 생기게 된다. 천공기의 길이는 400피트이다. 천공기는 터널의 양 옆을 움켜쥐고 그대로 앞으로 밀고 나가면서 300만 파운드의 압력을 가해 49개의 강철 절단 디스크로 화강암을 바스러뜨린다. 부서진 돌 조각과 부스러기들은 천공기의 한가운데를 관통하고 있는 컨베이어 벨트를 통해 기계 앞쪽에서 뒤쪽으로 옮겨진다. 천공기는 하루에 평균 50피트 정도 터널을 판다. 터널을 12인치씩 팔 때마다 25큐빅야드의 부서진 바윗돌 부스러기들이 나온다. 천공 작업은 레이저와 위성의 도움을 받아서 치과의사의 작업처럼 정밀하게 진행된다.

이탈리아에서 제작한 이 기계를 가지고 하는 터널 공사는 대부분의 뉴욕 지하철 노선을 부설했던 100년 전과 비하면 하늘과 땅 차이다. 그때는 모든 작업을 샌드호그^{지하공사 일꾼}라고 하는 다수의 노동자들이 착암기와 다이너마이트와 곡괭이를 가지고 했다. 그들은 그걸 가지고 전 세계의 부러움을 한 몸에 사는, 뉴욕의 순환 지하철 시스템을 만들어냈다. 지금 파는 터널은 고생스럽지만 웅대한 프로젝트이다. 이미 지하 통로가 국수 가락처럼 얽힌, 세계에서 가장 인구밀도가 높은 도시 중 하나의 지하에 있는 단단한 화강암을 8마일이나 파 들어가는 작업인 것이다. 이 터널은 월도프 아스토리아 호텔과 미스 반 데어 로에가 설계한 시그램 빌딩 밑에 있는 것으로 파크 애비뉴 세입자들은 엿볼 수 없는 곳에 있다. 하지만 이런 대규모 공사(그것도 터널 공사)에는 어마어마한 돈이 들어간다. 이 터널 공사에는 72억 달러가 들어갈 것이다.

미래를 대비하는
뉴욕의 행보

미국의 그 어느 도시보다 더 많은 기차와 터널과 대량수송수단을 보유한 도시인 뉴욕이 그렇게 풍부한 물자를 조금 더 늘리기 위해 막대한 돈을 쏟아 붓고 있는 상황이 기이하게 여겨질 수도 있다. 이미 그렇게 많은 교통수단을 보유한 마당에 어떻게 그런 엄청난 비용 지출을 정당화할 수 있을까? 뉴욕이 통근 열차 한 쌍을 더 만들기 위해 70억 달러를 투자할 수 있다면 왜 애틀랜타, 달라스, 피닉스와 덴버 같은 다른 도시들은 더 나은 교통 시스템을 만들기 위해 그 거금의 몇 분지 일도 못 되는 돈을 투자할 수 없는 것일까? 정답은 대중교통에 대한 수요가 없기 때문이다. 물론 이 말이 전적으로 사실은 아니다. 모든 도시마다 대중교통 수단을 더 늘리고, 더 많은 기금을 조성해달라고 아우성치는 사람들도 있다. 하지만 이는 소수일 뿐이다. 대부분의 미국인들은 집집마다 두 개씩 있는 차고에 들어 있는 차 두 대를 타고 어디든 갈 수 있는 현재 상황에 상당히 만족하고 있다.

달라스나 애틀랜타에 사는 사람들은 아마 이렇게 말할 것이다. "고작 통근자들이 도시 이쪽에서 저쪽으로 이동할 수 있게 하자고 거액의 돈을 들인단 말이야? 정말 낭비도 이런 낭비가 없군." 이런 도시들은 새 철도를 놓거나 기존의 대중교통 시스템을 확대하기 위해 그렇게 많은 돈을 소비하지 않을 것이다. 하지만 뉴욕 시민들은 기반시설의 가치를 잘 인식하고 있다. 그리고 70억 달러가 소요되는 터널 프로젝트는 뉴욕 스토리의 일부일 뿐이다. 현재 철도회사에서는 뉴저지에서 맨해튼의 웨스트사이드까지 연결되는 새 터널들을 건설하기 위해 또 70억 달러를 투자하고 있고, 뉴욕 시에서는 2번가 지하철 노선 공사를 시작했다. 2번가 지하철 공사는 맨해튼의 이스트사이드에 추가 노선이 있어야 한다는 필요성이 대두되면서부터 근 90년 동안 논의된 사안이다. 이 사안은 1929년 처음 계획해서 1930년 정부가 여러 토건회사들과 계약을 체결하기 시작했다. 대중은 당시 8,900만 달러라는 엄청난 공사비용에 깜짝 놀랐다. 하지만 1929년 10월 월가에 끔찍한 재앙이 닥치면서 대공황이 시작됐다. 1939년 그 프로젝트가 다시 시작돼서 이번에는 2억 4,900만 달러라는 견적이 나왔다. 그러나 세계 제2차 대전이 발발하면서 공사는 다시 무기한 연기됐다. 1951년 2번가 지하철 공사 비용을 감당하기 위해 5억 달러의 채권 발행이 승인됐지만 거기서 거둔 거의 모든 자금이 기존의 교통 시스템을 개선시키는 데 들어갔다. 1972년 다시 자금을 융통해서 공사가 시작됐다. 그러나 1975년 뉴욕 시 재정이 어려워지면서 그 일은 또 중단됐다. 2007년 새롭게 전면적으로 프로젝트가 추진되면서 작업반이 다시 터널을 팠다. 이번 공사 대금은 200억 달러에 달할 전망이다.

그 200억 달러라는 거금은 현재 뉴욕 시민들이 이 지하철 노선 없이도 별다른 어려움 없이 이동하는 상황에서 나온 공사비다. 그렇다면 이런 거액을 들인 공사비를 어떻게 정당화할 수 있을까? 2번가의 선로로 지하철이 운행되기 시작하면, 그 지하철이 승객들로 꽉꽉 찰 거라는 것을 시 교통공사가 잘 알기 때문이다. 이 노선과 가장 비슷한 노선은 새로 부설된 렉싱턴 가 지하철 노선으로 이 노선은 지난 10년 동안 주거 단지 조성이 폭발적으로 일어났던 이스트사이드에서 유일하게 운행되는 지하철 노선이다. 렉싱턴 가 노선만으로 시카고를 제외한 미 도시의 전체 지하철 시스템을 통틀어 그 어떤 도시보다 더 많은 130만 명의 승객을 실어 나르고 있다.

1990년대에 미국에서 뉴욕보다 더 폭발적으로 인구가 늘어난 도시는 없다. 뉴욕의 인구는 68만 5,714명에서 800만 8,278명으로 늘어나 이전보다 33만 7,642명이 늘어나 두 번째로 큰 인구 증가율을 보인 피닉스보다 두 배 이상의 인구가 증가했다. 뉴욕은 이런 인구 증가를 감당할 수 있게 지어진 도시이기 때문에 아무도 인구가 이렇게 폭발적으로 증가했다는 사실에 주목하지 않았다. 1평방마일당 인구가 2만 6,403명으로 뉴욕의 조밀도는 아주 높아 미국의 대도시 중에서 독보적인 1위를 달리고 있다. 뉴욕의 조밀도는 2위를 차지한 샌프란시스코보다 46퍼센트 높고, 3위인 시카고보다 두 배나 높다. 비교적 새로 부상한 도시의 조밀도를 한 번 살펴보면 달라스와 휴스턴이 1평방마일당 3,400명이고, 피닉스는 2,800명, 덴버가 3,600명이다. 뉴욕의 조밀도는 이 도시들보다 7배나 높다.

2번가 지하철은 뉴욕의 조밀도 덕분에 생긴 것이다. 이러한 패턴은 에너지에 대한 과도한 중독과 이에 관련된 재정적 비용으로부터 자유로워지기 위해 사람들이 도시로 몰려들면서 점점 더 많은 도시에서 거듭 나날 것이다. 1갤런당 12달러라는 유가 때문에 가정 경제가 파탄 난 가정들은 짐을 꾸려서 차 한 대로 혹은 차 없이 걸어다니거나 자전거로 생활이 가능한 곳으로 이사를 갈 것이다. 시내에서 멀리 떨어진 교외에 살면서는 생활비를 감당하지 못하게 될 것이다. 교외의 생존력은 저렴한 에너지에 의존하고 있었다. 그러니 저렴한 에너지가 사라지게 되면 교외 주택가의 주민들도 사라지게 될 것이다. 사람들은 전국적으로 점점 더 조밀도가 높아지는, 고급스럽게 단장된 시내 주위의 주택가로 모여들게 될 것이고 새 주민들이 붙어나는 도시는 그 압력을 완화하기 위해 지하철, 고가이동활차, 경철도(전기로 움직인다)와 같은 대량 수송 수단을 필요로 할 것이다. 로스앤젤레스, 샌디에고, 마이애미, 애틀랜타와 같은 도시에서 이런 일이 일어난다는 것은 상상하기 힘들겠지만 결국은 이렇게 될 것이다. 에너지 결핍 때문에 나라 전역의 도시들이 뉴욕처럼 행동하게 될 날이 결국 올 것이다.

맨해튼의 경우 160만 명이 넘는 사람들이 23평방마일밖에 안 되는 섬에 몰려 살아서 1평방마일당 7만 명이라는 터무니없이 높은 조밀도를 보인다. 그러나 맨해튼이 이런 상황에서 제 기능을 다할 수 있는 유일한 이유는 대량 운송 수단이 이 섬 전체의 버팀목 역할을 훌륭하게 해내고 있기 때문이다. 이처럼 고에너지 비용이라는 미래로부터 안식처를 찾는 사람들로 미 도시 인구가 늘어나면서 도시로서의 기능을 유지하기 위해서는 거대한 규모의 대량 수송 수단이 필요하게 된다. 유가가 8달러에서 10달러, 그리고 12달러까지 오르게 되면 대량 운송 수단의 가치는 늘어만 갈 것이고, 더 많은 미 도시들과 도시 주민들은 수십 년 동안 뉴욕 주민들이 해왔던 것처럼 하게 될 것이다. 새로운 대량 운송 기관 프로젝트를 지원하는 세금, 현재로서는 절대적으로 인기가 없는 세금이 쉽게 통과되고, 미국의 인구 이동이라는 거대한 서사시가 전개될 것이다.

미래에는 전기차의 인기가 높아지겠지만 사람들이 도시로 몰려드는 경향을 막을 수도, 막지도 않을 것이라는 점을 인식해야 한다. 전기차를 사는 것이 불가능하진 않지만 전기차는 저렴하지도 않고, 공급량도 풍부하지 않을 것이다. 그리고 미국인이 완전히 전기차로 갈아타려면 몇십 년이 걸릴 것이다. 그동안 많은 사람들이 운전을 줄이거나 완전히 그만둘 것이다. 이렇게 되면 교외 주택가의 가치가 바닥으로 곤두박질치고, 도심이 새롭게 태어나서 인구의 거대한 이동이 일어날 것이다. 유가가 12달러로 오르면 미국인들은 일종의 불확실한 상태에 처하게 될 것이다. 이제 막 태동하기 시작한 전기차가 서서히 미국의 도로를 점령하고, 휘발유 가격이 너무 높아서 기름을 한 방울이라도 아끼기 위해 차를 타고 슈퍼마켓에 가려면 기어를 중립으로 놓고 빨간 불에도 멈추지 않고 달리게 될 것이다. 우리의 시간과 돈을 절약하게 해주고, 시장 변동과 부동산 가격의 기복을 견디게 해줄 유일하게 실제적인 것은 도시의 거대한 주택가와 그 주택가를 지탱해줄 기반시설이다.

기차가 늘어날 것이다. 새 지하철 객차들을 사들이고, 경철도, 전기 기차들과 버스가 전례 없는 수준으로 늘어나면서 이 흐름에 편승해서 제조업도 부흥하게 될 것이다. 약 1,200평의 대지에 침실이 4개이고, 세 대의 차가 있는 집에다 휘황찬란한 조명으로 반짝거리는 대형 마트들로 꽉 찬 교외라는 아메리칸 드림은 흔들리게 될 것이다. 아메리칸 드림은 시들해지진 않겠지만 그 형태가 변할 것이다. 이미 많은 사람들에게 뉴욕이 바로 아메리칸 드림이다. 인구밀도가 높고, 효율적이며, 우아한 블록^{사방이 도로로 둘러싸인 도시의 한 구획 – 역주}들로 가득 찬 도시에서 사는 생활방식이 애틀랜타에서 세인트루이스와 미니애폴리스를 거쳐 덴버까지 나라 전역으로 퍼져나갈 것이다. 물론 어떤 도시도 뉴욕의 조밀도를 따라잡지는 못할 것이다. 뉴욕은 그런 식으로 200년이 넘게 개발된 도시다. 지금 미 도시의 인구 조밀화는 이론일 뿐이지만 에너지 가격과 유가가 10달러를 넘어 12달러로 올라가면 현실이 될 것이다.

롱 아일랜드에서 그랜드 센트럴 역을 연결하는 70억 달러 규모의 터널 공사와 같은 프로젝트들은 더 이상 20년에 한 번씩 하는 예외적인 공사가 아니게 될 것이다. 사람들이 도시의 발전과 함께 양적으로도 충분할 뿐 아니라 타고 싶은 마음이 생기는 쾌적한 대량 수송 수단을 요구하면서 이런 비슷한 프로젝트가 도시마다 생길 것이다. 뉴욕을 제외한 곳에서는 세금이나 요금이나 통행세와 같은 돈을 내는 데 시민들이 품는 거부감이 극복할 수 없는 장애물로 작용했기 때문에 이런 프로젝트를 실행하는 도시가 지금까지는 거의 없었다. 하지만 월급에서 에너지 비용으로 점점 더 많은 돈이 빠져 나가게 되면 미국인들은 이런 항의를 철회할 것이다. 대대적인 규모로 끊임없이 늘기만 하는 우리의 에너지 사용량을 줄일 수 있는 한 가지 길은 높은 조밀도밖에 없다.

현대형 도시의 정답,
송도 신도시

세계의 주요 대도시는 대부분 수세기가 넘는 세월 동안 주거지로서의 역할을 해왔다. 파리, 런던, 뉴욕, 도쿄, 시카고, 모스크바, 샌프란시스코 같은 도시들은 그 도시의 문화와 그 도시에 살았던 세대들과 삶의 기쁨을 150년 넘게 간직해왔으며, 대부분의 경우는 300년이 넘는 역사를 자랑하고 있다. 높은 조밀도의 편리함과 효율성을 보유한 이 대도시들이 하루아침에 생긴 건 아니다. 20세기에 소도시들이 대도시로 크기를 키워갈 때는 아무런 계획도 없고, 대량 수송 기관과 조밀도에 대한 의식도 없었다. 이런 도시들은 혼란 속에서 허둥지둥 몸체를 불렸다. 그 과정에서 아스팔트가 깔리고, 주택 건설 회사들이 집을 짓는 대로 따라서 확대됐다. 이렇게 체계 없이 크기만 커졌기 때문에 차나, 철도나, 자전거로도 잘 다닐 수 없었다. 비교적 최근에 생긴 대도시 지역은 저렴한 석유가 넘쳐나면서 비롯된 것이다. 애틀랜타, 휴스턴, 댈러스, 피닉스 같은 도시들은 도시 계획이 잘못돼서 우연히 생긴 부산물이 아니라 낮은 유가 덕분에 생긴 것이다.

수많은 사람들이 가까이서 일하고, 살아가는, 조밀하면서도 도시로서의 기능을 제대로 발휘하고 있는 뉴욕은 화려한 자동차 시대가 오기 전부터 하나의 원대한 비전과 계획을 가지고 만들어졌다. 그러다 진정한 자동차 시대가 시작됐을 때 뉴욕의 이런 기본 성향은 매우 확고하게 자리 잡아 손쉬운 교외 확장과 신식 주택 개발로 늘어난 교외로 일자리나 시민을 잃는 일이 많지 않았다. 뉴욕 시민들은 가까이서 붙어살면서 일하는 것이 서로에게 도움이 된다는 것을 깨달았다. 내가 거래하는 금융업자는 15분만 지하철을 타고 가면 되는 시내에 있다. 내가 일하는 광고회사는 5분만 걸어가면 되는 길 건너편에 있다. 그리고 문만 열고 거리로 나가면 최첨단 문화와 쉽게 공략할 수 있는 고객층이 있다.

현대 도시들은 약점과 강점을 그대로 드러낸 채 포용하며 살아가고 있다. 휴스턴이 뉴욕처럼 변하는 일은 없을 것이다. 휴스턴 시민들은 조밀하고 집중화된 시내와 도시 계획의 혜택을 볼 수 있지만 기존의 도시 형태를 해체하는 것은 지금으로서는 재정적인 면에서 불가능하다. 그래서 휴스턴은 기존의 시스템으로 변통할 것이다. 하지만 지금 우리가 알게 된 지식을 가지고 완전히 새로운 도시를 세울 수 있다면 어떤 도시가 만들어질까? 만약 우리가 휴스턴을 처음부터 다시 만들어낸다면 어떤 도시를 세우게 될까? 재정적으로도 넉넉하고, 의욕도 있고, 도시 안에서 살고, 일하고, 놀 준비가 된 인구가 존재한다면 우리는 어떤 도시를 세우게 될까?

이는 대학의 도시 계획 수업에서 그 상세한 내용을 세세하게 풀어갈 흥미로운 질문이다. 하지만 현실 속에서 이미 그 정답이 존재한다. 이 도시는 대한민국의 송도 신도시이다. 송도의 20개나 되는 고층 건물들은 거대한 덤프트럭, 굴착기와 불도저들이 다져놓은 진흙투성이의 넓은 대지 위에 우뚝 솟아있다. 이 도시는 도시 계획계의 전설적 인물인 다니엘 번햄과 프레드릭 로 옴스테드의 철학이 곳곳에 스며든 1,500에이커의 면적에 자리 잡고 있다. 여기는 신도시가 될 것이다. 그야말로 아무것도 없는 맨땅에 도시를 세우는 것이다. 브라질이 50년 전 급하게 지은 브라질리아 이후로 이런 식으로 도시가 세워진 것은 세계적으로 유례가 없는 일이다. 브라질의 수도인 브라질리아는 시간이 흐르면서 리우데자네이루나 상파울로에 견주어 별다른 개성이 없는 곳으로 전락했다. 브라질리아보다 작겠지만 전체적인 요소들이 조화를 이루며, 조밀하고, 자연환경을 파괴하지 않은 채 오래 지속될 수 있는 송도 신도시의 도시계획 이면에는 철저하고 꼼꼼하게 기획한 사람들의 노력이 숨어있다. 두바이가 흥청망청 재정이 허락하는 한도에서 멋대로 건물을 짓고, 도로를 깔아서 세운 도시인 반면 송도 신도시는 1791년 워싱턴 D.C를 설계했던 피에르 샤를 랑팡의 전통을 따라 세세하고 꼼꼼하게 계획됐다.

송도 신도시는 일러야 2015년에나 완공될 것이다. 그때쯤 되면 6만 5,000명의 사람들이 살고, 30만 명이 일하게 될 것이다. 송도는 글자그대로 허허벌판에서 일어선 도시이다. 대한민국은 국토의 가치를 잘 알고 있지만 대략 인디애나 주 크기의 좁은 땅에 4,800만 명이 몰려 살고 있기 때문에 남아 있는 땅이 별로 없다. 그리고 한국이 경제 열강으로 부상할 수 있도록 뒷받침해준 역동적인 수도 서울 근처에는 비어 있는 토지가 전무하다. 대한민국 인구의 약 절반을 태우는, 인파가 넘치는 서울 지하철은 더 이상 뻗어나갈 곳이 없다. 서울은 동쪽과 남쪽으로는 산으로 막혀있고 서쪽에는 바다가 가로막고 있다. 북쪽으로는 악의에 찬, 위험한 독재 정권이 있다. 한국 정부는 가장 부담이 적은 곳을 골라 일련의 공학 기술의 경이들을 이용해서 1억 1,000만 큐빅야드의 산에서 나온 잡석들을 황해에 매립해 서울의 남서쪽에서 40마일 떨어진 1,500에이커의 부지에 송도를 건설했다.

정부는 이곳에 지어진 신도시가 전 세계에 깊은 인상을 남기고, 동북아시아 사업의 수도가 되길 원했다. 하지만 한국 정부는 또한 송도 신도시가 문화와 디자인과 라이프스타일의 정점이 되길 원했다. 그런 엄청난 과업을 떠맡을 기업으로 미국의 개발업자인 게일 인터내셔널이 선정됐다. 게일은 100에이커의 면적을 차지한 숲이 울창한 중앙 공원 주위로 고층 건물들이 빽빽하게 늘어선 도시 계획을 한국 정부에 소개했다. 송도 시민들을 서울과 인천 중앙으로 실어 나르는 두 개의 지하철역이 송도를 지탱하게 될 것이다. 한국 정부는 처음에는 귀중한 땅을 공원으로 만든다는 생각이 낯설어서 난색을 표했다. "한반도의 지형은 바위가 많아 험난한 편이며 사업상의 거래를 체결하는 과정 역시 순탄하지 않았습니다." 존 하이즈가 말했다.

하이즈는 게일의 CEO로 높은 조밀도와 삶의 질을 자랑하는 보스턴 출신이다. 보스턴의 조밀도는 미국에서 4번째로 높아 1평방마일당 인구가 1만 2,000명이다. 아주 오래된 도시라 대부분의 건물들이 낮은데, 건물들이 그렇게 낮지만 않았어도 인구는 더 늘어났을 것이다. 하이즈가 세계에서 가장 발전된 도시를 짓기 위해 부동산 사업에 뛰어든 것은 아니지만 "여기에 온 이상 우리에게 주어진 기회를 최대한 실현할 수 있다."라고 의견을 피력했다. 하이즈의 이 말은 보스턴 브라민_{뉴 잉글랜드 명문 출신의 인텔리를 가리키는 말 - 역주}의 철학을 그대로 대변해준 말이다. 하이즈의 할아버지는 보스턴 시장이었고, 부친은 유명한 텔레비전 뉴스 진행자였다. 그는 하버드 대학을 졸업했는데 재학 당시 하키팀 주장이었다. 하키 선수로 활약했던 그의 근성은 송도 프로젝트에서 보이는 열정에 잘 나타나 있다. 그는 적극적으로 한국인들을 설득해서 큰 중앙 공원을 만들겠다는 게일 인터내셔널의 계획을 지지하게 만들었다. "송도 한가운데 들어서게 될 그 공원은 엄청난 시너지 효과를 발휘할 겁니다." 하이즈가 말했다. "이 공원은 고층 빌딩들과 사무실들과 주거용 고층 빌딩들이 모여서 발산하게 될 엄청난 압력을 풀어주는 일종의 압력 해제 장치 역할을 하게 될 겁니다."

게일 사는 파리, 뉴욕, 워싱턴을 모델로 삼아 송도의 도시 계획을 구성했다. 이 도시들은 한국 정부에 도시 내에 공원이 조성되면 땅값이 올라가고, 도시 내 자택 소유자들도 더 행복하게 살 수 있다는 증거가 됐다. 송도 신도시의 대성공을 기대하고 있던 정부는 이 제안에 동의했다. 게일 인터내셔널과 소속 설계자들이 어디서 영감을 얻었는지는 분명하다. 게일 인터내셔널은 뉴욕 시의 번화가인 5번가의 57번로에 자리 잡은 건물 44층에 본사를 두고 있는데, 이곳은 843에이커의 광대한 면적을 자랑하는 센트럴 파크뉴욕에 있는 길쭉한 사각형의 공원으로 세계에서 가장 유명한 도시 공원임 - 역주의 장관을 한 눈에 볼 수 있는 명당자리다. "공원이 있음으로 해서 송도가 더 나은 도시가 되기 때문에 한국인들은 만족스러워했고, 결국 공원이 이렇게 조밀하게 조성된 주거 단지의 가치를 높여줄 것이기 때문에 우리 역시 만족스럽습니다."라고 하이즈가 설명했다.

프로젝트가 끝나면 송도는 세계에서 가장 효율적으로 에너지와 자원을 사용하는 도시가 될 것이다. 이 도시는 그야말로 아무것도 없는 상태에서 만들어내는 신도시기 때문에 게일 인터내셔널과 그 설계자들은 재활용된 건축자재와 고도로 발전된 절연 기법(한국은 중서부 위쪽 지형과 기후가 비슷해서 춥다)에서 시작해서 승객이 탄 엘리베이터의 운행 시간과 근처에 있는 횡단보도 신호까지 일치시키는 기법처럼 모든 형태의 최첨단 기술의 이점을 이용할 수 있었다. 무엇보다 송도를 설계할 때 특히 물 절약에 신경 써서 작업했다. "미국에서는 물이 유한 자원이라는 사실을 깜박 잊어버리기 쉽습니다." 영국 설계회사인 ARUP건축 설계 및 상담 전문 회사 - 역주 소속으로 이 프로젝트의 수석 엔지니어 중 하나인 야소크 라지가 말했다. "한국의 물 부족 수준은 리비아와 같은 수준입니다."

송도의 모든 건물은 싱크대와 샤워기와 욕조에서 쓴 물을 재활용해서 화장실의 변기 물을 내리고 관개하는 데 사용된다. 중수도 용수라고 하는 이 기술은 전에도 자원 절약을 염두에 둔 프로젝트에 사용되긴 했지만 송도처럼 도시 전체에 이 시스템이 설치된 경우는 처음이다. "이 시스템을 가동시키기 위해 추가로 해야 할 일이 많지만 한국과 같은 기후와 한정된 자원을 가진 나라에서는 미래에 점점 줄어들게 될 물 공급량과 인상될 에너지 비용에 대비해 꼭 해야 하는 조치입니다." 라지가 말했다.

송도 신도시는 기존 엘리베이터보다 에너지를 75퍼센트 덜 사용하게 될 오티스미국의 엘리베이터 제조 업체 – 역주의 기어 없는 엘리베이터를 사용할 것이다. 이 엘리베이터에는 윤활유를 칠 필요가 없는 폴리우레탄으로 코팅한 평평한 강철 벨트가 들어있다. 오티스는 하이브리드 차가 브레이크를 걸어서 나오는 에너지를 전기로 전환하는 것처럼 적재량이 꽉 찬 하강하는 엘리베이터나 혹은 적재량은 적지만 상승하는 엘리베이터에서 나오는 에너지를 끌어내 전기로 전환하는 리젠 드라이브를 선보일 것이다. 송도의 건물들은 일반 콘크리트보다 포틀랜드 시멘트보통 시중에서 쓰는 인조 시멘트를 가리킴 – 역주가 40퍼센트 적게 들어간 콘크리트를 소재로 써서 강도는 더 커지면서1평방인치당 1만 4000파운드 – 역주 이산화탄소는 40퍼센트 적게 배출하고 있다. 이는 에너지에 관련된 더 폭넓은 문제들에 비하면 좀 난해하면서 시시하게 들릴 수 있지만 사실은 그렇지 않다. 미래에 콘크리트를 사용하게 될 때는 좀 더 현명하고 효율적으로 쓰기 위해 노력할 것이며, 따라서 콘크리트를 제작하는 방법도 좀 더 효율적인 방법을 사용하게 될 것이다. 포틀랜드 시멘트 제조 회사는 중국에 있건, 미국이나 유럽에 있건 모두 무시무시하게 에너지를 소비하고 있다. 시멘트 제조 과정에서 배출되는 이산화탄소는 인류가 배출하는 이산화탄소의 5~7퍼센트를 차지하고 있다. 유가가 12달러가 넘는 고에너지 비용 시대인 미래에 에너지 보존이 당면과제로 떠오르면 인류는 좀 더 친환경적인 콘크리트를 만드는 쪽으로 방향을 전환하게 될 것이다. 송도는 그 물결을 한 발 앞서서 주도하고 있는 것이다.

송도에 있는 게일 인터내셔널 본부는 생태학적인 면에서 경이로운 건물이 될 것이다. 이 건물의 외벽은 유리를 사용해서 계절에 따라 다르게 움직이는 태양빛에 반응할 것이다. 겨울에는 전자장비로 조절되는 유리로 최대한 많이 따뜻한 햇볕이 들어오게 할 것이고, 여름에는 펄펄 끓는 햇볕을 차단할 것이다. 지붕을 포함해서 건물의 대부분의 앞면에는 건물을 보온, 냉방하고 전력을 공급할 수 있는 광전지가 들어있다. 광전지가 없는 지붕은 평평하게 만들어서 건물을 단열시키는 식물을 심어 초록빛으로 보일 것이며 관개와 냉각에 사용하기 위해 빗물의 흐름을 막는 수동적 시스템인공적 에너지원이 없는 시스템 - 역주을 갖추게 될 것이다. 건물의 실내온도조절기는 온돌식으로 공기의 흐름을 이용한 극도로 효율이 높은 시스템이 될 것이다. 즉 따뜻하거나 찬 공기가 위층에 있는 틈을 통해 스며들어서 난방 효율을 높이고 도관을 통해 그 공기를 방 안의 한두 군데 정해진 장소로만 이동하게 하는 수동적이고, 더 저렴하고, 더 효율적인 방식으로 작동되는 것이다. "이런 대대적인 규모의 건설 사업은 처음 봤습니다. 많은 사람들이 지혜를 모았을 때 얼마나 많은 것들이 빠르게 성취될 수 있는지 그저 놀랍기만 합니다. 송도 시는 진정 지속가능한 디자인이 어떤 것인지 확실하게 보여줄 겁니다." 건축회사 HOK의 수석 디자이너 케네스 드러커의 말이다. HOK는 송도 시에서 몇 개의 빌딩 블록 설계를 맡았다.

아파트 내 전송망과 교통 신호가 작동하는 방식이 밀접하게 상호 연결된 송도 시를 보면 고에너지 비용 시대를 살아가게 될 우리의 미래상을 엿볼 수 있게 될 것이다. 유가가 급격히 인상되고, 그에 발맞춰 다른 에너지 비용도 올라가면서 우리는 에너지 사용을 점점 더 줄이고 효율적인 에너지 사용을 향해 더 많은 기술을 사용하게 될 것이다. 컴퓨터가 송도에 있는 모든 시설을 연결할 것이다. 오븐을 켜놓고 외출한 사람은 스마트폰으로 밖에서도 오븐을 끌 수 있게 될 것이다. 바닥에 설치한 센서들로 사람이 바닥에 쓰러져서 일어나지 않으면 자동적으로 앰뷸런스가 호출될 것이다. 송도의 아파트 부엌에서 아침을 먹는 사람은 모든 아파트에 설치된,

사용하기 쉬운 터치스크린을 통해서 지하철 시간과 보행 신호를 체크해 딱 맞는 시간에 집에서 나와 기차가 막 들어오는 순간 지하철 플랫폼에 도착할 수 있게 될 것이다. 자동온도조절 장치와 실내온도조절 장치는 쉽게 원격조정을 할 수 있어서 주민들은 집에 도착하기 5분 전에 난방장치를 미리 켜놓거나 난방장치 온도를 올릴 수 있고, 외출했을 때 그 장치를 밖에서 끌 수도 있게 될 것이다.

모든 것이 긴밀하게 연결되고, 지속 가능하며, 1평방마일당 인구 2만 7,700명으로 뉴욕과 거의 비슷하게 밀도가 높은 송도 시는 우리의 미래에 대한 모델이 되고 있다. 이 미래는 유가와 에너지 가격이 어쩔 수 없이 1달러씩 오를 때마다 점점 더 가까워질 것이다. 송도 시를 세우는 데 거의 400억 달러가 들 것이다. 이는 민영 부동산 거래 사상 최고의 기록을 세운 거래이다. 정부 기반시설을 짓는 비용까지 포함하면 전체 공사 비용은 600억 달러를 넘을 수 있다. 게일 인터내셔널에게는 다행스럽게도 한국인들은 이 혁신적인 신도시라는 아이디어에 호의적으로 반응했다. 2006년 처음 아파트 분양이 시작됐을 때, 분양을 신청하는 사람들의 줄이 2마일이나 쭉 뻗어있었다. 게일 인터내셔널은 총 2,200세대에 17만 건의 청약을 접수했다. 이 아파트들은 하루 만에 모두 합해 10억 달러에 팔렸다.

송도의 부지와 개발 사업권을 배정하는 전 과정은 한국에서 마치 종교적인 의식처럼 다뤄졌다. 사업과 주거와 효율성 사이의 완벽한 균형을 찾아 계획을 세웠다가 수정하고 다시 계획하는 일이 끊임없이 이뤄졌다. 국토가 좁은 나라에서는 필연적으로 이런 식으로 일을 처리하게 된다. 송도는 그 대담한 진보와 도시 실험 덕분에 미래에 전 세계적으로 끊임없이 회자될 것이다. 도시화될 우리의 미래는 송도에서 얻은 많은 교훈이 반영될 것이다. 물론 이렇게 빨리 대대적인 규모로 공사하는 것은 대부분의 경우에는 가능하지 않다. 교외를 중심으로 불규칙하게 뻗어나간 지역 주위를 맴돌던 문명에서 세련된 도시에 집중된 생활 패턴으로 바꾸는 일은 서서히 그러나 끊임없이 이뤄질 것이다.

유가의 흐름이 이끄는
교외에서 도시로의 이동

그야말로 아무것도 없는 상태에서 새로운 도시를 세우는 방법을 송도가 보여준다면 주요 대도시에서 준 교외지역교외보다 더 멀리 떨어진 반전원의 고급 주택지 - 역주까지 존재하는 기존의 우리의 도시 생활 패턴은 유가 12달러라는 세계에서 어떻게 변하게 될까? 콘 페더슨 폭스Kohn Pedersen Fox의 도시 계획가들과 건축가들은 이 질문에 대해 다각도로 연구했고, 그에 대한 답을 몇 가지 갖고 있다. KPF는 송도에 제일 처음 들어서게 될 65층 고층 빌딩의 위치에서 웅대한 중앙공원에 이르기까지 많은 것들을 계획한 뉴욕의 건축설계회사다. 윌리엄 페더슨은 1976년 동업자와 함께 KPF를 창립해서 전 세계적으로 가장 영향력이 큰 설계 회사 중 하나로 키워냈다. 현재 400명이 넘는 건축가들을 직원으로 두고 있고, 뉴욕과 런던과 홍콩에 지사를 갖고 있다. 어떤 면에서 보건 페더슨은 대성공을 거뒀다. 그런데 그의 몸가짐과 싹싹한 성품이나 젊은 기백과 자제력을 보면 그의 나이가 일흔이라는 사실이 믿겨지지 않는다. 3피트쯤 떨어져서 보면 그는 50대 초반으로 활력이 넘쳐 보인다. 페더슨의 은발머리는 빳빳하기 이를 데 없다. 그리고 불그스레한 혈색은 연륜에서 우러나 보인다. 페더슨은 아직도 회사에 갓 들어온 신입사원처럼 열정적으로 설계를 하고 있지만 그가 이 일을 시작한 것은 건축계가 아직도 미스 반 데어 로에독일 출신의 건축가로 20세기 최대 건축 거장 중 하나임—역주의 단순함을 표상한 건축 철학에 휘둘리고 있던 50년 전이었다. 페더슨은 현재 맨해튼의 아파트에서 살고 있다. 그는 매일 걷거나 자전거를 타고 센트럴 파크를 지나서 회사에 출근한다. "전 아주 근사한 환경에서 살고 있습니다. 뉴욕은 놀랄 만큼 조밀도가 높은 도시지만 공원이 우리 일상의 일부가 돼서 우리 마음을 탁 트이게 해주고, 개방성을 잃지 않도록 지켜주고 있습니다." 페더슨이 자랑스럽게 말했다.

에너지 비용이 높아질 미래에 미국인과 그들의 주거상을 예측할 때 페더슨은 미국인들이 도심에서 30마일 정도 떨어진 외곽의 0.5에이커의 대지에 지은 단독주택에서 벗어나 도시가 제공하는 시너지 효과와 높은 조밀도를 향해 서서히 움직일 것으로 내다봤다. 지금 교외에 살고 있는 대부분의 사람들이 현재 생활 방식을 미래에도 유지할만한 경제적 여유가 없을 것이란 단순한 사실 때문에 그런 경향은 점차 가속화될 것이다. 물론 에너지를 집약적으로 쓰는 교외 생활을 포기하고 떠난다는 것을 모든 사람이 반기진 않을 것이다.

"근본적으로 미국인들은 도시화에 대해 아시아인과는 다른 시각으로 봅니다. 그 기원을 거슬러 올라가자면 제퍼슨 시대의 이상, 즉 농업을 이상적인 산업으로 생각했던 시대에서부터 그런 생각이 비롯됐다고 볼 수 있겠죠. 즉 내 땅을 가지고 필요하다면 완전히 독립적으로 생활할 수 있어야 한다는 생각 말입니다. 미국인은 자립을 매우 중요하게 생각합니다." 페더슨이 설명했다.

그러나 문명 세계가 발전하려면 대부분의 미국인들의 삶에 있어 2에이커의 토지는 접근하기도 쉽지 않고, 현실적이지도 않을뿐더러, 거대한 집과 거대한 토지는 고에너지 비용 시대에 바람직한 삶의 방식이 되지 못할 것이다. 이는 막대한 관리비를 지출하게 되는 함정이 될 것이며 계속 시간이 흐르다 보면 결국엔 최하층 빈민으로 전락시킬 거주 형태에 대한 불필요한 애착에 불과하게 될 것이다. 3,000평방피트 면적의 단독주택은 크긴 하지만 터무니없이 크진 않으며 현재 많은 가정들이 열망하는 주거 형태이다. 미국의 교외를 점점이 수놓고 있는 많은 맥맨션_{맥도널드에서 햄버거를 만들어내는 것처럼 대량으로 지은 주택을 가리킴 - 역주}들은 사실상 3,000평방피트가 넘는다. 미국 중상층에서는 그보다 30에서 50퍼센트 더 큰 집들이 흔한 주거 형태가 됐다. 미국 단독주택의 평균 크기는 2,479평방피트로 부풀었다. 이는 1978년 단독주택보다 41퍼센트 더 크고, 1960년대 평균 주택의 두 배 크기이다. 1978년 이래 주택의 크기가 60퍼센트 성장한 때는 유가가 낮았던 1995년부터 시작됐다. 낮은 유가 덕분에 미국인들은 탐욕스럽게 생활공간을 넓혀갔다. 과열된 주택 시장과 쉽게 받을 수 있는 대출에 맞물려 천연가스와 난방유의 가격, 그리고 유가가 낮아졌으니 집을 넓히지 못할 이유가 없지 않겠는가?

하지만 지난 10년간 사정없이 커져버린 미국의 단독주택을 구할 수 있는 것은 없다. 간단하게 말하면 이 집들은 하나가 아닌 양날의 칼을 맞고 쓰러질 것이다. 이들이 맞고 피를 흘리게 될 첫 번째 칼날은 수송기관이 휘두르는 칼날이다. 미국인들이 운전을 줄이고 대중교통 수단이 미국인의 삶의 전면에 부상하면서 도심에서 멀리 떨어진 교외지역들은 그 생명력을 잃게 될 것이며 그들의 부동산 가치는 바닥으로 떨어질 것이다. 그렇다고 하루아침에 바닥을 치진 않는다. 부동산 가치가 서서히 하지만 가차 없이 떨어지면서 자신 앞에 펼쳐진 미래를 보지 못하는 사람들은 파산하게 될 것이다. 이는 서브프라임 사태의 호가 하락과는 다른 차원의 문제다. 서브프라임 위기는 단순히 자산의 가격에 거품이 끼었기 때문에 온 것이다. 서브프라임 하락 효과는 결국은 지나가게 돼 있다. 하지만 에너지 가격이 점점 오르면서 준 교외 지역의 가치가 떨어지는 변화는 영구적이 될 것이다. 서브프라임 사태 당시 그리고 그 후에도 사람들은 여전히 교외에 살고 싶어 했다. 그러나 유가가 12달러가 되면 교외 지역에 살고 싶어 하는 사람은 하나도 없을 것이며 시간이 흐르면서 유가가 계속 인상될수록 이런 사태는 더 악화될 뿐이다.

준 교외 지역에서 사는 사람들은 자잘하고 평범한 일상에 파묻혀 살다가 문득 몇 년 후 혹은 10년이 지난 다음에 그때까지 철저하게 부인하던 현실을 마침내 깨닫고 자신의 주택의 순자산집값에서 담보 대출액을 뺀 나머지 - 역주이 사라져서 이제 집값은 처음에 살 때보다 더 떨어졌고, 그들이 사는 동네도 반은 빈집으로 빠르게 썩어가는 폐가로 전락했다는 것을 깨닫게 될 것이다.

이런 곳에 사는 사람은 항상 차를 타고 다녀야 하고 그것도 아주 멀리 운전해야 한다. 직장도 수마일 밖에 있고, 식품점도 수마일 떨어져 있고, 아이들의 학교 역시 멀리 있다. 시카고 시내에서 40마일 떨어진 외곽에 있는 캐리, 텍사스 주의 휴스턴에서 35마일 떨어진 곳에 있는 로젠버그, 뉴욕에서 90마일 떨어진 펜실베이니아 주의 파이크 카운티 같은 곳들은 중산층이 저렴한 휘발유를 잃고 그에 따라서 저렴한 대중교통 수단인 차를 잃게 되면서 그 광채를 잃게 될 것이다. 준 교외 지역의 집주인들은 자신들이 원하는 거대한 저택과 토지를 얻기 위한 하나의 방편으로 장시간 운전해서 출근하는 삶의 방식을 택했다. 그때는 저렴한 석유가 잠깐 동안 누리는 혜택이라기보다는 영원히 우리 곁에 머무르는 확실한 존재처럼 느껴졌다. 2008년 여름 유가가 치솟으면서 이 교외 지역은 경제적인 타격을 받았다. 이들의 고통은 미래에도 계속 지속될 것이다. "별다른 대안이 없는 한 교외 지역에 갇힌 많은 사람들은 아주 힘들어질 겁니다." 페더슨의 말이다. "일정한 조건에 맞춰 라이프스타일을 확립했는데 그 조건이 변해버리면 난감해질 수밖에 없죠."

할 수 있는 한 최대한 빨리 전기차가 시장에 침투한다고 해도 교외 주민들을 구할 수 있을 정도로 충분히 빠르지는 못할 것이다. 또 전기차로는 중고 모델이 없기 때문에 중고차 시장도 없을 텐데, 이런 상태에서 한 대에 2만 5,000달러 하는 가격은 아빠 한 대, 엄마 한 대, 아이들 한 대 이렇게 차 세 대를 모는 가정으로서는 엄두를 내지 못할 가격이다. 유가 12달러의 시대에는 5년 된 폰티악 한 대를 5,000달러에 사는 것도 대안이 되지 못한다. 그래서 이런 가정은 교외의 단독주택을 버리고 걷거나 지하철을 타거나 자전거를 타서 이동할 수 있는 곳으로 이사를 갈 것이다. 이런 사람들이 도시 부활의 원동력이 되고, 준 교외 지역의 몰락을 재촉하게 될 것이다.

미국의 외곽 교외지역을 쓰러뜨릴 두 번째 칼날은 많은 면에서 첫 번째 칼날과 같지만 다른 형태로 다가올 것이다. 이 머나먼 교외 동네까지 가는 쉽고 저렴한 운송 수단인 차를 고유가가 없애는 동시에 천연가스와 난방유 가격이 또한 강타를 날려 애초에 이런 교외에 널찍하고 근사한 집을 갖기 위해 무리를 했던 가정 경제를 한층 더 압박해올 것이다.

1990년대 후반 유가가 낮았을 때는 북동부나 중서부에서 겨울 한 달 3,000평방피트 면적의 집을 난방하는 데 300달러 조금 넘게 들어갔다. 그러나 이제 시절이 변했다. 전 세계적인 경기 침체 때문에 석유 수요가 줄어들고 에너지 가격이 6년 연속 저점에 머물러 있는데도 이제는 날씨가 혹독하게 추운 2월 한 달 동안 같은 면적의 집을 따뜻하게 하는 데 금방 1,000달러가 넘는 돈이 들어간다. 이 정도의 금액은 벅차긴 하지만 등골이 휠 정도는 아니다. 하지만 되살아나는 세계 경기와 줄어드는 자원 때문에 에너지 가격이 현재 수준의 두 배, 세 배, 네 배로 오르면서 경제적 부담 역시 계속 가중될 것이다. 휘발유 가격이 1갤런당 12달러가 되면 2월에 같은 집을 아늑하게 유지하는 비용이 2,000에서 3,000달러라는 무시무시한 금액에 달하게 될 것이다. 이는 계속 부담할 수 있는 그런 비용이 아니다. 난방만큼 필수적이진 않지만(유쾌하진 않겠지만 섭씨 32도에서도 에어컨을 켜지 않은 채 살 수 있다) 같은 면적의 냉방 비용도 그 정도 비율로 올라갈 것이다.

에너지 가격이 상승한다고 해도 3,000평방피트 크기의 집이 사라지지는 않는다. 자신들이 원하는 대로, 비용에 개의치 않고 여유 있게 살아갈 수 있는 사람들도 있는 법이다. 도시 근교와 제1차 교외 지역에서는 큰 단독주택들이 계속 남아있을 것이다. 이곳의 주택가는 그야말로 노른자위가 될 것이다. 편리한 대중 교통수단을 이용할 수 있고, 걸어서 원하는 곳을 갈 수 있는 근접성 덕분에 많은 사람들이 이곳에 살고 싶어 하기 때문이다. 그와 반대로 서서히 사라지게 될 주택가는 대도시 가장자리에 있는 크고, 싼 단독주택들이다. 이 집들은 대개 비교적 새것으로 지난 2, 30년 동안 주택 단지를 조성해서 파는 주택 대단지에 속해 있다. 건축가들은 이런 집들을 역겨워하지만 대부분의 미국인들은 이런 집을 좋아하며, 쉽게 이런 집을 포기하지 않을 것이란 점은 확실하다. 미국인의 마음속에 단단히 자리 잡은 교외생활에 대한 로망을 깨부수기란 결코 쉽지 않다. 대부분의 미국인들은 3,000평방피트 면적의 집에서 살고 싶어 한다. 이들은 큰 차들과 대형 상점들과 많은 물건을 좋아한다. 이런 태도는 개선해야 하는데 이는 고유가가 해결할 것이다.

재정적인 동기보다 더 강력하게 사람들을 변화시키는 것은 없다. 그리고 이 재정적인 동기들은 수동적이 아니라 적극적으로 작용할 것이다. 사람들의 급료에 달라붙은 촌충처럼 이들은 준 교외 주택 주민들의 가처분

소득을 갉아먹어서 마침내 에너지의 전성기는 다시 돌아오지 않는다는 것을 서서히 한 집씩 깨닫게 만들 것이다. 그렇게 힘들게 각성하고 나서야 사람들은 어찌할 바를 모르는 상태에서건 아니면 이미 파산한 상태에서건 그 집을 버리고, 직장이 있고, 대량 수송 수단이 있고, 에너지를 100퍼센트 효율적으로 이용하는 도심으로 향하게 될 것이다. 한때 수많은 사람들이 질색했던 도시의 조밀도는 다시 도시의 매력이 될 것이다. 밀워키, 보스턴, 미니애폴리스, 뉴욕, 시카고, 필라델피아, 피츠버그, 클리블랜드 같은 도시들은 몇십 년 전에는 급성장했다가 이제는 몰락의 길을 걷고 있는 교외 주민들을 다시 불러올 것이다.

싸구려 시트록(종이 사이에 석고를 넣는 석고 보드 — 역주)과 비닐 외벽을 써서 대량으로 지은 주택들이 옹기종기 모여 있는 이 마을들의 운명은 앞으로 어떻게 될까? 이런 주택들을 여러 번 설계한 건축가 빌 페더슨은 간단하지만 의미심장하게 한 마디를 내뱉었다. "이런 집들은 튼튼하게 지은 게 아니라서 지들이 알아서 할 겁니다." 그는 껄껄 웃으며 한 마디 보탰다. "풀썩 무너지겠죠."

더욱 조밀하게 재편성될 대도시의 미래

3,000평방피트와 4개의 외벽과 SUV 두 대를 감당할 수 없게 된 사람들이 교외를 떠나면서 대도시는 새로 온 사람들로 넘쳐나게 될 것이다. 대도시들은 늘어난 인구로 미어터지게 될 것이고, 이들을 수용하면서도 질서 있고 평화로우며 살기 좋은 도시의 특성과 기능을 유지하려면 변해야 할 것이다. 도시의 조밀도가 증가했을 때의 장점은 조밀도가 늘어날수록 도

시에서 살면서 얻게 되는 장점 역시 늘어난다는 것이다(물론 이 점도 한계가 있다). 하지만 이렇게 되려면 도시설계가 훌륭해야 한다. 안타깝게도 우리의 모든 대도시들이 조밀도를 염두에 두고 설계되지는 않았다. 사실 많은 도시들은 설계란 과정 자체를 거치지 않았다. 이 도시들은 계획 없이 임시변통으로 택지 개발업자들이 돈을 벌 수 있는 곳이라면 어디나 아스팔트를 깔고 집을 지으면서 팽창했던 것이다. 미국 도시 계획에 대해 한 마디로 말하면 이렇다. 새로 생긴 도시일수록 도시 계획은 더 형편없다는 것.

조밀도에 따라 도시를 재정비하는 일은 쉽지 않고 비용도 많이 든다. 하지만 우리는 이제 도시만이 공급해줄 수 있는 효율성을 향해 시선을 돌리면서 동시에 우리를 사정없이 몰아쳐대는 고유가라는 강풍을 맞게 될 것이다. 도시를 변화시키는 데 수십 년이 걸리겠지만 결국에는 도저히 막을 수 없는, 유가 12달러라는 임계질량에 이르게 될 것이다. "고유가 시대에는 도시 집중이 필요합니다. 이는 미 도시들의 성격을 엄청나게 바꿔놓을 겁니다." 페더슨이 덧붙였다.

시카고, 뉴욕, 샌프란시스코, 시애틀 같은 도시들은 이미 대대적인 르네상스를 경험했다. 그러나 세인트루이스, 디트로이트, 클리블랜드, 피츠버그 같은 도시들에게는 아직 그런 일이 일어나지 않았다. 이 도시들은 사실상 내부에서부터 위축돼왔다. 그러나 이들의 시대가 곧 올 것이다. 그리고 브루클린과 시애틀의 캐피틀 힐과 시카고의 웨스트사이드 근방에서 일어났던 일들이 이 도시들에게도 한층 더 폭넓게 일어나서 수십 년에 걸친 황폐한 환경과 범죄와 무관심에 찌들어 있던 동네들을 분연히 일어나게 할 것이다.

중심적인 조밀도 패턴이 없는 도시들은 서서히 그 패턴을 개발하게 될 것이다. 무작정 넓은 지역에 걸쳐 방만하게 팽창해온 도시들은 재정비될 것이다. 우리 도시들의 도심은 사무실과 아파트를 섞은 고층 건물들이 모여들어 급속히 성장할 것이다. 고층 건물들이 주요 지하철역 주위로 결집돼서 거기에서 일하거나 사는 사람들이 지하철을 타고 집에 가거나, 출근하거나, 놀러가는 일이 쉬워지게 될 것이다. 조밀한 시내 근방에는 높게는 20층까지 올라간 콘도들과 여러 층의 상가들이 들어서서 시내 중심가처럼 고층 건물을 세워야 하는 많은 비용을 들이지 않고도 높은 수준의 조밀도를 유지할 수 있게 될 것이다. 여기서 조금 더 밖으로 빠져 나가면 기존에 있던 작은 개인 주택들과 서로 연결된 타운 홈비슷한 형태의 집을 몇백 세대 이상 지어 타운을 이룬 주거 형태주요 지하철역 주위로-역주들 사이로 간헐적으로 공원들과 동네 상점들이 자리 잡게 될 것이다.

디트로이트, 세인트루이스, 피츠버그, 클리블랜드 같은 도시들의 주가는 빠르게 올라갈 것이다. 이 도시들이 보유한 기존의 도심 기반시설은 그동안 거의 쓰이지 않았다. 이 도시들에는 비전을 가지고 자신들을 다시 위대하게 만들어줄 열정이 있는 누군가를 기다리는 30층 혹은 40층 건물들이 늘어서 있다. 이 근사하고 오래된 건물들은 반쯤 비어 있는, 활기 없는 사무용 빌딩의 전초기지에서 70년 전처럼 다시 사람들로 붐비고, 문화와 상업의 중심지로 변화해서 영화로운 시절을 누리게 될 것이다. "높은 건물들의 장점은 그냥 무너뜨리는 것보다 다시 쓸 수 있다는 점입니다. 거의 모든 건물들이 아주 잘 지어졌고, 그 대부분의 건물들이 아직 남아 있습니다." 건축가이며 KPF 사장인 폴 카츠가 말했다. "새 건물을 짓는 것보다 오래된 건물을 다시 쓰는 것이 여러 모로 한결 쉽고 비용도 훨씬 덜 듭니다."

다시 활력을 찾은 도시 풍경에 확대된 지하철 노선과 지역 시장이 추가 될 것이다. 좀 더 작아지고, 좀 더 지역적인 특성을 더 많이 갖춘 상점들이 지난 50년간 꾸준히 미국의 집들과 미국인들의 체구를 키워왔던 대형 슈퍼마켓의 시대에 종지부를 찍을 것이다. 지금과 늘어나는 인구가 유입된 우리의 도시들은 교외 주택가처럼 똑같은 형태의 주택들이 들어서지는 않을 것이다. 우리가 새로 살게 될 집들은 공간이 필요해서 서둘러 지었건 아니면 현재 악화된 주택 사정 때문에 지었건 간에 수수한 단독주택들이 서로 바짝 붙어 있는 주택가와 고층 빌딩들과 타운 홈이 골고루 섞인 형태가 될 것이다.

KPF의 페더슨은 이런 세 가지 주거 형태를 모두 직접 경험해봤다. 그는 미네소타 주의 단독주택에서 자랐고, 나중에는 브룩클린의 브라운스톤^{갈색}

_{사암을 소재로 사용한 건물로 19세기 만들어진 건축물을 부르는 호칭이 됐다-역주}에서 살았으며, 지금은 맨해튼의 어퍼 웨스트사이드에 있는 고층 아파트에서 살고 있다.

페더슨은 미래에는 대부분의 미국인들이 이 세 가지 주거 형태가 골고루 섞인 곳에서 살겠지만 오래된 브라운스톤 하우스 모델과 흡사한 고층 건물과 타운 홈이 주류가 될 것으로 내다봤다. 이렇게 세 가지 형태가 골고루 섞여서 한 블록당 열두어 세대가 사는 조밀한 동네가 형성될 것이다. 이런 주택가 근처에 초등학교와 중학교를 지어서 거기 사는 아이들이 집에서 학교까지 반마일 떨어진 거리를 10분이면 걸어갈 수 있게 될 것이다. 고등학교는 가정에서 1마일 정도 떨어진 곳에 짓게 될 것이다. 조그만 상점들이 늘어선 상가가 동네에 점점이 흩어져 있어서 대부분의 집에서 몇 분만 걸으면 빵을 사올 수 있게 될 것이다.

사회적으로는 평범한 일상 속에서 식료품을 사러 가고, 아이들을 학교에 데려다 주고, 출근하는 것과 같은 자잘한 일들을 처리하기 위해 교외 주택 지역을 이리저리 헤매고 다니는 데 익숙해진 사람들의 삶이 크게 향상될 것이다. 이러한 동네는 사람들을 도시 중심부로 실어 나르는 철도 근처에서 생겨날 것이다. 이 철도는 새로 부설된, 혹은 새로 수리한 철도 근처에 생길 것이다. 철도가 도시에 점점 더 가까워지면서 빽빽하게 들어선 타운하우스 단지들은 사라지고 독신들과 신혼부부들에게 인기가 높은 아파트가 들어설 것이다. 시내에 더 가까워질수록 건물들은 좀 더 높아지고, 더 조밀해질 것이다. 이 순서는 에너지 가격이 올라갈수록 점점 더 가치가 오르게 될 도심의 땅을 충분히 이용하지 못하게 될 상황을 제외하면, 현재 많은 대도시들에서 볼 수 있는 조밀화 순서와 크게 다르지 않을 것이다. 우리 도시의 조밀화는 한 번에 하나씩 단계적으로 기존의 도시 교통기관 주위로 무리를 지어 일어날 것이다.

유가가 12달러인 세계에는 이를 갈고 있는 피라냐[이빨이 날카로운 남미산 물고기 역주]들처럼 다음 번 부설될 철도 노선, 다음 번 추가될 버스 정거장, 혹은 다음 번 파게 될 지하철 터널 프로젝트들이 줄을 서서 대기하게 될 것이다. 유가가 12달러로 오르게 되면 도심 주위로 걸어다닐 수 있는, 매력적이고 조밀한 주택단지가 부족하게 될 것이다. 그 공백을 메우기 위해 택지 개발업자들이 몰려들겠지만 이 프로젝트에는 사람들이 추구하는 수준 높은 도시 생활을 영위하기 위한 요새가 될 신속하고 편리한 대중교통 수단이라는 기반시설이 있어야 한다. 정부는 이런 기반시설을 대규모로 지어야 한다. "조밀화가 이뤄지려면 기반시설이 필요합니다. 그런데 제2차 세계 대전 이후로 우리가 지어놓은 유일한 기반시설은 주간고속도로 시스템밖에 없습니다. 그리고 그 주간고속도로 때문에 도시가 방만하게 팽창된 거죠." KPF의 카츠가 말했다.

그러나 이 고속도로는 지방자치체에게 자유롭게 도심에서 사방으로 뻗어나갈 수 있는 방법(철도의 위치를 정할 때 이 고속도로를 쓸 수 있어서

부담이 경감된다)을 제공함으로써 결국에는 유용한 존재임이 입증될 것이다. 현재 이미 개방된 주요 수송 경로인 고속도로에 철도를 부설하는 것이 고가철도 플랫폼을 부설하는 것보다 비용이 훨씬 적게 든다. 거기에 지하철 터널을 파는 비용이 가외로 조금 들어가게 된다. 도심 주간고속도로의 많은 부분이 결국 대량 수송 수단을 위해 사용되는 일이 불가피하게 일어날 것이라고 카츠는 말한다. 도심 주간고속도로는 처음에는 고속버스 전용 노선으로 사용됐다가 나중에는 영구적으로 철도로 전환될 것이다. 정기적으로 운전하는 사람들이 급격히 줄어들면서 도로로 나오는 차들이 거의 없을 것이기 때문에 각 도시들은 고속도로 차선을 징발해서 그 위에 철로를 부설할 수 있게 될 것이다. 유가 12달러 시대에는 괴물 같은 12차선 도로들은 더 이상 쓸모가 없어질 것이다. 애틀랜타, 휴스턴, 로스앤젤레스, 달라스 같은 도시들은 이 차선들 중 일부를 택해서 현재 고속도로 설계와 흡사하게 여러 각도로 철로의 지선을 부설해 뻗어나가게 할 것이다. 외곽 철도 노선은 교외에 인접한 철도 노선과 연결돼서 여러 개의 주택가들을 통합시켜 조밀도를 높일 것이다.

이렇게 도시를 변모시키는 비용은 이루 헤아릴 수 없을 것이다. 그래서 이 일은 단순히 한 5년 안에 끝낼 수 있는 일이 아니다. 이 일은 수십 년에 걸쳐 멀리 떨어진 교외의 풍경을 서서히 녹여 도심의 중심핵으로 굳어지게 하는 일이다. 이렇게 교외가 녹아서 우리 도시를 구성하는 스펀지들, 이미 단단하게 굳어진 스펀지의 빈 구멍을 채우게 될 것이다. 하지만 그 스펀지들의 기반시설과 대로 그리고 인간과 문명과 문화의 작은 구멍들은 그대로 남아있다. 이 스펀지의 구멍을 메우는 데 필요한 것은 자금이다. "현대 도시는 자동차가 출현하기 전까지는 올바른 방향으로 향하고 있었습니다." 카츠가 말했다.

그런 면에서 우리는 다시 제자리를 찾아갈 수 있다. 우리의 도심에 다시 활기를 불어넣기 위해 필요한 돈은 현재는 미국인들이 선뜻 내놓으려 하지 않는 돈이다. 지금으로서는 대다수의 국민이 원하지 않기 때문에 뉴욕과 다른 몇몇 도시를 제외하고는 대량 수송 수단이라는 기반시설을 짓기 위해 세금을 거둘 수 없는 형편이다. 하지만 유가가 12달러로 접어들면 이들의 마음도 바뀌어서 전에 없는 열정을 가지고 도시 재탄생이라는 바퀴가 힘차게 굴러갈 수 있도록 윤활유 구실을 해줄 것이다.

도시화의 궁극적 표현, 지하철

지하철은 도심의 중심부 밑 지하에 구멍을 뚫어 그 위에 펼쳐진 조밀한 그리드에 가해진 압력을 줄여줄 것이다. 지하철은 사람들의 눈에 띄지 않는 곳에서 우아하게 사람들을 도시 이곳에서 저곳으로 가볍게 실어 나른다. 가장 조밀한 지역에 있는 지하철은 그 도시를 위해 지을 수 있는 최상의 시설이다. 지하철은 노면 전차 혹은 고가철도의 소음과 혼란을 피할 수 있다. 또 건물이나 빌딩을 건설할 경우에도 도시 철도 노선은 걸림돌이 될 수 있지만 지하철은 그렇지 않다. 그런데 지하철은 가장 비용이 많이 드는 기반시설이기 때문에 각 도시들은 요즘 새 철도를 부설할 때 대개는 경철도나 고가철도(뉴욕을 제외하고)를 선택하는 경향이 있다. 하지만 역사가 오래됐지만 여전히 최고의 기능을 발휘하고 있는 뉴욕 지하철에서 볼 수 있듯이 지하철 사업은 도시가 할 수 있는 최상의 대량 수송 수단 투자이다. "터널은 바위를 뚫어서 딱 한 번만 만들면 됩니다." 맨해튼의 이스트 사이드 접근 프로젝트의 토목기사인 에드워드 케네디가 말했다. "터널은 별도로 보수 유지하거나 관리할 것도 없습니다. 그냥 화강암 터널이니 한 번 공사해놓으면 계속 쓸 수 있는 거죠."

하지만 고가철도는 계속 보수 유지와 관리를 해야 하고 75년이나 100년에 한 번씩은 사실상 다시 지어야 하는데, 시카고 시민들은 이제 그 사실을 깨닫고 있는 중이다. 고가철도의 토대는 부식되고, 강철 트러스가 불안정해지면서 트러스 자체도 부식되기 때문에 계속 도장과 정비를 해줘야 한다. 그리고 이렇게 도장이나 정비를 하는 노선은 종종 몇 개월 혹은 몇 년씩 폐쇄해야 한다. 시카고는 100년 된 고가철도인 그린라인의 발판 1,700개를 갈고 새 구조용 강철 7,500톤을 설치하고 거기에 7만 3,000톤의 페인트를 두껍게 바르는 작업을 하느라 1990년대에 2년 동안 이 철도를 폐쇄했다.

그린라인이 지하철이었다면 이런 보수 프로젝트는 필요도 없었을 것이다. 이러한 지하철의 장점이 낱낱이 드러나 있기 때문에 뉴욕뿐 아니라 다른 도시들도 납세자인 시민들에게 대량 수송 수단이 최우선 문제로 대두하게 되면 그 즉시 도시의 거리 밑으로 터널을 뚫기 시작할 것이다. 마이애미, 휴스턴, 샤롯트와 덴버에서 지하철 공사하는 소리가 우렁차게 울려 퍼질 것이다. 애틀랜타와 로스앤젤레스에서도 지하철 공사가 다시 새롭게 시작될 것이다. 시카고의 기차 시스템이 확대되면서 지하철의 지선과 측선이 새로 부설돼 그동안 소외됐던 지역까지 도시 안으로 편입될 것이다. 달라스와 휴스턴은 텍사스의 기반암을 뚫고 터널을 만들어 부족한 지하철 시스템을 전체적으로 확대할 것이다. 보스턴과 필라델피아의 지하철 시스템은 새롭게 갱신되고, 확대되고, 원기를 회복하게 될 것이다.

도시에 사는 가족들은 자동차를 버리거나, 차 세 대를 모는 대신 한 대로 줄이게 될 것이다. 자동차, 휘발유, 자동차 보험료와 같은 곳에 쓰지 않는 비용을 과거보다 올라간 주거비용과 대중교통에 들어가는 비용에 충당할 수 있을 것이다. 가족들은 궁극적으로 전보다 더 편해진 생활방식과 새로 생긴 자유를 맘껏 즐기게 될 것이다. "자동차를 사용하지 않아도 된다는 건 우리 삶에 큰 축복이라고 저는 생각합니다. 유가가 인상되길 원하는 건 아니지만 유가가 인상돼서 생기는 장점도 많습니다. 도시의 조밀도가 올라가면 그만큼 지역공동체의 결속도 단단해질 겁니다." 페더슨의 말이다.

유가 12달러,
미국의 토지구획법을 폐기시키다

교외 모델이 붕괴되면서 미국의 토지구획법과 건축법규도 다시 쓰일 것이다. 현학적이면서 사실상 별다른 차이점이 없는 이 법률들을 시행했기 때문에 미국의 도시들은 별다른 목적도 없이 무질서하게 확대된 것이다. 후퇴건축 법규에 맞추기 위해 건물을 거리나 토지 경계선으로부터 일정거리 띄워 놓는 것 – 역주는 최소로 하고, 대부분 과도하게 설정된 부지 크기 요건과 복잡한 건축법규 때문에 이른바 법률에 따라 실시된 스프롤 현상도시의 급격한 발전과 지가의 앙등으로 도시 주변이 무질서하게 확대됨 – 역주이 일어났다. 건축 규제의 관료적이고 복잡한 절차 때문에 창의적인 사고를 하는 인재들이 건축 기획 분야를 떠났다. 도시 조밀화가 일어날 수 있는 조건이 갖춰져 있고, 대부분의 시민들이 환영했을만한 도시에서도 조밀화가 이루어지지 못했다. 법에 따라 엄격하게 최고 높이와 최저 후퇴 기법을 쓴 대형 단독주택들을 짓기 위해 그 지역을 구획했기 때문에 마을 중심부에 있는 광장 주위로 타운 홈들을 밀집시켜 지은 블록을 형성할 수 없었다. "제2차 세계대전 이후로 대부분의 주택 단지 공사를 주도해온 토지구획법은 이미 변화하고 있습니다." 라고 4개의 대륙에

29개의 사무실을 두고 있는 세계적인 설계 회사 HOK의 설계 부문 이사 마리 앤 라자루스가 말했다. "그리고 연료 가격이 그 변화의 속도를 앞당길 겁니다."

미국의 많은 훌륭한 건물들과 주택단지들은 건축법규가 존재하지 않거나 엄격하게 시행되지 않았던, 100년도 훨씬 넘은 과거에 지어졌다. 이 건물들은 현재 지어지고 있는 어떤 건물들보다도 더 튼튼하게 지어졌다. 다니엘 번햄과 루이스 설리번^{미국식 건축의 전형을 구축한 건축가-역주}의 건축 디자인은 그 어떤 법규보다 조물주의 뜻을 충실하게 따른 것이었다. 그걸로 충분했다.

고유가 시대에 토지구획법을 바꾸면 더 조밀하게 들어찬 건물들이 돌아올 수 있게 된다. 동네 상점, 거리 모퉁이에 있는 제과점, 정육점과 같은 곳들이 도시의 주택가로 돌아올 것이다. 한때 미 도시들과 교외 내부 지역은 거리에 면한 이런 상점들로 활기에 넘치던 때가 있었다. 그러나 건물 소유주의 결정이나 토지구획법의 조항 때문에 대부분의 이런 작은 상점들은 단독주택이나 단층 아파트로 바뀌었고, 거리에 인접한 상점의 거대한 유리창을 가리기 위해 흉물스런 블라인드를 치는 일이 빈번해졌다. 미래에 도시 거주민들이 걸어서 쇼핑하는 삶의 방식을 택하기 위해 차를 버리면서 작은 동네 상점들은 스트립 몰^{상점이 한 줄로 늘어서고, 그 앞에 1열 주차장이 있는 쇼핑센터-역주}뿐 아니라 다시 우리가 사는 동네 안에 편안하게 자리 잡게 될 것이다.

다른 모든 것들처럼 토지구획법 역시 유가 12달러라는 현실 앞에 굴복하고 개혁하게 될 것이다. 관료적인 복잡한 절차라는 장벽도 조밀화가 가져오게 될 재정적, 인구학적 장점 앞에서는 상대가 되지 못할 것이다. 미국은 매일 2,000만 배럴의 석유를 소비하고 있으며 우리의 교외 사회는 점점 더 멸종을 향해 가까이 다가가고 있다. 미니밴을 사랑하는 사람들도 도시를 사랑하는 법을 배우게 될 것이다. 이들은 널리 보급된, 믿을 수 있는 대중교통 수단이 제공하는 조밀화와 자유를 사랑하는 법을 배우게 될 것이다. 덴버, 달라스, 애틀랜타 같은 도시들은 단순한 지역 중심 도시에서 사람들과 문화와 상업 활동이 밀려드는 세계 일류 도시로 성장할 것이다. 터널 공사의 달인인 에드워드 케네디 같은 토목기사들은 그들이 맡아야 할 프로젝트가 뉴욕을 기점으로 사방으로 뻗어나가면서 점점 더 바빠질 것이다. 사실상 미국 전체의 일상이 뉴요커들의 일상과 점점 더 비슷해지게 될 것이다.

1갤런당 14달러
작은 마을의 반란, 월마트의 굴욕

$14.00/Gallon

미국의 화물 열차는 평균 1갤런당 1마일에 436톤의 화물을 배달해서 1갤런당 1마일에 105톤의 화물을 운반하는 트럭보다 4배를 더 배달할 수 있다. 이 간극은 좁혀지지 않을 것이며, 시간이 흐를수록 점점 더 커질 것이다. 철도가 현재 보유한 장

4 dollars   6 dollars   8 dollars   10 dollars   12 dollars   14 dollars   16 dollars   18 dollars   20 dollars

깃대는 건물 옆에 제대로 붙어있지만 깃발은 꽂혀있지 않았다. 깃대에 달린 단단하고 두꺼운 밧줄이 12월의 겨울바람에 날려 강철 막대에 부딪치면서 텅 빈 주차장 안에서 핑핑 소리를 울려댔다. 아스팔트 표면은 건포도처럼 주름이 지고, 여기저기 망가지고, 바짝 말라버린 사막처럼 끊임없이 금이 가 있었다. 어딜 봐도 포장도로에 성한 부분이 없었다. 어떤 곳에는 3피트 높이로 길게 자란 갈색 풀과 죽은 잡초들이 아스팔트 틈새를 비집고 비죽이 솟아있었고, 풀과 잡초의 뿌리는 불모의 아스팔트 밑 어딘가에서 양분을 얻고 있었다.

그 건물의 마크인 회색과 강청색 페인트 문양은 최근 그 위에 평범한 회갈색 페인트를 진하게 덧발라 보이지 않았다. 아마 부동산 업자들이 이렇게 하면 이 건물의 이전의 삶과 오명을 씻어내고 이렇게 썩어가는 콘크리트 블록 쓰레기에 사람들이 흥미를 가질 거라고 생각한 것 같다. 쓰레기들이 건물 벽을 스치고 돌아다니면서 주차장 여기저기에 흩어져 있었다. 요즘은 아무도 이곳을 청소하지 않는 것처럼 보였다. 이 건물의 정면에서

100야드 떨어진 곳에 위치한 버거킹 체인점은 이 콘크리트 박스 쇼핑몰에 오던 손님들이 끊기면서 망했다. 주도로에 있는 정지신호는 주차장에서 나가는 차(그나마 요즘에는 그런 차들도 거의 없다)들을 위해 적색 신호로 재조정되었고, 그동안 주도로에서는 노란색 불이 깜박거린다. 건물이 텅 비었는데 차들의 통행을 멈추게 할 필요가 없으니까.

누군가 건물 정면 유리창에 달걀을 던졌나 보다. 정문 근처에 수십 개의 달걀 자국이 보였고, 달걀껍질 속의 내용물이 건물 앞까지 쏟아져서 굳어있었다. 주차장의 장애인 주차 표지는 절반이 없어져 버렸다. 분명 십대 아이들 몇 명이 훔쳐서 침실 벽을 장식하는 데 썼을 것이다. 건물의 낡은 원예매장은 이제 철조망을 두른 텅 빈 감옥으로 변해버렸다. 이곳은 녹슨 노란색 체인과 다시는 열리지 않을 맹꽁이자물쇠로 단단하게 잠겨 있었다. 철조망이 달린 원예 센터는 트레일러하우스 공원에서 50피트 떨어진 곳에 있다. 여기 트레일러하우스에 사는 사람들은 지금처럼 외롭고 조용한 게 좋을까? 아니면 전처럼 사람들이 북적대고, 시끄럽고, 당당한 분위기가 좋을까?

이 덩치 큰 건물의 뒤쪽은 도시인 특유의 날카로움과 재기가 부족해 보이는 낙서들로 장식되어 있었다. 스프레이 페인트로 만화처럼 그린 한 늙은 남자가 짧게 한 마디를 한 낙서도 있었다. "대마초를 피우자." 뒷문 중 하나를 둘러싸고 10피트 크기의 철조망을 두른 작은 정사각형의 바리케이드가 하나 있었다. 이 울타리에는 철조망 사이사이로 플라스틱 바람막이가 둘러쳐져 있었다. 누군가 철조망 위로 여기저기서 주워온 나무들을 쌓아올려 임시변통으로 지붕처럼 만들어 놓았다. 이 울타리 문은 노란색 체인을 사용해서 잠겨 있었지만, 누군가, 필경 이 지붕을 만든 벌목꾼 같은 사람이 철조망 문의 아래쪽 절반을 구부려놔서 쪼그려 앉으면 드나들 수 있도록 해놓았다. 이 초라한 오두막 안의 땅바닥에는 넝마가 된 옷가지, 다 쓴 콘돔과 이런저런 허섭스레기들이 흩어져 있었다. 지린내도 났다.

오하이오 주의 코스혹튼 시내 바로 밖에 있는 이곳에는 텅 빈, 고독한 분위기가 풍긴다. 스머프-스톤 박스 제조 공장의 굴뚝들이 약 1만 2,000명의 주민이 살고 있는 이 마을 위로 우뚝 서 있다. 하지만 더러운 냄새와 연기 기둥과 김이 뿜어져 나오는 공장에서 사람들이 분주하게 왔다 갔다 하는 반면 깃발 없는 깃대와 쓰레기만 옹기종기 모여 있는 이 소매점은 텅 비었다. 이 건물은 작은 마을이 붕괴되고 있다는 것을 생생하게 보여주는 증거다. 이 건물은 새것처럼 보이지만 분명 아무도 쓰지 않고, 돌보지 않고 있다.

이런 건물을 유령 상자라고 한다. 이 명칭은 아칸소 주에 본사를 둔 월마트가 철수한 상점을 안티 월마트 집단이 붙여준 별명이다. 사실 이렇게 월마트가 철수한 200개가 넘는, 텅 빈 상가들이 미국의 준 교외 지역과 작은 마을의 주변 곳곳에 흩어져 있다. 몇 년 전만 해도 월마트의 회계 대차 대조표에는 이런 상점들이 350개가 올라와 있었지만 지난 3년간 월마트의 부동산 부서에서 각고의 노력을 들인 끝에 줄어든 수치이다. 월마트는 지난 10년간 전체적으로 1,000개의 매장을 폐쇄했는데, 그중 일부는 개장한 지 10년이 조금 안 된 것들이다. 월마트는 원래 매장을 버리고 좀 더 큰 건물로 옮겨가면서 항상 그런 것은 아니지만 대개 원래 매장이 있던 곳에서 7마일 반경 내의 새 건물로 옮겨갔다. 코스혹튼의 경우 월마트는 시내에서 몇 마일 떨어진 고속도로 진입로에 거대한 상점을 열었다. 전형적인 월마트 축소 프로그램에 따르면 시내 한쪽에 12만 평방피트의 유령 상자를 만드는 동시에 시내 반대편에 식품점까지 포함한 20만 평방피트의 슈퍼센터를 여는 것이다.

일단 기존 매장을 버리면 그 유령 상자를 처분하는 일은 월마트 부동산이라고 하는 월마트 자회사 소관으로 넘어간다. 이 회사의 직원은 500명이며 이 회사의 주요 업무는 월마트가 사용했던 부동산을 처리하는 것이다. 유가 14달러 시대가 오면 이 회사 직원들은 더욱 분주해질 것이다. 이때가 되면 월마트의 거대한 상점들의 지위는 형편없이 추락해서 지금까지와는 다른 용도로 쓰이게 될 것이다. 세계에서 가장 큰 회사, 모든 미국인의 벽장에 세계화를 가져다 준 원동력이었던 월마트는 유가가 14달러로 오르면 쇠퇴해서 결국은 죽게 될 것이다. 준 교외 지역과 미 전역의 전원 풍경에서 유령 상자들이 늘어만 갈 것이다. 유가 14달러가 되면 월마트가 중국의 싸구려 상품을 미국 전역에 퍼뜨릴 수 있었던 근본적인 시스템 자체가 붕괴될 것이다. 대양과 대륙을 넘나들며 곳곳에 상품을 공급했던 월마트의 공급망은 아주 중요한 상품을 제외하고는 살아남지 못할 것이다. 그 중요한 물건 목록에 주걱과 볼펜은 포함되지 않는다.

고유가는 두 가지 이유로 대부분 도심보다는 시내 가장자리와 교외 지역에 위치한 대형 상점들이 쇠퇴하는 데 일조한다. 첫째로 이제 더 이상 사람들이 차를 타고 별 목적도 없이 시내를 돌아다니지 않을 것이라는 점이다. 전기차가 있긴 하겠지만 차들과 도로는 더 이상 사회를 결속시켜주지 못할 것이다. 사람들은 집에서 채 2마일도 떨어지지 않은 상점으로 걸어가지, 지금처럼 월마트, 마이어, 타겟과 같은 대형 쇼핑센터에 가기 위해 5마일에서 10마일씩 차를 타고 가지 않을 것이다.

두 번째이자 월마트의 몰락에 가장 큰 원인을 제공할 일은(적어도 지금 우리에게 익숙한 형태의 월마트) 소매점의 방대한 생산과 유통 네트워크를 유지하는 비용이 천문학적으로 높아질 것이라는 점이다. 지금까지 월마트 모델이 시장에서 통할 수 있었던 이유는 유가가 낮아서였다. 월마트는 중국의 값싼 노동력을 이용해 매장에서 파는 대부분의 제품을 생산할 수 있었다. 즉 중국에서 생산한 제품들을 거대한 화물선을 이용해 다시 미국으로 들여오는 데 별로 비용이 들지 않았기 때문이다. 월마트 자체가 중국의 8번째로 큰 무역 상대였다. 일단 이 물건이 미국 서해안의 항구에 도착하면 그 물건은 철도와 트럭을 이용해서 140개 월마트 유통 센터로 배달된다. 이 업무를 수행하는 데 월마트 소속 7,200대의 트레일러가 달린 트렉터 트럭들이 동원되며, 이 트럭들이 다시 미 전역에 있는 4,000개의 월마트의 매장으로 제품을 수송한다. 그러므로 부담 없는 가격대의 휘발유를 구할 수 없다면 중국에서 온 제품들을 대량으로 운송할 수 없게 되고, 따라서 월마트의 큰 이점이 사라지게 되는 것이다. 항구에서 물류센터를 거쳐 매장으로 제품을 옮기는 일에는 감당할 수 없을 정도의 비용이 들어가게 될 것이다.

월마트의 믿을 수 없을 정도로 저렴한 목재 가구를 예로 들어보자. 그 나무는 광대한 시베리아 숲에 있는 러시아 나무로 이주 노동자들과 벌목꾼들이 요란한 소리를 내는 휴대용 동력 사슬 톱을 써서 벤 것이다. 그렇게 벤 나무는 거대한 트럭에 실려 제재소로 가서 거기서 납작하고 길게 잘려진다. 자른 지 얼마 안 된 이 목재는 기차에 실려 1,000마일 이상을 이동해서 중국에 있는 공장으로 간다. 그 공장에서 시간당 몇 센트씩 버는 임금 노동자들이 시베리아 산 목재를 선반, 책상, 의자로 만들어낸다. 다시 이 제품들은 팔렛에 실려 기차에 떠밀려 들어간다. 거기서 기차로 수백 마일을 달려 중국의 거대 항구 중 하나에 도착하게 된다.

이제 갓 만든 가구는 다시 컨테이너에 실려 화물선을 타고 태평양을 건너 1주일 후에 롱비치나 시애틀 같은 곳에 도착한다. 그 다음에는 유니언 퍼시픽이나 벌링턴 노던 소속 기차를 타고 서부를 건너 로키 산맥을 지나

네브래스카에서 일단 멈춘다. 그리고 다시 거기서 트럭으로 갈아타고 월마트의 주요 물류센터 중 한 곳으로 가게 된다. 그곳에서 다시 월마트 트럭을 타고 월마트의 2차 물류센터로 간다. 거기서 그 싸구려는 마침내 월마트 매장으로 넘겨진다. 매장에서 직원들이 부엌 식탁을 조립해 69달러에 팔고, 컴퓨터 책상은 59달러에 판다. 이는 실로 복잡하기 짝이 없는 사업 모델이자 휘발유 가격이 아주 낮았을 때만 효력을 발휘할 수 있는 모델이다.

월마트가 무너지는 소리를 우리 모두 듣게 될 것이다. 월마트는 지구상에서 가장 큰 회사다. 월마트는 매년 매출액이 거의 4,000억 달러에 이르며 직원만 210만 명이다. 월마트가 주춤하면 전 세계가 알아차린다. 월마트는 전 세계적으로 6,000명의 제품 제조업자들과 거래하고 있으며 그중 80퍼센트 이상이 중국에 있다. 월마트가 무너지면 중국의 제조업 역시 대혼란에 빠지게 될 것이다. 펜, 저가 의류, 가정용품과 같이 싸구려 물품을 만드는 제조업자들이 가장 큰 타격을 받을 것이다. 그렇게 많은 물량의 상품을 소화할 수 있는 나라는 미국밖에 없기 때문이다. 회사들이 파산하고, 제품 공급망이 열에 하나씩 쓰러지고, 실직자들이 급증할 것이다. 소도시에 있는 대형 유명 상점들, 마을 주민들에게 거의 모든 것을 공급했던 그 상점들 역시 문을 닫게 될 것이다. 하지만 일부 소도시는 그 어려움을 딛고 일어서서 새로 찾은 정체성을 만끽하며 월마트가 퍼트렸던 동질화의 그림자를 벗어던질 것이다.

홈디포, 로우스, 타겟, K마트 같은 소매상들도 자사 소속의 거대한 상점들을 닫아서 유령 상자의 수가 늘어나는 데 일조하게 될 것이다. 미국에서만 1만 개의 유령 상자들이 집단 세계화와 대량 상품 판촉 시대의 종말을 알리는, 썩어가는, 거대한 묘비 역할을 하게 될 것이다. 이 유령 상자들이 오래전에 끝나버린 전투를 위해 만든, 고대의 양철 벽으로 쌓은 성벽처럼 점점 조밀해지는 마을과 도시 주변을 둘러싸게 될 것이다.

월마트가 사라진
시골 마을의 미래

미국의 작은 마을들보다 월마트의 영향력이 더 극명하게 나타나는 곳은 없다. 월마트는 사실상 미국의 시골 마을들을 자사 전속 고객층으로 흡수해왔다. 시골에 사는 소비자는 닭다리 하나를 사건, 자루걸레를 사건, 망치 하나를 사건, 아마 월마트에서 쇼핑을 할 것이다. 미국의 작은 마을의 삶에 월마트가 끼친 영향은 잘 기록되어 있다. 하지만 월마트에 아부하는 낭만적인 이야기는 아니다. 아이오와 대학의 경제학자인 케네스 스톤은 월마트가 시골 지역사회에 불러온 변화를 상세히 기록해서 명성을 얻었다. 아이오와의 주요 대로들이 파괴되는 과정을 상세하게 기록한 그의 연구는 월마트의 사업 계획을 둘러싼 수많은 논쟁을 뒷받침해주는 근본 원리가 됐다. 월마트는 1982년 처음 아이오와에 쳐들어왔다. 그리고 그 후 10년 동안 아이오와 주 전역을 휩쓸었다. 스톤의 연구에 따르면 아이오와 주는 1983년에서 1993년 10년 동안 2,300개의 소매상점을 잃었는데, 그 중 37퍼센트는 식품점이었고, 43퍼센트는 남성 의류점이었고, 33퍼센트는 철물점이었다.

사실상 월마트는 이 마을들을 완전히 뒤집어놓은 것이나 다름없다. 대부분의 작은 마을들에는 한때는 5개에서 6개의 블록 내에 지은 집들로 둘러싸인 마을의 중심적인 상업 지역이 있었다. 이렇게 단순하게 설계된 마을 형태는 차가 생활의 중심이 아니었을 때 명백하게 나타났다. 그 당시에도 차가 있었겠지만 아직은 그 반짝반짝한 크롬 외장으로 우리 삶을 휘감지 않았을 때였다. 마을에는 항상 중심이자 심장이 되는 곳이 있었고 그곳을 기점으로 집들이 사방으로 뻗어 있었다. 월마트는 그 중심, 심장을 떼어내서 땅값이 가장 싸고 토지구획법이 존재하지 않는, 마을에서 몇 마일 떨어진 양철 지붕을 깐 대형 상점에 이식했다. 그러자 두 가지 일이 발생했다. 첫째로 사람들은 중심가 대신 월마트에서 쇼핑을 했고 그 때문에 중심가의 수익이 줄어들어 거기 있던 대부분의 상점들이 문을 닫게 됐다. 하지만 마을의 다른 상점들보다 월마트의 물건 가격이 평균 20퍼센트나 더 저렴했기 때문에 지역 주민들이 마을 중심가가 아니라 월마트에서 쇼핑하는 것에 대해 비난할 수는 없었다. 두 번째로 마을의 주택단지가 월마트를 향해 불규칙적으로 뻗어나가서 오래되고, 마을 한가운데에 자리 잡은 주택가와 마을에서 멀리 떨어진 오지에 자리 잡은 월마트 사이에 많은 사람들이 옮겨간 새로운 주택가가 형성됐다.

그런데 20만 평방피트 면적의 상점에서 식품과 자질구레한 장신구와 가구와 가정용품을 대량으로 판다는 아이디어는 3~40년 동안만 효력이 있었던 아이디어였다는 것이 결국에는 입증될 것이다. 하지만 월마트처럼 엄청난 영향력을 휘두르는 회사가 제대로 싸움도 한 번 하지 않고 그냥 무너지지는 않을 것이다. 월마트는 이미 다른 사업 모델을 가지고 실험을 하기 시작했다. 월마트에는 네이버후드 마켓이라고 하는 매장 부문이 있는데 이 매장은 보통 월마트 매장 크기의 4분의 1인 4만 평방피트로 큰 부지 없이 주택가에서 걸어갈 수 있는 곳에서 개점할 것이다. 월마트가 새로 개업할 매장 중 일부는 작게는 1만 5,000평방피트 크기로 마켓사이드 스토어로 불리게 될 것이다. 월마트는 미래에 대한 안목이 없는 것은 아니지만 그렇다고 강한 확신이 있는 것도 아니다. 작은 상점들이 마을 중심가 주변으로 다시 모여 들어 통합되는 동안 월마트 역시 그 일부가 되는 방법을 찾아낼 것이다. 어쩌면 월마트가 직접 마을 광장에 작은 상점들을 운영하거나 혹은 바로 중심가에 매장을 열지도 모른다. 1960년대 월마트 창업자인 샘 월튼이 그의 제국을 건설하기 시작한 초기에는 그런 식으로 매장을 경영했었다. 그러다 1970년대 들어서서야 비로소 마을 밖으로 나가서 독립적으로 운영하는 거대 매장을 전국에 널리 보급하겠다는 계획을 실행하기 시작했다. "이들은 한편으로는 1만 2,000평방피트 매장을 계획하고, 또 한편으로는 그들의 트럭이 다닐 수 있도록 멕시코에서 캐나다까지 미대륙 전체에 길을 내는 고속도로에 대한 계획을 세우고 있습니다. 이른바 양다리를 걸치고 있는 셈인데 어느 쪽으로 움직여야 할지는 아직 확신을 못하고 있는 거죠." 알 노먼의 말이다. 알 노먼은 시골 마을들이 처한 스프롤 문제와 월마트와 관련된 지역 소매상들의 고통에 대한 문제에 대처하는 법을 돕고 있는 조직인 스프롤버스터Sprawlbusters를 이끌고 있다.

월마트가 작은 마을에서 살아남고 싶다면 그들이 원하는 조건이 아니라 지역주민들이 원하는 조건에서 노력해야 할 것이다. 사람들은 월마트에서 쇼핑하기 위해 마을에서 멀리 떨어진 곳까지 걸어갔다. 미래에는 월마트가 사람들을 쫓아와서 마을 중심가로 돌아올 것이다. 시골지역에서 사멸하지 않기 위해 월마트는 지역 생산품을 판매해야 할 것이며 지역 농부들과 건축업자들과 판매상들과 협의해서 매장 선반의 물건들을 채워야 할 것이다. 그게 플라스틱 스푼이건, 고무공이건, 값싼 가구건 간에 그때는 더 이상 중국에서 대량으로 싸구려 상품을 들여올 수 없을 것이다. 우리 삶에 필요한 물건들은 다시 본래의 가치를 지니게 될 것이다. 쓰다가 언제든 버릴 수 있는 대형 옷장들과 하나에 50달러 하는 부엌 식탁은 흘러간 과거가 될 것이다. 이는 우리의 삶과 우리가 지구상에 남긴 흔적과 우리가 살고 있는 지구를 위한 긍정적인 변화가 될 것이다.

월마트가 침투한 도시 지역은 거대 매장이 망한다고 해도 그 사업을 맡아서 할 동네 상점들이 훨씬 많기 때문에 별다른 영향을 받지 않을 것이다. 모든 사람이 0.5에이커의 대지 위에 수수하게 지은 목조 가옥에서 살아간다는 교외의 이상적인 삶은 이제 종말을 고할 것이다. 유가 12달러 장에서 논했던 것처럼 그런 삶은 지금 그렇게 살고 있는 대다수의 사람들이 계속 유지할 수 없는 삶의 형태가 될 것이다. 그런 추세를 받아들인다면 소도시의 미래는 없는 것으로 속단하기 쉽다. 하지만 소도시들은 살아남을 것이다. 어떤 경우에는 오히려 번창할 것이다. 소도시에서의 삶이 모든 사람들에게 맞는 건 아니지만 그중에서도 그런 삶을 추구하고 도회지의 빠른 삶보다 소도시에서의 한가한 삶을 더 좋아하는 사람들도 있을 것이다. 그리고 수십 년 만에 처음으로 소도시에서의 삶은 우리가 오랫동안 시골 생활 하면 연상하게 되는 그런 삶과 비슷해지게 될 것이다. 기실 지금까지는 소도시에서의 삶도 수십 년 동안 규격화되고, 동질화된, 교외풍 생활양식과 별반 다를 바 없는 그런 삶이었다.

이곳에서 쓰는 물건은 주로 월마트와 그런 종류의 대형매장에서 구입한 것이다. 평범한 식품과 차별화되는 유기농 식품과 유기농 제품들은 소도시가 아니라 대도시에서 오히려 더 구하기 쉽다. 남부 중서부든 북동부든 이런 곳에서 사는 사람들은 그간 가장 질이 낮은 상업주의 문화와 접해온 것이다. 그들이 구매하는 물품은 순전히 전국적 규모의 회사들이 낮은 유가에 힘입어 자사의 저가 제품들을 미국 구석구석에 판매한다는 전략에 따라 결정돼서 그 지역까지 들어온 것이다. 하지만 고유가 시대가 되면 미국의 소도시로 들어오는 평범한 싸구려 물건들의 전성기가 끝나고, 대형매장들의 앞날에 어두운 그림자가 드리워질 것이다.

중심가로 돌아오는 소도시

고속도로와 대형매장을 향해 크게 확대됐던 도시 계획 사업을 따라 넓은 지역에 분산돼서 거주했던 작은 마을의 주민들이 자신의 조상들이 지어놓은 마을의 기반시설로 돌아오면서 상점들 역시 예전의 중심가로 돌아오게 될 것이다. 이런 상점들은 수수한 주택가와 가깝게 지내던 이웃에게로 돌아올 것이고, 기차역과 우체국 가까이로 돌아올 것이고, 생업에 좀 더 가까운 곳으로 돌아올 것이다. 이런 상점들은 더 이상 소형 쇼핑몰이 있는 거리와 고속도로 전초기지가 있는 곳 주위로 수십 마일이 되는 지역 내에 잡다하게 흩어져 있지 않을 것이다. 이들은 원래 그들이 있었던 중심가 그 자리로 돌아올 것이다.

시골 마을에서 사는 사람들 또한 거기서 일하게 될 것이다. 의사들, 교사들, 정비사들, 배관공들, 목수들, 가정법 전문 변호사들, 경찰관들, 소방관들, 이들은 시골 마을에 살면서 그곳 주민을 위해 일하게 될 것이다. 이들은 2, 3세대 전의 선조들이 하던 일과 크게 다르지 않은 일을 할 것이다. 미국의 소위 슈퍼통근자들, 즉 매일 출퇴근하는 데 두 시간 이상을 들이는 사람들의 사연은 다시는 돌아오지 않을 과거 속으로 사라지게 될 것이다. 살기는 시골에서 살면서 일은 도시로 나가서 한다는 사고방식 역시 없어질 것이다. 이런 삶의 방식은 결코 실용적이지 않았지만 싸게 빨리 지은 주택과 가격이 너무 낮아 미래에는 공짜처럼 보이게 될 유가 덕분에 지금까지 그렇게 살 수 있었다.

과거에 시골 마을들을 번창하게 만들었던 경제적 수단들(중서부의 노동집약적 농장경영, 남쪽의 목화, 캐롤라이나 주의 담배, 서부의 산기슭에서 하는 광업)은 수십 년 동안 쇠퇴해왔고, 그런 추세는 앞으로도 지속될 것이다. 그 변화 때문에 1950년대에는 전체 인구의 36퍼센트가 살던 시골에 지금은 20퍼센트가 거주하고 있다. 우리의 소도시와 시골 마을들이 줄어든 이유는 사람들이 준 교외 지역을 선호해서 무작정 밖으로 빠져나갔기 때문이 아니라-소도시를 빠져나간 사람들이 대부분 그쪽으로 옮겨갔다-소도시와 시골에 있던 일자리들이 사라졌기 때문에 그랬던 것이다. 그리고 준 교외 지역 생활이 시골 생활과 점점 더 비슷해지면서 일자리를 얻을 기회와 도시의 삶과 동질화되는 추세 역시 점점 더 커지게 됐다. 저유가 시대에는 시골 사람들이 대도시의 변두리에 위치한 직장에 차를 타고 다닐 만한 경제적 여유가 있는가는 문제가 되지 않았다. 문제는 그렇게 출퇴근을 하느라 시간을 쏟을만한 참을성이 있는가, 그것이었다.

광업 같은 전통산업이 쇠퇴하면서 생긴 공백은 컴퓨터를 가지고 집에서 근무하는 고소득 재택근무자들이 채울 것이다. 시골 마을의 복지에 기여하지 않는 직종에 종사하는 주민들은 외부에 있는 회사와 사업체에서 생긴 소득으로 시골 마을을 보조할 것이다. 이런 사람들로는 컨설턴트들, 작가들, 그래픽 아티스트들, 회계사들이 있다. 이들은 제트기를 타거나 두 시간을 들여 통근하지 않고 인터넷에 의존해서 고객과 접촉하게 될 것이다. 인터넷 덕분에 분주한 대도시의 삶보다 아늑한 소도시의 삶을 선호하는 이런 사람들이 재택근무를 하면서 외부 자본을 끌어들이는 새로운 원천이 될 것이다. 이들은 과거에 광업과 담배산업이 시골 마을에 했던 역할을 그대로 떠맡게 될 것이다. 이들은 기술이라는 관문을 통해서 시골의 거리에 바깥세상의 부를 전해줄 것이다. 이들의 소득은 이들이 사는 곳에서 쓰이게 될 것이고, 이들은 대부분의 경우 외부로 빠져 나가지 않고 이곳에 머물러 소도시가 활력이 넘치고 세련된 곳이 될 수 있도록 기여할 것이다.

이 시골 마을로 외부에서도 여전히 상품이 들어오겠지만 한때 물밀듯이 밀려들었던 월마트의 물량공세만큼 그렇게 대량으로 들어오지는 않을 것이다. 상품 수송비가 높기 때문에 시골 마을들은 상품을 들여오는 비용을 피하려고 해도 피할 수 없게 될 것이다. 일반적인 상품 가격은 대도시의 상품 가격보다 더 높아질 것이다. 하지만 그 차이는 크지 않을 것이다. 그런 차이를 싫어하거나 감당할 수 없는 사람은 시골을 떠나 대도시로 가게 될 것이다. 남아 있는 사람들은 시골의 가치를 마음에 깊이 새기고 소중하게 생각하는 사람들이다. 이곳에서 사는 사람들은 굳은 결속력을 자랑하는 이웃들, 여러 세대에 걸쳐 물려받은 유산과 시골 마을에 대한 충성심을 특히 중요하게 생각하는 사람들이다.

그리고 상품을 들여오는 비용이 도시보다 더 많이 들기 때문에 시골 마을 주민들은 자신들이 가진 것을 한결 더 소중하게 사용할 것이다. 물건이 고장나면 일단 플라스틱으로 만든 대체용품을 사기 위해 가게로 달려가는 것이 아니라 고쳐서 쓰게 될 것이다. 모든 시골 마을에는 사업이 번창하는 중고 가게가 있게 될 것이고 필경 그 가게는 가구, 전자제품과 골동품 같은 모든 종류의 물건을 고치는 수리점도 겸하게 될 것이다. 시골 마을에서는 물건을 수리하는 기술자, 맥가이버 같은 재주를 가진 사람의 몸값이 높아질 것이다. 바로 아래블록에 사는 밥이 100달러만 주면 고쳐주는데 운송비용까지 포함해서 비싼 새 온수기를 살 필요가 없지 않겠는가? 진공청소기도 새로 사지 않고 고쳐 쓰게 될 것이다. 시골 마을에 사는 기술자들은 바빠질 것이고, 이들이 기여한 덕분에 이곳의 지역 공동체는 채 30마일도 떨어지지 않은 월마트에서 파는 싸구려 대체품을 살 수 있는 동시대의 다른 시골 마을들보다 훨씬 더 지속가능한 방식으로 삶을 영위하게 될 것이다.

고유가 시대에 번창하게 될 시골 마을들은 지역 내에서 식량을 재배할 수 있는 곳들이 될 것이다. 유가 16달러 장에서 더 자세히 논하겠지만 시골 마을 주민들은 그 지역 내에서 재배한 농산물을 한층 더 많이 소비하게 될 것이다. 모든 주요 산물을 먼 곳에서 운송해 와야 하는 곳은 살아남지 못하게 될 것이다. 시골 마을의 사람들이 반은 자급자족해야 하는 시골 마을의 삶을 선호할 뿐 아니라 그 생활방식을 지키기 위해 희생할 용의가 있지 않으면 그 마을은 살아남지 못할 것이다. 살아남지 못하는 작은 마을들은 그들보다 먼저 쓰러진 월마트처럼 유령과 바람들만 떠돌다가 다시 자연의 품으로 돌아가게 될 것이다.

새로운 상업의 관문, 철도와 수로

고유가 시대에 번창하게 될 작은 마을들은 이미 유서 깊은 도심 기반시설이 제대로 자리 잡혀 있고, 거기에 기존의 철도 연결편이 있으며, 근처에 강이 있는 곳이다. 많은 작은 마을들의 기반시설과 웅장한 중심가와 석재와 벽돌을 써서 지은 시내 건물들이 그동안 버려지다시피 방치됐었다. 창문들은 닫혀있고, 난방기는 꺼져있고, 건물 가격은 거의 공짜나 다름없는 상황이다. 하지만 이런 건물들이 그다지 크게 손상되지 않은 채 남아있다면 다시 쓸 수 있고, 또 다시 쓰이게 될 것이다. 작은 마을들이 다시 한 번 시내 중심가로 모여들면서 활력을 찾게 될 것이다.

중심가와 시청과 다른 중요한 건물들이 손상되지 않은 채 그대로 남아있는 마을들은 오래된 중심가의 일부를 무너뜨렸거나 붕괴되도록 방치한 다른 마을들에 비해 우위를 점하게 될 것이다. "건물의 골격은 잘 지어놓으면 수백 년 갑니다." KPF의 건축가인 폴 카츠가 말했다. "우린 그 건물을 그대로 다시 쓸 수 있죠."

아무것도 없는 상태에서 건물을 새로 짓는 것과 비교해 튼튼한 벽돌 건물을 복구하는 것은 훨씬 더 쉽고 비용도 적게 든다. 헌 건물을 말쑥하게 보수하는 것과 완전히 새 건물을 짓는 것의 차이는 고유가 시대에 자재를 만들고, 수송하고, 건물의 형태를 만드는 데 더 많은 비용이 들어가면서 점점 더 커지게 될 것이다. 네 개의 벽과 토대와 지붕이 있는 건물은 항상 일정한 가치가 있을 것이다. 그 건물이 새롭게 중요한 위치로 부상한 시내 중심가에 있고, 그 건물과 상응하는 건물을 새로 짓는 비용이 기하급수적으로 증가하는 상황이라면 그 건물의 가치는 커질 수밖에 없다.

작은 마을의 스프롤은 그 자리에서 얼어붙을 것이며, 그 외곽은 시들어서 붕괴돼 죽을 것이다. 사람들은 몇백 년 된 건물들을 다시 보수하고, 가망이 없어 보이는 주택들을 살려낼 것이다. 그렇게 되면 작은 마을에서 새 집을 짓는 일은 도시에서 연립주택한 벽으로 연결된 2, 3층의 주택 - 역주을 짓는 것과 비슷할 것이다. 하나의 벽으로 연결된 집에서 사는 것은 도시 거주민뿐 아니라 작은 마을에서 사는 사람들에게도 에너지를 절약하는 방법이 된다. 작은 마을의 중심부는 연립주택과 아파트들이 몰려 조밀도가 올라가고, 각종 상업 활동이 몰려 활력에 넘치게 되면서 미니 도시가 될 것이다. 작은 마을에 사는 사람들은 상점과 학교에 걸어다니고 싶어 할 것이고, 좀 더 멀리 떨어진 곳, 이를테면 90분 정도 거리에 있는 도시로 나가고 싶다면 기차역까지 걸어갈 수 있는 곳에 살고 싶어 할 것이다.

철도는 주간고속도로에게 도난당했던 역할을 다시 찾게 될 것이다. 즉 승객과 화물을 실어 나르는 장거리 수송의 주인공이 될 것이다. 작은 마을의 생명줄은 이제 아스팔트가 쫙 깔린 도로가 아니라 길게 뻗은 철도 선로가 될 것이다. 에너지 비용이 높은 세상에서 살아남게 될 작은 마을들은 주요 철도 노선에 유리한 자리를 차지한 마을들이 될 것이다. 특히 시카고, 오마하, 캔자스시티와 필라델피아와 같은 철도 중심지와 곧장 연결되는 곳들이 번창하게 될 것이다. 그리고 승객을 위한 정기적인 철도 운행 서비스가 재개될 것이다. 저유가 시대인 지금도 아주 저렴한 가격으로 운반되는 화물 열차 역시 트럭과 비교해 그 비용이 미래에는 훨씬 더 내려갈 것이다. 미국의 화물 열차는 평균 1갤런당 1마일에 436톤의 화물을 배달해서 1갤런당 1마일에 105톤의 화물을 운반하는 트럭보다 4배를 더 배달할 수 있다. 이 간극은 좁혀지지 않을 것이며, 시간이 흐를수록 점점 더 커질 것이다. 철도가 현재 보유한 장점은 유가가 갤런당 3달러에서 6달러 그리고 6달러에서 12달러로 인상될수록 점점 더 커질 것이다. 유가가 1달러씩 오를 때마다 철도의 부흥은 점점 더 넓게 확대될 것이다. 최고의 철도 노선에 전략적으로 위치한 마을들이 가장 큰 이익을 볼 것이다.

이 말이 의미하는 바는 우리의 오래된 시골 마을들, 튼튼하게 지어진 오래된 건물들과 근사한 중심가와(지금은 비어 있더라도) 주요 철도 노선(원래 이들이 번창했던 이유가 바로 이 노선 때문이었을 것이다)을 보유한 마을들이 유가 14달러 시대의 승자로 부상할 것이라는 뜻이다.

이렇게 철도를 끼고 있는 마을들, 예스러운 시내 중심가와 본래부터 있었던 절경을 지닌 마을들은 종종 관광산업이라는 이익을 추가로 보게 될 것이다. 현재 일부 시골 마을에 관광객들이 찾아와서 시내에서 돈을 뿌리고 다니는 것처럼 미래에 또 다른 작은 마을들에게도 그런 일이 생길 것이다. 하지만 아무리 경치가 절경이더라도 벽지의 도로를 끼고 있는 마을은 관광객을 끌어들이지 못할 것이다. 미래에 도시에서 온 여행자들은 기차를 타고 와서 관광을 즐기고 자신의 입맛에 맞는 곳에서 묵으려 들지, 굳이 운전을 해서 오려고 하지는 않을 것이다.

철도뿐 아니라 주요 수로를 끼고 있는 마을들은 겹경사를 맞게 될 것이다. 철도보다 더 저렴하게 화물을 운송할 수 있는 유일한 방법은 물길을 이용하는 것이다. 강의 바지선은 1갤런의 휘발유로 1마일당 576톤의 화물을 운반할 수 있다. 이는 연료비 한푼 한푼에 촉각을 곤두세우게 될 미래에 아주 인상적인 수치이다. 따라서 바지선을 이용해 온갖 종류의 물건을 수송할 수 있는 곳에서는 바지선을 쓰게 될 것이다. 한때 화물들로 넘쳐났던 강가에 위치한 작은 마을들은 다시 한 번 경제적으로 큰 이득이 되는 상업의 관문의 가장자리에 자리 잡게 될 것이다.

작은 마을에서의 삶은 아주 많은 사람들에게 매력적으로 다가올 것이다. 소비자 위주의 풍조에서 생산된 자질구레한 물건들을 작은 마을에서 구입하자면 도시보다 더 많은 비용이 들겠지만 에너지 고비용 시대가 오면서 작은 마을만이 지닌 독특한 매력이 완전히 살아나게 될 것이다. 즉 근접성, 주민간의 신뢰, 편리함, 그리고 허물없는 사이 같은 것이 작은 마을의 매력이다. 자신이 먹는 음식의 산지를 정확하게 알고 싶은 사람들은 작은 마을로 오게 될 것이다. 그들이 먹는 빵은 주간고속도로를 타고 달려온 트럭에서 내린 것이 아니라 마을 근처에 있는 들판에서 키운 밀을 수확해 시내 중심가에 있는 제과점에서 구워낸 것이다. 토마토는 수천 마일 떨어진 멕시코의 한 농장에서 온 것이 아니라 마을 동쪽에 보이는 온실에서 키운 것이다. 한편으로는 취향 때문에, 또 다른 한편으로는 필요해서 일어난 유기농 운동이 작은 마을의 요리에 새로운 테마와 의미를 부여할 것이다.

전에도 큰 문제는 아니었던 작은 마을의 범죄는 남몰래 공공시설물을 파괴하거나 도둑질을 하는 일이 점점 더 힘들어지면서 역시 줄어들게 될 것이다. 작은 마을들이 점점 더 조밀해지고 걸어 다니거나 자전거를 타고 이웃끼리 왕래하는 식으로 지역 사회가 재편되고 좁아지면서 '묻지마' 범죄의 뿌리 역시 한층 더 깊이 근절될 것이다. 적은 공간에 더 많은 사람들이 살게 되면 그만큼 증인들도 더 많아지고, 친구들도 더 많아지고, 지역 사회 의식도 더 커지게 된다.

컨테이너선을 쓰러뜨릴 미 제조업의 부활

1956년 뉴어크 항구에 있는 한 화물선이 58개의 거대한 금속 상자를 실었다. 그 상자들은 각각 40피트 길이에, 폭 8피트, 높이 8피트였다. 아이디얼-엑스라는 이름의 낡고 녹슨 그 거대한 배는 5일 후 휴스턴에 도착했다. 별다른 특별한 의식 없이 그 58개의 금속 상자는 항구에서 대기하고 있던 58대의 트럭에 실려 덜컹거리는 소리를 내며 남서부 지방에 있는 목적지로 향했다. 항구에 있던 노동자들을 제외하고는 아무도 그 교역을 눈치채지 못했다. 그리고 신경 쓰는 사람도 없었다. 하지만 그 선적된 화물의 교환은 해운업과 전 세계의 교역 방식을 영원히 바꿔놓은 컨테이너 시대의 시작을 알리는 신호탄이었다. 화물 컨테이너 덕분에 화물선 위의 공간을 쉽게 사고팔고, 정리할 수 있었다. 컨테이너가 없었을 때는 여러 가지 화물들로 어질러져 어수선하던 공간이 컨테이너가 등장하면서 여러 종류의 물건을 쉽게 꾸려서 배에 싣거나 내릴 수 있도록 말끔하게 정리할 수 있었다.

화물 컨테이너가 완전한 무역 혁명을 일으키기까지는 몇십 년이 걸렸다. 기존의 항구들은 대량으로 들어오는 상자들을 처리할만한 설비가 돼 있지 않았다. 그래서 컨테이너는 별다른 위치를 차지하지 못하다가 화물을 배에 싣고, 포장하고, 정리한다는 혁명적인 발상을 이용한 뚜렷한 목적을 가진 새 항구들이 1970년대에서 90년대까지 계속 지어지면서 본격적으로 주류 세계로 입성했다. 단정하게 줄을 맞춰 정돈된 화물 컨테이너 덕분에 수많은 중소기업들이 세계의 대양을 누비는 일류 화물선들의 짐칸을 부담 없는 가격으로 전세 낼 수 있었다. 또한 화물선의 화물은 모두 컨테이너로 들어왔기 때문에 항구에 도착해도 그 짐들을 다시 꺼내서 정리해 발송할 필요가 없었고 따라서 항구에서 들어가는 인건비도 크게 절약됐다. 1959년 연구에 따르면 바다를 통해서 국제적으로 화물을 운송하는 비용의 60~75퍼센트는 화물을 선적하는 곳에서 발생한다고 한다. 즉 화물을 배에 실은 다음 이런저런 물건들로 엉망진창이 된 여행자의 여행 가방 같은 화물들을 모두 정리해서 다음 번 운송을 위해 다시 배치하는 일에 그만큼 손이 많이 갔다는 것이다. 화물 컨테이너 시대가 완전히 정착되기 전까지 국제 무역은 그다지 합리적인 사업이 아니었다.

금속 컨테이너의 효율성이 전면에 부각되면서 화물선 사업도 번창했다. 낡은 데다 강성 노조가 있는 항구들, 컨테이너가 발명되기 전의 경제 시스템에 맞춰 지어진 오래된 항구들은 효율적인 컨테이너를 사용할 수 있도록 특별히 설계된 새 항구들에 밀려 시들시들하다가 점차적으로 그 규모가 축소됐다. 뉴욕, 리버풀, 뉴어크가 밀려나고 시애틀, 홍콩, 롱비치 같은 신흥 세력들이 선두에 나서서 40피트 크기의 금속 컨테이너 위주로 지어진 항구를 운영했다.

컨테이너선을 살펴보면 그 자체가 거대한 야수 같은 경이로운 산물이다. 컨테이너선은 1,100피트 길이에 폭이 140피트에 달하며 화물은 100퍼센트 컨테이너로 구성된다. 갑판 위에 놓인 이 컨테이너들은 많게는 가로 18줄, 세로 7층 높이로 늘어서 있고, 갑판 아래에는 더 많은 컨테이너들이 8층 높이로 쌓여 있다. 일반 컨테이너선에는 대략 3,000개의 컨테이너를 실어 총 화물 무게가 10만 톤에 달한다. 각 컨테이너에는 40톤의 물건이

들어간다. 화물의 규모는 방대하지만 컨테이너선에는 고작 20명의 선원이 타서 자본주의의 떠다니는 요새를 세계 이쪽에서 저쪽으로 실어 나른다. 이 컨테이너선들이 부두로 다가가면 200피트 높이에 2,000만 파운드가 넘는 무게를 자랑하는, 팔이 여러 개 달린 거대한 크레인이 즉시 작업을 시작한다. 이 크레인의 팔들은 그 거대한 컨테이너선들에 닿을 정도로 길고, 파나마 운하보다 더 넓은 110피트 정도의 반경 내에서 작업을 할 수 있다.

화물 컨테이너는 그 뛰어난 효율성으로 세계 경제를 정복했다. 화물 컨테이너 덕분에 막대한 양의 상품이 최소한의 인건비를 들여서 이 나라에서 저 나라로, 이 대륙에서 저 대륙으로 운송될 수 있었다. 컨테이너 덕분에 오마하에 있는 기계 제조업자와 관련해서 중국 남부에 공장이 지어졌다. 화물 컨테이너가 세계 무역을 완전히 접수하는 데 수십 년이 걸렸지만 이 컨테이너는 현재 전 세계적으로 중요한 모든 시장에서 완전히 자리를 잡았다. 컨테이너의 분류 방법 덕분에 미국은 30년 전에 수입했던 다양한 물건의 4배를 수입할 수 있게 됐다. 지난 15년간 회사들이 저렴하고 쉽게 구할 수 있는 노동력을 찾아 중국, 대만, 베트남과 같은 나라로 눈길을 돌리면서 미국 제조업의 마지막 요새들이 해체되고 문을 닫게 됐다. 국제적인 사업의 현재 경로는 숲속으로 사람들이 지나다니면서 낸 길처럼 전 세계를 향해 무한정 뻗어나갔다.

저렴한 물건을 찾아 해외로 현금을 보내는 패러다임이 우리 경제 속에 깊게 각인됐다. 이미 앞에서 살펴본 것처럼 그 모델 덕분에 월마트의 사업이 번창할 수 있었다. 이 모델 덕분에 우리 옷장은 각종 허섭스레기들로 가득 차게 됐다. 이런 모델을 없애는 것은 쉽지 않을 것이다. 세계의 주요 경제가 이 컨테이너 메커니즘과 이를 사용하는 우리의 복잡한 시스템 위주로 구축됐다. 유가가 6달러로 오른다고 해서 제조업자들이 다시 북미 해안으로 노를 저어 돌아오지는 않을 것이다. 8달러나 10달러로 올라도 그런 일은 일어나지 않는다. 그보다 더 강한 충격이 필요하다. 대격변이 일어나야만 그런 일이 일어날 것이다. 그런데 그 격변이 지금 다가오고 있다. 무역 전쟁이나 관세나 세금의 형태가 아니라 유가 14달러의 모습으로 다가오고 있다. 갑자기 제조업자에서 소비자 간의 물리적 거리가 노동자의 임금만큼이나 중요하게 될 때 세계 시장과 그에 얽힌 복잡한 문제들이 모두 해결될 것이다.

2000년 유가가 미 대부분의 지역에서 1갤런당 1달러 50센트 주위를 맴돌았을 때 상하이에서 뉴욕까지 40피트 컨테이너 하나를 선적하는 비용은 3,300달러였다. 2005년 유가가 2달러 50센트에 근접했을 때 같은 컨테이너를 선적하는 비용은 5,100달러였다. 2008년 봄 유가가 1갤런당 3달러 50센트였을 때 중국에서 미국의 동부 해안으로 같은 컨테이너를 보내는 비용에 8,350달러가 들었다. 유가가 1갤런당 5달러가 되면 그 금속 컨테이너를 뉴욕까지 보내는 비용은 1만 달러가 될 것이고, 8달러가 되면 컨테이너 한 대의 해상운임으로 1만 5,000달러가 나가게 될 것이다. 이는 중국에서 오는 물건에 15퍼센트 관세를 붙이는 것과 같다고 토론토에 있는 CIBC 월드 마켓의 수석 경제학자이자 전략가인 제프 루빈은 말한다. "세계화는 역행할 수 있습니다." 루빈은 또 이렇게도 말했다.

루빈의 말이 맞다. 유가가 모든 것을 좌지우지할 것이다. 관세 15퍼센트를 부과하면 해외에서 제품을 조달하는 회사들의 이문이 크게 줄어든다. 이문이 가장 큰 상품들, 그러니까 이런 상품들은 그 정교함과 복잡함에 있어서 볼펜보다는 한 단계 차원이 높은 상품들로 전동 도구, 가전제품, 휴대폰 같은 것들인데 이런 제품에 들어가는 값싼 중국의 노동력을 제압하려면 15퍼센트 관세 이상의 더 강력한 뭔가가 필요하다. 저기서 제조해서 여기서 판다는 시스템이 이미 미국 경제에 깊숙이 뿌리내렸다. 현재 실시하고 있는 중국 생산 모델은 보수 관리 외에 자본 비용이 거의 들지 않는다는 고유의 이점이 있는 반면, 제조업을 다시 북미로 옮기게 되면 처음부터 다시 운송경로를 설정해야 한다는 문제뿐 아니라 공장 생산 라인을 새롭게 짓고, 완전히 다른 직원들을 교육시켜야 할 뿐 아니라, 광저우에 있는 직원들보다 훨씬 많은 월급을 줘야 하는 문제가 따라온다.

하지만 그 관세가 25퍼센트를 넘게 되면 많은 제조회사들이 아시아에서 다시 고향인 북미로 대거 돌아올 것이다. 그 관세는 유가 14달러란 형태로 찾아올 것이다. 그 시점이 되면 이윤은 모두 컨테이너선의 연료비로 없어지게 된다. 상하이에서 동부 해안의 항구까지 금속 컨테이너 5,000개를 운반하는 컨테이너선의 연료로 1만 3,000톤이 들어간다. 유가가 4달러였을 때는 그 연료가 1톤에 550달러로, 즉 그 배는 연료비로 7,200만 달러를 소비한다는 뜻이 된다. 유가가 14달러로 오르면 같은 컨테이너선의 연료비는 근 3,000만 달러에 육박하게 될 것이다. 유가가 14달러가 되기 전에 많은 제조업자들이 작업 라인 중 일부를 다시 북미에 재배치하기 시작하겠지만, 유가 14달러란 가격은 아시아에서 북미로 제조업이 대대적으로 빠져나오는 전환점이 될 것이다. 누구든 옮길 생각이 있다면 그때 옮기게 될 것이다.

그렇다고 모든 회사가 옮기지는 않을 것이다. 중국과 다른 아시아 경제는 그 나름대로 거대한 소비 시장으로 부상했다. 시간이 흐를수록 그들의 영향력은 점점 더 커져서 자국 땅에서 만든 제품을 점점 더 많이 소화할 수 있게 될 것이다. 하지만 미국 시장에 주력하는 제조업자들은 다시 미국과 멕시코와 캐나다로 눈길을 돌리게 될 것이다.

미국 제조업의 르네상스

미국 도처에 있는 작은 마을들은 제조업이 고향으로 돌아오면서 다시 운이 트이게 될 것이다. 네브래스카의 드윗 같은 곳은 2008년 어윈 공구 공장을 중국으로 뺏겼고, 사우스캐롤라이나 주의 윗마이어는 양말 제조 회사인 렌프로를 같은 해에 중국에 잃었고, 콜로라도 주의 파오니아는 차코 샌들 공장을 역시 같은 해인 2008년 중국에 빼앗겼다. 하지만 이 마을들은 모두 직업과 자본과 자긍심을 다시 찾게 될 것이다. 회사들이 철도로 대량의 원료를 들여오고, 완제품이 든 수천 개의 상자를 내보내는 편을 선호할 것이기 때문에 주요 철도를 보유한 마을들은 고국으로 돌아오는 공장을 손에 넣을 가능성이 가장 크다.

스프롤버스터의 창립자인 알 노먼은 몇십 년 전에 뉴저지에서 통근 열차를 탈 때 자주 봤던 표지판을 회상하며 웃었다. "그 표지판에는 이렇게 쓰여 있었죠. '트렌턴이 만들면, 세계가 산다.'" 그는 회상에 잠겼다. 그 표지판은 제조업의 중심지였던 트렌턴의 위상을 표현한 것이었다. "트렌턴은 지금은 중국의 심천에 있죠. 하지만 원래 있어야 할 곳으로 다시 돌아오게 될 겁니다. 고향으로 돌아오는 거죠."

뉴욕 타임스의 칼럼니스트인 토머스 프리드먼은 간단하게 '세계는 평평하다'라고 선언해서 베스트셀러 작가가 됐다. 하지만 유가 14달러 시대가 되면 지구는 다시 둥글어질 것이다. 전 세계적으로 멀리까지 복잡하게 얽혀 있는 관계의 거미줄을 푸는 데 오랜 시간이 걸릴 것이다. 그 과정에서 대양 항로의 교통량이 줄어들게 될 것이다. 무역 적자도 줄어들 것이다. 지금처럼 우리 상표에 매번 붙어 다니던 중국산이란 딱지도 서서히 사라지게 될 것이다. 컨테이너 경기가 시들해지면서 우리에게는 한산해진 주요 항구와 배들과 국제 기반 시설이 남게 될 것이다. 이런 항구들 중 일부는 짧은 시간 안에 북적였던 것처럼 금세 한산해질 것이다. 중국 남부에 있는 심천항은 15년 전만해도 천지가 논이었다. 그런데 그 항구가 지금은 세계에서 세 번째로 번화한 항구가 됐다. 하지만 유가 14달러 시대가 되면 전 세계에 있는 컨테이너들이 갈 곳이 없어 차곡차곡 쌓이면서 철도 중심지와 항구와 물류센터의 숨통을 틀어막게 될 것이다. 이 주름진 수백만 개의 컨테이너들이 공룡 같은 신세가 되어 롱비치와 시애틀 항구에서 하는 일 없이 빈둥거리게 될 것이다. 결국 고철 덩어리가 되어 I자형 대들보, 자동차 문, 식품 통조림이 될 것이다. 우리는 국제 무역을 그만두지는 않겠지만 지금처럼 마음 내키는 대로 화물을 이곳저곳으로 실어 나르는 일은 역사 속으로 사라지게 될 것이다. 만약 우리가 중국에서 뭔가를 수입한다면 그럴만한 아주 중요한 이유가 있을 것이다.

제조업이 소생하게 되면 미 경제로서는 두 가지 장점이 생긴다. 한 가지는 누가 보든 명백한 장점으로 직업이 더 많이 창출되고, 고용 안정성이 늘어나며, 해외로 빠져나가는 돈이 줄고, 이론적으로 정부 세원이 늘어난다는 것이다. 두 번째 장점은 보는 사람의 시각에 따라 부정적일 수도 있고 긍정적일 수도 있는데, 저렴한 물건이 줄어든다는 점이다. 미국인들은 싼 물건을 좋아한다. 우리는 식료품점에 가서 2달러를 주고 깡통 따개를 사는 일을 즐긴다. 3달러에 옷걸이 20개를 사는 것도 좋아한다. 우리는 홈디포나 로우스에 가서 7달러를 주고 나사돌리개를 10개씩 사거나 조절이 가능한 렌치 3개 한 세트를 4달러에 사면서 흐뭇해한다. 중국산 물건이 들어오기 전에는 물건을 사는 데 지금보다 돈이 더 많이 들었다. 그 증거로 우리는 지금처럼 물건을 많이 사들이지 않았다. 지금은 집게 하나나 부엌에서 쓰는 도구를 하나 잊어버리면 대충 찾아보는 척하다가 곧장 뛰쳐나가 잃어버린 물건을 새로 사들인다. 그러다 시간이 흐르면 잊어버렸던 물건이 다시 나오고, 그렇게 해서 같은 물건을 두 개씩 가지게 된다.

저렴한 운송비와 저유가를 통해 중국이 우리 사회를 진정한 일회용 사회로 만든 것이다.

중국제 싸구려가 전보다 적게 들어온다고 해서 우리의 삶이 정말로 고통스러워질까? 아마 조금은 그럴지도 모른다. 그리고 미국의 중하층이 가장 큰 영향을 받을 것은 확실하다. 월마트와 중국이 수입이 낮은 사람도 살 수 있는 물건들에 대한 환상을 키웠다. 하지만 제조업이 미 해안으로 돌아오면서 가장 큰 혜택을 입게 될 계층 역시 중하층에 속한 육체노동자들이다. 지난 25년간 그들의 직업 기반은 끊임없이 잠식돼서 상류층(대부분 세계화의 소득을 거머쥘 수 있었던 사람들)과 중산층(그야말로 소득이 적은 직종에 종사하는 사람들) 간의 간극이 계속 커졌다.

싸구려 물건 덕분에 미국은 차고 3개가 딸린 4,000평방피트 면적의 집을 갈망했다. 그 많은 방에 채울 물건들이 필요했던 것이다. 미래에는 주택의 크기가 줄어들고, 조밀해지면서, 방의 수도 줄어들게 될 것이다. 집이 줄어드는 변화 하나만으로도 월마트에서 파는 일회용품 목록에 가해지는 압력이 늘어나면서 월마트의 멸종을 재촉하게 될 것이다. 수도 없는 포장에, 끝도 없이 나오는 박스에, 플라스틱 장식품에, 자질구레한 소품까지 중국에서 오는 물건의 반은 그들이 만들어내는 물건을 장식하거나 포장하는 데 쓰이는 것 같다. 고가의 운송료와 줄어드는 주택 크기라는 두 가지 압력 때문에 우리는 실제로 오래 보관하게 될 물건들만을 원하고 가치를 둘 것이다.

유가 14달러가 끼칠
긍정적 영향

세계화가 쇠퇴하면서 우리 벽장을 꽉 채웠던 물건들은 줄어들고, 쓰레기통도 반만 차고, 매립지가 채워지는 속도 역시 줄어들게 될 것이다. 우리 일상에서 세계화의 역할이 줄어들게 되면서 지구에 미치는 우리의 영향 역시 줄어들게 될 것이다. 정부에서 그런 변화를 주도하지 않는 한 순전히 환경을 보호하겠다는 이타적인 목적만으로 광범위한 사회활동에서 인간이 자신의 행동을 자제할 수 있었던 적은 한 번도 없다. 현 세계에서 우리가 버리는 쓰레기 비용은 아직까지는 우리 삶에 큰 부담이 되지 않았지만 앞으로 그럴 시대가 올 것이다.

고유가 시대가 되면 쓰레기 수거 비용이 거침없이 올라가면서 그 비용을 줄이는 여러 가지 방법들을 채택해 쓰레기를 덜 배출하게 될 것이다. 우리는 쓰레기를 버리는 데 과도한 에너지를 투입하고 있다. 우리 사회는 전국의 모든 거리와 골목과 동네에 거대한 쓰레기 수거 트럭을 보내기 위해 휘발유를 연소시키고 있으며, 쓰레기를 수거한 다음에는 수거한 곳에서 종종 수십 마일 떨어진 매립지까지 그 트럭을 몰고 가는 데 또 연료를 소비하고 있다.

미국에는 도시에서 운행되는 버스보다 두 배나 많은 17만 9,000대의 쓰레기 트럭이 있다. 이 쓰레기를 운반하는 괴물 차량들은 평균 1갤런당 2.8마일을 간다. 쓰레기 수거 트럭의 평균 속도는 10mph로서 연소 기관으로서는 믿을 수 없을 정도로 비효율적인 속도를 내고 있지만, 쓰레기 수거 트럭의 업무 성격을 고려해보면 어쩔 수 없는 일이다. 쓰레기 수거 트럭은 평균 1년에 8,600갤런의 디젤유를 소비하고 있다. 실로 무시무시한 양이 아닐 수 없다. 미국의 모든 쓰레기 수거 트럭의 연료비를 합치면 미국에서 사용되는 디젤유의 4퍼센트, 즉 총 15억 갤런의 연료를 소비해서 해외로 빠져나가는 연료비가 수십 억 달러에 달하는 것으로 추산된다.

미래에는 쓰레기 트럭의 연료비도 다른 모든 에너지 비용처럼 좀 더 꼼꼼하게 다뤄질 것이며, 인간의 독창성을 발휘해 그 비용을 줄일 것이다. 유가 14달러 시대에는 상품 포장은 최대한 간소하게 하고, 쓰레기통의 크기도 줄이고, 지금처럼 마음 내키는 대로 내버리지 않고, 하나를 버려도 신중하게 버릴 것이다. 지구를 위해 그렇게 노력하는 것이 아니라 한 푼이라도 더 아끼기 위해 그렇게 노력하게 될 것이다. 하지만 결과적으로는 지구에 좋은 일이 될 것이다.

우리의 물질세계를 만드는 물질들

플라스틱이건, 나무건, 금속이건 모든 물질은 고유가 시대에 그 가격이 훨씬 더 올라갈 것이다. 광석, 석유, 통나무, 석탄, 설탕 같은 원료를 철도나 도로나 배로 운송하려면 원유가 필요하다. 그래서 유가가 인상되면 마찬가지로 모든 원료의 가격 역시 인상된다. 석유를 원료로 하는 모든 물질(아스팔트, 플라스틱, 합성 고무 같은)은 그 가격이 두 배로 올라가게 될 것이다. 그 원료들을 운반하는 데 필요한 연료비 상승과 더불어 원료에 들어가는 기초 원료들의 가격도 오르기 때문이다.

석유를 원료로 한 물질들이 우리 가정과 도로와 생활에서 쓰는 많은 물건의 원료가 되고 있다. 다행히 이런 물질의 대부분은 이미 사용하는 대체물질이 있기 때문에 유가가 오르면 한때는 석유를 원료로 한 상품들이 주도적이었던 시장에서 이 대체 물질들이 경쟁력을 가질 수 있게 될 것이다.

석유를 원료로 한 상품들은 무궁무진하다. 우유통에서부터 세탁 세제와 마스킹 테이프, 향수, 마스카라, 핸드 로션, 선크림, 침낭에 들어가는 절연재와 소파에 놓는 쿠션과 컴퓨터 케이스에서 연필에 달린 지우개와 펜의 잉크까지 헤아릴 수 없을 정도다. 이들 중 일부는 계속 석유에서 뽑아낸 플라스틱이나 액체 상태로 쓰게 될 것이며, 단지 그 가격만 올라갈 것이다. 그렇다한들 50센트 하던 볼펜이 1달러 50센트가 된다고 해서 경제가 무너지지는 않는다. 대신 우리는 한 때는 한 번 쓰고 버리다시피 하던 이런 물건들을 사거나 버릴 때 좀 더 신중해지게 될 것이다. 하지만 큰 변화가 일어나는 물건들도 있다.

만약에 집 주인이 건축 청부인이나 주택 검사관에게 지붕을 갈아야 할 때란 무서운 통보를 받았다고 치자. 새로 지붕을 이는 소재로 그동안은 대부분 아스팔트 지붕널을 썼다. 석유를 원료로 한 지붕 이는 재료인 아스팔트는 가격이 저렴하다는 큰 장점이 있다. 그보다는 좀 더 고급 재료인 알루미늄, 아연 철판, 구리, 슬레이트, 삼나무 목재 같은 것들과 비교했을 때 아스팔트 지붕널의 가격은 아주 낮았다. 아스팔트 지붕널은 공짜는 아니지만 공짜나 다름없었다. 만약 누군가에게 당신의 집 지붕을 다시 이는 비용으로 5,000달러를 지불했다면 그 비용의 대부분은 인건비로 들어간 것이다. 아스팔트에 필적하는 금속 지붕은 모양도 좋고, 장점도 아스팔트보다 훨씬 많지만 아스팔트보다 4배나 비싸다. 또한 금속으로 지붕널을 이면 75년은 거뜬히 쓸 수 있다지만 대부분의 사람들은 그 정도까지 오래 내다보고 물건을 사지는 않는다.

유가 14달러 시대에 아스팔트 지붕은 금속 지붕만큼 비용이 많이 들진 않겠지만 가격 차이가 현저히 줄어들 것이다. 10년이나 12년 간격으로 아스팔트 지붕을 가는 수고를 덜고 싶은 사람이라면 프리미엄으로 50퍼센트를 더 내고 금속 지붕을 이는 것이 그렇게 터무니없게 느껴지지 않을 것이다. 금속 지붕은 한 번 사서 공사하면 그걸로 끝이다. 게다가 금속 지붕은 부피가 큰 아스팔트 지붕 무게의 20퍼센트밖에 나가지 않아서 벽과 트러스와 들보에 그만큼 압력을 덜 주게 된다.

지붕 재료로만 보면 아스팔트 지붕널은 막대한 양의 쓰레기를 배출한다. 새로 아스팔트 지붕을 해 넣을 때 이전에 쓰던 아스팔트 지붕은 들어내게 되는데, 매년 미국의 매립지에 200억 파운드의 아스팔트 지붕널이 버려진다. 단지 한 해에 나온 그 쓰레기만 모아서 4만 파운드의 쓰레기통에 넣어 일렬로 세우면 뉴욕에서 로스앤젤레스까지 갔다가 다시 뉴욕으로 돌아오고도 남아서 시카고까지 그 쓰레기통 줄이 뻗게 될 것이다. 그리고 쓰레기 폐기 비용이 점점 더 오르면서 낡은 아스팔트 지붕을 처리하는 것에도 상당히 큰 돈이 들게 될 것이다. 집주인이 아스팔트 지붕 재료가 가득 찬 쓰레기통 하나를 비우는 데 현재는 500달러 정도 들지만 유가가 14달러가 되면 그 비용은 거의 3,000달러에 달할 것이다. 반면 금속 지붕은 기존의 아스팔트 지붕 위에 그대로 갖다 붙일 수 있다. 유가가 12달러를 넘으면 낡은 아스팔트 지붕들이 미 전역에서 속출하게 될 것이다. 유가가 14달러에 가까워지면 중상층과 상류층이 사는 주택가로 알루미늄 지붕이 대거 몰려들 것이다. 그 주택가들은 곧 알루미늄 지붕 일색으로 바뀌어서 위성사진으로 보면 하나 같이 검은색 아스팔트 위주였던 지붕들이 나중에는 초록, 빨강, 그리고 반짝거리는 은색 금속으로 변하게 될 것이다. 금속 지붕을 이는 것은 한 세대 전에 미니밴을 사거나 혹은 몇 세대 전에 컬러텔레비전을 사는 것처럼 처음에는 부자들만 할 수 있는 신기하고 진귀한 일이었다가 나중에는 동네 주민 대부분이 따라하게 될 것이다. 금속 지붕은 내구성이 뛰어난 것 외에도 장점이 많다. 유가가 두 자리 수에 진입하면서 미 전역에서 에너지 절약 운동이 거세질 것이다. 절연 방법을 고려해볼 때 지붕 재료로 쓰기에는 최악인 아스팔트 지붕과 비교해서 금속 지붕은 자외선과 열을 반사하기 때문에 여름에는 집을 시원하게 해주고 겨울에는 집을 따뜻하게 해준다.

아스팔트에 대한 집착

우리는 살아가면서 도로에 깔린 아스팔트와 자주 접하게 된다. 아스팔트 도로 위로 운전하고, 그 위로 자전거를 타고 가고, 그 위로 걸어가고, 아스팔트 공사를 한 지 얼마 안 됐을 때는 냄새를 맡기도 한다. 아스팔트는 등유, 휘발유, 디젤유를 모두 걷어내고 정제통의 바닥에 남은 탁한 타르질의 찐득찐득한 물질이다. 섭씨 150도의 고온에서 점도가 높은 액체 상태로 유지되며 어떤 물건에도 바를 수 있다. 이 액체에 콩만한 자갈들을 넣고 섞어서 식혀 건조시키면 우리가 가는 곳 거의 어디서나 볼 수 있는 검고, 단단하고, 저렴한 콘크리트가 된다. 아스팔트는 미 도로의 94퍼센트에 달하는, 약 400만 마일을 덮고 있다.

인류는 쉽게 접착하는 아스팔트의 특성 때문에 수천 년간 아스팔트를 써왔다. 바빌로니아 인들은 BC 625년경 자국의 매장지에서 채굴한 검은 아스팔트로 포장한 도로를 만들었다. 로마와 그리스인들(단단하고 안정적이라는 뜻으로 그들이 사용한 아스팔토스란 학명이 현재 우리가 쓰는 아스팔트란 말의 어근이 됐다)은 아스팔트를 사용해서 방수가 되는 욕조와 수도와 저수지를 만들었다. 월터 롤리경^{영국의 군인이자 탐험가이자 시인 - 역주}은 1595년 트리니다드^{서인도 제도 최남단의 섬 - 역주}에 있는 천연 아스팔트 매장물을 써서 배의 이음매를 채워 물이 새지 않게 했다. 현재 공법과 비슷한 공법을 써서 처음 아스팔트로 포장한 미국의 도로는 1870년 뉴저지 주의 뉴어크 시청 앞 도로였다. 에드먼드 데스멧이란 벨기에 화학자가 뜨거운 아스팔트에 모래와 자갈을 섞어서 길 위에 붓고 밟아 단단한 도로로 만드는 방법을 고안해냈다. 데스멧은 그 다음에 새로운 방법으로 좀 더 지명도가 높은 거리인 워싱턴 D.C의 펜실베이니아 애비뉴백악관에 이르는 길 - 역주를 포장했다.

로라 잉걸스 와일더초원의 집을 쓴 작가 - 역주는 1894년 부모님과 함께 마차를 타고 토피카미국 캔자스의 주도 - 역주를 여행하다가 생전 처음 아스팔트를 봤다. 그녀는 그 경험을 이렇게 묘사했다.

"도시 한복판의 땅이 검은 물질로 덮여있었는데 그것 때문에 마차 바퀴 소리도 나지 않았고, 말발굽 소리도 잘 나지 않았다. 그건 타르 같았는데 아빠는 분명 타르가 아니라고 하셨고, 고무 같기도 했지만 고무는 아주 비싼 물건이니 고무일 리도 없었다. 우리는 실크 드레스를 입고 주름진 양산을 든 숙녀들이 남성 동반자와 함께 거리를 걸어서 건너가는 모습을 지켜봤다. 숙녀들의 하이힐이 그 물질이 덮인 곳을 밟자 밑으로 움푹 들어갔는데, 우리가 보고 있는 중에 그 움푹 들어간 부분이 천천히 올라오더니 다시 평평해졌다. 그 물질은 마치 살아 있는 것 같았다. 마법 같았다."

지금 우리에게는 아스팔트가 마법처럼 느껴지지는 않는다. 제한된 천연 매장량을 사용하기보다 석유 정제 과정을 통해 쉽게 조달할 수 있기 때문에 아스팔트는 어떤 인공물질보다도 더 흔한 물질이 됐다. 아주 멀리까지 미치는 아스팔트로 만든 검은 혈관은 휘발유로 움직이는 미국의 산업이 매끄럽게 전국을 질주할 수 있도록 도왔다. 아스팔트는 필요한 곳이라면 궁벽한 오지든, 산길이든, 또는 먼지 깔린 중심가든 가릴 것 없이 모두 길들여왔다. 결국 석유 양동이에 남은 찌꺼기가 여러모로 차와 트럭 엔진이 빨아들이는 값비싼 석유만큼이나 중요한 존재가 됐다. 하지만 고유가 시대에는 아스팔트 역시 비싼 상품이 될 것이다. 아스팔트 가격은 원유 가격과 정련소의 사업과 연동되어 있기 때문에 유가가 오르면 아스팔트 가격 역시 껑충 올라서 메인에서 플로리다와 워싱턴 주의 기반시설 프로젝트들을 방해하게 된다.

2001년 아스팔트 1톤에 50달러를 지불했던 도시와 지방자치체들은 2008년 아스팔트 1톤에 100달러를 지불하게 되자 전형적인 여름 공사철 동안 할 수 있는 많은 일들을 못하게 됐다. 뉴저지 주 버겐 카운티 같은 곳은 원래 주 예산에 따르면 32마일의 도로를 포장해야 했는데 23마일밖에 하지 못했다. 사우스다코타 주의 레이크 카운티에서는 5마일 도로 재포장 공사 예산으로 44만 2,000달러를 책정했는데 입찰 가격으로 15만 달러가 더 나와서 공사를 연기했다. 테네시 주의 교통부는 대개 1년에 2,500마일의 고속도로를 포장한다. 하지만 2008년에는 간신히 1,600마일을 포장했다. 네브래스카 주의 홀 카운티에서는 치솟는 아스팔트 가격 때문에 포장을 하지 않고 자갈을 깐 길을 사용하기로 했는데 이런 일은 앞으로 몇십 년 동안 미국의 농촌 지역에서 계속 일어날 것이다. 운전자들도 이 같은 변화를 눈치챘다. 2008년 여름 AAA^{미국 자동차 협회 - 역주}는 다른 해와 비교해 펑크 난 타이어의 비율이 13퍼센트 증가했다고 보고했다.

유가가 4달러일 때 아스팔트 업계에서 일어난 문제는 사회 전반에 파급되었다. 도로에 전보다 더 많은 구멍들이 눈에 띄게 늘었을 뿐 아니라 앞으로 다시 아스팔트로 포장하게 될 가능성도 줄어들었다. 유가가 4달러일 때도 포장을 제대로 하지 못한다면 유가 14달러 시대에는 어떤 일이 벌어질까? 대부분의 주요 도로는 콘크리트로 포장하게 될 것이다. 콘크리트 가격은 현재 아스팔트 가격보다 다섯 배나 높지만 수명이 수십 년 더 길고, 기온 변화에 따라 얼었다가 녹으면서 도로를 크게 손상시키고 겨울에 수많은 구멍이 생기는 아스팔트보다 기온에 훨씬 덜 민감하다. 추가 비용에 대한 선견지명이 있는 북부 도시들에서 콘크리트의 인기가 올라갈 것이다. 남부에서는 아스팔트의 적이 자외선밖에 없기 때문에 계속 아스팔트 도로를 고수할 것이다. 결국 미국 포장도로의 총 주행 거리는 매년 줄어들 것이며 그러다 대도시 지역의 주요 도로에만 정기적으로 아스팔트 포장 관리를 하게 될 것이다. 한 해에 수십 마일씩 도로를 포장하는 시골 소도시들은 앞으로는 시내 중심가만 중점적으로 관리하게 될 것이다. 중요성 면에서 상대적으로 가치가 떨어지는 일부 고속도로는 폐쇄되고, 남아도는 주간고속도로의 갓길 역시 폐쇄될 것이다. 통행료를 받는 고속도로 역시 도로 포장상태를 계속 유지할 수 있을만한 수입이 유지되지 않으면 폐쇄될 것이다.

앞으로는 지금처럼 대규모로 자동차를 이용하는 비율이 축소될 것이기 때문에 일부 도로를 폐쇄하는 결정 역시 쉽게 할 수 있을 것이다. 우리가 도시로 이사 가고, 자동차를 타고 봐야 할 일들의 우선순위를 정해서 자동차 사용 빈도를 줄여가고, 집에서 가까운 곳은 걸어가서 장을 보게 되면 유가 14달러 시대에는 지금보다 운전거리가 50퍼센트 줄어들게 될 것이고, 결과적으로 사용되지 않는 포장도로가 늘어날 것이다. 그중 일부는 폐쇄돼야 한다.

모든 원자재 시장의 개편

도로와 지붕만 상승하는 유가에 영향을 받는 것이 아니다. 석유를 재료로 한 물건은 대개는 천연 재료를 사용하는 다른 물건들과 경쟁하게 될 것이다. 유가 14달러 시대에는 어떤 재료를 썼건 모든 원료의 가격이 상승할 것이다. 예를 들면 미국 실내 공간의 70퍼센트를 덮고 있는 카펫은 대개 나일론, 아크릴, 폴리프로필렌 혹은 폴리에스테르로 만든다. 이 카펫 섬유 소재는 대개 합성 SB 라텍스, 폴리우레탄, 혹은 폴리염화비닐로 보강된다. 이 모든 물질은 석유를 원료로 해서 만든 것이다. 그러니 유가가 인상되면 카펫은 어떻게 될까? 카펫 역시 인기가 떨어질 것이다. 이미 예전의 인기를 조금씩 회복하고 있는 경재_{활엽수를 재료로 한 단단한 목재 – 역주}가 우리의 바닥을 더 많이 덮게 될 것이다. 미래에 카펫은 삼으로 만든 섬유, 양모, 마닐라삼 섬유_{바나나 플랜트의 사촌격인 섬유}, 남미의 용설란 농장이나 양식장의 수중에서 자라는 거머리말의 질긴 특성을 잘 이용해서 만든 사이잘삼으로 만들게 될 것이다.

부엌의 세련된 주방용 조리대는 코리안이나 에폭시를 채워 만든 실리스톤 같은 인조 아크릴 고형소재보다는 그 지역에 있는 석재를 써서 만드는 추세로 나아갈 것이다. 메타볼릭스 미렐처럼 천연재료를 써서 만든 플라스틱이 미래에는 점점 더 많이 출현해서 자연에 대한 플라스틱의 부담을 줄이고 석유 거래에 의존하는 비중 역시 줄어들게 될 것이다. 지금 있는 플라스틱은 한때 금속을 보존해서 재활용했던 것처럼 적극적으로 재활용하게 될 것이다. 기업가들은 재활용한 플라스틱에 대한 수백 가지의 새로운 용도를 찾아냄으로써 석유를 원료로 한 플라스틱을 좀 더 오래 쓰게 해서 매립지와 플라스틱 쓰레기 섬과 같은 곳으로 가는 쓰레기의 양을 줄일 것이다.

아스팔트 외의 건축 자재들은 건물을 짓는 지역의 특성에 맞춰 결정될 것이다. 전반적인 재료 비용에서 건축 자재를 운반하는 비용의 비중이 점점 높아지면서 그 지역에서 생산되는 재료들의 가치가 한층 더 높이 평가

될 것이다. "재료에 대해 두 가지 중요한 질문이 제기될 겁니다." 라고 마리 앤 라자루스는 말했다. "그 재료가 얼마나 먼 곳에서 오느냐, 그리고 그 재료를 운반하는 데 얼마나 많은 비용이 들 것이냐?"

대형 건축 회사인 HOK에서 지속가능성 부문 국장으로 재직 중인 라자루스는 유가가 10달러에 이르면 건축업자들이 건물을 지을 때 사용하는 재료에 대해 다시 한 번 심각하게 재고하기 시작할 것으로 예상한다. 그녀는 또 유가가 14달러가 되면 '게임의 판도가 변할' 것이라고 말한다. "분명한 것은 그 지역에서 생산되는 재료가 으뜸이 될 것입니다."

예를 들면 세인트루이스는 거대한 진흙 지층을 깔고 앉아 있기 때문에 지역 산업으로 벽돌을 제조하고 있다. "세인트루이스 시내에서 오래된 지역을 걸어다니다 보면 구하기 쉽다는 이유로 벽돌로 지어진 건물이 얼마나 많은지 금방 볼 수 있습니다. 앞으로는 점점 더 많은 건축업자들이 그런 식으로 생각하게 될 겁니다." 라자루스가 설명했다. 그런 맥락에서 중서부의 재목저장소에서 물품을 조달하는 사람들은 앞으로는 단면 2x4의 미송을 보게 될 일이 지금보다 줄어들 것이다. 로키 산맥 서부에서 자라 오리건, 워싱턴, 브리티시컬럼비아에서 베어내 미 전역으로 공급되는 미송은 앞으로는 서부를 떠나는 일이 없게 될 것이다. 남부의 소나무는 계속 남부와 중부 대서양과 중서부 지방에 머물러 있게 될 것이다. 100년도 훨씬 넘은 과거에 우리가 그 지대의 처녀림을 황폐화시킨 후로 무성하게 자라던 중서부 북부와 뉴잉글랜드의 숲은 다시 한 번 세심하게 조절해서 벌목해 그 지역 내에만 목재를 공급하도록 관리할 것이다.

건축 자재는 유가가 14달러에 이르렀을 때 우리 물질세계에서 일어날 변화의 도미노 중 하나일 뿐이다. 야단스럽게 물건을 포장하는 일 또한 과거사가 될 것이다. 매장 안에 있는 많은 물건들이 미래에는 가격표나 바코드 외에는 아무것도 달지 않을 것이다. 요약해보면 고유가 시대에도 여전히 하늘을 날아다니게 될 비행기는 금속보다는 가벼운 탄소 섬유로 만들어지게 될 것이다. 차 역시 강철보다는 알루미늄으로 만든 가벼운 차체와 탄소 섬유를 재료로 쓰게 될 것이다. 박테리아와 유기화합물을 원료로 해서 번식시킨 플라스틱, 재생 가능한 공급 원료가 시장에서 확고히 자리 잡아 석유를 원료로 한 기존의 플라스틱을 밀어내게 될 것이다. 신문 배부가 중단되면서 산더미처럼 쌓이는 신문 폐지도 없어지게 되고, 신문에서 볼 수 있던 정보는 인터넷 웹상의 각종 포털에서 찾아보게 될 것이다. 재활용이 크게 증가할 것이다. 좀 더 작아진 가정용 쓰레기통이 등장할 것이고, 전국적으로 예전보다 크기가 더 커진 재활용 수거함이 보급될 것이며, 전 사회적으로 현재와 비교해 인구 1인당 배출하는 쓰레기량이 75퍼센트 줄어들게 될 것이다. 그리고 전 세계에 걸쳐 저렴한 일회용품 물질주의의 횃불과 같은 존재였던 월마트는 소멸될 것이다.

1갤런당 16달러

초밥의 종말

$16.00/GALLON

강력한 엔진을 단 어선을 타고 바다를 누비며 이 거대한 물고기들을 잡는 비용 또한 올라가고, 이미 높을 대로 높은 가격을 유지하고 있는 신선한 참치 가격까지 보태면 대부분의 소비자들은 더 이상 참치를 즐기지 못하게 될 것이다. 초밥의 정체성 자체가 흔들리게 될 것이다. 초밥의 기본이자 왕으로 초

아직 새벽 5시도
안 됐다. 우리는 조금 남은 흐릿한 커피를 한 번에 마셔버리고 빈 컵을 보
트 뒤편으로 던졌다. 그리고 함께 하나, 둘, 셋을 외치면서 배를 밀고 가
다가 배가 물에 젖는 순간 곧바로 배 위로 뛰어올랐다. 나무들이 죽 늘어
선 지평선에 태양이 막 떠올라 흐릿한 빨간 신호등 불빛 같은 햇살을 사방
에 흩뿌렸지만 강가에서 가물가물 피어오르는 아침 안개가 햇살을 가렸
다. 지금 기온은 섭씨 15도지만 정오가 되기 전에 30도로 올라갈 것이다.
우리가 탄 배는 100년 전 이 지역의 골짜기 채석장에서 가져온 석회석으
로 만든, 지금은 무너져 가는 토대 위에 세운 다리 밑을 조용히 지나가고
있었다.

"이봐요, 준비됐수?" 오리온 브리니가 배 뒤편에서 물었다. 특별히 어느
한 사람을 지정해서 물어본 건 아니다. 그보다는 아침에 통상적으로 하는
인사와 같았다. "좋아, 이제 슬슬 시작해보지." 브리니는 자문자답했다.

브리니는 어부에 어울리는 이름과 용모를 지닌 남자다. 거친 중서부 지

방의 농부와 단련된 뉴잉글랜드 어부의 외모적 특징을 골고루 갖춘 데다 큰 체격에, 짙은 갈색 수염을 기르고, 가슴 바로 밑까지 올라오는 노란색 고무로 만든 작업복을 입고 있었다. 브리니는 바다에서 항해하지 않는다. 그는 생선에 대한 세계적 수요를 쫓아 미국의 한가운데서 일하고 있다.

우리는 피오리아 북쪽에서 30마일 떨어진 일리노이 강의 잔잔한 아침 물결 위를 둥둥 떠다니고 있었다. 이곳에서 국제적으로 중요한 영향력을 지닌 것은 대기업인 중장비 제조 회사 캐터필러의 본사뿐이다. 하지만 저유가 덕분에 전 세계적인 수요를 쫓아 여기 브리니의 30피트 크기 알루미늄 보트에서 던진 그물을 일리노이의 얕은 강물에 담글 수 있게 됐다.

브리니가 150마력의 야마하 선외 엔진이 달린 보트의 시동을 걸자 요란한 소리로 휘발유를 빨아들이면서 우리는 서서히 강 북쪽으로 올라갔다. 입을 여는 사람은 하나도 없었다. 제레미 피셔^{어부라는 뜻}라고 이름을 붙여준 그의 의붓아들은 사냥감을 기다리면서 배 앞쪽에 앉아있다. 그는 강가에 불어오는 아침 바람과 연신 이는 물보라에도 끄떡하지 않고 끈질기게 담배를 피우고 있었다. 상류로 몇 마일 더 올라간 후 브리니는 보트의 속도를 늦추고 보트 뒤쪽에 있는 벤치 위로 올라가 물길을 살펴봤다. "여긴 아무것도 없어. 지난주에 갔던 곳을 한번 가보자." 피셔가 고개를 끄덕여 동의하면서 우리는 다시 속도를 높였다.

브리니는 배를 조종해서 조용한 뒤쪽 만으로 간 후에 다시 속도를 줄였다. 이제 피셔와 브리니는 둘 다 서서 물속을 찬찬히 훑어보고 있었다. "그렇지, 여기 있네. 왼쪽으로 300야드 위쪽에 떼거리로 모여있군." 브리니가 말했다.

"그러네요, 저기 보이네요." 피셔도 맞장구쳤다.

하지만 아마추어인 내 눈에는 아무것도 보이지 않았다. 피셔는 분명 별게 없어 보이는 물결을 가리키면서 물 밑의 물고기들 때문에 저렇게 물결이 치는 거라고 말했다. 그것도 아주 많은 물고기들 때문에. 피셔가 가리킨 물결이나 그 앞쪽에 무심하게 치는 물결이나 별반 달라 보이지 않았지만 브리니와 피셔 부자는 큰 건을 하나 잡았다고 확신하고 있었다. 브리니는 배를 조종해 그 물고기 무리 옆으로 1,000야드쯤 떨어진 곳으로 가서 약 700야드 크기의 긴 그물을 물속으로 던지기 시작했다. 이 부분의 수위는 3피트에서 4피트밖에 안 된다. 브리니는 그 다음으로 이제 물고기 떼 뒤로 갔다. 그리고 속도를 높여 길게 지그재그를 그리며 물고기 떼 속으로 들어갔다. 아까 던져놓은 그물의 절반쯤 되는 곳으로 보트가 들어갔을 때 물고기 떼가 눈에 들어왔다. 모노필라민트 그물 속에 잡힌 물고기들이 요동을 쳐서 보글보글 물거품이 일고 있었다.

　브리니는 보트를 조종해 혼란스럽기 그지없는 그물의 바로 머리 쪽으로 올라갔다. 그리고 피셔와 브리니는 두 손으로 그물을 잡아당겨 상당히 많은 양의 물고기가 든 그물을 들어올렸다. 그들은 그 큰 물고기들을 잡아올려 배의 한가운데 던졌다. 30분쯤 지나자 배는 통나무만한 크기의 펄떡대면서 피를 흘리는 물고기들로 꽉 찼다. 배 안을 돌아다니려면 3피트 높이로 쌓인 물고기들을 밟고 다녀야 할 판이었다.

　그리고 다시 40분이 지난 후에 만선이 되자 브리니는 몇 마일 남은 상륙 지점을 향해 뱃머리를 돌렸다. 5톤이나 되는 물고기 무게로 한껏 무거워진 배는 만의 진흙투성이 바닥을 슬쩍슬쩍 스치면서 나아갔다. 태양은 이미 하늘 한가운데서 쨍쨍 비치고 있었고, 강의 물안개는 걷힌 지 오래였다. 브리니는 강폭이 한껏 넓어지는 부분으로 갔을 때 보트의 속도를 높였다. 이때부터 상황이 묘해지기 시작했다.

　갑자기 우리가 탄 보트가 공격을 받았다. 거대한 물고기들이 강의 수면으로 글자그대로 폭발하듯이 뛰어올라서 보트를 향해 뛰어들었다. 멍하니 배에 타고 있던 사람들은 40파운드나 되는 거대한 물고기들에게 한 방 맞으면 그대로 뻗어버릴 것 같았다. 브리니는 보트를 전속력으로 몰아 뛰어오르는 물고기 떼를 피할 수 있었다. 물고기들은 배를 향해 뛰어올랐다가 다시 물속으로 떨어졌다. 하지만 배가 회전하거나 좁은 수로를 지나느라 속도를 줄일 때면 물고기들이 따라와서 다시 맹렬하게 공격을 가했다. 그러다 대여섯 마리나 되는 물고기들이 배로 뛰어들면서 그중 한 마리가 피셔의 등을 때려 피우던 담배를 뱉게 만들었다. 다행히 이놈은 50파운드짜리가 아니라 7, 8파운드 정도 나가는 가벼운 물고기였다. 매일 브리니와 피셔는 일리노이 강에서 이런 물고기를 한 부대 잡고 난 후 그 다음에는 잡은 물고기들의 친척 무리를 피해 육지로 돌아가야 한다. 그 펄쩍펄쩍 뛰는 물고기들은 우리 보트가 자기 친구들로 가득 찬 것을 모르고 있다. 믿거나 말거나 생물학자들과 일반 통념에 따르면 물고기들은 모른다고 했다.

이 물고기들은 아시아 대두어^{잉어과의 민물고기 - 역주}다. 이들의 서식지는 원래 이곳이 아니다. 이들은 중서부의 큰 강들을 포위해서 물소와 청어무리와 배스^{농어의 일종 - 역주}와 같은 터줏대감들을 몰아내고 그들의 서식지를 차지했다. 처음에는 미시시피와 아칸소의 메기 어장 경영자들이 그들이 경영하는 어장에서 급성장하는 조류를 조절하기 위해 이 대두어를 북미로 데려왔다. 양쯔 강과 같은 중국 강에서 태어난 이 조류 포식자들은 1993년 미시시피 강이 범람하면서 메기가 살던 못으로 뛰어들었다. 그때만 해도 몇 마리 되지 않던 이 물고기들은 미시시피 강에서 플랑크톤을 게걸스럽게 먹어치우고 매년 봄 산란을 해서 그 수가 폭발적으로 증가했다. 1998년 이 물고기들은 미시시피 강의 지류인 일리노이 강까지 가서 진흙이 많고, 평온한 이 강에서 튼튼하게 자랐다.

지나가는 배에서 나는 모터 소리에 놀란 잉어들은 수면 위로 높이뛰어 올랐고, 가끔은 글자 그대로 배에 타고 있던 승객들을 때려서 물속으로 떨어지게 만들기도 했다. 일리노이 강에서 수상 스키를 타는 일은 매우 위험해졌다. "마치 물속에서 팝콘이 튀겨져 나오는 것 같다니까요." 일리노이 천연자원부의 생물학자인 스티븐 셜츠의 말이다. 팝콘도 아주 양이 많은 팝콘이다. 천연자원부는 일리노이 강에서 5,600만 파운드의 아시아 잉어들이 수영을 하고 있다고 추산했다.

대부분의 사람들에게 이 물고기들은 성가신 환경 재앙일 뿐이지만 브리니와 다른 몇몇 사람에게 이 물고기는 홍콩에 사는 사람이 일리노이 강에서 잡은 잉어로 만든 생선 수프를 먹을 수 있을 정도로 저렴한 원유의 힘으로 원활하게 돌아가는 세계 시장에 참여할 수 있는 일생일대의 기회를 제공하고 있다. 피오리아 주변에 사는 사람들은 이 물고기의 납작한 머리와 작은 눈이 징그럽다고 생각해서 먹지 않는다. 하지만 많은 아시아인들에게 이 물고기는 진미로 간주된다. 이 점을 처음 알아차린 사람은 마이클 스카퍼였다. 그는 시카고 서쪽에서 150마일 떨어진 미시시피 강가에 있는 마을인 톰슨에 스카퍼 양어장을 가지고 있다.

스카퍼는 브리니가 잡은 물고기를 1파운드당 20센트에 사서 창자를 제거하고, 깨끗이 씻은 후, 가시를 발라내서 전 세계로 판매한다. 이 복잡한 전 과정-메기 양어장 주인들이 이국적인 잉어를 키우다가 환경 재앙을 만든 후에, 그 물고기를 브리니가 잡고, 그 잡은 물고기들을 스카퍼가 사서 속을 파내고 다듬어서 선적하는 과정-은 저렴한 휘발유라는 한 가지 요인 덕분에 실행될 수 있었다. 이 이야기는 우리의 음식과 그 기괴하고 머나먼 원산지를 둘러싼 흥미로운 전설 중 하나일 뿐이다.

철저히 일리노이 주 경계선 안으로 제한된 브리니의 사업은 화석 연료 덕분에 생겨난 좋은 연구 소재이다. 브리니는 매일, 대개는 일주일 내내 새벽 3시에 일어나서 그물을 챙기고 보트를 차 뒤에 매달고 두 시간이 넘게 북쪽으로 달려 일리노이 강으로 간다. 그 다음에 거대한 선외 모터가 달린 배를 타고 미친 듯이 기름을 소비하면서 강 위를 달린다. 그리고 물고기를 잡아서 배에 싣고 다시 강기슭에 도착하면 거대한 쉐비 실버라도에 10만 파운드의 생선을 싣고 다시 90분을 달려 톰슨에 있는 스카퍼의 양어장으로 간다. 그 양어장에 물고기를 내려놓고 그는 다시 트럭과 보트를 끌고 3시간을 달려서 집으로 간다. 그가 모는 트럭은 항상 1년 안에 10만 마일을 달리고, 가끔은 9개월 내에 그 주행거리에 달하기도 한다. 브리니의 년 수입은 많게는 30만 달러까지 되지만, 그의 삶은 1갤런당 4달러가 못 되는 유가로 유지되는 고된 삶이다.

이제는 스카퍼의 입장에서 한 번 살펴보기로 하자. 중서부 북부에서는 잉어 같은 물고기는 음식이 아니라 환경에 피해를 주는 쓰레기로 간주된다. 그런데 그가 브리니가 잡은 고기를 모두 사들일 수 있는 이유는 팔기 힘든 물고기에 대한 시장을 개척했기 때문이다. 스카퍼는 뉴욕, 시카고, 로스앤젤레스, 밴쿠버와 같이 북미 대륙의 곳곳에 있는 아시아 시장으로 그가 사들인 잉어를 운송할 수 있는 냉장 트럭 대대에 자금을 투자했다. 그는 미국의 서해안까지 꽉꽉 채운 채 왔다가 중국해에 돌아갈 때는 대개 텅 빈 채로 돌아가는 수백만 대의 컨테이너 덕분에 발생한, 중국으로 가는 낮은 운송비를 최대한 이용했다. 이제 전 세계 사람들이 바다를 보려면 족히 1,000마일은 넘게 가야 하는, 육지로 둘러싸인 일리노이 주의 강에서 우연히 키우게 된 아시아 잉어로 만든 생선 수프를 즐기게 됐다. 그리고 애초에 그 잉어가 북미에 올 수 있던 유일한 이유 역시 저렴한 유가 덕분이다. 북미 대륙 전체에 걸친 매장으로 그들이 키우는 비릿한 생선들을 실어 나르던 남부 지방의 메기 어장 주인들이 어쩌다 보니 또 저렴한 유가 덕에 아시아에서 싸게 잉어를 구해올 수 있었으니 말이다.

값싼 기름이 구축한 식품 네트워크

브리니의 이야기가 그 성격상 독특하긴 하지만 발생 배경으로 볼 때 이와 비슷한 이야기는 많다. 현재 세계의 식품망에 대한 독특한 점은 아주 많다. 현재 세계적으로 어떤 나라의 인건비는 터무니없을 정도로 높고, 또 어떤 나라의 인건비는 어이없을 정도로 낮다. 모든 시장의 인건비를 따져보는 이유는 세계 시장을 탄력적으로 만들 수 있는 운송비가 놀랄 정도로 저렴하기 때문이다. 예를 들면 노르웨이 해에서 잡은 대구를 얼려서 중국으로 보내면 거기서 아주 낮은 보수를 받는 노동자들이 그 대구의 창자를 들어내고, 가시를 발라낸 후, 포장한다. 그렇게 멋지게 변신한 대구는 다시 고향인 노르웨이의 슈퍼마켓으로 돌아가서 자국의 바다에서 잡은 고기를 먹는다는 사실로 스칸디나비아인들의 기분을 유쾌하게 만들어준다. 감귤로 유명한 스페인 해안에 있는 대형 식품도매상에 아르헨티나 산 레몬들이 수천 개의 노란색 병정처럼 선반 위에 일렬로 도열해 있는 동안, 스페인의 레몬들은 지역 감귤 과수원의 땅바닥에서 썩고 있다. 뉴질랜드가 남반구에 찾아온 겨울과 악전고투를 벌이는 동안 키위를 재배할 수 있는 이탈리아는 뉴질랜드의 대표적인 과일인 키위의 세계 최고 수출업자가 됐다.

거미줄처럼 복잡하고 때로는 부조리하게 얽혀 있는 세계의 식품망을 재편성하는 일은 치솟는 유가가 벌이는 마지막 묘기 중 하나가 될 것이다.

지금으로서는 표준이자 한없이 복잡해진 식품 네트워크를 개조하려면 아주 중요한 계기가 필요할 것이다. 그 계기가 바로 유가 16달러이다. 농업부터 시작해서 모든 것이 바뀔 것이다. 그 변화는 생선과 가축 같은 것에 영향을 미친 후 유제품과 다른 동물성 식품으로 옮겨갈 것이다. 주로 수입하는 데다 화석연료로 만드는 비료 역시 변화될 것이다. 우리는 더 이상 원유를 먹지 않게 될 것이다. 모든 상품의 가격이 분명 인상될 것이다. 하지만 이런 가격 인상 덕분에 전에는 수입하는 것이 훨씬 더 저렴했던 밀을 이제 직접 키우게 될 것이다.

브리니와 피셔에게는 안 된 일이지만 육지로 둘러싸인 일리노이 인들에게 값싼 잉어 살코기에 대한 세계 시장의 문은 닫힐 것이다. 휘발유와 연계해서 저렴해진 외국의 땅과 노동력과 경쟁하느라 활개를 펴지 못했던 지역 식품이 다시 번성하게 될 것이다. 새우를 좋아하는 미국인의 식성 때문에 새우 양식을 하느라 아시아 동남부의 습지대가 오염되는 일은 이제 없을 것이다. 연어를 즐겨먹는 유럽인들 때문에 한때 순결했던 칠레의 해안선이 연어 양식장에서 나오는 수백 만 톤의 쓰레기로 더럽혀지는 일도 앞으로는 없을 것이다.

초밥의 종말

초밥보다 더 요리의 시대와, 복잡하게 얽힌 세계화된 식품네트워크의 본질을 더 잘 밝혀주는 요리도 없을 것이다. 초밥은 물론 일본에서 수세기에 걸쳐 생선을 보존하는 토속적인 방법에서 시작돼 세계적인 수산업의 질서를 다시 세운 막강한 세력으로 발전된 일본 요리다. 초밥 덕분에 셀수 없이 많은 백만장자들이 탄생했고, 전혀 어울리지 않는 사업 파트너들

사이에 거래가 이뤄졌고, 새로운 해양 연구가 진전됐다. 또한 초밥 때문에 해적과 밀수와 국제적으로 복잡한 관료 절차가 탄생했다. 초밥이 세계적인 인기를 얻으면서 초밥은 일본 문화의 가장 큰 상징이 됐다. 한때는 초밥을 먹으면 도시의 부유층으로 간주됐지만 지금은 그냥 좀 감각 있는 부류 정도로 치부되고 있다. 초밥이 모든 나라에서 주류 문화로 부상하지는 않았더라도 분명 독특하고 세련된 문화라는 이미지 획득에는 성공했다.

일본이 세계 초밥 위계 체제에서 최고의 지위를 점하고 있는 것처럼, 초밥의 세계에서 독보적인 위상을 점하고 있는 생선이 하나 있다. 레스토랑에 간 손님들은 메뉴에 나온 모든 요리와 모듬회에 나온 회를 다 맛볼 수 있겠지만 초밥 레스토랑의 정체성을 대표하는 생선은 단 하나, 바로 마구로다. 마구로는 참치다. 그리고 초밥 마니아들이 최고로 치는 참치는 바로 참다랑어다. 하와이산 참치도 아니고, 꽃도미도 아닌 참다랑어야만 한다. 물결 모양의 반투명한 지방과 섬세하게 씹히는 맛이 있는 참다랑어는 세계에서 가장 인기가 높은 생선이다. 참다랑어를 쫓아다니는 카우보이들은 이 물고기를 잡아서 다시 육지로 오기까지 큰 위험을 무릅써야 한다. 그 이유는 항상 매사가 그렇지만 돈 때문이다. 거의 1,000파운드에 육박하는 야생 참다랑어는 세계 수산 시장 중에서도 뉴욕 증권 거래소급에 해당하는 츠키지 수산시장에서 한 마리에 10만 달러에 거래된다.

한 곳에 머물러 있지 않고 서식지를 옮겨 다니는, 근육질의 이 참다랑어는 바다에서 잡은 지 1주일 내에 먹어야 그 신선한 맛을 가장 잘 음미할 수 있다. 참다랑어 추적은 극히 비현실적인 일이다. 참치들은 억만장자인 사교계 명사들이 그러는 것처럼 번식력이 왕성한 데다 떼로 몰려다니면서 몇 주 만에 수천 마일을 이동한다. 1950년대와 60년대 일본 인구가 증가하고, 마구로에 대한 일본인들의 수요가 급증하면서 북태평양 해역을 정기적으로 왕복하는 일본의 참치부대는 와해되는 수준에 이르렀다. 수요가 공급을 앞지르면서 일본에서 마구로의 가치는 하늘 높은 줄 모르고 올라갔다. 일본을 넘어선 국제 해역에는 더 많은 참다랑어가 있지만 배로는 제시간에 멀리 떨어진 곳에서 시장까지 그 섬세한 생선을 가져올 수 없었다.

이 퍼즐을 푸는 첫 번째 조각은 바로 토론토에 있는 세계적인 참치 시장이었다. 웨인 맥알파인은 1971년 일본 항공사의 화물 지부에서 일하고 있었다. 그는 일본 소비자들을 대상으로 한, 가치가 높은 캐나다 수출품목을 찾아보라는 업무지시를 받았다. 일본 항공의 화물 수송기들은 수천 톤의 전자제품과 카메라와 기계를 북미 시장에 내리고 고국으로 돌아갈 때는 종종 화물칸이 텅 빈 채로 돌아가기 일쑤였다. 비행기를 이렇게 한 방향으로만 이용하는 것은 수익성이 떨어지는 일이었다. 일본항공의 경영진은 점점 커져가는 무역 수지의 흑자를 소비할 준비가 된 일본 소비자들을 위해 일본으로 항공 수송할만한 가치가 있는 물건을 절실하게 찾고 있었다. 맥알파인은 지나가는 말로 상사들에게 매년 노바스코시아에서 열리는 기이한 참치 낚시 대회에 대해 언급했다. 이 대회에서는 수십 대의 보트들이 낚싯대와 얼레를 가지고 바다로 나가 거대한 북대서양의 참다랑어들과 전투를 벌였다. 가장 큰 참치를 낚은 낚시꾼은 시시한 상 하나를 가지고 집으로 돌아온다. 맥알파인도 조금 이상하게 생각하고, 일본에 있는 그의 상사들에게도 흥미를 불러일으킨 것은 바로 그 낚시 행사에서 참치의 무게를 재고 난 후에 벌어지는 일이었다. 대회를 조직한 사람들은 불도저와 굴착기를 이용해 거대한 구덩이를 판 다음 그 대회에서 잡은 참치들을 모두 거기에 묻어버렸다. 그들은 분명 그 참치들을 원하지 않았던 것이다. 그때 북미 사람들은 참치의 붉은 살을 별로 좋아하지 않았다. 어부들에게 참치는 거대하고, 빠르고, 잡기에 재미있는 물고기였지만 참치 살을 팔 수 있는 유일한 시장은 1파운드당 몇 센트 하는 동물 사료 시장뿐이었다.

맥알파인이 그 일을 언급한 지 채 1년이 못 돼서 거대한 북부의 참다랑어가 얼음에 재워진 채로 동부 해안에서 도쿄까지 일본 항공의 화물칸에 실려 왔다. 큰 참치 한 마리를 잡는 어부는 1만 5,000달러 혹은 그 이상을 벌었다. 뉴잉글랜드 어촌 마을들은 참치 대박을 쫓는 새로운 어부들로 가득 차서 북적이기 시작했다. 대서양의 참치를 일본으로 실어 나르는 첫 번째 선적이 시작된 후 20년 동안 참치 낚시꾼들에게 지불하는 참치 값은 무려 1만 퍼센트가 올랐다. 이제 일요일에 대서양에서 잡힌 참다랑어는 수요일에 도쿄의 점심 식사에 오른다.

이와 유사한 참치 마니아들의 열망이 오스트레일리아의 포트링컨, 멕시코의 엔세나다에서 지중해의 스페인, 프랑스, 이탈리아, 키프로스, 터키와 리비아의 사업과 같이 전 세계에 있는 항구 마을들에 두루 영향을 미쳤다. 도쿄는 아직도 참치 시장의 중심으로 최고급 참치는 대부분 이곳에서 거래된다. 하지만 참다랑어 수요는 뉴욕, 로스앤젤레스, 상하이, 런던, 케이프타운과 같이 전 세계 구석구석에 있는 도시에서 나오고 있다. 참다랑어가 배회하는 곳이라면 그곳이 어디든 항상 어부들의 목표가 되고 있다. 저렴한 제트기 연료와 남아도는 항공 화물 공간 덕에 태어난 신선한 참치 시장은 진정 전 세계적인 규모로 성장했다. 참치는 결코 잡힌 곳에서 가까운 식당으로 갈 운명이 아니었다. 그 이동 경로는 참치가 참치 식도락가들의 입속에 들어갈 때까지 끝나지 않고 이어졌다.

연료비가 상승하면서 영공 역시 이전보다 덜 혼잡해질 것이다. 항공화물 공간 역시 점점 더 줄어들면서 텅 빈 화물칸과 함께 부담 없이 이용할 수 있었던 항공 화물 운임 역시 사라지게 될 것이다. 유가가 1갤런당 16달러를 넘으면 항공 화물 운임이 5배 이상 뛰어올라 전처럼 항공 화물을 이용할 수 없게 될 것이다. 한때는 살코기 값의 15퍼센트도 못 미치던 500파운드 참치 한 마리를 운송하는 비용이 그때는 50퍼센트 이상 껑충 뛰어오를 것이다. 넉넉한 화물칸이 있는 비행기 덕분에 전 세계적으로 연결되었던 참치 시장은 붕괴될 것이다. 거기다 강력한 엔진을 단 어선을 타고 바다를 누비며 이 거대한 물고기들을 잡는 비용 또한 올라가고, 이미 높을 대로 높은 가격을 유지하고 있는 신선한 참치 가격까지 보태면 대부분의 소비자들은 더 이상 참치를 즐기지 못하게 될 것이다. 초밥의 정체성 자체가 흔들리게 될 것이다. 초밥의 기본이자 왕으로 초밥 세계를 지배했던 참다랑어는 현금화할 수 있는 전 세계적인 상품의 지위에서 물러나게 될 것이다. 진정한 부유층은 여전히 참다랑어의 아랫배 부위인 토로의 입에서 살살 녹는 맛을 만끽할 수 있겠지만 대부분의 사람들은 다시 참치를 먹는다고 해도 정기적으로 그 독특하게 불그스레하면서 반투명한 참치살의 광채를 보는 일은 없을 것이다.

참치, 그리고 방어, 뱀장어와 진귀한 야생 연어와 같은 신선한 생선을 얹은 초밥 소비는 이 물고기들의 자연적인 서식지 근처에 있는 곳으로 제한될 것이다. 지중해 연안의 식당을 찾아오는 손님들은 몇 세기 동안 쭉 그래왔던 것처럼 참치 떼가 일 년에 한 번씩 근처를 지나갈 때마다 참치를 맛볼 수 있을 것이다. 북동부에 있는 사람들도 마찬가지다. 하와이의 소비자들은 지역 품종인 아히 참치를 계속 먹을 수 있겠지만 시카고에서 장을 보는 사람들은 1파운드에 20달러 하던 아히 참치를 더 이상 슈퍼마켓 선반에서 보지 못하게 될 것이다. 1파운드에 20달러라면 지금으로 봐선 아주 높은 가격 같지만 미래에는 거저나 진배없이 느껴질 것이다.

초밥 레스토랑은 레스토랑의 주 품목인 신선한 생선의 가격이 폭등하면서 대대적으로 줄어들 것이다. 이런 물고기들의 자연적인 서식지에서 멀리 떨어진 곳에서 가까스로 살아남은, 몇 안 되는 초밥 레스토랑은 식도락가들만을 위한 곳으로 아주 비싼 곳이거나 아니면 인공으로 만든 게살, 양식한 연어와 꽝꽝 얼려 놨다가 익히거나 튀긴 생선으로 구성된 메뉴에 주로 의지해서 운영하게 될 것이다.

다가오는 세계화된 수산물 시장의 종말에 밝은 면이 있다면 그것은 전 세계의 물고기 집단, 특히 참다랑어, 도미, 대구, 연어 같이 급격히 줄어드는 어종이 피해를 회복하고, 재생해서 다시 살아날 기회를 얻게 된다는 점이다. 지난 50년간 바닷물고기의 근 50퍼센트가 고갈된 것으로 현재 추산되고 있다. 전 세계의 참다랑어 어업은 이미 붕괴 직전까지 왔다. 참치가 가장 자주 가는 지역인 북대서양, 지중해 연안, 오스트레일리아, 남태평양의 참치 어획량은 지난 20년 동안 절반 이상 줄어들었다.

약 50파운드 정도 나가는 어린 참치를 바다에서 그물로 잡아 어장에서 크게 키우는 이른바 참치 어장이 전 세계 참치 시장이 지속적으로 돌아갈 수 있는 윤활유 역할을 했지만 이 경제 모델은 이미 지속적인 효과가 없는 것으로 나타났다. 또한 대부분의 경우 이렇게 키운 물고기들은 여전히 시장으로 가게 된다는 데 문제가 있다. 그리고 참치 어장은 성장해서 번식의 주체가 되어야 할 어린 참치들을 바다에서 몰아내면서 결과적으로 참치 떼의 고갈 속도를 앞당겼다. 참치에게는 다행스럽게도 고유가 덕분에 이 참치 어장의 참치가 머나먼 시장에 갈 수 없게 되면서 현재 우리가 아는 형태의 참치 어장 시대는 종말을 맞이하게 될 것이다.

이제 남은 유일한 문제는 참치의 멸종과 유가 인상 중 무엇이 먼저 일어날 것이냐는 점이다. 참치의 생존은 에너지 가격 대 전 세계적으로 줄어드는 물고기 집단의 경쟁에 달려 있다. 결국에는 일어나게 될 거대한 유가 인상 시기가 늦춰질수록, 더 오랫동안 참치 어업이 지속돼서 어쩔 수 없이 참치 어종의 붕괴가 가까워질 것이다. 초밥의 미래에 대한 시나리오는 두 개가 존재한다.

[1]

향후 5년간 유가가 소폭으로 인상돼서 우리는 세계의 어업이
무너질 때까지 비교적 자주, 저렴하게 초밥을 먹을 수 있을 것이다.

[2]

향후 5년간 유가가 급격히 인상돼서 어업을 구하고 따라서 미래 세대는
특별한 경우이긴 하지만 마음껏 참다랑어를 먹을 수 있게 될 것이다.
이 경주는 아직도 진행 중이다.

고유가 시대에 떠오르는 지역 농장

농부인 팀 풀러는 토양의 건강에 관한 한 상당한 전문가이다. 그는 보통 사람이 모래와 진흙을 구별할 수 있는 것처럼 건강한 토양과 죽은 토양을 구별할 수 있다. 풀러는 또한 수십 년에 걸쳐 진행된 산업화한 농업 때문에 대부분의 북미 지역의 토양이 영양학적으로 거의 파산 상태에 이르렀다는 것도 알고 있다. 이 흐늘흐늘한 토양에서 매년 곡물이 자라는 유일한 이유는 아낌없이 치는 비료 덕분이다. 비료는 인구 성장의 열쇠가 됐다. 비료 없이는 인류가 살아남을만한 충분한 식량을 생산하지 못했을 것이다. 그리고 현 세계 대부분의 물질이 그러하듯이 비료는 대부분의 사람들이 생각하는 것보다 훨씬 더 석유와 밀접한 관련이 있다.

풀러는 한쪽 무릎을 꿇고 흙 속에 두 손을 파묻고 그가 단정하게 열을 맞춰 키운, 무럭무럭 자라고 있는 양파들 속으로 들어온 잡초를 파냈다.

그는 작물들 속으로 들어온 그 침입자를 손으로 튀겨버리고 색이 바랜 모자를 벗고 벗겨져가는 머리를 문지르며 생각에 잠겼다. 그러다 퇴비를 넉넉하게 준 흙처럼 갈색으로 얼룩진 손가락으로 마치 카펫 세일즈맨이 자랑스럽게 자신의 물건을 다독거리는 것처럼 흙을 부드럽게 다독거렸다.

"지금 하는 말이지만 우리가 여기 처음 왔을 땐 이 흙속에 생명체라곤 단 하나도 없었어요." 그가 말했다. 그는 일어서서 다시 모자를 쓰고 삼면으로 그의 농장을 둘러싸고 있는 콩의 바다를 가리켰다. "이런 식이었죠. 대량으로 경작하고, 일 년에 3번씩 제초제로 융단 폭격을 가해서, 불모의 토양인 상태였죠." 그는 지금 그의 농장을 둘러싼 것 같은 대대적인 기업식 농업을 경멸했다. 이렇게 기업식으로 농업을 할 수 있도록 만들어줬지만 동시에 토양을 망친 장본인이 세인트루이스에 본사를 두고 있는 몬산토<small>미국의 곡식 종자와 비료를 생산하는 대기업 - 역주</small>라는 것은 명백했다. 풀러는 2001년부터 이 작은 토지를 개간해서 지역 소비자들과 식당에 공급할 농산물을 재배하고 있다. 지칠 대로 지친 이 땅의 토양을 소생시키기 위해 퇴비와 거름과 건조시킨 당밀을 써서 경작하는 데 2년이란 세월이 흘렀다. "저치들이 저기서 하는 일보다 농지에 가할 수 있는 더한 악행은 없어요." 풀러는 다시 팔을 들어 넓은 콩밭을 향해 휘저으며 말했다.

풀러에게서 15피트 정도 떨어진 큰 콩밭 가장자리에 난 잡초 줄기 위로 벌레들 수십 마리가 우글우글 기어 다니고 있었다. 껍질에 곰팡이 같이 생긴 부드러운 털이 다닥다닥 난 거대한 갈색 무당벌레 같이 큰 데다가, 여기저기 혹이 난 볼썽사나운 벌레들이었다. 풀러는 그 벌레 중 한 마리를 손으로 집어서 눈을 가늘게 뜨고 쳐다봤다. "흠…… 이거 참 징그러운 놈이네. 이놈들은 올 여름에 라운드업을 세 번이나 맞고도 살아났군요." 라운드업이란 거대 농산 기업인 몬산토가 만든 인기 있는 제초제 이름이다.

그는 손가락 위에 있는 벌레를 뒤집어 보고 다른 손으로 머리를 문질렀다. "제가 보기에 이놈은 콜로라도 감자 딱정벌레 같은데 지금까지 본 것 중에 가장 흉측하게 생긴 놈이군요."

풀러는 평생 농부로 살아온 사람은 아니다. 64세인 그는 시카고 대학에서 경영학 석사를 받고 거기서 7년 동안 경영학을 가르쳤다. 일리노이의 대초원에서 농사를 짓기 전에는 경영 컨설턴트를 했는데 보수는 좋았지만 보람이 없었다. 오랫동안 북부 캘리포니아에서 살아온 그는 1960년대 버클리를 키웠던 문화 혁명의 독특한 분위기를 좋아했다. 그 반향이 그의 곁을 떠나지 않았던 것이다. 풀러는 몇 년 동안 집 뒷마당에서 유기농 작물을 키웠고, 거기서 고수익을 올리는 컨설팅 사업과는 비교할 수 없는 큰 만족을 얻었다. 그래서 2002년 자신이 가진 모든 패를 취미에 걸고 시카고 시내에서 서쪽으로 50마일 떨어진 곳에 6에이커 면적의 에르혼 농장을 열었다. 그는 자기 손으로 경작한 농산물 옆에서 마음의 평온을 얻었다. "전 빈털터리가 됐어요." 그는 방금 딴 토마틸로_{멕시코, 미국 남부 원산의 가짓과 꽈리속 1년초 - 역주} 하나를 씹으며 말했다. "하지만 행복합니다."

풀러처럼 작은 농장을 경영하는 사람은 별로 없다. 하지만 유가가 16달러로 올라서 농산물 운송 네트워크가 지속되지 못해 대형 농장이 주변에서 사라지게 되면 이들의 시대가 올 것이다. 풀러의 농장은 미래에 맞는 이상적인 곳에 위치해있다. 그의 밭 한쪽은 서쪽으로 로키 산맥까지 쭉 뻗어 있는, 수백 마일이나 되는 거대 농장들이 시작되는 부분에 걸쳐 있다. 다른 한쪽은 시카고의 인구가 급증하는 준 교외 지역과 접하고 있다. 풀러는 온갖 작물을 조금씩 키우고 있다. 완두콩, 근대, 가지, 아루굴라, 나무딸기, 블랙베리, 딸기, 시금치, 그리고 헤아릴 수 없는 다양한 종류의 토마토들. "이 일은 결코 쉬운 일이 아닙니다. 제가 지금까지 해본 일 중에서 가장 복잡한 일이죠. 지속가능한 농법으로 이익을 남기면서 지역 농장을 경영할 수 있는지 보는 것이 지금의 제 사명입니다. 잘 잡히지 않아요. 하지만 불가능해 보이는 일을 해내는 것이 지금의 제겐 필요합니다."

풀러의 농장은 6에이커밖에 안 되는 작은 규모로, 우리가 먹는 곡물과 농산물의 대부분을 공급하는 수천 에이커에 달하는 대목장에 비하면 정말 작다. 농산물 가격과 비교하면 휘발유 가격이 아주 저렴하기 때문에 미니애폴리스, 클리블랜드 혹은 보스턴에 있는 소비자들을 위해 캘리포니아와 멕시코에서 토마토를 재배하는 시스템이 현재로서는 이치에 맞는 일이다. "전에 캘리포니아에서 시카고까지 농산물을 배달하는 데 드는 비용에 대해 운송 회사들이랑 이야기를 해본 적이 있어요." 풀러가 말했다. "1파운드당 채 15센트도 안 되더군요. 1파운드에 15센트라니. 농산물 가격이 1파운드에 1.2달러 하니까 그거에 비하면 정말 새 발의 피죠."

농산물을 운송하는 비용 외에 다른 비용도 들어가게 되는데 그중에서도 가장 큰 비중을 차지하는 것은 보관과 냉장 비용이다. 캘리포니아에서 딴 토마토는 외진 서부에서부터 동부 해안의 식품점까지 트럭에 실려 덜컹덜컹 흔들리면서 기나긴 여행을 견뎌야 하기 때문에 줄기에서 채 익지도 않은 것을 그대로 딴다. 산지에서 상점까지 운송하는 동안 토마토는 거의 항상 냉장보관해야 한다. 때로는 상점에 도착해서도 아직 토마토를 진열할 준비가 되지 않았을 수 있기 때문에 계속 냉장보관을 해야 할 때도 있다. 그래서 아직 익지 않아 초록색의 단단한 토마토는 도로에 난 구멍들 때문에 흔들리는 차와, 운반하던 사람이 떨어뜨리는 것과, 지게차로 흔드는 것도 모두 견뎌낸다. 매장에 도착해도 번호가 불릴 때까지 기다림의 연속이었다가 마침내 번호가 불리면 으슬으슬하게 추운 냉장고를 벗어나게 된다. 이 기나긴 과정의 끝에서 장을 보러 상점에 온 사람들이 보게 되는 것은 동그랗고, 색은 빨간 데다 속은 부드럽고 과립 소금을 뿌려서 맛을 돋운 토마토인 것이다. "소비자들은 소금 맛이 좋다고 생각해요." 풀러가 웃었다. 대부분의 소비자들은 소금도 하나의 맛이라고 느끼며 소금을 치지 않았을 때는 토마토 맛이 밍밍한 수박 같은 맛이 난다고 느낀다.

그렇게 트럭으로 운송하고, 냉장하고, 보관하는 데는 돈이 들어간다. 하지만 중부 캘리포니아 같은 쾌적한 환경에서 대량으로 농산물을 키우는 데서 나오는 이익을 포기할 만큼 거액은 아니라고 풀러가 지적한다. "유가 측면에서 볼 때 어느 시점에 캘리포니아와 세계 다른 지역에서 1년 내내 작물이 자라는 기후의 장점을 극복할 수 있겠습니까?" 풀러가 대답했다. "한 가지만 말하자면 그것은 아주 큰 숫자가 될 것입니다. 유가 10달러로도 어림없는 일이에요. 20달러는 돼야 가능한 일일 겁니다."

자연 재해를 제외하고 우리의 식품 네트워크를 붕괴시킬 수 있는 결정적 요인은 바로 에너지 가격이 될 것이라고 풀러는 말했다. 치솟는 유가가 식품 제조업자들, 운송업자들, 도매상들로 얽힌 복잡한 네트워크를 쳐부술 무지막지하게 힘이 센 고릴라가 돼서 결국 유가 16달러에는 이 모든 등식이 완전히 바뀌게 될 것이다. 중부 캘리포니아의 농산물을 뉴욕으로 운송하는 일은 경제적으로 타산이 맞지 않게 될 것이다. 캘리포니아같이 1년 내내 농산물이 자라는 지역은 우리가 먹는 식량 공급의 지배권을 유지할 수 있는 큰 장점을 가지고 있는 셈이라고 풀러는 말했다. 하지만 세계적으로 석유 공급이 줄어들면서 이런 축복받은 지역에서 멀리 떨어진 연안 지역까지 가는 운송비가 정점을 넘어서게 될 것이다. 유가가 16달러를 넘으면 캘리포니아에서 중서부로 농산물을 보내는 데 1파운드당 1달러 혹은 그 이상이 들 것이다.

"어떤 일을 하는데 휘발유가 들어가는 기계로 하는 것보다 인간의 노동력을 써서 하는 것이 좀 더 싸게 먹히는 지점에 이르게 될까요?" 풀러가 물었다. "제 생각에는 가능하다고 봅니다." 거기다 유가 16달러 시대의 운송비를 합하면 낮잠을 자고 난 후 원기회복을 위해 혹은 식전 반주로 마시기 위해 많은 스페인 인들이 남미 산 레몬을 가는 일은 없게 될 것이다. 그들은 대신 스페인 산 레몬을 쓰게 될 것이다. 그리고 북해에서 잡힌 생선이 아시아로 갔다가 다시 노르웨이 레스토랑으로 넘어가는 일도 없게 될 것이다. 우리의 식품 세계는 압축될 것이다.

"제 생각엔 앞으로 이렇게 될 것 같습니다. 시카고 같은 도시들은 10에이커에서 100에이커, 심지어 500에이커까지 되는 농장들에 둘러싸이게 될 겁니다. 지금 있는 대형 농장들처럼 크진 않겠지만 규모의 경제 논리 효과를 볼 수 있을 정도의 크기는 될 겁니다. 이런 농장들은 모두 하나씩 특화 작물을 가지게 될 겁니다. 어떤 농장에서는 토마토를 키우고, 또 다른 농장에서는 고추를 키울 수도 있고요. 모두 나눠가면서 별의별 야채를 다 키우겠죠."

도시의 거주민과 그들이 사는 주택가가 끝나는 지점이라면 어디에나 논밭이 들어서게 될 것이다. 이 농장들은 굳이 신선함을 크게 따지지 않아도 되는, 도시 근교에 있던 콩, 옥수수, 밀 농장들을 바지선과 기차 운송수단을 확실하게 이용할 수 있는 곳으로 밀어내고 대신 그 자리에 들어오게 될 것이다. 그래서 애틀랜타 시민들은 토마토와 오이와 당근과 온갖 야채들을 100마일 반경 내에 있는 농장들에게서 얻게 될 것이다. 멕시코, 서부해안, 혹은 그보다 더 먼 곳에서 오는 운송 경제가 없어지면서 미국 소비자들은 가까운 곳에서 재배한, 신선한 농산물을 먹을 수 있는 시대가 열릴 것이다. 우리가 먹는 식품의 생산지가 점점 더 멀어지게 된 규모의 경제와 세계화의 모험담에서 에너지가 폭등하고 유가가 16달러로 오르면서 역전

되는 상황은 이 모험담의 또 다른 챕터로 등장하게 될 것이다.

미국인들은 프랑스의 염소젖 치즈, 이탈리아의 올리브 오일, 그리고 그 때까지 살아남은 게 있다면 하와이의 눈이 큰 참치를 미래에도 여전히 즐길 수 있을 것이다. 이 식품들은 사치품으로 현재에도 상당히 고가이지만 앞으로는 조금 더 오르게 될 것이다. 일반적으로 고가였던 식품들은 음식의 세계화가 해체되더라도 그 여파를 견디어낼 것이다. 앞으로 지금처럼 마젤란 파도를 헤치고 오지 않게 될 상품은 바로 쌀, 밀, 콩, 사과처럼 우리가 매일 먹는 음식들일 것이다.

온실과 퇴비의 활약

감자 같은 작물들은 땅에서 수확해서 기차를 타고 시장으로 가서 마지막엔 우리의 식탁에 오르게 된다. 이 과정을 다 마칠 때까지 고작 하루에서 사흘이 걸릴 것이다. 이 거대한 물류 네트워크 비용은 더 이상 소비자에게 전가되지 않을 것이다. 사방으로 뻗어가는 농장과 연계된 철도 서비스가 제조업자에서 사용자에게로 가는 우아하고, 단순한 공급 체인을 촉진시켜줄 것이다.

미래에는 알버트슨스창고형 할인점 - 역주나 세이프웨이슈퍼마켓 체인 - 역주가 고구마의 가격을 정하는 일은 없을 것이다. 그보다는 동네 시장에서 가격이 정해질 것이다. 만약 어느 해 여름에 중서부 북부에서 멜론의 작황이 좋지 않았다면 시카고의 멜론 가격은 더 오르겠지만, 샬롯의 멜론 가격은 별다른 영향을 받지 않을 것이다. 그러면 그때는 이런 문제가 제기될 것이다. 어떤 식량을 어디서 재배할 수 있을 것인가? 시카고에서 겨울에 토마토를 먹을 수 있을까? 뉴욕의 1월에 빨간 고추를 구할 수 있을까?

대답은 '그렇다' 이다. 이 과일들과 야채들은 그에 맞는 적절한 기후가 아닌 곳에서는 쉽게 재배할 수 없지만 그렇다고 공급량이 완전히 없어지지는 않을 것이다. 풀러와 다른 농장주들은 온실을 이용해서 겨울에 야채를 재배할 수 있는 운동을 염두에 두고 있다. 온실은 쉽게 조립하고 온도를 조절할 수 있기 때문에 중서부 북부와 북동부에서 1년 내내 농산물을 재배할 수 있다. 유가 16달러 시대에는 그렇다고 이 농작물들을 아늑하게 만들어주기 위해 온실에 파이프 공사를 해서 천연가스를 연료로 때거나 등유 스토브를 때지는 않을 것이다. 예전에 썼던 방법들을 다시 써서 운송비를 들이지 않고 겨울에도 농작물을 공급하기 위해 노력하는 농부들을 도울 것이다.

저렴한 비용을 들여 세운 온실은 금속이나 목재 스팬으로 틀을 잡는다. 그 온실의 각 구조재 사이에 플라스틱을 단단하게 붙여서 그 공간을 둘러싼다. 그 다음에 트러스의 안쪽 가장자리 위로 또 플라스틱을 한 겹 더 입혀서 두 장의 플라스틱 사이로 공기를 절연하는 일종의 샌드위치를 만드는 것이다. 그 온실 위로 하루 종일 태양이 내리쬐면서 이 온실 건물 자체가 하나의 큰 유리창이 된다. 조금 신경을 써서 온실을 짓고 단단하게 밀봉하면 햇빛 하나만으로도 디트로이트나 클리블랜드 같은 기후에서도 온실의 실내 공기를 훈훈하게 유지할 수 있다. "햇빛은 문제가 안 됩니다." 풀러가 태양을 향해 남서쪽을 가리키며 말했다. "일리노이의 이 고도에서도 충분한 태양빛을 받습니다. 프랑스 남부 같은 고도와 태양빛이 있다면 게임 끝난 거죠."

그러나 온실 내부의 습한 공기로 인한 응결 현상 때문에 아주 추운 밤에는 농작물에게 치명적인 서리가 생길 수 있다. 그 때문에 낮에 내리쬐는 태양 외에 다른 열원이 필요하다. 나이는 들었지만 농업에 있어서는 항상 배우는 처지인 풀러는 온실의 흙을 얕게 파고 그 밑에 부패되는 과정의 절정에 있는 퇴비를 묻었다. 생물 분해를 해서 열을 발산하는 그 퇴비가 겨울 내내 온실을 따뜻하게 해주는 이 방법은 100년도 훨씬 전 농부들이 썼던 방법이다.

"여기 이것이 바로 우리가 쓰는 겁니다." 풀러는 농장 뒤쪽에 있는 거대한 퇴비 더미 위를 올라가며 툴툴거렸다. 그는 말라서 바스락거리는 퇴비 윗부분을 손등으로 쓸어내서 김이 모락모락 나는 진한 색의 퇴비 속을 보여줬다. 그는 퇴비 속으로 손목까지 쑥 넣었다가 재빨리 꺼냈다. 마치 엄청나게 뜨거운 욕조의 물 온도를 점검해보는 것 같은 동작이었다. "이건 섭씨 75도 정도 될 겁니다. 뜨거워서 손을 넣고 있을 수 없어요. 이보다 더 뜨거우면 열을 내는 생물들박테리아이 죽어버릴 겁니다." 그는 껄껄 웃었다.

풀러의 퇴비 더미에는 거름, 나무뿌리 덮개, 짚과 옥수수 껍질, 물러진 야채, 잡초 같이 농장에서 나온 쓰레기들이 섞여있다. 풀러는 근처의 몇 군데 작은 말 농장에서 원하는 만큼 말똥을 무료로 가져온다.

미래에는 대부분의 농장에 있는 온실은 뜨거운 퇴비가 아니라 온실 밑에 파묻은 파이프를 통해 따뜻한 물이 계속 흐르게 하는, 수동적인 태양열 난방 설비를 사용할 것이다. 이 설비를 설치한 자본 비용이 일단 회수되면 에너지 비용은 한 푼도 들지 않게 될 것이고, 덕분에 북부지방 사람들은 겨울 내내 신선한 토마토, 고추, 오이를 먹게 될 것이다.

가까워진 산지,
나아진 품질

농산물의 산지가 가까워지면 우리의 건강도 좋아진다. 산지가 가깝기 때문에 농작물이 익었을 때 수확하게 되고, 이전보다 우리 식탁에 오르기까지의 여정이 힘들지 않기 때문에 농작물이 훨씬 더 신선하고 건강해서 제대로 키웠을 때 있어야 할 비타민과 영양소를 모두 갖추게 될 것이다. 우리가 가는 식품 매장의 선반에 놓인 많은 야채와 과일들은 아직 익지 않아 초록색으로 단단했을 때 따서 오랜 시간에 걸쳐 흔들리는 트럭을 타고 온 고생스런 과정을 견뎌낸 것들이다. 농작물의 수확을 일찍 한다는 것은 그만큼 영양소와 미네랄을 발달시킬 시간이 부족하다는 뜻이다. 여러분이 매장에서 산 토마토는 잘 익었다는 표시로 불그스레하게 보이겠지만 영양적인 가치는 줄기에서 완전히 다 익은 다음에 딴 과일에 비교해 훨씬 떨어진다. 운송하면서 흔들리는 데다 그 과정에서 빛과 열에 노출되면 농산물의 영양소가 더 많이 파괴되는데 그중에서도 비타민 B와 C 같은 영양소가 더 쉽게 파괴된다. 유가 16달러 시대에는 토마토를 냉장할 필요도 없게 될 것이고, 아직 덜 익어서 딱딱한 초록색 토마토를 딸 일도 없을 것이다. 그리고 그 맛은 아무 향도 나지 않는 흐늘흐늘한 핑크색 살덩어리가 아니라 진짜 토마토 맛이 날 것이다.

풀러의 고객들이 그를 찾는 이유는 그들이 아무 풍미도 없고, 창백한 야채를 싫어하기 때문이다. 이들은 대개 20주 동안 한 주당 35달러 정도를 내고 농작물의 생장기에 자기 몫을 사둔다. 그렇게 되면 수확권이 생기는데 농장에서 가까운 곳에 살면 매주 직접 농장에 와서 야채를 따 갈 수 있고 아니면 농장에서 집까지 배달을 해준다. 유가 16달러 시대가 되면 이런 거래를 중개하는 지역 농장들이 번창하게 될 것이다. 그리고 이런 농장들이 필요하게 될 것이다. 미국은 새로운 종류의 농부들, 그러니까 그들의 사업 전체를 탄화수소를 연료로 쓰는 수송기관에 의지해서 멀리 떨어진 고객들에게 대량으로 농작물을 팔지 않는 농부들, 그들이 키우는 작물에 대량 생산된 사료를 쓰지 않는 농부들을 필요로 할 것이다. 풀러와 같은 신선한 피가 소규모 농업을 활성화시킬 것이다. 이런 식으로 농장을 경영하는 데 필요한 지식은 아직까지 존재하지만 과거 한때 그랬던 것처럼 앞 세대에서 다음 세대로 전수하는 일은 거의 없다. 도서관에는 작고, 지속가능한 농장 경영에 대한 책들로 차고 넘친다. 하지만 미래의 지속가능한 농장경영 방법을 배우기 위해서는 책도 충분하지 않을 것이다. "난 대부분의 지식을 컴퓨터로 배웠어요." 풀러가 말했다. "인터넷이 있어서 천만다행이었죠."

풀러와 그와 같은 유기농 농부들은 농작물에 맛도 풍부해지고, 영양가도 많게 해주는, 지역 내에서 구할 수 있는 천연 비료를 선호한다. 그러나 자연 친화적인 사고방식을 지닌 농부들에게 거름이 낭만적인 존재이긴 하지만 전 세계 작물들을 모두 키울 수 있을 정도로 거름이 충분하지는 않다. 그래서 유가 16달러 시대에 우리는 우리가 먹는 식량의 생산지를 넘어선 더 큰 문제에 직면하게 될 것이다. 가장 까다로운 질문은 바로 이것이다. 우리가 먹는 음식을 어떻게 먹여 살릴 것인가.

화석 연료를 먹는 세상

200년 동안 전 세계의 농업 재벌들은 지속할 수 없는 농작물 강화제를 찾는 데 놀랄만한 정력을 보여왔다. 한 비료가 고갈되거나 부족하게 되면 새로운 원료를 찾아서 한껏 이용하다가 급기야는 다 써버린다. 지금도 달라진 것은 없다. 우리는 다시 한 번 역사의 과오를 반복했다. 하지만 이번에는 기술 발달이 우리를 구해줄지 모른다.

1800년대 거름은 우리의 농경지에 활력을 주는 주인공이었다. 하지만 인구가 급증하고 농작물과 양식에 대한 수요가 폭발적으로 증가하면서 거름의 중요성이 떨어졌다. 농부들은 수요에 비례하는 많은 양의 똥을 만들기 위해 필요한 동물들을 키울 수 없었고 따라서 대체물을 찾게 됐다.

독일의 화학자인 유스투스 폰 리비히는 1840년 이런 결론에 도달했다. "농경지에 화학 공장에서 제조한…… 용해제로 비료를 주는 시대가 올 것이다." 유스투스 폰 리비히도 자신의 예언이 얼마나 거대한 영향력을 미쳤는지 몰랐을 것이다.

1843년 존 베닛 로스라는 영국인이 런던 북쪽에 있는 가문의 농장인 로담스테드에서 농작물과 생산량과 비료에 대한 실험을 시작했다. 로담스테드는 현재에도 여전히 실험적인 농장으로서 운영되고 있으며, 160년도 훨씬 넘은, 농작물 샘플들이 병에 담긴 채로 하나도 손상되지 않고 그대로 남아있다. 로담스테드는 일부 농부들이 스스로 알아냈던 것을 확인하고 화학적으로 분명하게 밝혀냈다. 질소와 인을 섞어서 농작물에 뿌리면 완전하게 거름을 준 농경지의 생산량보다 훨씬 더 크게 생산량이 증가한다는 것을 확인한 것이다.

이 깨달음이 전반적으로 인정되면서 세계 역사에서는 기이한 반전이 일어났다. 1600년대 유럽인들은 새로 발견한 대륙과 섬에서 금, 향신료, 은과 보석 같은 약탈품들을 대량으로 가져왔는데, 200년이 지난 후에 유럽인들과 이제는 미국인이 남반구와 태평양의 섬들에서 금이 아니라 새 똥을 배로 실어온 것이다.

유럽인들과 북미 인들은 1800년대 중반부터 100년이 가까운 세월 동안 수없이 많은 섬에서 인과 질산염이 든 물질을 대량으로 실어왔다. 대개의 경우 배들은 한 가지 물질, 즉 똥을 채굴하기 위해 열대 해역을 항해했다. 철새들이 수세기 동안에 걸쳐 남겨둔 고대의 구아노가 이 섬들 위에 쌓여서 수천 층의 가루로 뒤덮인 침전물을 형성했는데 어떤 곳에서는 그 두께가 200피트나 됐다.

첫 번째 구아노는 『미국의 농부』란 잡지의 편집자였던 존 스키너가 페루의 구아노 두 통을 볼티모어로 수입한 것으로, 1824년 미국 해안에 도착했다. 일반 거름보다 질소가 30배나 더 많이 들어간 구아노의 유용함은 즉시 입증됐다. 농작물들이 무럭무럭 자라났고 캐롤라이나에서 메릴랜드에 이르는 지역의 농부들이 구아노를 구해달라고 아우성을 쳤다.

1850년이 되자 뉴욕 항구들은 구아노를 싣고 오는 배들을 정기적으로 맞았으며 미국과 영국은 한 해에 합쳐서 100만 톤의 구아노를 수입했다. 구아노의 가치가 올라가면서 심지어 전쟁까지 일어났다. 볼리비아와 칠레가 싸운 태평양 전쟁은 모두 태평양에 있는 구아노 퇴적층을 둘러싸고 벌어진 이권다툼이 원인이었다. 1883년 전쟁이 끝났을 때 칠레가 승리하면서 볼리비아는 현재 그런 것처럼 육지로 둘러싸인 나라가 됐다. 육지로 둘러싸인 나라 중에서 가장 큰 규모인 볼리비아 해군은 새똥 때문에 오래 전에 벌어진 전쟁의 기이한 유산으로 남아있다.

1930년대에 이르자 대부분의 대형 구아노 퇴적지대가 모두 고갈되고, 여러 섬이 유럽과 미국의 성장을 뒷받침하기 위해 그들이 보유했던 영양물의 피라미드를 강탈당하고 생태학적인 폐허로 변했다.

그 다음으로 토양을 강화시킬 영양소를 찾기 위해 우리가 향한 곳은 바로 학계였다. 석유로 돌아가는 기계가 농업을 접수하면서 마찬가지로 석유를 원료로 한 비료가 농업을 점령했다. 우리의 비료는 현재 20세기의 놀랄만한 기술 발달을 지원했던 것과 같은 원천에서 나온다. 값싼 화석 연료에 의존한 모델이 현재까지 남아 있는 것이다. 미국에 있는 거의 모든 비료, 질산염이 풍부하게 들어 있는 비료는 천연가스를 원료로 한 것이다.

찾아낼 수 있는 모든 형태의 천연 거름을 다 찾아 쓰고, 생태학적으로 경이롭게 저장된 구아노를 고갈시킨 후 우리의 농업 관행은 이제 소중한 화석 연료 공급량이 큰 속도로 줄어드는 데 기여하고 있다.

세상에 나온 대부분의 비료들은 주로 암모니아를 원료로 제조한 것이다. 암모니아는 질소 원자 하나와 수소 원자 3개로 구성된 분자이다. 인류는 지구상의 다른 어떤 화학물질보다 더 많은 양의 암모니아를 제조하고 있다. 이렇게 암모니아를 만드는 데 막대한 양의 자원이 들어간다. 암모니아를 만드는 데 세계 전력 공급량의 1퍼센트가 들어가고, 화석 연료의 4퍼센트를 연소시키고 있다. 암모니아는 냉각제, 청정액과 연료 제작에 사용되지만 주용도(거의 89퍼센트)는 비료를 만드는 데 쓰이고 있다.

암모니아는 세계 식량 생산의 기본 요소가 됐다. 당신이 옥수수 한 알을 먹는다면 화석 연료를 먹고 있는 것이다. 옥수수를 심어서 수확하는 데 엄청난 양의 연료가 들어가기 때문이 아니라 그 옥수수 한 알이 자랄 수 있도록 해준 질소 화합물을 천연가스에서 추출한 것이기 때문이다. 당신이 옥수수나 콩이나 토마토나 감자를 먹고 있다면 당신은 천연가스를 먹고 있는 것이다. 냠냠냠.

암모니아에 들어가는 질소는 쉽게 얻을 수 있다. 우리가 마시는 공기(78퍼센트가 질소로 이루어져 있다)에서 그냥 뽑아내면 된다. 암모니아에 있는 수소가 항상 다루기 힘든 원자였다. 1910년 독일의 화학자인 프리츠 하버가 고온과 고압을 사용해서 수소 원자와 공기에서 뽑아낸 질소를 결합하는 방법의 특허를 냈다. 얼마 후 독일 화학 회사인 BASF에서 일하는 카를 보슈가 그 과정을 상업화해서 대량으로 그 방법을 적용할 수 있게 했다. 하버-보슈법이라고 불리는 그 방법은 이 두 과학자에게 노벨상을 안겨줬고, 20세기에 인구가 폭발적으로 증가하는 데 큰 기여를 했다. 하버와 보슈는 전 세계에 어떻게 더 많은 식량을 재배할 수 있는지 그 방법을 보여준 것이다.

몇십 년 동안 물은 하버 보슈 과정을 통해 암모니아를 만들 수 있는 수소의 주된 원천이었다. 수소를 얻기 위해 전기분해에 방대한 양의 전류를 흘려서 물 분자를 수소와 산소 분자로 쪼갠 것 방법이 사용됐다. 노르웨이는 물 분자들을 쪼개서 암모니아를 만들려고 하는 한 가지 목적 때문에 60메가와트의 Vermok 수력 발전소를 세웠다. 이 발전소에서 제2차 세계대전이 일어날 때까지 유럽에서 필요한 암모니아의 대부분을 공급했다.

암모니아를 만들기 위해 전기분해 방법과 물을 사용하는 것은 1930년 대 저렴하고 풍부한 천연가스가 출현하면서 거의 중단됐다. 물 분자를 쪼개는 것보다는 천연가스에서 수소를 떼어내는 데 에너지가 훨씬 적게 들기 때문이다. 하지만 천연가스의 가격이 본질적으로 유가에 연결되어 있고, 유가는 탄화수소보다는 물 분자에서 비료를 얻는 것이 훨씬 더 이치에 맞는 지점까지 계속 올라갈 것이다. 그리고 우리는 이미 쉽게 얻을 수 있는 천연가스를 많이 써버렸다. 그 결과 이제는 천연가스가 더 풍부하고 더 저렴한 카타르, 멕시코, 러시아 같은 나라에서 우리가 쓰는 비료의 80퍼센트를 수입하고 있다. 이는 70퍼센트인 원유의 수입 비율보다 훨씬 더 높다. 그리고 이론의 여지는 있지만 암모니아 비료는 석유만큼이나 중요하며, 어쩌면 그보다 훨씬 더 중요할지 모른다.

바람의 힘으로 만드는 암모니아

유가가 16달러에 이르면 천연가스 가격 역시 터무니없이 높아질 것이다. 현재 이미 석유와 천연가스 공급은 피크에 달했다. 다시는 이 자원들의 공급량이 대대적으로 늘어나는 것을 보지 못할 것이다. "사람들은 우리 차와 산업만 화석 연료를 구하기 위해 경쟁을 벌이는 게 아니라는 사실을 깜박 잊는 경향이 있죠." 스티브 그룬이 말했다. "우리 입도 마찬가지로 석유를 갈구하고 있습니다. 중국이 점점 더 많은 양의 석유를 쓰고 있는 건 점점 더 많은 차를 만들고 있어서이기도 하지만 더 잘 먹고 싶어서이기도 합니다." 지금 현 수준의 삶을 유지하려면 우리는 암모니아를 기반으로 한 비료를 반드시 만들어야 한다. "어쩔 수 없는 상황이라면 사람들은 차가 없이 살 수 있습니다. 그러면 자전거를 탈 수 있죠. 하지만 음식 없이는 살 수 없습니다." 그룬이 지적했다.

그리고 음식 없이 살지도 않을 것이다. 미래에 인류가 당면한 가장 심각한 문제 중 하나인 화석 연료 없이 어떻게 수십억의 인구를 먹여 살릴까 하는 문제에 대한 답은 그룬이 즐겨 말하는 것처럼 '바로 우리 코앞에' 있다. 그리고 그렇게 하기 위해 산처럼 쌓인 석탄을 태우거나 농축 우라늄을 소진시키는 것보다 훨씬 나은 방법이 있다고 그룬은 말한다.

그룬은 비료를 만들기 위해 전 세계가 사용하는 천연가스 모델을 타도하기 위해 전력으로 노력하는 회사인 프리덤 퍼틸라이저의 회장이자 공동 설립자이다. 그룬은 2008년 2월 아이오와 주에 있는 스프릿 레이크에 회사를 창립했다. 이 회사의 모토는 간단했다. 아이오와 북동쪽과 미네소타 남서쪽의 풍부한 풍력 에너지를 이용해서 전기분해 방법을 사용해 물과 질소에서 암모니아를 만들어내는 것이다. 그룬은 비료와 에너지에 대해 자연스럽게 배웠다. 그는 아직도 가문의 소유로 남아 있는 아이오와 농장에서 자랐다. 1998년 아이오와 주는 미래에 풍력 에너지를 개발하기 위해 가장 이상적인 장소를 찾기 위해 풍향 조사를 실시했다. 그 결과 그룬의 가족 농장이 아이오와 주에서 가장 바람이 많이 부는 지역에 있는 걸로 판명됐다. "그걸 봤을 때 언젠가는 누군가가 우리에게 와서 우리 농장에 터빈을 설치하자고 할 거라는 걸 알게 됐죠. 그래서 그때를 위해 대비하고 싶었습니다." 그룬이 말했다.

그룬은 풍력의 세세한 부분까지 몰두해 공부해가면서 배울 수 있는 모든 것을 다 배웠다. 48세인 그룬은 내내 농부로 살아왔기 때문에 미국의 석유 공급량이 줄어들면서 곧바로 비료 생산이 미국에서 해외로 넘어갔고, 비료 생산을 둘러싼 압박이 커진다는 점도 잘 알고 있었다. "풍력에 대해 알면 알수록 더 흥미를 느끼게 됐죠." 그룬이 말했다.

그룬은 버팔로 리지라는 이름으로 알려진, 아이오와에서 독특한 지형을 갖춘 곳 근처에서 살고 있다. 중서부 북부의 바람이 다코타를 찢으며 불어와 1년 내내 이 구릉 지대를 후려쳐서 미국에서 풍력 에너지를 얻을 수 있는 최상의 장소 중 하나가 됐다. 하지만 버팔로 리지와 바람이 심하게 부는 다코타 같은 곳에 풍차를 설치할 때 내재된 문제점은 그곳에 거주하는 사람이 거의 없기 때문에 거기서 생산한 전기를 고압선을 통해 시카고, 오마하, 미니애폴리스 혹은 더 멀리 떨어진 곳으로 운반해야 한다는 것이다. 이런 고압선을 설치하는 데 수십 억 달러가 든다. 게다가 전기를 장거리로 보내는 과정에서 송전선과 케이블의 저항 때문에 많은 양의 전기를 잃게 된다는 문제가 추가로 발생한다. 아이오와와 다코타에서 생산한 전기를 운송할 경우, 사용자에게 도착하기 전에 그 절반이 사라질 것이다.

그룬이 품은 비전의 매력은 풍력으로 얻은 전기를 그 지역 내에서 사용할 수 있도록 하면서 산소에서 수소를 분리시키기 위해 전기를 만들어내는 것이다. 아이오와 북서부는 마침 북미 농업지대의 한가운데에 위치하고 있다. 동쪽으로는 위스콘신, 일리노이, 인디애나, 오하이오의 옥수수

밭이 펼쳐져 있고, 북쪽으로는 미네소타, 다코타, 그리고 마니토바와 남부 서스캐처원의 대농장들이 흩어져 있다. 남쪽과 서쪽으로는 그레이트플레인스북아메리카 대륙 중앙에 남북으로 길게 뻗어 있는 고원 모양의 대평원 - 역주에 속하는 네브래스카, 캔자스, 오클라호마, 텍사스, 콜로라도 동부의 논경지가 넓게 뻗어 있다. 암모니아 운반에 사용되는 파이프라인 두 개가 아이오와 북서부를 지나가기 때문에 미국 암모니아 생산량의 대부분은 이미 그곳과 밀접한 관련이 있다. "이 주변에 있는 작은 마을들은 주유소는 없어도 암모니아 배포 시설은 하나씩 있습니다." 그룬이 말했다.

여기서 자라는 옥수수밭 1에이커당 150파운드의 암모니아 비료가 필요하다. 그리고 그만한 양의 비료를 만드는 데 땅을 개간하고, 씨를 뿌려서 수확하고, 그 수확한 농작물을 시장까지 운송하는 데 드는 에너지보다 더 많은 에너지가 들어간다. 그런데 천연가스를 원료로 암모니아 1톤을 제조할 때 1.8톤의 이산화탄소가 배출돼서 지구 온난화의 주범이 되고 있다. 석탄에서 암모니아 1톤을 생산하게 되면 이산화탄소 3톤이 배출된다. 풍력 에너지를 이용해 물에서 수소를 분리하는 과정에는 이산화탄소가 전혀 배출되지 않는다. 대신 가치와 시장성이 높은 상품인, 의료용 산소가 배출된다.

이런 지역적 생산 환경에서 풍력 에너지를 이용하는 것이 - 우리가 간절히 필요로 하는 것을 만들기 위해 - 아무데나 터빈을 설치해 생산한 전기를 막대한 비용을 지불해서 도시로 보내는 것보다 훨씬 더 합리적인 일이다. 그룬은 이미 미국 농무부의 관심을 끌어서 그가 제출한 풍력 에너지 사용 계획을 한층 더 심도 있게 연구할 수 있도록 프리덤 퍼틸라이저의 연구비로 10만 달러를 지원받았다.

에너지 해법 시스템 내에서 아이오와 주가 차지하는 위치는 급격히 상승하고 있다. "우리 집 지붕 위에 올라서 보면 400메가와트의 풍력과 3억 갤런의 에탄올 생산과 바이오디젤 발전소 두 개가 보입니다." 그룬이 말했다. 미 농무부가 보조금으로 분배하는 수백만 달러 중 10퍼센트가 그룬의 집 근처에 있는 스톰 레이크 관할 아이오와 사무실 소속 혁신가들에게 들어가고 있다. 또한 미 농무부 보조금의 30퍼센트가 아이오와 주로 투입되고 있다. 진보적인 성향의 중서부 북부와 좀 더 보수적인 그레이트플레인스 사이에 양다리를 걸치고 있는 아이오와 주는 친환경 에너지의 새로운 핵심이자 중심지로 떠오르고 있다. 이곳에 들어서는 대부분의 새 풍력 터빈들은 근 400피트, 혹은 그 이상에 달하는 거인들이다. 이 터빈들은 2.5메가와트의 전략을 생산할 수 있는 생산능력을 갖추고 있다. 풍향의 일관성과 풍력 속도를 계산에 넣어보면 이 터빈들은 지속적으로 1메가와트의 전력, 다시 말하면 약 800가구의 전력 수요를 충당할 수 있는 전기를 만들어낼 수 있다.

아이오와 주의 터빈 소유자들은 1킬로와트시당 평균 4센트에 전기를 판다. 그렇다면 1메가와트씩 생산하는 터빈 하나가 하루에 960달러를 번다는 뜻이다. 이렇게 계산하면 터빈 주인들은 투자 금액을 9년에서 10년 내에 회수하고 25년 동안 더 돈을 벌 수 있다는 이야기다. 그만하면 괜찮은 시나리오기 때문에 요즘 아이오와 주와 그레이트플레인스 전역에 새 터빈들이 우후죽순으로 생겨나고 있다.

하지만 이 터빈들이 기존의 하버-보슈 방법을 사용해서 암모니아를 만들기 위한 전기분해 방법을 실시하기 위해 풍력 에너지를 공급한다면 그 수익률은 한층 더 커질 것이다. 그룬은 하루에 풍력 1메가와트당 암모니아 2.72톤을 생산해낼 수 있다. 최근 암모니아의 현물 가격은 1톤에 1,200달러이며 지난 몇 년 간 꾸준히 그리고 급격하게 가격이 상승해왔다. 암모니아는 사실상 화석 연료이기 때문에 그 가격 역시 화석 연료 가격 상승에 발맞춰 상승해온 것이다. 따라서 터빈 하나로 주원료인 물만 가지고 하루에 3,330달러 분량의 암모니아를 생산할 수 있다. 그만한 분량의 암모니아를 제조하기 위해 960달러어치의 전기가 들어간다는 점을 고려하면, 그룬이 다른 제조비용을 1톤에 2,300달러 미만으로 낮출 수 있다면, 충분히 타산이 맞는 사업이 된다. "그건 문제도 안 됩니다." 그룬은 이렇게 주장했다. 그리고 그 과정에서 생기는 청정 산소를 포착해서 거둘 수 있는 또 다른 수익은 아직 계산에 넣지도 않았다.

그룬은 암모니아를 철도 트레일러에 실어서 전국 각지에 있는 농장으로 보내거나 아니면 그보다 더 좋은 방법을 생각하고 있다. "기존의 암모니아 파이프라인 위에 이걸 설치해서 그냥 거기에 쏟으면 됩니다." 그룬이 제안했다. 다행히 아이오와 북서부나 캔자스, 오클라호마, 네브래스카 서부와 콜로라도 같은 그레이트플레인스 지대는 물이 흔하다. "매년 비가 많이 내려 수량은 넉넉한 편입니다." 그룬이 자랑스럽게 말했다. 아이오와의 풍부한 비와 바람은 사실상 우리의 식량이 된다. 이런 종류의 사업은 물이 풍부한 미네소타, 위스콘신, 미시간에서도 시작할 수 있다.

이 시스템의 또 다른 장점은 가정에서 쓰는 싱크대, 샤워기, 욕실 배수구에서 흘러나오는 중수도 용수로도 암모니아를 쉽게 만들 수 있다는 점이다. 오수처리장에서 처리한 폐수 역시 쓸 수 있다. 오수 역시 우리의 비료를 만드는 원료가 될 수 있고, 그 비료가 우리 식량의 원료가 될 것이다. 아주 우아한 순환이 아닐 수 없다. 물은 또한 현지 웅덩이에 모아서 쓸 수도 있다. 폭풍우로 4에이커의 웅덩이가 1인치 정도 차게 되면 암모니아를 만드는 물 452톤이 나오게 된다.

휘발유의 경쟁자,
암모니아

유가가 15달러를 넘어서 16달러에 진입할 때 계속 식량을 생산하기 위해서는 두 가지 중 하나가 일어나야 한다. 물을 사용해서 비료를 만들든지 아니면 좀 더 더러운 방법으로 석탄을 사용해서 만들어야 한다. 당장 대대적인 규모로 중동 전쟁이 일어나거나 러시아에서 대참사가 일어나는 것 같은 재앙이 일어난다면 지금으로서는 방법이 더 쉽기 때문에 석탄을 사용해서 비료를 만들게 될 것이다. 그렇게 되면 암모니아를 만들기 위해 석탄에서 수소를 분리하는 과정에서 석탄을 연소하면서 어마어마한 양의 공기 오염이 일어나게 될 것이다.

다행히 현 추세로 봐서는 앞으로 몇 년은 더 천연가스를 사용할 수 있을 것이다. 그리고 천연가스에서 재앙과 같은 수준의 부족 사태가 일어나게 되면 전기분해 기술과 풍력 발전 시설이 그 자리를 대신할 준비가 될 것이다. 천연가스 가격이 1센트씩 오를 때마다 물에서 암모니아를 만들어내는 데서 나오는 이익과 재생 가능한 에너지를 사용함으로써 얻을 수 있는 이익이 좀 더 커질 것이다. 돈을 벌 가능성이 있으면 누군가 항상 그 틈새를 노리고 진입하게 마련이다. 예를 들어 지금으로서는 환경 운동에 충성하겠다고 열렬히 맹세하고 있는, 캘리포니아의 샌드힐 로드에 있는 벤처 투자가들이 그렇다. 그들은 암모니아의 장래성을 보고 지금까지 기꺼이 지원했던 에탄올이 환경에 미치는 부정적인 영향을 고려해 훨씬 환경 친화적인 암모니아의 특성에 주목하게 될 것이다.

암모니아를 만들게 되면 연료로도 사용할 수 있는 장점이 있다. 암모니아는 실제로 연소할 수 있다. 암모니아가 연소하기 위해서는 1200도의 고온을 가해야 하지만 연소되면 질소와 물만 배출되는, 청정 반응을 일으킨다. 암모니아를 불완전 연소시키면 아산화질소와 이산화질소가 만들어져서 산성비와 스모그 현상이 일어날 위험이 있지만 이런 위험은 청정 엔진 기술을 사용해서 완화시킬 수 있다. 그룬의 꿈은 깨끗하게 제조한 암모니아가 휘발유의 경쟁자로 등장하는 것이다. "암모니아는 글자그대로 잠든 우리 경제를 정신 차리게 만드는 약탄산 암모니아를 주재료로 만든 약으로 과거에 두통이나 뇌빈혈에 쓰임 - 역주과 같은 존재입니다. 국내에서 충분히 만들 수 있는 연료를 왜 돈을 주고 외국에서 사와야 합니까?" 그룬이 물었다.

암모니아를 연료로 쓰는 차량은 과거에도 존재했다. 제2차 세계대전 당시 군수품과 기계를 계속 가동시키기 위해 필사적으로 애를 쓰던 나치는 벨기에에 있는 휘발유 비축분과 자원을 모두 약탈해갔다. 점령 전처럼 브뤼셀이 일상적으로 돌아갈 수 있도록 노력하던 벨기에는 시내버스의 연료를 암모니아로 전환했다. "우리는 1갤런에 3달러 하는 디젤유와 같은 가격으로 암모니아 연료를 만들 수 있습니다." 그룬이 역설했다.

유가 16달러를 넘어선 세계에서는 거의 전적으로 암모니아를 사용해서 돌아가는 새로운 농경 경제가 출현하게 될 것이다. 우리의 풍부한 풍력 에너지는 지역 농장에서 키운 식량으로 전환돼서 철도를 타고 도시로 갈 것이다. 농장의 농산물과 곡물은 디젤유의 연기나 분진이 아니라 질소와 물을 내뿜으며 칙칙 폭폭 달리는 기관차를 타고 소비자에게 배달될 것이다.

1갤런당 18달러

철도의 르네상스

$18.00/Gallon

미군은 유가가 18달러에 이른다고 해서 하던 일을 중단하지는 않을 것이다. 국방부에서 어딘가에 폭격을 하고 싶은데 유가 때문에 그만두는 일은 없을 거라고 레비는 말한다. 하지만고유가 때문에 군은 새 비행기나 배나 미사일을 장만하는 것같은 자본 지출에 써야 할 돈을 연료비에 쓰게 될 것이다. 군은2008년 한 해 동안 에너지 비용으로 150억 달러 이상을 소비

지금으로부터 고작 75년 전에 랄프 버드란 남자가 미국을 철도 기술의 선봉에 세웠다. 1930년대 여객열차 산업은 대부분의 다른 산업이 그랬던 것처럼 극심한 불경기에 고객을 찾고, 인기를 끌기 위해 고군분투하고 있었다. 버드는 벌링턴 철도 회사라는 이름으로 잘 알려진 시카고, 벌링턴, 퀸시 철도의 회장이었다. 버드는 늘어나는 자동차와 불황 때문에 계속 줄어드는 열차 여행에 대한 미국인의 입맛을 다시 살릴 방법을 찾고 있었다. 그는 신문에 대서특필되고, 구경꾼들을 흥분시키고, 무엇보다 사람들을 철도 여행으로 다시 돌아오게 할 기적을 원했다.

버드가 내놓은 해결책은 세상에서 가장 빠르고 가장 발전된 기차, 사람들이 타고 싶어 하는 그런 기차를 만드는 것이었다. 그리고 이 기차는 그냥 하나의 견본이 아니라 요금을 낸 승객들을 태우고 다니는 기차가 될 것이다. 이 계획을 실행하자면 그의 마음속에 떠오른 비전을 현실로 바꿔줄 설계자가 필요했다. 그러면서 역사상 가끔 그런 일이 벌어지는 것처럼 이 일은 일사천리로 진행돼서 벌링턴 철도 회사의 랄프 버드는 1932년 버드 컴퍼니의 에드워드 버드와 만나게 됐다. 에드워드 버드는 랄프 버드와 아무런 친족 관계가 없었지만 그 역시 혁신을 꿈꾸고 있었다.

랄프 버드는 여가 시간에 틈틈이 캔터베리 이야기를 읽으면서 그 책에 나오는 제피로스_{서풍의 신}의 이야기에 영감을 받아 새로 만들게 될 기차에 제피르라는 이름을 붙여줬다. 그는 엔지니어들에게 기차의 외관에 강철을 쓰게 해서 기관차와 뒷바퀴에 이국적인 광채가 번득이게 했다. 하지만 그보다 더 중요한 점은 당시 전 세계의 철로를 누비고 다니던 낡은 기관차들에 대부분 사용된 철과 목재에 비해 강철은 훨씬 가벼운 소재라는 점이었다. 질량이 줄어들수록 엔진이 기관차를 끌어당길 때 에너지를 덜 쓰기 때문에 상대적으로 속력을 높일 수 있는 토크_{회전우력}가 더 높아지는 것이다.

당시에 유행하던 아르데코_{1920~30년대 장식적인 디자인-역주} 운동에 맞춰 기차의 가장자리는 동그랗게 처리하고 기관차의 외관과 열차 맨 뒤에 있는 승무원차와 객차는 매끄럽게 처리했다. 기차의 앞부분은 적을 향해 돌진하는 기사의 마스크와 비슷했다. 이런 전위적인 디자인에 승객들은 열광했고 또한 동시대 제피르의 경쟁자들과 비교해 항력이 3분의 1로 줄어들었다. 그래서 제피르는 훨씬 적은 노력을 들이고도 더 빨리 달릴 수 있었다. 그런 다음 버드 컴퍼니는 제피르의 객차와 휠 트럭을 공유하도록 설계해서 또 다른 개가를 올렸다. 객차를 다음 번 객차와 연결시키는 전통적인 커플링을 사용하는 대신 버드는 각 객차의 끝부분을 한 쌍의 굴대 플랫폼 위에 놓고, 그 굴대의 끝부분은 다음 번 객차의 앞부분과 연결시키는 방식으로 객차들을 연결시켰다. 이렇게 해서 무거운 커플링 장치와 기차 밑으로 들어가는 휠 트럭 개수가 줄어서 제피르는 한결 더 가벼워졌다. 그 후 버드 컴퍼니는 강철 기관차의 옆면을 따라 홈을 파는 공법으로 다시 특허를 받아 항력을 한층 더 줄이고 동시에 패널을 더 강력하게 만들었다. 윈튼 모터 컴퍼니가 제작한 600마력, 447킬로와트 엔진이 이 기차에 동력을 공급했다.

이 두 버드는 힘을 합쳐 공학의 경이를 만들어냈다. 이들은 1934년 시카고 세계 박람회에 이 멋진 야수를 등장시키기로 계획했다. 하지만 축제가 한창 벌어지는 와중에 기차를 턱 내놓는 것만으로는 충분치 않았다. 벌링턴은 드라마틱한 성공을 원했다. 랄프 버드는 여명에서 황혼까지의 경주라고 직접 명명한, 덴버에서 시카고까지 기록을 경신하는 기차 여행을 기획했다. 두 버드와 승객들이 가득 탄 기차가 1934년 5월 26일 오전 7시 4분 덴버 역에서 출발했다. 그 기차는 13시간하고 5분 후인 밤 8시 9분에 시카고에 도착했다. 당시 다른 통상적인 기차 편으로는 덴버에서 시카고까지 25시간이 걸렸다. 제피르는 이 여행에서 놀랄만한 평균 속도인 77mph를 냈고, 어느 지점에서는 112.5mph까지 올라서 일반 철도 선로로 승객을 싣고 가는 기차로서는 기록을 세웠다.

제피르는 일약 유명 인사가 됐다. 이 기차는 전국을 유람했고, 그 멋진 자태를 보기 위해 200만 명의 인파가 몰려 나왔다. 벌링턴은 그 후 제피르를 일상적으로 운행하게 해서 제피르는 26년 동안 300만 마일이 넘게 달렸다. 이 우상과도 같았던 기차는 26년간의 긴 근무를 마치고 처음 그 명성을 날렸던 시카고로 가서 지금은 시카고 과학 산업 박물관에 전시되어 있다. 암트랙^{전미 철도 여객 수송 공사}은 1971년 시카고에서 샌프란시스코까지 가는 노선에(지금도 운행 중임) 캘리포니아 제피르 노선이라는 이름을 붙여 제피르의 이름을 불멸의 존재로 만들었다.

암트랙은 단순히 명성 때문에 버드의 창작품을 성자의 반열에 올린 게 아니었다. 버드가 만들어낸 작품은 현대 초고속 열차 여행의 기초가 된 놀라운 기계였다. "초고속 열차에 대해 우리가 아는 거의 모든 것이 선구자인 제피르에게서 온 것입니다." 중서부 고속 철도 연합의 전무이사인 릭 하니시가 말했다. "현재 프랑스, 중국, 일본에서 운행되는 고속열차에 대한 대부분의 지식은 제피르에게서 배운 점을 토대로 한 것입니다."

암트랙이 그 놀라운 기술력으로 세계를 기차 혁명으로 이끈 주인공인 제피르의 이름을 기차 노선에 붙였지만 정작 그 제피르의 모국인 미국은 다른 철도 선진국들에 비해 많이 뒤처져 있는 현실이 아이러니가 아닐 수 없다. 물론 암트랙은 미국의 장거리 수송 여객 철도 서비스 부문에 마지막 남은 수호자이다. 그리고 영광스러운 승리의 주역인 제피르는 미국이 철도 부문에서 이끈 혁신의 마지막 주자가 됐다. 제피르의 성공 이후로 미국의 철도 시스템은 크게 정체돼서 다른 사업들을 추진한 정부와 아주 특별한 경우가 아니면 철도를 이용하지 않는(그럴만한 이유가 많았다) 일반 대중에게 천대를 받았다.

현재의 유가에서 네 배, 혹은 다섯 배로 유가가 오르게 되는 미래에는 미국의 방대한 땅을 여행하는 일이 아주 힘들어질 것이다. 차로 다니려면 비용도 아주 많이 들고 핸들을 잡고 오랫동안 끈기 있게 버텨야 할 것이다. 비행기 여행은 제한적일 뿐 아니라 대부분의 사람들은 비용 면에서 감당할 수 없는 대안일 것이다. 최선의 해결책은 이미 세계 전역에 골고루 존재하고 있는 고속 열차이다. 고속 열차는 빠르고 효율적일 뿐만 아니라 휘발유나 디젤유가 아닌 전기로 달린다. 고속 열차는 효과적인 운송 수단이며 우리가 원하는 어떤 연료, 즉 원자력, 수력, 풍력, 석탄, 태양열 혹은 소 방귀로도 달릴 수 있는, 융통성이 큰 운송 수단이다.

철도 네트워크의
비참한 현실

요즘 시카고에서 뉴욕까지 가는 기차 여행은 참을성이 없는 사람들에게는 권할만한 여행이 못 된다. 암트랙을 타고 낡고 오래된 선로를 따라 사람 환장하게 느린 속도로 기어가다가 부적절한 환송 역들을 지나 난데없이 터무니없는 장소에서 설명할 수도, 참을 수도 없는 이유로 멈춰버리는 사태까지 짜증스런 요인들이 골고루 포함돼 있다. 그렇게 가는 데 장장 20시간 이상이 걸린다. 미국에서는 중요한 비즈니스 중심지 두 곳 사이를 기차로 오가려면 이런 일이 다반사로 일어나며, 사실 대부분의 철도 여행이 농담 수준으로 전락한 지 오래다. 하지만 사정이 항상 이렇지는 않았다.

미국의 여객 철도 시스템 붕괴는 사방에서 몇십 년 동안 비난을 받았다. 미국의 기차는 오랫동안 천천히, 꾸준하게 바닥으로 추락해왔다. 우리는 그동안 꽤 큰 구덩이를 판 셈이다. 우리 철도 시스템이 몰락한 이유는 무궁무진하지만 그중에서도 그 모든 이유들을 아우르는 한 가지 요인이 있다. 바로 저유가이다. 값싼 석유 덕분에 미국인들은 자신이 원하는 조건에서 어디든 자신이 원하는 곳에서 살아갈 수 있었다. 사방으로 정신없이 뻗어나가는 지하철과 값싼 휘발유와 자동차 덕분에 중앙에 위치했던 철도역들은 한없이 먼 곳으로 밀려났다. 레일이 낙후되면서 자동차 여행 역시 기차를 타는 것만큼 빨라졌고, 본인이 모든 것을 책임지고 언제든 원하는 것을 원하는 때에 할 수 있어야 한다는 제퍼슨식 사고방식을 지닌 대부분의 미국인은 자동차 여행의 독립적인 성격 때문에 자동차 여행을 선호해왔다. 비행기 역시 미국 고속 철도 네트워크의 잠재력을 짓밟았다.

미국에서 진정한 고속 열차 네트워크가 출현하게 되면 이는 우리가 석유 부족 사태에 적응했다는 궁극적인 신호가 될 것이다. 고속 열차 네트워크가 존재한다는 사실 자체가 세계가 고가의 에너지 시대에 맞춰 변화했다는 것을 미국 국민이 모두 인식했다는 전조가 될 것이다. 불을 마시는 제트 엔진과 이산화탄소를 내뿜는 차들은 모두 역사 속으로 사라지고, 진화하는 인류와 문명을 위한 또 다른 수송 기관 시대가 열릴 것이다. 미국의 방대한 48개 주를 횡단하는 고속 철도 네트워크를 만들려면 엄청난 양의 대중의 의지와 정부의 지도력과 민간 기업의 협력이 합쳐져야 할 것이다. 미국에서 고속 열차 여행 시대를 열지 못하도록 하는 장벽의 수와 크기는 거대하다. 그리고 그런 시스템을 만들기 위해 필요한 자금은 몇천억에서 몇조 달러에 이르는 어마어마한 거금일 것이다. 그런 이유로 미 전역에 광범위하게 존재하게 될 고속 열차 선로를 현실화시키려면 유가가 어쩔 수 없을 정도로 크게 인상돼야 한다. 그 유가가 바로 1갤런당 18달러이다.

사람들은 경제적 비용 때문에 강제로 손을 떼기 전까지는 죽어라고 자동차 핸들과 비행기 좌석을 잡고 있을 것이다. 장거리를 여행하는 교통수단으로 막연히 비용부담이 없다고 해서 기차를 고르진 않을 것이다. 사람들은 그냥 여행 자체를 중단할 수도 있는데 그렇게 되면 우리 경제와 국가 구조상 막대한 타격을 입게 될 것이다. 그렇다면 어떻게 그런 일이 일어나지 않도록 할 수 있을까? 그것은 사람들에게 쾌적하고, 신뢰할 수 있고, 빠른 교통 서비스를 제공하는 것으로 시작된다고 알렉스 쿰만트는 말한다. 쿰만트는 2008년 11월까지 암트랙의 최고경영자로 재직했다. 그는 암트랙이 부활한 2006년부터 고유가와 높은 항공요금 때문에 암트랙으로 새 승객들이 몰려들면서 암트랙의 기차들이 승객들로 꽉 찼던 2008년까지 암트랙을 이끌어왔다. 쿰만트는 암트랙의 진로와 철학에 대해 이사회와 의견 충돌이 발생하면서 그곳을 떠났다. (대부분의 이사들은 부시 대통

령이 임명한 인사들로 암트랙에 대한 정부 지원을 중단해서 암트랙을 정부 보조금에 의존하는, 전 세계적으로 성공한 다른 나라의 국영 고속 철도 네트워크들과는 다르게 민영 기업으로 전환시키려고 노력하고 있다.)

미국의 고속 철도 네트워크는 각 도시들을 좀 더 가깝게 이어주고, 여행을 쉽게 하도록 해주며, 사업을 한결 편하게 할 수 있도록 해줄 것이다. 포괄적인 고속 철도 네트워크 덕분에 우리는 비행기와 차 여행이 서서히 쇠퇴하면서 줄어드는 세계를 목격한 후 미래에도 다른 방식으로 세계와 계속 접할 수 있다고 느끼게 될 것이다. 유가 18달러 시대에 고속 철도는 미국이 다른 세계 열강들에 비해 뒤처지지 않기 위해 필요한 수단이다. 그중 일부 국가는 전기로 달리는 초고속 열차 덕분에 한걸음 앞서 나간 상태다. 정체된 사회는 계속해서 정체된 상태로 남아있으려는 경향이 있다. 활력이 넘치는 사회는 변화를 받아들이고, 그에 적응해서 앞으로 나아간다. 미국이 고속 철도 네트워크를 건설하게 되면 우리는 전자 그룹으로 퇴행하기보다 역동적인 후자에 속하게 될 것이다.

우리는 고속 철도 네트워크를 건설해서 런던에서 파리까지 단 두 시간에 돌파하는(중간에 영국 해협 밑을 지나간다) 유로스타를 보유한 영국과 프랑스처럼 될 것이다. 우리는 베이징과 상하이 간에 걸리는 여행 시간을 14시간에서 5시간으로 줄이게 될 새 고속 철도 노선을 공사 중인 중국과 같은 프로젝트를 하게 될 것이다. 중국의 이 두 대도시는 시카고와 미시시피 주의 잭슨보다 훨씬 더 멀어 800마일이나 떨어져 있다.

우리의 기차는 도쿄에서 후쿠오카까지 800마일에 이르는 길고 고된 여행을 5시간 미만으로 줄인 일본처럼 달리게 될 것이다. 우리는 마침내 215mph 속도로 달릴 수 있는 KTX 기차를 타고 부산에서 서울까지 가볍게 오가는 한국인들을 따라잡게 될 것이다. 미국인들은 승객들을 파리에

서 브뤼셀까지 200마일 되는 거리를 80분에 나르는 밤색 기차인 탈리스프
랑스 국철 고속 열차를 타는 것 같은 여행을 경험하게 될 것이다. 우리는 뮌헨에
서 함부르크까지 180mph의 속도로 달리는 독일 고속 열차를 타고 여행하
는 것이 어떤 기분인지 알게 될 것이다. 심지어는 러시아인들도 러시아에
서 가장 중요한 두 도시인 모스크바와 상트페테르부르크까지 400마일을
운행하는 고속 열차 노선을 짓느라 바빴다.

미국에 있는 단 하나의
스피드 요새

미국에도 고속 열차가 하나 있다. 그리고 뉴욕 지하철의 끊임없이 이어
지는 지하철역들처럼 이 고속 열차 역시 수없이 많은 승객들이 애용하면
서 그 진가를 인정받고 있다. 암트랙은 이 고속 철도를 북동부 노선Northeast
Corridor이라고 부른다. 이 기차는 워싱턴 D.C에서 동부의 해안선을 지나 보
스턴까지 간다. 가는 도중에 중간 중간 볼티모어, 필라델피아, 뉴욕과 같
은 유명한 도시에서 하차한다. 이 기차의 이름은 아셀라이다.

새벽 6시에 뉴욕의 펜 역에서 아셀라를 탈 때는 별다르게 흥미로운 일은
일어나지 않는다. 기차는 어둡고, 승객들도 조용하다. 여기는 특별한 보안
절차도 없고, 지정석도 없다. 승객들은 그냥 선로를 걸어와서, 기차에 올
라타, 자리를 하나 골라잡고 앉는다. 기차는 쾌적하고 널찍하다. 승객들은
대부분 전문직업인이다. 기차에는 심지어 핸드폰 사용과 시끄러운 대화
를 금지하는 조용한 객차도 있다. 별다르게 호들갑을 떨지 않고 기차는 조
용히 펜 역을 출발한다. 그리고 맨해튼의 터널을 쑥 미끄러져서 허드슨 강
밑을 지나 뉴저지의 암흑 속으로 들어온다. 뉴어크 역에서 새로 타는 승객

들이 헤매지 않도록 차장이 나와서 도와주고, 그 다음으로 필라델피아와 볼티모어에서 또 승객들이 올라탄다. 기차는 전기 모터에서 가끔씩 나는 휙휙 거리는 소리를 제외하면 부드럽게 작동되는 서스펜션 시스템 덕분에 조용하게 선로를 달린다. 곡선 궤도를 돌 때는 살짝 오른쪽이나 왼쪽으로 기울어지면서 100mph 이상의 속도를 꾸준히 유지하며 달린다.

아셀라의 북동부 노선을 따라가면 기묘한 해안가에 있는 마을들을 지나 키가 큰 돛대들과 가끔 대서양의 등대들로 가득 찬 항구들을 스쳐 지나가게 된다. 윌밍턴, 델라웨어 남쪽에 있는 마을들이 끝나는 곳에서 뉴잉글랜드의 가을 색조와 대서양 중부의 푸른 가지들이 골고루 섞여 있는 활엽수가 우거진 숲이 나오게 된다. 그리고 그 숲을 따라 메릴랜드가 나오고 볼티모어를 거쳐 간 후에 다시 숲으로 들어가서 몇 분 사이에 승객들을 깊은 숲속에서 미국 관료 정치의 본산으로 안내한다. 기차는 대개 워싱턴 D.C의 유니언 역에 예정대로 아침 9시에 도착해서 승객들이 미국의 수도에서 그날 업무를 처리할 수 있게 하루를 열어준다. 3시간밖에 안 되는 짧은 시간 동안 승객들은 소란스럽고 벅적거리는 맨해튼 중간지구에서 수많은 승객들과 함께 인도를 걸어와 기차를 탔다가 졸린 눈으로 대서양 중부의 바닷가 마을들을 실컷 구경하고 이어서 티끌 한 점 없는 시골의 목가적인 숲속을 지나 연방 권력의 중심지까지 오게 된다. 기차가 천천히 역으로 미끄러져 들어오면 승객들은 노트북을 닫고, 핸드폰 충전기의 플러그를 빼고, 눈을 비비며, 휴식 모드에서 전력을 다하는 업무 모드로 태도를 바꾼다. 승객들의 입심 좋은 대화가 갑자기 끊기고, 양복 재킷을 입고, 소극적이고 평온한 표정에서 맹렬하게 집중하는 표정으로 변화가 일어난다.

미국인들에게 아셀라는 손에 땀을 쥐게 할 정도로 빠르다. 뉴욕에서 워싱턴 D.C까지 130mph의 속도로 달릴 때도 있다. 하지만 고속 열차 세계에서는 아셀라는 특별히 빠르지도 않고, 어떤 기준으로 보면 고속 열차라고 할 수도 없다. 유럽과 아시아와 일본에서는 통상 운행 속도가 200mph에 달하는 기차들도 많다.

뉴욕 지하철처럼 아셀라는 대개 승객이 꽉 차는 편이다. 하지만 지하철과는 다르게 아셀라의 요금은 결코 저렴하지 않다. 나는 국경일이 아닌 10월의 화요일에 아셀라 왕복 티켓으로 340달러를 지불했다. 비행기 요금도 이보다는 저렴하다. 하지만 비행기는 여행 시간이 2배로 걸리고, 아셀라보다 신뢰가 가지 않는다. 비행기를 타고 맨해튼 미드타운에서 워싱턴 D.C 중심부까지 가려면 먼저 대중교통 수단을 타고 1시간을 가거나 아니면 40달러를 내고 택시를 타고 라구아디아나 뉴어크나 JFK 공항으로 비행시간 90분 전에 도착해야 한다. 그리고 보안 검색 과정을 거치느라 짜증스런 25분을 보내야 하고, 그러는 와중에 뉴욕 공항에 도착하는 건 고사하고, 제발 비행기가 제 시각에 출발하기만 기도하게 된다. 그렇게 비행기를 타면 실제 비행시간은 한 시간도 채 안 되지만 대부분의 항공편이 D.C 지역에 있는 BWI 공항이나 덜레스 공항에 착륙하므로 승객들은 또 다시 비싼 택시를 타거나 아니면 한 시간 걸리는 대중교통을 타고 수도 한가운데로 들어와야 한다. 아셀라는 정시에 운행되고, 시간을 한없이 잡아먹는 보안 검색 절차도 없으며, 미드타운에서 D.C 중심부까지 곧장 간다. 워싱턴 D.C에 있는 유니언 역에서 나오는 데는 걸어서 2분 걸린다. 뉴욕의 펜역도 상황은 마찬가지다. 도시 근교 공항의 사정도 이와 같다고는 말할 수 없다. 이 모든 이유 때문에 65퍼센트의 사람들이 종종 요금이 저렴한 델타, 아메리칸, 유나이티드, 혹은 컨티넨탈 항공사에서 매일 수십 편 뜨는 항공편 중 하나보다 뉴욕에서 워싱턴까지 운행되는 암트랙을 이용한다.

암트랙의 북동부 노선은 미국의 나머지 기차 노선이 다다를 수 있는 최상의 기준이 되고 있다. 그리고 유가가 갤런당 18달러에 이르면 이렇게 될 것이다. 현재 우리의 기차 네트워크는 빈혈증에 걸려 있기 때문에 수백만 승객들에게 기차와 비행기와 자동차 중 하나를 고르라고 했을 때 쉽게 기차를 제쳐놓게 된다. 하지만 아셀라처럼 매력적이고 효율적이면서 빠른 노선이 깔리면 어떻게 될까? 사람들은 다시 기차로 몰려들게 될 것이고, 그것도 아주 빠르게 몰려들 것이다. 숫자상으로 나타난 암트랙의 수익은 의미심장하고 놀랍다. 암트랙은 2008년 회계연도에 17억 3,000만달러를 수익으로 올렸다. 그중 9억 5,000만 달러가 고속 북동부 노선에서 나온 것이다. 그리고 암트랙의 전체 운송 거리 중 절반 이상(54퍼센트)이 2008년 암트랙을 탔던 2,900만 탑승객 중 30퍼센트를 태운 450마일 이중직선 코스 선로에서 나왔다. 운행 빈도와 속도와 편안함이란 세 요소가 결합되면 철도 이용객의 수를 끌어올릴 수 있다는 것이 증명된 것이다. 만약 이 정도 수준 혹은 이보다 나은 수준의 철도 서비스가 미 전역에 설치된다고 상상해보라. 상업과 지역 간 관계와 가족의 유대와 대중의 분위기에 미치는 영향은 참으로 의미심장할 것이다. 실로 철도의 르네상스 시대가 열리는 것이다.

암트랙이 차지하는 초라한 위상

1893년 시카고 세계 박람회에서 기록을 세운 주인공인 건축가 다니엘 번햄은 워싱턴 D.C의 유니언 역이 세계에서 가장 중요한 도시들 중 하나인 워싱턴의 웅장한 현관이 되길 의도했다. 1907년 유니언 역이 열렸을 때 사람들은 대부분 번햄의 야심이 성공했다고 인정했다. 세련된 그레이트 홀과 힘찬 아치들로 가득 채워진 유니언 역의 외관은 자아도취에 빠진 왕의 허풍스런 분위기를 그대로 담고 있었다. 이 역은 고속 아셀라 기차의 최남단 역이자 워싱턴의 근사한 지하철 시스템과 곧바로 연결된다. 또한 이 역에는 암트랙 본사가 있다.

하지만 암트랙의 왕좌이어야 할 이 본사는 유니언 역의 그레이트 홀에서 걸어 나와 비프스테이크 레스토랑을 지나 바깥쪽으로 난 한 쌍의 문을 통해서 들어가야 하는, 소탈한 곳에 물러나 있다. 일단 밖으로 나오면 암트랙 본사의 문을 찾아온 사람들은 왼쪽으로 몇 개의 거대한 기둥이 있고, 그 뒤로 별다른 특징이 없는 입구에 들어서서 엘리베이터 설비가 없는 아파트처럼 칙칙한 앞쪽 방에 있는 경비원에게 버저로 방문객이 찾아왔음을 알려야 한다. 모양만 봐서는 로어 이스트사이드에 있는 방 하나짜리 거주용 건물처럼 보일 수도 있지만 이곳은 우리나라 여객 열차 회사의 본사가 있는 곳이다. 일반적인 스타벅스도 이곳보다는 더 강한 인상을 준다.

아마 이렇게 소탈한 본사의 모습은 암트랙의 지도자들에게 비용을 절감해야 한다는, 전 세계 동료들과 비교했을 때 적절한 자금을 제공받지 못하는 조직을 이끌기 위해 필요한 현실적인 사고방식을 일깨워주는 것인지도 모른다. 알렉스 쿰만트는 꿈은 크게 꿀 수 있지만 항상 점증적으로 이익을 늘려가는 것, 조그만 이익, 어떤 이익이라도 올리는 것에 초점을 맞춰 사업을 진행했다. "암트랙에서 우리가 살아가야 하는 세계란 실용적인 세계, 향후 5년간 해낼 수 있는 것을 말하는 세계입니다." 쿰만트는 유니언 역에 있는 사무실의 회의 테이블 앞에 앉아 설명했다. "그리고 지금과는 다른 수준의 대중의 참여와 수백, 수천억 달러의 자금 없이 고속 열차 노선을 건설한다는 것은 정말 불가능한 일입니다."

고속 철도만이 보유할만한 가치가 있는 것이라는 많은 미국인들의 생각에 쿰만트와 암트랙 경영진들은 곤혹스러워한다. 하지만 쿰만트는 속도가 사람들을 다시 철도로 끌어올 수 있는 중요한 매개체라는 점은 인정한다. "제게 10년 내에 10억 달러에 달하는 자금을 준다면 고속 열차 노선을 만들 수 있습니다. 시카고에서 디트로이트 노선까지 10억을 들여 부설할 수 있고, 그 노선으로 기차를 시속 110마일의 속도로 달리게 할 수도 있습니다."

아마 그 두 배의 자금이면 암트랙은 그 노선의 속도를 200mph로 올려서 일리노이에서 세인트클레어 호숫가까지 90분에 가게 만들 수 있을 것이다. 하지만 그 여행에 3시간이 걸린다고 해도 불평할 사람은 없을 것이다. 더군다나 도로가 막히지 않을 때도 일리노이에서 세인트클레어 호숫가까지 차로 가는 데 대여섯 시간이 걸리고, 공항에서 온갖 시시껄렁한 절차를 다 밟다 보면 비행기로 가도 그 정도 시간이 걸릴 때는 불평할 처지가 아닐 것이다. 쿰만트의 말에 따르면 이런 노선을 현실로 만드는 두 가지 관건은 잘 짜인 국가적인 규모의 계획과 철도에 대한 정부의 지원에 대대적인 변화가 일어나야 한다는 것이다.

"이 분야에서 중요한 것은 국가적으로 종합적인 계획이 있어야 한다는 겁니다." 쿰만트가 말했다. "우리에겐 그런 계획이 없어요. 최근에 베를린에서 열린 회의에 참석한 적이 있는데 거기 참석한 독일 대표에게 제가 이런 말을 했죠. '철도에 대한 지원을 꼭 필요한 지출로 보는 독일 같은 나라에서 나도 일하고 싶어요.'" 그러자 그 독일인이 이렇게 대답했다고 한다. "독일도 25년 전에는 미국 못지않았습니다. 그때 우리는 자금을 지원해달라고 해마다 본으로 가서 빌다시피 했죠. 그러니, 상황은 변할 수 있다는 걸 아셔야 합니다."

그 독일 남자의 말이 옳았다. 상황은 변할 수 있다. 그리고 변하게 될 것이다. 일단 유가가 1갤런당 12달러를 넘게 되면 쿰만트는 대중이 철도의 변화를 진정으로 갈망하게 될 것이고, 정부 역시 마침내 그 일에 착수할 용기를 내게 될 것으로 내다봤다. 미 전역을 연결시키는 고속 철도 네트워크를 보유하기 위해서는 유가가 18달러에 가까워져야 하지만 변화의 바퀴는 그 전부터 돌아가기 시작할 것이다. "때로는 진정한 위기가 찾아와야 사람들이 움직이게 됩니다. 그리고 그 변화를 재촉할 위기는 석유 부족 사태라는 걸 확신합니다." 쿰만트가 덧붙였다.

쿰만트는 암트랙이 더 많은 자금을 받을 수 있도록 의회에서 노력한 결과 우선은 성공한 셈이었다. 2008년 새 법안에 따라 암트랙은 상태가 좋지 않은 선로(많은 노선이 그런 상태이다)를 수리하고, 새로운 선로를 부설하는 일과 같은 사업과 자본 지출에 쓸 수 있도록 매년 25억 달러를 받게 됐다. 고속 열차를 꿈꾸기에는 충분치 않은 액수지만 이 법안은 유가가 2달러 50센트일 때 통과된 것이다. 유가가 10달러를 뛰어 넘어 14달러, 18달러로 가게 되면 찔끔찔끔 들어오는 지원금이 홍수가 되어 밀려올 것이다.

대중교통은
절대 공짜가 아니다

알렉스 쿰만트는 실제 내재된 가치보다 훨씬 더 저평가된 것을 미국인들에게 팔아야 하는 힘든 일을 하고 있다. 이 일은 정말 힘든 일이다. 하지만 리처드 하니시의 일은 그보다 더 힘들 수 있다. 그리고 이전에 유니언 퍼시픽의 경영진으로 있을 때 하니시의 월급이 암트랙의 최고 경영자였던 쿰만트가 받았던 35만 달러의 월급보다 결코 많지 않을 거라는 걸 내 장담할 수 있다. 하니시는 중서부 고속철도협회 회장이다. 이 조직은 순전히 기부금으로 운영되고 있다. 그리고 이름에서 알 수 있듯이 이 협회는 시카고에서 세인트루이스, 밀워키, 미니애폴리스, 인디내아폴리스, 디트로이트와 클리블랜드로 가는 중서부 지역의 중앙 집중적인 고속철도 시스템을 만들기 위해 의회에서 로비를 하고 있다. 하니시는 일리노이 주 스프링필드에서 며칠 동안 머무르면서 주 의회에게 지갑을 열어서 철도 여행을 우선순위에 올려달라는 운동을 하고 있다. 쿰만트처럼 하니시의 이런 노력이 큰 성공을 거둔 때는 유가가 인상됐던 2007년과 2008년이었다.

하니시는 열정적으로 일을 하고 있다. 그는 최근 아들과 함께 멤피스로 과감히 여행을 떠났다. 그 부자는 암트랙의 시티 오브 뉴올리언스 기차를 타고 멤피스에서 테네시까지 500마일에 달하는 거리를 12시간 동안 갔는데 과히 총알처럼 빨랐다고 말할만한 속도는 아니었다. 하지만 하니시는 공항에서 이런저런 번거로운 절차를 감수하면서 6시간 동안 비행기를 타느니 차라리 기차로 12시간을 가는 편을 택하는 사람이다. 그의 마스터카드에는 항공사 마일리지가 아니라 암트랙의 난해한 포인트가 적립되고 있다. 중서부 철도협회 사무실은 시카고의 북서쪽에 가까이 있는 링컨 스퀘어 지역에서도 가장 먼저 유행을 선도하는 구역에 있는 커피숍 위층에 작게 보금자리를 틀고 있다. 사무실 바닥에는 단풍나무 바닥재가 깔려있고, 자동차가 아니라 기차가 왕이었던 시절로 거슬러 올라가는 여러 쌍의 내리닫이 창문들이 사무실 곳곳에 있다. 하니시가 바라는 것은 왕족이 누리는 그런 특권이 아니다. 그저 철도가 공평한 몫을 챙길 수 있길 바랄 뿐이다. 그 날은 에너지 가격이 계속 상승하면서 가까운 미래에 올 것이다. 하지만 지금으로서는 미국 대중교통 수단이 벌려놓은 판에서 공정한 게임을 하려면 많은 시간이 걸릴 것이다. 철도도 이 게임에 참여할 수 있게 해주면 번창할 것이라고 하니시는 말한다.

"가장 먼저 깨달아야 할 일은 대중교통에 공짜란 없다는 겁니다." 하니시가 말했다. "그냥 돈만 주면 밖에 가서 고속 열차 한 대 사서 쓸 수 있는 게 아니에요. 먼저 선로와 기반시설이 있어야 합니다."

정부가 제공하지 않는 것이 바로 선로와 기반시설이다. 하지만 정부가 도로는 제공해준다. 미국 정부는 도로를 건설하는 데 1500억 달러를 쏟아붓고 있지만 철도를 유지하는 데는 별다른 조치를 취하지 않고 있다. 대륙횡단 철도를 완성하기 위해 센트럴 퍼시픽과 유니언 퍼시픽 레일로드가 발행한 채권을 정부가 보증해준 1870년대처럼 그런 조치를 취했던 때도 있다. 정부는 그 철도회사들에게 평평한 선로를 건설할 때는 1마일당 1만 6,000달러를, 산기슭의 언덕들을 통과하는 선로는 1마일당 3만 2,000달러를, 산속을 통과하는 선로는 1마일당 4만 8,000달러를 지급했다. 차관의 형태로 지급한 그 보조금에 총 5,300만 달러가 투입됐다. 그만하면 나쁜 거래는 아니다. 하지만 당시 철도의 호황과 불황이 통상적으로 반복되면서 극도로 경쟁적인 대중교통 시장의 다른 주자들과 상대하기에는 아주 취약한 상태였다. 현재 미국을 좌지우지하는 자동차 제조업자들은 아무 조건도 없는 상태에서 무료 도로의 모든 혜택을 고스란히 받았다. 크라이슬러와 GM 사는 2008년 후반 파산하지 않기 위해 국민의 세금 130억 달러를 꿀꺽 삼켰다. 두 회사 중 하나라도 이 채무를 갚을 수 있을 거라고 믿는 사람은 별로 없다.

1956년 이래 연방 정부는 3조 5,000억 달러라는 국부를 아스팔트에 투자했다. 당시 철도 시스템에 소비한 금액은 도로에 들인 돈의 5퍼센트도 되지 않는 것으로 보도를 새로 까는 것과 같은 비용이었다. 그러니 차, 버스, 트럭(도로 위를 달리는 차량은 뭐든지)은 선로 위를 달리는 기차보다 처음부터 경쟁 우위에 선 셈이다. 도로는 무료로 제공된다. 유류세는 도로에 투자한 돈의 일부를 회수하는 것이지만 그 전부를 회수할 수 있는 것은 아니다. 1갤런당 19센트로는 6달러 장에서 언급했던 것처럼 현재 할 수 있는 일이 별로 없다. 도로를 건설하기 위해서는 매년 수백억의 연방 자금이 들어간다. "국고에서 엄청난 돈이 빠져 나와 도로를 포장하는 데 들어가고 있습니다." 하니시가 말했다.

연방 정부가 지금까지 해온 일은 철도회사에게 민자기업처럼 독립적으로 운영하도록 요구하는 한편 돌아서서 경쟁자인 차와 트럭과 버스에게는 엄청난 보조금을 지원하고 있는 것과 같다고 하니시는 설명했다. 그렇게 보조금 지급이 한쪽으로 지나치게 편중된 데는 디트로이트 자동차 업계의 로비가 큰 역할을 했다고 하니시는 말했다. 그렇다 하더라도 자동차 회사들은 아직도 이익을 내는 방법을 밝혀내지 못하고 있다. 유가 18달러의 미래에는 보조금 파이의 훨씬 더 많은 부분이 철도 시스템에 들어가야 한다. 에너지 가격에 따라 급격하게 변하게 될 세계에서 계속 여행을 할 수 있으려면 철도가 그 역할을 하는 성채가 될 것이다.

대부분의 해에 이익을 내는 유니언 퍼시픽과 CSX 같은 화물 열차 회사도 경쟁자인 트럭 수송업자에 비해 심각하게 불리한 상황에서 경쟁하고 있다. "철도 회사들은 수익의 15퍼센트 이상을 선로를 수리하고, 유지하고, 신호를 개선하는 것과 같은 자본 지출에 소비하고 있습니다."라고 쿰만트가 말했다. "참 어이없는 일이죠. 하지만 경쟁자인 트럭 회사들은 도로를 거의 공짜로 쓰다시피 합니다. 어느 시점에 이르면 정부는 철도 네트워크의 확장과 국영 선로를 유지하기 위해 자금을 지원해야 합니다. 피할 수 없는 일입니다."

다시 시카고로 돌아가서 하니시는 의자에 앉아 빙그르르 돌면서 손으로 그림을 가리키고 있다. 시카고의 케네디 고속도로에 정체돼서 옴짝달싹 못하는 차들 옆을 핑 소리를 내며 달리는 2층 통근 기차가 나오는 그림이다. 그의 손가락은 그 기차를 향하고 있었다. "이 기차를 위해 누가 의회에서 힘을 쓰죠? 유니언 퍼시픽은 아닙니다. 그 회사는 선로를 보유하고 있지만 채무가 높아서 지금이라도 여객 열차 사업 부문을 정리하고 싶어 해요. 선로를 만드는 철강 회사들도 아닙니다. 이 선로의 수명은 50년에서 60년 정도 되거든요. 그리고 선로 밑에 있는 바위는 U.P 소유의 채석장에서 가져온 겁니다. 그런 것들을 제외하면 열차 신호와 사소한 계약들이 남지만 크게 영향을 미치는 건 없습니다. 바로 그게 철도의 매력이죠."

하니시는 남쪽으로 향하는, 케네디 4차선 도로에 들어찬 차들을 손가락으로 가리켰다. "하지만 여기는 자동차 제조업자들, 정유 회사, 타이어 회사들, 이 고속도로를 건설하는 거대 건설회사들, 도로 옆으로 늘어선 거대한 조명 기구들을 수백만 개씩 만드는 회사들, 중간에 난 잔디를 베는 회사들……." 그의 목소리가 서서히 줄어들었다.

"읊어대자면 끝도 없어요. 정말 힘든 싸움이죠."

밝아오는 미국 철도의 미래

끝도 없는 로비 활동, 직업들, 대중이 대체적으로 변화를 혐오한다는 사실과 같이 우리 정부가 대중교통에 자금을 지원하는 방식을 바꾸려면 유가가 아주 많이 올라야 하는 이유는 아주 많다. 하지만 미국의 방방곡곡에 고속철도 노선이 지그재그로 깔리려면 그런 변화가 일어나야 한다. 하니시가 제안한 것은 새 고속도로를 건설하는 일이 완전히 중단돼야 한다는 것이다. "더 이상의 고속도로 건설은 중단하고 순수하게 보수 관리 프로그램으로 들어가야 합니다." 그가 설명했다. "우리에겐 이미 충분한 도로가 있습니다. 그리고 미래에는 필경 지금보다 운전자가 크게 줄어들게 될 테니 더 이상의 도로는 필요하지 않습니다. 우리의 재원을 철도와 대중교통 수단을 개선하는 데 써야 합니다."

하니시는 현재 고려중이지만 결코 해선 안 될 프로젝트들을 강조했다. 그런 사업 중 하나가 바로 일리노이 서쪽에 있는 루트 20번 도로다. 일리노이 주와 연방 정부는 2만 5,000명이 거주하는 프리포트와 3,500명이 사는 갈레나라는 마을 사이 50마일 거리에 양쪽으로 2차선씩 4차선 도로를 건설하는 계획을 세웠다. 그 비용은 자그마치 10억 달러에 달한다. 기존의 고속도로를 넓히는 데 1마일당 1,800만 달러가 드는 것이다. 그 10억 달러는 시카고에서 밀워키 또는 샌디에고에서 로스앤젤레스 또는 샌프란시스코에서 새크라멘토 혹은 포틀랜드의 절반이 넘는 곳에서부터 시애틀까지 운행하는 고속철도 노선을 건설하는 데 쓰일 수도 있다. 하지만 정부의 도로 건설 기관은 여세를 몰아 아무도 알지 못하고, 관심도 없고, 사용하지도 않게 될 도로를 지을 것이다.

연방 정부는 암트랙으로 여행을 하는 사람에게 1인당 40달러를 보조하고 있다. 그 정도면 나쁘지 않아 보인다. 그러나 정부는 도로 보조금이란 형태로 차를 타는 사람에게는 1인당 500달러를 보조하고 있다. "이런 불균형한 처사는 서부 유럽이나 아시아의 선진국에서는 있을 수 없는 일입니다." 하니시가 말했다. "미국인들은 언젠가는 자신이 원하는 곳은 어디든 차를 타고 가거나, 비행기를 타고 가는 일이 가능하지 않다는 것을 깨달아야 합니다."

유럽인들은 이 사실을 오랫동안 인식하고 있었다. 유럽 대륙의 대부분의 곳에서 부과하는 유류세 때문에 유럽인의 1인당 석유 사용량은 미국인의 절반으로 떨어졌다. 고속 열차 네트워크가 급속도로 증가, 확산되면서 유럽사회는 휘발유에 덜 의존하는 사회로 변화해갔다. 그 변화는 1960년대와 70년대 제1차 아랍 석유 금수 조치 때 시작돼서 지금까지 계속되고 있다. 유럽의 선례는 우리에게 유가가 인상될 경우 미국과 전 세계에서 어떤 일이 일어나게 될지 미리 엿볼 수 있는 기회를 제공한다. 결국 미국의 철도 네트워크는 세계의 다른 어떤 나라만큼이나 빠르고 폭넓게 확장될 것이다.

스페인은 1990년대 후반까지만 해도 열차 시스템에 관한 한 유럽의 엘리트 국가가 아니었다. 하지만 마드리드 외곽으로 무모하게 뻗어나가는 스프롤 현상에 맞서 싸우기로 굳게 결심한 정부와 수도에서 기차를 타고 3시간 내에 전국 각지를 갈 수 있는 장점 덕분에 스페인의 열차 시스템은 놀랄 정도로 빠르게 발전했다. 스페인에서 일어난 일은 정부의 독려를 받아 나라 전체가 그 대의를 위해 한데 뭉치면 전국적인 고속철도를 부설하는 것과 같은 거대한 프로젝트도 아주 빨리 실현할 수 있다는 증거가 되고 있다. 스페인의 대중교통 부문에 대한 예산은 철도와 도로에 반반씩 공평하게 양분되어있다. 스페인 정부는 향후 15년간 3,600억 달러에 준하는 기반시설 공사를 인가했는데 그중 절반인 1,800억 달러가 기차 선로에 사용될 것이다.

마드리드는 200mph의 속도를 내는 철도 노선으로 수십 개의 도시와 연결돼서 비용 면에서 부담 없고, 안전하고, 편안한 운송로로 전국을 연결하고 있다. 스페인의 극심하게 굽이치는 지형 때문에 고속 열차 선로를 많이 부설하면서 힘도 들고 비용도 많이 들었지만, 그 노력 때문에 많은 스페인인들의 삶이 변화됐다. 마드리드에서 바르셀로나까지(까마귀는 310마일을 날아가지만 험준한 지형 때문에 기차는 429마일을 가야 한다)

2001년에는 7시간 30분이 걸렸고, 하루에 10대의 기차가 그 노선으로 운행됐다. 그런데 지금은 같은 코스를 가는 데 불과 2시간 40분이 걸리며 매일 스무 대의 열차가 그 코스로 운행 중이다. 그 거리는 로스앤젤레스에서 샌프란시스코까지 가는 거리보다 더 멀거나 혹은 뉴욕에서 클리블랜드까지 가는 거리와 같다. 스페인의 열차 시스템 개선 노력의 일환으로 스페인은 프랑스의 TGV 고속 철도 네트워크와 한 팀이 돼서 마드리드에서 파리까지 7시간에 가는 기차를 내놓았다. 그 거리는 시카고에서 뉴욕까지 가는 거리와 같다.

스페인이 이 일을 해낼 수 있다면 미국도 할 수 있다. 미국은 사실 스페인보다 훨씬 더 잘할 수 있어야 한다. 스페인은 미국이 열차 시스템에 투자하려고 고려한 금액보다도 10배나 더 많은 돈을 투자했다. 4,100만밖에 안 되는 인구의 스페인은 국내 총생산이 1조 4,000만 달러로 1인당 국민 소득이 3만 4,000달러이다. 그에 비해 미국은 인구 3억에 국내 총생산 13조 8,000만 달러에 1인당 국민 소득은 4만 6,000달러이다. 미국 군대가 스페인의 정부보다 더 많은 금액인 5,700억 달러를 소비하고 있다. 미국은 철도계의 잠자는 거인인 것이다.

정신없이 뛰어오르는 유가가 이 거인의 잠을 깨울 것이고, 미국의 도로 대 철도 지출 비율은 유가가 18달러에 이르면 50 대 50으로 균형을 맞추게 될 것이다. 현재 상황을 보면 이런 비전이 터무니없이 뻔뻔하게 보이지만 우리 세계는 거대한 혁신을 겪게 될 것이다. 우리는 전보다 더 가깝게 살고, 우리 도시는 활기에 넘치게 되며, 제조업이 다시 부활하고, 거주 지역에서 나는 음식을 더 많이 먹게 될 것이고, 우리가 배출하는 쓰레기는 절반으로 줄어들 것이다. 이 세계에서 그리워하게 될 것은 공항이 수행했던 기능이다. 우리나라를 한데 뭉치게 한 다중적인 운송 시스템, 재빠르게 이동할 수 있는 물리적 능력을 통해 우리의 다양성을 한데 묶을 수 있었던 특성 말이다. 미국과 같은 나라는 미국의 이상만큼이나 웅대하고 응집력이 있는 철도 시스템이 필요하게 될 것이다. 이는 우리의 덩치만 사정없이 키워놨던 저유가 시대에서 경쟁적인 석유 부족시대로 변화하면서 우리가 취하게 될 첫 단계가 될 것이다. 우리는 지금과는 다른 방식으로 살겠지만 잘 살 것이다. 고속 철도 선로가 나라 전역으로 확산되면 우리는 다시 쉽게 마음 내키는 대로 국토를 여행하게 될 것이다.

이 변화는 캘리포니아에서 먼저 시작될 것이다. 캘리포니아의 유권자들은 지난 2008년 후반에 220mph의 속도를 내는 700마일에 달하는 철도 건설을 활성화하기 위해 주 정부가 보증하는 채권 100억을 발행하는 방안을 지지하는 조치에 찬성함으로써 그 첫걸음을 디뎠다. 이 선로는 샌디에고에서 로스앤젤레스까지 그리고 위쪽으로 프레즈노를 지나 북쪽으로 샌프란시스코와 새크라멘토까지 가서 미국에서 가장 인구가 조밀한 주인 캘리포니아를 다른 유럽 선진국처럼 전국 열차 네트워크와 연결시켰다. 이 프로젝트는 캘리포니아의 꽉 막힌 고속도로를 풀어주고, 스모그가 짙은 계곡에서 공해를 몰아내고, 캘리포니아 인들에게 편리함과 적당한 가격에서 누릴 수 있는 서비스와 스피드를 제공할 것이다. 캘리포니아 고속철도 공사는 철도를 이용하는 여행자들이 샌프란시스코에서 로스앤젤레스까지 2시간 38분 만에 가는 요금을 55달러로 추산해서 공항에서 보내는 시간을 고려해볼 때 비행기보다 기차로 여행하는 것이 훨씬 더 저렴하고 빠르게 만들었다.

캘리포니아 프로젝트는 아직 장애물이 많이 남아있다. 캘리포니아 주는 매년 수백억 달러의 적자가 나는 경제적 위기에 처해 재정적 신용도가 저해될 수도 있다. 하지만 인상된 유가가 캘리포니아 주의 이런 노력에 박차를 가하게 될 것이다. 유권자들은 그 해 여름 갤런당 4달러 하던 유가의 기억이 생생하던 상태에서 2008년 그 법안을 통과시켰다. 그런데 그보다 더 높은 유가에 직면하게 되면 이 프로젝트는 순조롭게 성사될 것이다. 그리고 나머지 주들이 본받게 될 것이다. 캘리포니아 프로젝트는 연방 정부와 암트랙이 의도하는 전체 철도 계획의 약식 버전 같은 것으로, 이론적으로 보면 훨씬 더 적은 재원을 가진 주 정부에게 연방 정부와 암트랙이 기선을 제압당한 형국이 될 것이다. 덕분에 캘리포니아 주의 이런 노력에 자극받은 연방정부는 더 많은 고속철도 계획에 참여하게 될 것이고, 특히 하니시와 쿰만트가 예측한 것처럼 서부 해안의 절반 이상을 달리게 될 선로 공사가 완공돼서 엄청나게 많은 인파가 몰려들면 정부는 더 적극적으로 노력할 것이다.

유가가 두 자리 숫자대로 진입해서 18달러를 향해 질주하면 다른 주 역시 행동을 개시할 것이다. 미국에서 두 번째로 인구가 많은 텍사스 주가 휴스턴, 달라스, 오스틴과 샌안토니오와 연결돼서 삼각형 모양으로 딱 떨어지는 전기 고속철도가 만들어질 것이고, 거기서 확장된 선로가 멕시코 만과 갤버스턴과 코퍼스크리스티까지 닿으면서 캘리포니아의 뒤를 바짝 추격할 것이다. 오클라호마 역시 이 흐름에 뛰어들어 털사에서 오클라호마시티를 지나 달라스까지 잇는 직선 코스를 부설해 방만하게 뻗어나간 이 도시들을 현대적인 대중교통수단이 충분히 공급된 진정한 핵심 도시로 변화시킬 것이다. 바통을 이어받아 다음에는 캔자스가 오클라호마시티에서 위치토를 지나 미주리 주의 캔자스시티까지 이어지는 선로 공사를 지원할 것이다.

텍사스의 뒤를 이어 미국에서 가장 인구가 많은 다섯 주 중에 하나인 플로리다 역시 이 운동에 동참할 것이다. 강렬한 태양이 자랑인 플로리다는 고속 철로를 북쪽으로 마이애미에서 포트마이어스까지 그 다음에는 탬파까지 잇고, 동쪽으로는 올랜도 그리고 북쪽으로는 잭슨빌까지 놓을 것이다. 조지아 주는 거기서 플로리다의 철도와 만나 애틀랜타까지 남쪽으로 그 노선을 확장시킬 것이다.

유가 18달러는 중서부를 자극시켜 시카고에서 밀워키, 미니애폴리스, 세인트루이스와 인디애나폴리스까지 고속철도를 사방으로 뻗어가게 만들 것이다. 미주리 주는 세인트루이스와 캔자스시티를 연결해서 중서부 네트워크가 휴스턴과 멕시코 만까지 그대로 쭉 운행될 수 있는 길을 터줄 것이다.

하니시는 캘리포니아의 자구책을 제외한다면 시카고에서 뉴욕 간의 고속철도가 국가적으로 처음 진행되는 대대적인 철도 운동의 시초가 될 거라고 믿고 있다. "현 상황은 그저 창피할 따름입니다." 그는 뉴욕에서 시카고까지 21시간에 걸쳐 장거리 경주를 해야 하는 상황을 언급한 것이다.

이 프로젝트는 중서부 북부와 동부 해안을 완전히 새로운 방법으로 연결시킬 것이다. 이 프로젝트는 유가가 8달러대에 진입하면서 비슷한 인구와 도시와 지역을 보유한 이 두 지대 사이를 정기적으로 오가는 수십 개의 왕복 비행편이 사라지면 생기게 될 공백을 메워줄 놀라운 교통수단을 제공할 것이다. 이 노선은 시카고에서 톨레도(여기서 디트로이트까지 짧게 또 연결될 것이다)를 찍고 클리블랜드를 지나 남동쪽으로는 피츠버그와 펜실베이니아를 거쳐 필라델피아로 가고 그 다음에 북쪽으로 뉴욕으로 올라가서 북동부 철도 노선과 연결될 것이다. 이 노선을 따라 시카고에서 뉴욕까지 가는 데 채 6시간이 걸리지 않을 것이다.

대서양 중부 지역에 있는 노스캐롤라이나가 샬럿과 연결되고 이어서 그린즈버러와 롤리까지 노선이 확장될 것이고, 롤리는 버지니아의 도움을 받아서 리치몬드까지 연결될 것이다. 이어서 리치몬드는 워싱턴의 유니언 역에 있는 북동부 노선과 연결될 것이다. 이 모든 노선들이 다 연결된 시점에는 북동부 노선이 전국에서 가장 느리게 운행되는 고속 선로가 될 것이며 따라서 의회에서는 북동부 노선이 220mph로 달릴 수 있도록 대대적인 개량 공사를 할 수 있는 법안을 다시 준비할 것이다. 연방정부는 결국 기획 위원회를 구성해 이전에는 존재하지 않았던, 미 전역을 아우르는 철도 부설 계획을 편성해서 이 모든 고속 철도 개발 프로젝트에 영향력을 행사하게 될 것이다.

캘리포니아 네트워크는 결국에는 연방정부와 협력해서 고속철도 선로를 포틀랜드, 오리건까지 연결시킬 것이고, 오리건은 다시 시애틀과 연결되는 선로를 부설할 것이다. 서부 지역인 시카고에서 덴버 그리고 계속해서 솔트레이크시티와 리노와 샌프란시스코를 이어주는 선로를 부설하기 위해 강력한 국가적 계획을 수립해야 할 것이다. 이 루트가 완공되면 순조로운 고속 철도 여행을 할 수 있는 나라로 미국의 이미지가 정착될 것이다.

우리 세계는 석유 부족과 치솟는 유가로 인해 속속들이 변하게 될 것이다. 이 변화는 우리의 시각에 따라 좋을 수도 있고, 나쁠 수도 있다. 그러나 고속철도는 모든 사람들이 절대적으로 환영하는, 긍정적인 변화가 될 것이다. 고속철도는 우리의 삶을 단순하게 만들어주고, 삶의 질을 높여줄 것이다. 시카고에 있는 고향에서 휴가를 보낸 여대생은 일요일 아침을 부모님과 먹고 집 근처 링컨 파크에서 지하철을 타고 시카고의 유니언 역으로 가서 오전 10시에 뉴욕 행 고속열차를 타고 학교로 돌아갈 수 있게 될 것이다. 그녀는 가는 길에 일리노이, 인디애나, 오하이오, 펜실베이니아, 뉴저지와 로어 맨해튼을 지나치게 될 것이다. 인디애나의 제강 공장들은 1분 사이에 휙 지나가버릴 것이다. 봄 햇살을 받아 예쁘게 보이는 오하이오와 펜실베이니아의 헛간들은 플래시 아트처럼 그녀의 시야에 0.5초 정도 들어왔다가 곧장 사라질 것이다. 펜실베이니아의 가파른 언덕 중 하나를 지나는, 1마일에 달하는 터널을 지날 때는 16초 동안 암흑에 갇히게 될 것이다. 그녀는 기차에서 3시간 동안 낮잠을 자고 일어나 이제 이틀 후에 내야 할 논문을 기차에서 쓸 수 있는 시간이 3시간밖에 남지 않았다는 것을 알고 아쉬워할 것이다. 다행히 그녀는 뉴욕의 어퍼 웨스트사이드에 있는 컬럼비아 대학 기숙사에 6시면 도착해서 논문을 쓰고, 벼락치기로 자료를 찾아야 할 시간을 충분히 가지게 될 것이다.

유가 18달러 시대에는 아무런 인척 관계도 없지만 비범한 혁신을 이룬 두 버드의 유산을 마침내 사람들이 다시 찾아 먼지를 떨어내고 좀 더 긴밀하게 연결된 미국을 향해 두 거인이 남긴 위업을 계속 추구할 것이다. 4개의 바퀴 위에 올려진 유압으로 작동되는 거대한 도구에 의해 완성될 이 선로 위의 기적은 지친 유니언 퍼시픽 철도 노동자들이 1869년 유타 주 프로몬토리 포인트에서 뿌듯한 마음으로 마지막 남은 못 하나를 망치로 박아서 완성한 미 최초의 대륙횡단 선로처럼 매우 중요한 역사적 사건이 될 것이다.

유가 18달러 시대의 미군

B-52 폭격기는 미 공군에서 1950년대부터 비행 작전을 실시해왔다. 이 노장 폭격기는 그간 별로 변한 게 없다. 물론 조종실은 최신식 회로들과 기계들로 가득 차고, 폭격기에 실은 폭탄은 좀 더 정밀해졌겠지만 이 거대한 전투기는 여전히 이전과 같은 방식으로 이륙해서 천천히 장거리를 비

행해 지상에서 몇 마일 위에서 치명적인 무기를 떨어뜨린다. 이 폭격기는 현재 굉음을 내는 프랫 앤 휘트니 제트 엔진을 두 개도 아니고, 네 개도 아닌 무려 여덟 개를 달고 있는데 각 엔진 하나하나가 1만 7,000파운드의 추진력을 필요로 한다. 사실 이 엔진들은 1950년대 비행기에 장착됐던 엔진과 크게 다르지 않다. 더 나은 기술이 존재하지만 공군은 기존의 기계로 만족하고 있다.

　미 공군은 1950년대에 흡연을 시작해서 모든 무시무시한 경고에도 불구하고 여전히 담배를 끊지 않으려고 고집부리는 늙고, 심술궂은 구두쇠 같다. 하지만 그간의 모든 풍파를 이겨내고 살아남은 노인네처럼 공군 역시 여전히 건재하다. 노인의 마음을 바꾸기란 이만저만 힘든 일이 아닐 수 없다. 공군도 마찬가지다. 하지만 한 갑당 25달러 하는 담뱃값 때문에 노인이 금연을 결심하게 되는 것처럼 유가가 18달러대에 진입하면 국방부 역시 비슷한 결심을 하게 될 것이다. 휘발유 가격이 1달러씩 오를 때마다 국방부의 비용은 50억 달러씩 늘어난다. 유가가 갤런당 4달러에서 18달러로 오르게 되면 추가 비용이 700억 달러가 든다.

　B-52 폭격기는 24시간 비행하면서 때로는 폭격 작전을 실시한 후 다시 기지로 돌아와야 한다. 이 비행기는 스트라토포트레스라는 군 명칭처럼 거대해서 길이 160피트에, 날개폭이 185피트이고, 높이는 40피트다. 연료를 채우지 않은 상태에서 무게가 18만 5,000파운드에 달한다. 이륙 시에는 31만 파운드의 연료에 7만 파운드의 폭탄들을 실을 수 있다. 그리고 이 폭격기를 조종하는 데 5명의 승무원이 필요하다. 공군은 멀리는 괌과 노스다코타에서 중동까지 군용기를 단기 출격시킨다. 1시간 비행에 B-52기의 8개의 엔진은 3,334갤런의 연료를 집어 삼킨다. 유가가 4달러일 때 시간당 드는 연료 비용은 1만 3,300달러이다. 그 유가가 18달러로 인상되면

시간당 6만 달러가 된다. 세계의 반대편에서 작전을 수행하게 되면 연료비만 해도 140만 달러에 달하게 된다. B-52기는 간결한 라인과 우아하게 휘어진 윙스팬으로 근사한 외모를 자랑하지만 실질적으로는 날아다니는 돼지와 다를 바 없다. 사실 B-52기는 미군에서 보유한 연료 대식가 무리 중에서도 가장 많은 양의 연료를 먹어치우고 있다. B-52기는 거의 60년 전 미 공수 부대에 편성된 후 거의 모든 주요 전투에 참전했다. 유가 18달러 시대에 군과 군에서 쓰는 기계가 재정과 안보 문제 때문에 연료를 더 적게 쓰도록 진화되면서 B-52기의 치세는 위기에 처하게 될 것이다.

"유가가 인상되면 군이 하는 모든 일이 영향을 받게 될 겁니다." 미 외교협회의 에너지 안보 프로그램 국장인 마이클 레비가 말한다. 하지만 미군은 유가가 18달러에 이른다고 해서 하던 일을 중단하지는 않을 것이다. 국방부에서 어딘가에 폭격을 하고 싶은데 유가 때문에 그만두는 일은 없을 거라고 레비는 말한다. 하지만 고유가 때문에 군은 새 비행기나 배나 미사일을 장만하는 것 같은 자본 지출에 써야 할 돈을 연료비에 쓰게 될 것이다. 군은 2008년 한 해 동안 에너지 비용으로 150억 달러 이상을 소비했는데 그중 절반 이상이 연료비로 들어갔다. 자본 조달 프로그램을 계속 가동하기 위해 국방부는 이미 유가가 두 자리 숫자대에 진입했을 때의 세계에 대해 생각하기 시작했다. 결국 새 장난감이 없는 국방부는 상상할 수 없지 않겠는가?

재정적인 압박에 더해 군은 미국을 우방으로 간주하지 않는 나라에서 주로 들여오는 화석 연료에 의존한다는 점을 계속 불안하게 여겼다고 레비는 말했다. 간단하게 말하면 화석 연료는 안보 위협인 것이다. 이 위협에 대한 국방부의 응답은 세계의 전술적인 무대에서 미군이 차지했던 중요한 위상을 잃지 않으려고 노력하면서 연료를 덜 사용하는 것이다. 레비는 작전은 줄이지 않고 대신 앞선 기술력으로 그러한 노력을 주도할 것이라고 말했다. "군은 지금 하던 일을 앞으로도 계속하면서 한층 더 에너지 효율을 높이려고 노력할 겁니다." 레비는 또 "군은 기존의 업무에 기술 혁신과 새로운 기술을 적용하는 것으로 비용을 줄이려고 할 겁니다. 몇 년간 국방부는 간헐적으로 이 목표를 추구해왔습니다."라고 덧붙였다.

이 목표는 유가 1달러 시대에는 중단됐다가 고유가 시대가 되면 다시 진행될 것이다. 들쭉날쭉하게 인상되는 고유가 시대에 군의 초점은 다시 이 목표에 맞춰지게 될 것이다. B-52 같은 폭격기들은 대대적으로 그 수가 줄어들 것이며, 살아남은 기종들은 연료를 사정없이 빨아들이는 8개짜리 엔진이 아니라 에너지 효율이 높은 4개의 새 엔진으로 개조될 것이다. 공군은 또한 전시든 혹은 평상시든 군에서 사용되는 시간의 거의 대부분을 공중에 떠 있게 될 C-5 수송기들과 공중 수송 레이더 시스템 비행기들에도 에너지 효율이 높은 새 기종들을 도입할 것이다.

석유를 공급하는 나라들 간에 다툼이 벌어지는 때에도(고유가 시대에는 그럴 가능성이 높아진다) 계속 연료를 공급받기 위해서 공군은 천연가스와 석탄으로 만든 합성 연료에 대한 실험을 계속하고 있다. 이는 비용이 많이 드는 과정이지만 국내에서 할 수 있는 일이다. 공군은 2016년경 외국 공급원이 끊겼을 경우 30억 갤런이 들어가는 제트기 연료의 절반을 미국 내에서 자체적으로 생산하는 능력을 갖출 수 있기를 희망하고 있다.

해군 또한 엄청난 기름 소비량에 있어서는 공군에 뒤지지 않는다. 해군과 공군의 연료 사용량을 합치면 군 연료 사용량의 85퍼센트에 달한다. 몇몇 국회의원들은 해군 함대가 원자력을 좀 더 많이 쓰도록 밀어붙이고 있다. 현재는 해군의 300대의 배 중에서 약 80척인 잠수함과 항공모함만 핵분열원자로로 가동되고 있다. 적극적으로 에너지 보존 운동을 개진하고 있는 메릴랜드 주의 공화당원인 로스코 바틀렛 의원은 해군의 전 함대가 원자력으로 가동될 때의 손익분기점은 유가가 1배럴당 100달러에 가까워질 때라고 말한다. 반면 해군에서는 배럴당 80달러일 때는 원자력을 쓰는 게 합리적이지만 유가가 200달러에 이르면 망한다고 말한다. 어느 편이 옳은지를 떠나서 유가는 결국 이 두 지점을 넘어서 계속 인상될 것이고, 선체에 원자로만 탑재한 해군의 가치 역시 올라가게 될 것이다. 연료를 100퍼센트 원자력에 의존하게 되면 미국의 함대는 전보다 더 안전해지고, 외부의 공격에 덜 취약해질 것이다. 미 군함 USS Cole이 폭발물을 가득 실은 배와 예멘의 아덴 항에서 충돌하던 당시 그 군함은 연료를 보급받기 위해 그 항구에 왔었다. 만약 그 배에 원자로가 있었다면 처음부터 그 항구에 갈 필요도 없었던 것이다. 그 폭발로 군함의 선체에 40피트 크기의 구멍이 생기면서 17명의 미국 해군이 목숨을 잃었다.

아직 수명이 남았지만 원자력을 갖추지 못한 해군 함대는 선체 내 전기와 디젤 시스템을 개조해서 에너지 효율을 크게 높일 것이다. 2001년 해군 연구에 따르면 이지스 순양함인 USS 프린스턴은 전 세계를 돌아다니는 데 한 해에 1,000만 달러에 이르는 디젤유를 소비한다고 한다. 이는 그 배에 탄 400명의 승무원 1인당 연료비가 2만 5,000달러에 달한다는 뜻이다. 유가가 18달러로 인상되면 USS 프린스턴에 탄 승무원 1인당 연료비는 22만 5,000달러가 될 것이다. 그 연료의 거의 절반은 배의 전기 시스템에 쓰이는 2.5메가와트 전력을 생산하고, 나머지 반은 프로펠러를 추진하기 위한 8만 마력을 공급하게 될 것이다. 이 연구에 따르면 배의 전기 시스템을 현대화하고 구식 냉각기, 펌프, 환풍기와 필터들을 교체하면 현재 사용하는 전력량의 50퍼센트를 절약해서 연료비를 크게 줄일 수 있다고 한다. 해군은 그동안 의도적으로 이런 개조 작업을 미루고 있었지만 유가가 두 자리 숫자로 오르면 해군 함대에 속한 모든 배들이 전기 시스템 정비를 받기 위해 드라이 독에서 줄을 서게 될 것이다.

미 육군은 지상 공습 모드에 들어가면 막대한 양의 에너지와 휘발유를 소비한다. 육군에서 주로 쓰는 70톤의 에이브람스 탱크의 식욕은 아주 왕성하다. 에이브람스 탱크의 가스 터빈은 험준한 지형에서 이 탱크를 시속 40마일의 속도로 움직일 수 있다. 그러나 이 탱크의 연료 효율은 1갤런당 마일로 측정되는 것이 아니라 1마일당 갤런으로 측정된다(이 탱크는 1마일을 가기 위해 3갤런의 휘발유를 소비한다). 에이브람스의 놀라운 식욕에 덧붙여 육군은 종종 전투에 쓰이는 탱크에 연료를 보급하기 위해 헬리콥터를 동원함으로써 배달된 연료 비용을 1갤런당 500달러로 올려놨다. 그렇기 때문에 에이브람스를 다이어트시키는 것도 유가 18달러에 육군이 우선적으로 해결해야 할 일 중 하나가 될 것이다. 육군이 탱크를 없애는 일은 없겠지만 연료 효율을 두 배로 올리기 위해 새 탱크 안에 좀 더 에너지 효율이 높은 터빈을 설치하게 될 것이라고 레비는 말했다. 현재 사용되는 터빈은 1960년대 개발된 기술에 기초한 것이다.

험비_{지프와 경트럭의 특성을 합쳐 만든 군용 차량-역주}와 병사 수송 차량 같은 다른 군용 차량들 역시 변화해서 차체를 티타늄과 탄소 합성물로 바꾸게 될 것이다. 육군은 이미 디젤과 전기 엔진을 혼합한 하이브리드 엔진으로 달리는 차량들을 시험하는 중이다. 유가 18달러 시대가 되면 이런 에너지 효율을 높이는 기술을 이용한 차량들이 정규군의 일부가 되는 것이 아니라 주도적인 세력으로 전면에 나서게 될 것이다.

헬리콥터를 이용해서 탱크에 휘발유를 실어 나르는 일 외에 육군은 또한 거대하고 비효율적인 디젤 발전기를 사용해서 전방 사령부의 동력을 공급한다. 미래에 육군은 차세대 하이브리드 발전소를 사용해서, 사령본부 텐트를 가지고 다니고, 거기에 탑재된 풍력 에너지 터빈과 태양전지판을 사용해서 사령부에 전력을 공급할 계획을 세웠다. 이는 친환경 에너지이지만 휴대가 가능한 에너지이기 때문에 군에서는 쌍수를 들고 환영할 것이다. 디젤유를 공급하기 위해 헬리콥터를 동원할 필요도 없이 기동성이 뛰어난 에너지를 사용할 수 있는 멋진 계획이다.

미 국방부는 유가 18달러의 세계에서도 여전히 막강한 영향력을 지닌 존재로 남아있겠지만 군 예산의 절반을 연료에 부어버리면서는 시시각각 발전하는 기술 세계에서 살아남을 수 없다는 것 역시 잘 알고 있다. 그래서 군은 고유가 시대의 미래에 대처하는 문제에 대해 정부와 다른 경제 부문보다 사실상 앞서가고 있다. 군에게는 뒷전에 물러나 팔짱만 끼고 관망할 여유가 없는 것이다. 그리고 그건 우리도 마찬가지다.

1갤런당 20달러

에너지의 미래

$20.00/GALLON

원자력은 안전 기준이 오랫동안 존재하지 않았던 러시아를 제외하면 오랫동안 매우 안전한 물질이었다. 미국 펜실베이니아 주의 미들타운 근처에 있는 스리마일 섬에서 원자로가 일부 녹아내리면서 유일하게 일어났던 대형 사고에서도 사망자는 단 한 명도 없었으며 유해 방사능에 노출된 사람도 한 명도

4 dollars	6 dollars	8 dollars	10 dollars	12 dollars	14 dollars	16 dollars	18 dollars	20 dollars

웨스트버지니아 주의 캐너와 강 계곡은 모래가 넘실거린다. 이 계곡에서 채굴한 석탄이 우리 사회가 혼란스런 농업 사회에서 기술과 진보가 눈부시게 돋보이는 사회로 발전할 수 있도록 그 동력을 공급해주는 동안 슬래그 더미, 석탄 무더기와 그을음투성이의 갱도는 이곳에서 한 세기가 넘게 터줏대감으로 사방에 자리 잡고 있었다. 캐너와 강가와 바로 접한 애팔래치아 산은 1,200피트 정상에서 우뚝 솟아있고, 부서지기 쉬운 바위 표면을 활엽수가 가볍게 스치고 있다. 가파른 산허리에는 에너지를 찾으려는 인간의 흔적이 고스란히 배어있다. 여기저기에 보이는 터널 입구들과 갈색의 지그재그형 산악 도로 위로 푸른색 나뭇가지들이 드리워져 있다. 석탄을 실은 트럭들이 우르르 소리를 내며 2차선 도로 위를 달려가고 있다. 트럭에 실린 석탄은 도로가 울퉁불퉁하거나 좌우로 꺾어질 때마다 튀어 올라 고속도로 갓길에 검은색으로 줄을 그어놓았다. 공기 중에는 먼지와 금속성 그을음 냄새가 났다. 입으로 들이마신 공기는 옅게 피비린내가 났다.

가끔은 소용돌이치다가 가끔은 잠잠하게 흘러가는 캐너와 강은 종종 근처의 제련소들과 정련소에 수력전기를 공급하는 수많은 댐 뒤에서 웅덩이로 고였다. 강둑에 자리 잡은 거대한 석탄 공장들은 산을 향해 동쪽으로 흘러가는 연기와 김을 뿜어낸다. 거대한 고압 전선을 통해 공장에서 흘러나오는 전기는 이쪽 강둑을 뛰어넘어 저쪽 강둑으로 가면서 가끔씩 한 섬에 흘러들어가기도 한다. 강은 오래전에 수정 같은 물빛을 잃었고, 강물은 전기와 석탄과 열을 생산하는 데 희생됐다. 웨스트버지니아 공중보건부는 어부들에게 이 강에 있는 잉어, 메기, 서커나 줄무늬 농어에 높은 수치의 다이옥신이 들어있기 때문에 강에서 잡은 생선은 일절 먹지 말도록 조언했다. 물고기들은 강바닥에 쌓인 진흙에서 다이옥신을 빨아들이고 있다. 1840년 이 지역에 있는 석탄 매장물에 쉽게 접근할 수 있도록 바지선을 운행하기 위해 캐너와 강 하류에서 알돌과 바위들을 들어낸 이래 이곳은 산업이 전적으로 지배하고 있다.

석탄, 수력 에너지, 광산들, 단련된 노동력과 외진 장소라는 조건을 골고루 갖춘 이 계곡은 오랜 세월 미국 에너지의 중심부였다. 6대에 걸쳐 이곳 주민들은 이곳에서 성장해서 석탄을 캐고 먼지를 마시며 늙어갔다. 80년이 넘게 같은 일들이 반복됐다. 석탄을 캐서 그 채굴한 석탄을 태워 증기를 만들어 터빈을 돌리고, 전기를 만들었다. 수력 댐도 마찬가지였다. 봄에 둑으로 물길을 막았다가 천천히 수문을 열어 물이 나올 때 그 힘으로 여름 내내 터빈을 돌렸다. 이 계곡은 보잘 것 없는 약점들이 가득 찬 구세계 에너지의 중심부였던 것이다.

그래서 미국에서 가장 중요한 에너지 운동 중 하나가 바로 여기, 캐너와 강의 동쪽 강둑에서 100야드 떨어진 곳에서 일어나고 있다는 점이 좀 기이하게 여겨질지도 모르겠다. 여기서 일어나고 있는 일은 우리의 미래에 대한 청사진, 마지막 에너지 한 방울까지도 소중하게 여기면서 에너지를 낭비하는 일은 수전노처럼 질색하는 고유가 시대의 미래에 대한 청사진이다. 여기 웨스트버지니아 주의 주도인 찰스턴에서 남동쪽으로 30마일 떨어진, 지자체에 편입되지 않는 마을인 앨로이에 우뚝 솟은 활엽수 밑에 세계에서 실리콘을 가장 많이 생산하는 공장이 있다. 웨스트버지니아 앨로이는 매년 이 공장에서 반짝거리는 광택이 나는 실리콘을 7만 2,000톤 제조하고 있으며, 그렇게 하기 위해 막대한 양의 에너지를 빨아들이고 있다. 이 공장에서는 12만 가구의 생활을 유지하는 데 필요한 전력량인 135메가와트를 필요로 한다. 이 전기로 공장의 아크로(전호에 의한 열을 이용한 전기로)에 동력을 공급하는데, 이 아크로의 중심은 화씨 6,000도의 고열로 하얗게 빛이 난다. 웨스트버지니아 앨로이는 아크로에서 앨라배마 석영과 지역에서 생산된 활엽수 나무토막과 역시 지역 내에서 생산된 석탄을 합한 물질을 녹인다. 석영의 구성 요소는 실리콘과 산소다. 펄펄 끓는 뜨거운 열이 석영 속에 있는 산소를 찾아 꺼내면 순수한 실리콘만 남아 아크로 바닥에서 작은 궤도차로 흐른다. 이 과정은 화학적으로는 석영 속에 있는 산소가 석탄과 나무에 있는 탄소와 결합하기 때문에 탄소 축소 과정이라고 알려져 있다. 실리콘은 웨이퍼 회로기판에서 면도 크림과 코킹과 화장품과 주방기구에까지 골고루 사용되는 소재이다.

이곳에서 진행되고 있는 에너지 보존 규모는 어마어마하다. 이 공장에서는 3억 달러의 가치가 있는 대형 풍차나 280억 달러의 가치가 있는 태양 전지판보다 훨씬 더 많은 친환경 에너지(50메가와트)를 생산해낸다. 그리고 그 생산비용은 7,500만 달러밖에 들지 않는다. 이 프로젝트는 현재 맹렬하게 불타는 횃불처럼 마구잡이로 열기를 뿜어내는(20피트 안쪽으로 다가가면 눈썹이 타버릴 정도다) 공장의 용광로에 초점을 맞춘 것이다. 회사에서는 방문객들에게 폴리에스테르 제품을 입지 말라고 경고했다. 폴리에스테르는 융점이 낮아서 폴리에스테르 섬유로 만든 옷을 입고 공장 안을 걸어서 견학하다가는 뜨거운 용광로의 온도에 화상을 입을 수도 있다. 작은 포크리프트에 달린 거대한 주걱 같이 생긴 물건으로 나무와 석탄과 석영을 섞는 용광로의 윗부분 가까이 다가가면 그 열기는 섭씨 72도의 뜨거운 한낮에 데스밸리^{캘리포니아 주 남동부의 아마르고사 산맥과 페너민트 산맥 사이에 끼어 있는 구조곡 - 역주}의 태양을 마주보고 서 있는 것 같은 느낌이 든다. 용광로를 더 잘 보기 위해 30피트 반경 안으로 들어선 나는 공장 가이드의 조언에 따라 가지고 다니던 노트를 주머니 안에 집어넣었다. 노트 페이지는 벌써 뜨거워져서 불이 붙기 직전이었다.

용광로는 절대 녹아서는 안 될 부분을 지키기 위해 가능한 한 모든 식으로 열기를 발산하려고 열어놓고 있다. 자동차 엔진도 열기를 식혀줘야 하는 것처럼 용광로도 마찬가지다. 무작위로 열기를 발산하는 것에 덧붙여 용광로의 내부는 2피트 폭의 방열기 파이프를 사용해서 물로 식히고, 그 열기는 방열기 파이프를 통해 3줄로 설치된 100피트 높이의 23개의 고리로 들어간다. 이 거대한 방열기는 구글 지도로 검색할 수 있다. 구글 지도를 쳐서 웨스트버지니아의 앨로이에 커서를 놓고 확대하면 방열기를 볼 수 있다. 이런 냉각 시스템 덕분에 용광로와 공장은 작업을 중단하는 사태 없이 순조롭게 가동되고 있다.

RED^{Recycled Energy Development}의 회장인 톰 카슨에게 이 거대하고 복잡한 방열기 시스템은 어마어마한 에너지 낭비로 보인다. 이 방열기의 목적은 단 한 가지, 열을 발산하는 것이다. "열은 에너지입니다. 그런데 왜 낭비합니까?" 카슨은 종종 이렇게 말한다. 카슨은 2006년 RED를 설립했다. 이 회사는 쉽게 낭비되는 열을 잡아서 그 열을 유용한 곳에 쓰는 일을 전문으로 하고 있다. 카슨은 또한 쓸데없는 말을 하는 것도 싫어해서 항상 요점만 집어서 간결하게 말한다. 그런 성향은 해병대 엔지니어로 근무하던 시절이나 혹은 컬럼비아에서 MBA 과정을 수석으로 졸업하면서 생긴 것인지도 모른다. 카슨은 지난 30년간 거의 대부분의 시간을 에너지를 좀 더 효율적으로 사용하기 위해 노력했고, 그 일에서 이익을 봤다. 결국 그는 에너지 효율 부문의 세계적인 거장이 됐다. 카슨은 건물이나 공장을 보면 즉시 어디서 쉽게 에너지를 절약할 수 있는지 파악했다.

　카슨이 창립한 몇 개의 회사는 낭비되는 에너지에서 이익을 보는 일에 너무 큰 성공을 거둬서 더 큰 회사들의 경영권 취득 대상이 됐다. 카슨은 1994년 뉴욕 증권거래소에 상장한 트리젠을 프랑스의 수에즈가 시도한 적대적인 인수 합병에 잃었다. 또한 RED와 같은 사업을 펼치던 프라이머리 에너지를 캐나다의 엡코가 2006년 3억 3,000만 달러에 사들이면서 또 잃게 됐다. 카슨은 이 두 거래에서 재정적으로 큰 보상을 받았지만 이 두 회사를 자신이 원하던 만큼 크고 원대하게 키우지 못했다는 아쉬움을 항상 느꼈다. 그는 RED의 경영권을 잃지 않으면서 언젠가는 자사의 주식을 상장할 수 있기를 바라고 있다. 하지만 66세인 카슨은 이 싸움에는 돈보다 더 큰 힘이 작용하고 있다고 느끼고 있다. 낭비를 줄이는 것은 에너지 전쟁에 있어 두 번째로 치러야 할 전투라고 카슨은 말한다. "우리는 좀 더 높은 에너지 효율이라는 미래를 향해 가야 합니다. 그렇지 않으면 지구 온난화와 줄어드는 자원이라는 암울한 미래에 직면하게 됩니다." 카슨이 설명했다.

쉽게 따먹을 수 있는
에너지 과일을 움켜쥐어라

웨스트버지니아에 있는 이 실리콘 공장에게 이 말은 더 이상 방열기 시스템도 사용하지 말고, 더 이상 용광로 문을 열어놓고 열기를 식히는 일도 없어야 한다는 뜻이다. 공장의 열 포착을 최대로 활용하기 위해서 RED는 용광로로 투입되는 공기 양을 줄인다. 그렇게 되면 배출가스의 온도가 1,400도로 올라가게 된다. 용광로 덮개와 전극 팔들의 소재는 연강에서 강철로 바꿔서 고온과 7만amp 점화 단계의 지속적인 유도를 더 잘 견뎌낼 수 있게 할 것이다. 용광로의 나무와 석영과 석탄이 섞여서 불타는 부분과 밑바닥에 농축된 실리콘이 흐르는 부분까지 5피트 길이로 개방된 부분 역시 막을 것이다. 공장 노동자들은 더 이상 공기를 식히기 위해 사방에 널려 있는 7피트 길이의 환풍기들이 필요하지 않게 될 것이다. 이 프로젝트는 2010년에 끝날 예정이다.

거대한 덕트 진공 시스템이 들어서서 용광로에서 나오는 1,400도의 배출가스를 끌어내 낡은 건물에서 증기를 만들어내게 될 것이다. 그 오래된 건물은 이 회사가 예전에 석탄을 태워서 증기 터빈과 전기를 만들어내던 곳이다. 그 증기 터빈들은 아직 그 자리에 남아 있는데 그중 일부는 너무 오래돼서 수입한 파이프에 나치 독일의 표장인 만자 십자장이 그대로 새겨져 있는 것도 있다. RED는 용광로에서 남는 열을 가지고 만든 증기를 사용해 이 터빈들 중 하나를 가동시켜 그 전기부하를 100야드 뒤쪽에 있는 실리콘 공장으로 보낸다. 그러면 거기서 전에는 그냥 대기 중으로 쏟아지던 열을 가지고 이제 50메가와트의 전기를 만들어낸다.

미국의 약 4만 가구가 50메가와트의 전기로 생활할 수 있다. 그런데 웨스트버지니아 주의 석탄을 주력 산업으로 하는 계곡에서 그 50메가와트의 전기를 뽑아내고 있는 것이다. 웨스트버지니아 앨로이는 막대한 금액을 절약할 수 있기 때문에 이 프로젝트에 완전히 매료됐다. RED의 이 프로젝트가 완성되면 이 웨스트버지니아 공장은 세계에서 가장 큰 실리콘 공장일 뿐 아니라 세계에서 가장 적은 비용을 들여 실리콘을 생산하는 곳이 될 것이다. 중국은 저렴한 인건비라는 강점이 있지만 웨스트버지니아 앨로이WVA의 회장인 아덴 심스는 이 공장의 저렴하고 에너지 효율성이 높은 전기 덕분에 중국 공장보다 훨씬 더 저렴한 실리콘을 생산하게 될 것이라고 말한다. "우리가 수년 동안 에너지를 문 밖에 갖다 버렸다는 건 잘 알고 있습니다." 그는 웨스트버지니아 특유의 비음 섞인 억양으로 말했다. "하지만 에너지 가격이 아주 낮았기 때문에 그동안은 그 버려지는 에너지를 이용할 생각이 없었죠. 이제 에너지 가격이 계속 오르면서 이곳에서 실행하는 프로그램과 같은 프로그램을 세계적으로 많이 보게 될 겁니다."

웨스트버지니아 공장에서 소개한 새로운 에너지 효율성에 확신을 품은 WVA는 비슷한 기구를 갖춰서 뉴욕의 나이아가라 폭포에 있는 공장을 다시 열기로 했다. 3년 전 아시아 공장들과의 경쟁에 밀려 닫았던 그 공장을 다시 열어서 가동하게 되면 세계 실리콘 생산량의 대부분을 맡고 있던 중국의 제조업 일자리가 최저가로 실리콘을 공급하는 공급업자가 있는 미국으로 다시 돌아오게 될 것이라고 심스는 말했다.

"우리가 에너지를 좀 더 똑똑하게 쓴다면 미국이 제조업계의 거물로 다시 등극하지 못할 이유가 없습니다." 카슨의 말이다. 그는 앨로이에 있는 공장 같은 공장들을 '쉽게 따먹을 수 있는 과일'이라고 불렀다. 그는 이렇게 덧붙였다. "그렇게 쉽게 따먹을 수 있는 과일은 아주 많습니다."

카슨은 북미에서 가장 큰 공장 중 하나가 있는 인디애나 주 시카고 동부의 미로와 같이 얽힌 미탈 제철 공장에서 비슷한 전략을 사용했다. 이 공장 직원은 1만 명이다. 거기서 진행하는 프로젝트는 공장의 거대한 코크스 제조 가마에서 나오는 2,000도의 배출가스를 잡아서 그것을 한 시간당 100만 파운드의 스팀으로 바꾸어 95메가와트의 전력을 생산하는 것이다. 이 프로젝트 비용은 1억 6,500만 달러가 들었지만 미탈은 이 공장의 한 해 전기료로 1억 달러씩 절약하고 있다.

휘발유 가격이 20달러를 향해 줄달음치면서 미국은 결국에는 먼 미래까지 자국의 전기 공급량을 안전하게 확보할 수 있는, 포괄적인 에너지 계획을 편성할 것이다. 그 계획의 큰 부분으로는 더 많은 풍력 에너지와 원자력 에너지 같은 새로운 에너지원을 확보하는 것뿐 아니라 매일 발생되는 막대한 양의 에너지 낭비를 줄이는 것도 들어있다. 우뚝 솟은 수많은 굴뚝 밑에 있는 거대한 건물들이 그런 에너지 절약 계획을 시작하기에 최선의 장소이다. 새 석탄 공장이나 원자력 발전소를 짓기 위해 콘크리트를 붓기 전에, 심지어는 새 풍차를 세우기 위한 발판을 짓기 전에, 우리는 카슨이 말한 것처럼 기존의 기반시설을 꼼꼼하게 살펴서 쉽게 따먹을 수 있는 에너지 과일을 찾아봐야 한다.

아주 찾기 쉬운 전력원도 많다. 사실 사방에 그런 전력원이 있다. 제강 공장, 건식 벽체 공장, 페인트 공장, 유리 제조업체와 같은 곳들이 아주 많다. 제지 공장이나 발전소나 공기 중으로 증기나 화염을 내뿜고 있는 정련소 같은 곳을 지날 때면(미 전역에 이런 공장들이 수만 개가 있다) 날 것의 에너지를 그대로 공기 중으로 뿜어내는 광경을 목격하게 되는 것이다. 에너지 가격이 인상되기 전까지는 화석 연료로 공급되는 추가 에너지를 사들이는 것이 아주 쉽고 저렴한 선택이었기 때문에 이 모든 일들이 일어났다. 이렇게 생각해보자. 당신은 거실에서 맥주 한 캔을 마시고 있었다. 그러다 맥주를 거실에 두고 일어나서 부엌에서 뭔가를 먹으려고 앉는다. 그런데 문득 거실에 맥주를 두고 온 걸 깨닫게 되면 분명 다시 거실로 가서 가져올 것이다. 하지만 만약 그 맥주 캔 하나에 1달러가 아니라 1페니라고 한다면 어떻게 하겠는가? 그러면 당신은 아무래도 냉장고에서 새 맥주를 꺼내고, 거실에 있는 맥주는 그대로 김이 빠져서 밍밍해지게 놔둘 것이다. 에너지에 관한 한 사실상 미국 산업계와 전 세계의 산업계가 한 세기 동안 이렇게 행동했다.

이 모든 일이 변할 것이다. 유가가 20달러대에 가까워지면서 미 산업은 할 수 있는 모든 에너지 절약 조치를 다 취할 것이다. 그러한 변화는 풍차 프로젝트나 태양 전지판 정렬이 아무리 넓은 면적을 차지하더라도 그보다 더 급격한 변화가 될 것이다. 산업 폐기물에서 나오는 열을 재활용하면 이산화탄소 방출량을 20퍼센트 줄일 수 있다고 에너지부는 말했다. 그 양은 미국의 도로에서 모든 차와 경트럭을 들어내는 것과 같다. 이는 분명 환경에 커다란 혜택이 될 것이다. 그리고 에너지 비용을 줄이기 위해 우리가 취하는 변화 덕분에 의도하지는 않았더라도 지구가 그 혜택의 주된 수혜자가 될 것이다.

맨해튼의 불을 다시 붙이다

그간 낭비했던 열과 전기와 에너지를 포착해 사용하면서 우리는 100년도 훨씬 전에 존재했던 효율성의 시대로 다시 돌아가게 될 것이다. 1910년에는 작았을 우리의 전기 그리드는 당시 65퍼센트의 효율로 가동됐다. 이 말은 우리가 생산하는 전력의 65퍼센트가 실수요자에게 전달된다는 뜻이다. 그때부터 1957년까지 국가적인 전력 그리드의 효율성은 33퍼센트까지 떨어져서 지금도 그 수준으로 유지되고 있다. "지난 50년 동안 효율성을 높이지 않은 다른 산업을 도저히 떠올릴 수 없군요." 카슨이 말했다. "대개 효율성을 높이지 않는 산업은 사멸되기 마련인데 말입니다."

제조 과정에서 나오는 열을 잡아서 사용한다는 RED의 방식은 새로운 기술이라고 말할 수도 없다. 토머스 에디슨도 맨해튼의 펄 스트리트에 있는 세계 최초의 발전소에서 같은 방식을 사용했다. 석탄을 때는 발전소에서 나온 배출가스를 집을 난방하는 데 쓰도록 동네 주민들에게 팔았던 것이다. 하지만 에너지 가격이 낮았기 때문에 세계는 그런 효율성을 잃어버렸다. 하지만 이제 그런 시절은 서서히 물러가고 있다. "우리는 오래전에 했어야 할 일을 이제야 시작하고 있는 셈입니다." 카슨이 말했다. "미국 제조업계에서 낭비된 열을 잡기만 해도 5,000만 가구가 쓸 수 있는 6만 5,000메가와트의 전기를 그리드로 다시 돌려보낼 수 있습니다. 이 에너지는 우리가 이미 만들어놓은 에너지로 바람, 태양, 원자력, 심지어는 석탄보다 더 싸게 구할 수 있는 에너지입니다."

카슨과 RED는 좀 더 지역적으로 에너지를 생산할 수 있도록(에디슨이 맨해튼에서 사용했던 방법과 비슷한 방법으로) 한 단계 더 앞서 나가길 원한다. 예를 들어 천연가스로 돌리는 터빈을 사용해서 전기를 만들어 도시의 한 블록 내에 있는 모든 가정에 전기를 공급하는 것이다. 천연가스를 연소시켜서 나오는 900도의 배출가스로 증기 터빈을 돌려서 전기를 만들 수도 있고, 아니면 겨울에는 난방용으로 사용할 수도 있다. 이런 구조를 갖추면 에너지 효율이 우리가 현재 보유한 그리드의 효율보다 3배나 높은 90퍼센트 이상이 될 것이다.

RED는 이 과정을 써서 석고 업계의 거물인 USG가 자사의 건식벽체 공장들(막대한 양의 에너지를 쓰는 것으로 악명을 날리고 있다) 중 일부의 부품을 바꾸도록 도울 것이다. 채굴된 석고는 가공하지 않은 원 상태로 궤도차를 타고 공장에 도착한다. 이 석고를 으깨서 슬러리^{시멘트, 점토, 석회 등과 물을 혼합한 것-역주}와 혼합해 종이 표면에 두껍게 바르면 우리가 건식벽체라고 알고 있는 결과물이 나온다. 이렇게 종이를 사이에 두고 샌드위치처럼 축축하게 바른 건식벽체는 축구장만한 크기의 오븐에서 700도의 고열을 가해 건조시킨다. 이 오븐은 어마어마한 양의 에너지를 필요로 한다. 현재 USG는 여러분이 가정에서 가스 오븐을 사용하는 것처럼 천연가스로 이 오븐을 때고, 공장의 나머지 부분은 그리드에서 나온 전기로 동력을 공급하고 있다. RED는 이 대신 천연가스 터빈을 설치해서 공장에 쓰는 전기는 가스를 태워서 만들고, 900도의 배출 가스는 시트록^{종이 사이에 석고를 넣는 석고 보드-역주}을 굽고 건조시키는 데 써서 USG 공장들의 에너지 효율을 기존의 두 배로 높여 수많은 돈을 절약하게 해줄 것이다.

에너지부는 열병합 발전이라는 이름으로도 알려진 열기와 전력을 합하는 방법으로 미국에서 13만 5,000메가와트의 전기를 구할 수 있는 기회가 존재한다고 말한다. 이 열병합 발전을 하게 되면 에너지 효율이 두 배 이상 높아진다. 이는 6만 7,000와트의 전기를 공짜로 얻는 것과 같다. 이는 결코 시시한 양이 아니다. 미국의 총발전력량은 110만 메가와트이다. 에너지 고비용과 유가가 갤런당 두 자리 숫자대로 진입하는 시점에서 지역적 전력 생산이 다시 에너지 문제 해법의 일부로 등장할 것이다.

전등과 사람과 온기로 가득 찬 고층 아파트 건물들이 꽉 들어선 12월 중순의 맨해튼 한 블록을 상상해보라. 이 블록에 수천 명의 사람들이 살고 있다. 이들이 일상적으로 살아가는 데 필요한 연료인 전기는 그 블록의 한 가운데에 있는 지하 시설에서 돌아가는 천연가스 터빈으로 공급된다. 터빈에서 나온 열기는 온수를 만들고 블록 전체를 덥히는 데 사용된다. 이

블록에 사는 사람들 한 명 한 명의 에너지 효율은 현재 미국인의 에너지 효율이 33퍼센트인 것과 비교해 90퍼센트가 넘게 될 것이다. 이 말은 즉 맨해튼 거주민들이 지금처럼 에너지 집약적인 생활 방식과 기존과 똑같은 오락을 즐기고, 온도 조절과 조명 시설을 사용한다고 해도 지금 사용하는 전기의 3분의 1만 있으면 된다는 뜻이다.

전력의 지역 생산의 힘은 막대하다. 그 이유는 간단하다. 열은 장거리를 갈 수 없기 때문이다. 파이프를 통해 열을 전달하면 몇백 야드를 못 가서 대부분의 온기가 사라지게 된다. 외딴 곳에 있는 발전소에서 석탄이나 천연가스를 연소할 때 나오는 열은 완전히 낭비하게 된다. "이건 소를 잡으면서 티본스테이크를 잘라 버리는 것과 같은 일입니다." 카슨이 말했다.

지역 연소가 우리가 처한 모든 에너지 재난에 대한 해답이 될 수는 없겠지만 유가가 인상되면서 그 중요성은 점점 더 커지게 될 것이다. 에너지 가격이 껑충 뛰고 유가가 14달러를 넘어서게 되면 일부 지역에서는 이 방법이 현실화될 것이다. 그것은 지금 우리가 지불하는 돈의 세, 네 배가 되는 가격이며 지역 발전 프로젝트에 박차를 가할 수 있는 자극이 되고도 남는다. 카슨은 에너지 가격이 슬금슬금 인상될 때 혐기성 소화 같은 방법도 이용될 것으로 내다봤다. 혐기성 소화를 이용한다는 것은 미생물이 인간과 생물체에서 나오는 배설물을 분해할 때 나오는 메탄을 포착해서 연료로 쓰는 방법이다. 카슨은 네팔 농부들에 대한 이야기를 즐겨 언급하면서 그 농부들이 가축의 똥을 혐기성 소화시켜서 얻은 가스로 불도 밝히고, 난로에 불을 때는 방법에 대해 설명해줬다. 카슨은 세계에서 가장 분주한 공항으로 유명한 오헤어 국제 공항에서 나오는 인간의 배설물을 사용하는 문제로 시카고 관리들과 의논한 적도 있다. "낭비할 이유가 없잖아요." 카슨은 너털웃음을 터트렸다.

오헤어 공항에는 한 해에 7,700만 명의 승객들이 지나쳐 간다. 게다가 그 공항에서는 다른 곳으로 가는 도중에 들른 수천 대의 비행기에서 나오는 오수를 처리한다. 오헤어 공항은 유나이티드와 아메리칸 항공의 허브 공항이다. 현재 RED의 CEO이자 다트머스 대학에서 생물화학 공학 석사 학위를 받은 카슨의 아들은 개개인이 공항에서 평균 1.5시간을 보내며, 대부분의 사람들은 비행기를 타기 위해 거기서 3시간을 보내면서 비행기 스케줄에 따라 화장실을 다녀오는 것을 밝혀냈다. 오헤어 공항이 그 배설물을 보관해서 소화시키는 데 필요한 탱크를 설치한다면 거기서 매년 중서부의 1,125가구를 덥히는 데 충분한 810 BTU라는 생물 가스를 만들어낼 것이다. 엄청난 양은 아니지만 지금은 전혀 사용하지 않은 채 흘려버리는 에너지인 것이다. 상상해보라. 승객이 비행기 화장실에 가는 불편을 감수할 때마다 최소한 자신이 미국의 에너지 문제를 해결하는 데 일조한다는 것은 알게 되지 않겠는가.

수력, 풍력 그리고
원자력 에너지의 시대

존 로우의 새 사무실은 이전 사무실보다 에너지를 50퍼센트 덜 쓴다. 바닥에 깔린 석재, 래커를 칠한 벌우드 테이블과 선반들, 대형 LCD 스크린을 갖춰놓은 약속 장소는 결코 소박해보이지 않았지만 로우는 효율적이면서도 동시에 쾌적한 공간을 추구할만한 여유가 있는 사람이다. 재실 센서가 설치되어 있고, 재활용한 건축 자재를 사용하고, 수도 설비에 절수기를 설치한 그의 친환경적 사무실은 다가올 에너지 위기를 해결할 가장 쉬운 방법은 현재 우리가 가진 기반시설 내에서 에너지를 절약하는 방법을 찾는 것이라는 그의 선언을 효과적으로 보여주고 있었다. 이는 새로운 이론은 아니지만 에너지를 파는 일을 하는 로우에게서 나온 아이디어란 점을 고려해보면 환영할만한 이론이다. 시카고의 루프 지역에 있는 메디슨과 디어본 사이 700피트 높이에 있는 로우의 사무실에서 내려다본 전경은 여행자들의 감탄을 사기에 충분했다. 회의 탁자 옆에 붙어 있는 이중 유리창을 통해 내다보면 미시간 호 북쪽을 따라 시카고의 북쪽 해변을 넘어서 위스콘신 주의 경계까지 볼 수 있다. 남쪽으로는 호반이 인디애나 주를 통해 동쪽으로 연결돼서 미시간의 해변 마을들까지 이어져 있다.

사무실의 뛰어난 전경은 에너지 업계에서 로우가 차지하는 위상과 잘 어울린다. 그는 가히 석유 산업을 제외한 미국 에너지 업계의 1인자라고 해도 손색이 없는 사람이다. 엑셀론의 회장인 로우는 미국에서 가장 큰 원자력 제국의 꼭대기에 앉아있다. 엑셀론은 주로 일리노이와 펜실베이니아에 집중된 미 전역의 11개 원자력 발전소에서 17개의 원자로를 가동하고 있다. 엑셀론의 원자력 함대는 미국에서 원자력으로 생산하는 10만 메가와트 전력의 20퍼센트를 책임지고 있다. 엑셀론의 에너지 포트폴리오를 모두 합치면 2만 4,000메가와트의 전력량에 달한다.

내가 그와 함께 대화를 나누던 바로 그 순간에도 로우는 치열한 월가의 포커 게임에 휘말려 있었다. 이틀 전 엑셀론은 뉴저지 에너지 회사인 NRG를 취득하기 위해 일방적으로 62억 달러라는 입찰가를 제시했다. NRG 이사회는 그 제안을 검토 중이었고, 언제 중요한 뉴스가 터질지 모르는 중요한 상황이었다.

"여기 오기 전에 신문을 봤는데 별다른 소식은 없던데요. 게다가 지금 저랑 이렇게 대화를 나누시는 걸 보니 별 일은 없는 것 같네요." 내가 로우에게 말했다.

"글쎄요, 너무 단정 짓진 마세요. 가끔은 제가 제일 늦게 중요한 소식을 듣게 되는 경우도 있으니까요." 로우가 웃으며 말했다.

물론 이 말은 로우의 겸손에서 나온 말일 뿐이다. 로우와 엑셀론은 이번에는 NRG를 사들이지 못했지만 엑셀론은 합병할 새로운 회사를 찾아 광대한 에너지 세계를 끊임없이 두리번거리고 있다.

로우는 분석가들과 워렌 버핏 같은 시장 예언자들이 에너지 회사들의 가치가 저평가돼 있다고 말하는 현재 경영권 취득을 통해 회사를 키우려고 노력하고 있다. 하지만 로우는 또한 텍사스에 대형 원자력 발전소를 보유한 NRG의 몫을 손에 넣고 가까운 미래에 텍사스에 새 원자로 두 개를 건설하려는 NRG의 계획을 이용하려는 목표를 가지고 있다. 엑셀론은 자체적으로 1,400메가와트의 전력을 생산할 수 있는 석탄을 보유하고 있지만 로우는 석탄을 주력상품으로 생각하지 않고 있다. 이 석탄 자산은 엑셀론의 2만 4,000메가와트 에너지 생산량에서 5.8퍼센트밖에 되지 않는다. 대부분의 에너지 사업가들이 그런 것처럼 로우는 미래에 대한 이야기만 집중적으로 했다. 이들에게는 과거에 일어난 일과 지금 효과를 거두고 있는 일은 중요하지 않은 것이다.

로우가 미래에 대해 이야기할 때는 원자력에 대해 이야기한다. 그리고 에너지 산업에 대해 별로 관심을 가지지 않았던 사람이라면 로우가 미국 산업계에 탄소세를 부과하자는 제안을 강력하게 지지하는 사람 중 하나라는 사실을 알면 놀랄 것이다. 로우는 물론 엑셀론의 이익을 염두에 두고 그렇게 한 것이다. 엑셀론은 전력의 70퍼센트를 원자력 발전소에서 이끌어내고 있다. 원자력은 탄소를 거의 배출하지 않는다. 로우의 경쟁자들은 대부분 이산화탄소를 배출하는 석탄에 크게 의존하고 있다. 예를 들면 오하이오 주의 아메리칸 일렉트릭 파워는 3만 5,000메가와트 포트폴리오의

70퍼센트를 석탄이 차지하고 있다.

원자력의 역할은 유가와 에너지 가격이 크게 인상된 세계에서 점점 더 늘어나게 될 것이다. 두 자리대 유가는 미국 원자력의 불꽃을 다시 크게 키울 것이다. 우리가 운전하는 차의 연료 탱크를 배터리로 바꾸게 되면 발전소에서 나오는 전기가 더 많이 필요하게 된다. 새로운 전력을 생산하기 위해서는 4가지의 주된 방법이 있다. 석탄, 천연가스, 재생 가능한(풍력, 태양열, 지열) 에너지와 원자력이 그것이다. 화석 연료가 점점 줄어들고 지구 온난화에 대한 우려가 점점 더 커지면서 우리가 쓰는 에너지의 대부분을 공급할 수 있는 명백한 대안은 원자력이 될 것이다.

전기로 돌아가는 세상

유가 20달러 시대가 되면 전기로 달리는 차가 늘어나면서 우리 전기 그리드에 압력이 가해질 것이다. 난방유의 가격이 천정부지로 뛰면서 북동부와 대서양 중부에 사는 사람들은 경제적 부담이 덜한 전기 난방에 의존하게 돼서 발전소에 가하는 압력의 수위를 한층 더 올리게 될 것이다. 석탄을 운송하는 비용이 크게 인상되고 와이오밍 주와 유타 주의 거대한 석탄 퇴적 분지에서 나오는 생산량이 한계에 달하면서 전기 가격은 더 올라갈 것이다. 노후한 전기 그리드 때문에 의도하지 않았던, 부수적으로 생겨난 결과물인 등화관제가 전국적으로 확산될 것이다.

현재 세계와 비슷한 모습의 문명을 지속시키기 위해서는 풍부하고 경제적으로 부담 없는 에너지가 있어야 한다. 높은 유가 때문에 우리는 전기 그리드를 새롭게 정비하고, 발전소의 기반시설을 최신식으로 고치고, 에너지에 대한 우리의 사고방식을 바꾸게 될 것이다. 우리는 에너지 낭비를 줄이고, 좀 더 효율적으로 에너지를 생산하게 될 것이다. 우리의 차고와 거리에서 좀 더 자주 보게 될 전기차는 우리 사회가 화석 연료에서 동력을 공급받다가 전기로 동력을 받게 되는 진정한 전환기를 알리는 표지가 될 것이다. 우리는 이미 올바른 미래를 향해 한 발짝을 들여놨다. 우리 GDP 국내총생산의 85퍼센트 이상이 전기로 가동되는 서비스와 산업에서 나온다. 1980년대 이후로 증가한 에너지 수요의 85퍼센트 이상이 석유가 아니라 전기로 충당되고 있다. 우리는 석유를 연료로 하는 오븐과 히터와 차에서 어떤 식으로든 플러그를 꽂아서 작동되는 전기 장치로 바꿀 것이다. 석유와 비교해보면 전기는 저렴하다. 그래서 우리가 선택한 미래의 연료는 전기가 될 것이다. 우리는 현재 전기에 3,500억 달러를 쓰고 있는데 이 금액은 석유에 소비하는 금액의 절반이다.

전반적으로 우리는 석유에 쓴 1달러보다 전기에 쓴 1달러를 더 유용하게 쓰고 있다. 그리고 전기에 쓰는 달러는 해외로 빠져나가는 것이 아니라 국내에 머물러 있다. 우리는 북미에 있는 풍부한 자원을 이용해서 석유보다 전기 그리드를 선호하는 쪽으로 에너지의 저울이 크게 기울어지도록 할 수 있다. 그렇게 변화시키는 데 수십 년이 걸리겠지만 이 일은 할 수 있는 일이다. 그리고 꼭 해야만 하는 일이다. 그렇다고 석유를 일절 사용하지 않겠다는 말은 아니다. 그럴 수 있다고 말하는 사람은 뭔가 착각하고 있는 것이다. 하지만 석유에 대한 우리 경제의 의존도를 크게 줄일 수는 있다. 제트기나 헬리콥터를 띄우거나 거대한 채굴 트럭을 굴리는 데, 즉 석유가 다른 어떤 물질보다 큰 효과를 발휘할 수 있는 곳에서는 석유를 사용하게 될 것이다. 하지만 나머지는 전기로 돌아가는 세상으로 바꿀 것이다.

석탄의 미래

석탄은 유용한 물질이다. 석탄은 미국 전기 생산량의 50퍼센트를 공급하고 있다. 하지만 석탄은 더럽다. 그리고 석탄(에너지 보관 수단으로는 부피가 큰 매체임)을 채굴해서 운송하는 일에는 석유가 무진장 들어간다. 석탄은 연소라는 한 가지 일에는 아주 능숙하다. 하지만 석탄이 연소될 때는 막대한 양의 이산화탄소가 배출된다. 세계 에너지를 생산하면서 매년 대기 중으로 330억 톤의 이산화탄소가 버려지고 있는데 그 양은 점점 더 증가하는 추세다. 그 탄소의 40퍼센트 이상이 전기를 얻기 위해 석탄을 태우는 과정에서 배출된다. 이런 경향이 지속되면 우리는 계속해서 전력 생산에 차지하는 석탄의 비중을 늘리게 될 것이다. 하지만 점점 더 많은 나라들이 기후 변화에 대해 우려하게 되면 인류는 이산화탄소를 적게 배출하는 원자력 발전에 더 크게 의존하면서 미래에 석탄이 차지하는 역할은 축소될 것이다.

석탄이 매력적인 이유는 우리에게 석탄이 아주 많아서 저렴하다는 단순한 사실 하나 때문이다. 하지만 석탄을 채굴하고 운송하는 데 필요한 석유 가격이 인상되면서 저렴했던 석탄 가격 역시 올라가게 될 것이다. 석탄의 부담 없는 가격은 또한 미국 같은 선진국들이 이산화탄소를 배출하는 사업에 탄소세를 부과하면서 훨씬 더 인상될 것이다.

청정 석탄이란 아이디어는 근사하게 들리지만 현재 보유한 기술로 실시하자면 아직까지는 막대한 비용이 든다. 그리고 이산화탄소를 땅 속에 격리시키는 기법은 아직까지 그 효과가 입증되지 않았고, 앞으로도 오랫동안 성공하지 못할 것으로 보인다. 청정 석탄이란 불안한 해법에 너무 많은 기대를 걸고 있는 건 아닐까. 이 아이디어는 이론적으로 보면 우리가 지닌 모든 문제를 해결해줄 수 있는 개념으로 보이기 때문에 그동안 정치가들이 선호해왔다. 모두 미국에 석탄이 아주 많다는 것을 알고 있다. 사람들은 또한 전통적인 방법으로 석탄을 태우는 것이 기후와 환경과 우리 신체에 해롭다는 것 또한 잘 알고 있다. 청정 석탄의 기본 원리는 석탄 연소 과정에서 배출되는 이산화탄소를 잡아서 암염 돔과 지구 표면의 수천 피트 밑에 있는 공간으로 주입한다는 것이다. 굴뚝으로 나오는 이산화탄소가 대기 중으로 도망치는 일이 없도록 모두 남김없이 잡아 지구 속에 있는 공동에 주입하면서 동시에 지구에 난 무수한 구멍을 통해 밖으로 빠져나가지 않게 하기 위해서는 무수한 조건이 충족돼야 한다. 이산화탄소를 격리시킬 수 있는 장소(특히 발전소 근처에 있는 곳)는 한정되어 있다. 무한정 이산화탄소를 땅속으로 주입하면서 그 이산화탄소가 밖으로 새나오지 않으리라 기대할 수는 없는 일이다. 그것은 비이성적이고 무책임한 짓이다. 그리고 설사 그 방법이 효과가 있다고 하더라도 청정 석탄에 들어가는 비용은 원자력 에너지를 생산하는 비용보다 최소한 3배가 더 든다. 게다가 원자력 에너지를 사용하면 땅속으로 펌프질해서 집어넣은 가스를 지구가 다시 뱉어내지 않을 거라는 도박을 감수할 필요가 없다. "자연은 탄소 격리라는 완벽하고 효율적인 형태를 이미 발명해냈어요. 그게 바로 석탄이죠." 엑셀론의 로우가 즐겨 하는 말이다.

수력 전기

수력 전기는 가장 믿을 수 있는 친환경 에너지원이다. 수력 전기는 우리가 쓰는 에너지의 거의 10퍼센트를 공급하며 워싱턴 주 같은 곳에서는 높은 곳에서 낮은 곳으로 떨어지는 물에서 얻은 전기로 지역 내 사용되는 전기의 80퍼센트를 충당하고 있다. 하지만 수력 전기는 풍부하지 않으며, 생태계를 어지럽히고, 간혹 토양의 침식을 일으키는 경우도 있다. 하지만 수력 전기는 홍수를 방지하며 거의 1년 내내, 하루 24시간 얻을 수 있는 믿을만한 에너지원이다. 또 수력 전기는 이산화탄소를 배출하지 않는 훌륭한 자원이다. 하지만 북미에서 수력 전기를 확보할 수 있는 주요한 장소는 거의 다 소진됐다. 수력 전기는 우리의 에너지 퍼즐에서 중요한 부분으로 남아있겠지만 그 역할은 앞으로 커지지 않을 것이다.

태양 에너지

태양 에너지는 제한적으로 사용하면 아주 유용한 에너지다. 하지만 하루의 절반은 해가 뜨지 않는다는 한 가지 단순하고 분명한 이유 때문에 전력 생산에서 큰 비중을 차지하지는 못할 것이다. 하지만 캘리포니아, 애리조나, 네바다 같은 곳에 설치된 강력한 태양 전지는 전기 수요가 절정에 달하는 시간대인 대략 오후 2시에서 7시, 대부분의 사람들이 가장 활동적이고 기온이 가장 높은 때에 지속적으로 에너지를 공급할 수 있다. 편리하게도 가장 더운 지역으로 에어컨을 가장 많이 사용하는 지역이 또한 가장 뜨거운 햇살이 가장 자주 비치는 지역이다.

태양 에너지는 다양한 형태의 에너지원으로 존재하고 있다. 석탄과 석유는 태양 에너지를 흡수할 수 있는 능력 덕분에 존재하게 된 유기 화합물들이 수백 년 동안 압축되고 응축돼서 생긴 결과물이다. 석유는 수백만 년 동안 응축된 태양 에너지가 운송하기 쉽고, 연소하기 쉬운 형태에 옮겨진 궁극적인 물질인 셈이다. 석유의 원천이 태양인 점을 고려해보면 그 에너지원을 우리가 사용하려고 하는 시도도 일리가 있다.

태양열을 만들기 위한 부지를 사들이고 허가를 받기 위해 캘리포니아의 모하비 사막, 네바다, 애리조나로 사람들이 몰려들면서 그곳 토지에 대한 수요가 급격히 높아졌다. 6만 메가와트가 넘는 규모의 태양열 생산을 위해 토지 관리국에 100건이 넘는 신청이 접수됐다. 하지만 그 대부분은 결코 건설되지 못할 것이다. 에너지 수요가 가장 높은 캘리포니아 주는 3만 메가와트의 전기를 사용하고 있는데 신청한 태양열 에너지를 모두 합쳐봐야 그 절반밖에 되지 않는다. 물론 그 중 일부 프로젝트는 실현될 것이다. 예를 들어 애리조나 주의 솔라나 태양열 발전소가 완공되는 2011년에는 280메가와트의 태양열을 생산해낼 것이다. 솔라나가 현재 가동 중이었다면 지구상에서 가장 큰 태양열 발전소였을 것이다. 하지만 밤에 태양열을 이용해 로스앤젤레스를 밝힐 수 없다는 사실은 여전히 남아있다. 그 한계를 극복하는 것은 불가능하다. 그리고 태양열 에너지는 저렴하게 얻을 수 있는 것도 아니다. 1메가와트의 태양열을 얻기 위해 설치하는 비용은 1메가와트의 풍력 에너지를 얻는 데 들어가는 비용의 세 배다. 그리고 바람도 항상 부는 건 아니지만 그래도 바람은 밤에도 불고 낮에도 분다.

풍력 에너지

RED가 웨스트버지니아에서 하고 있는 일처럼 우리가 낭비하는 수천 메가와트의 전기를 포착해서 사용하고 있는 것과 별도로 풍력 에너지는 친환경 에너지 사용을 늘릴 수 있는 가장 유망한 분야다. 풍력 터빈은 거대하고 경이로운 기계다. 풍력 터빈을 전국 방방곡곡에서 볼 수 있는 건 아니지만 충분히 여러 주에 보급돼 있어서 대부분의 미국인들은 풍력 터빈의 거대한 섬유유리 날들이 바람을 가르는 풍경을 목격한 적이 있다.

풍력 터빈은 태양 전지판처럼 기복이 심한 생산 문제를 안고 있다. 가끔 바람이 전혀 불지 않을 때도 있다. 하지만 서부 아이오와, 미네소타, 노스다코타와 텍사스의 산마루 같은 최적의 지역에서는 바람이 시종일관 불어댄다. 풍력 에너지는 또한 태양열 에너지와 비교해서 비용 면에서 아주 큰 장점이 있다. 풍력 에너지는 1킬로와트시당 8센트로 가격 경쟁력이 있다고 엑셀론의 로우는 말한다. 대부분의 지역에서는 전기세로 그보다 더 많은 돈을 내고 있다. 1킬로와트의 풍력 에너지를 생산하기 위해 들어가는 설치비용은 1,700달러로 석탄 발전소를 새로 건설하는 것과 같은 액수이다. 사실 이보다 발전 비용이 더 적게 드는 것은 천연가스로 1킬로와트시당 건설비용으로 1,100달러가 들지만 대신 비싼 천연가스를 태워서 전기를 생산해야 한다. 하지만 바람은 공짜다.

부담 없는 비용 때문에 풍력 타워는 잡초처럼 텍사스 중심부와 멀게는 뉴잉글랜드까지 우후죽순으로 생겨나고 있다. 2007년 미국은 5,300메가와트의 풍력 에너지 시설을 추가해서 단 한 해에 풍력 에너지 생산량을 46퍼센트 증가시켰다. 그 덕분에 2007년 미국에서 추가로 생산된 전기의 35퍼센트를 풍력 에너지가 차지하고 있다. 어떤 나라도 미국이 2007년 한해에 이룬 것처럼 풍력 에너지양을 그 수준으로 크게 늘린 나라는 없다. 하지만 미국은 그에 멈추지 않고 2008년 다시 자체 기록을 경신했다. 이 글을 쓰고 있는 현재 미국 풍력 에너지 협회는 2008년 말까지 추가로 7,500메가와트 용량의 풍력 에너지 시설이 설치돼서 전체 2만 4,000메가와트의 전력을 생산할 수 있는 풍력 에너지 시설이 갖춰져 독일과 막상막하로 세계 선두 자리를 놓고 다투게 될 것이라고 발표했다. 2008년 이후에는 미국이 4년 연속 풍력 에너지 시설 부문에서 세계 1위가 될 것이다. 그 수치에 2004년 잠시 주춤한 시기는 넣지 않았다. 미국이 세계 선두를 달린다면, 텍사스는 미국 내 선두주자로 달리고 있다. 2007년 미국에 추가로 늘어난 5,300메가와트의 풍력 에너지 중에서 텍사스가 32퍼센트에 해당하는 1,700메가와트를 생산하고 있다. 외국 나라들 중에서는 독일과 스페인과 인도만이 합쳐서 텍사스보다 훨씬 많은 5,500메가와트를 생산하고 있다.

우리는 추가된 풍력 에너지 생산 시설로 계속 세계 1위 자리를 고수할 것이다. 그런데 미국이 다른 어떤 나라보다 더 많이 누적된 풍력 에너지를 보유하고는 있지만, 한편으로 비중 면에서 보면 미국보다 더 작은 나라들이 전체적인 에너지 퍼즐에서 풍력 에너지의 비중이 훨씬 크다. 바람의 제왕인 덴마크는 질풍에서 전체 전력 생산의 20퍼센트를 얻고 있으며 스페인은 12퍼센트, 포르투갈은 10퍼센트에 가깝고, 아일랜드는 8퍼센트, 독일은 7퍼센트다. 미국은 전체 에너지의 1.4퍼센트가 되는 양을 풍력 에너지에서 얻고 있다. 미국의 풍력 에너지의 비중을 5퍼센트로 끌어올리려면 추가로 4만 6,000메가와트의 전력을 생산할 수 있는 풍력발전소가 필요하며, 그 양은 지금 미국이나 다른 나라가 생산하는 전력량의 두 배가 되는 양에 달한다. 하지만 지난 3년간 미국이 올린 성과를 고려해볼 때 향후 10년 이내에 전력 생산량의 5퍼센트 수준에 도달하는 것은 꽤 많은 가능성이 보인다. 그리고 대부분의 지역에 풍력 발전소 시설을 설치하고 생산하는 데 있어 어떤 나라보다 뛰어나기 때문에 향후 15년 내에 그 비중이 10퍼센트로 확대될 수 있을 것이다. 대담한 계획이지만 사실 풍력 에너지 하나로는 충분하지 않다.

지열 에너지

지구 깊은 곳에서 에너지를 끌어내는 것은 신기술이 아니다. 아이슬란드 같은 곳에서는 한 세기가 넘게 온천을 개발해서 터빈을 돌리고, 가정집에 난방 서비스를 제공하고 있다. 아이다호의 보이시 동쪽은 방열기를 이용해서 온천물을 운반하는 파이프를 설치하는 간단한 작업을 통해 난방문제를 해결하는 집들이 무수히 많다. 이 사용자들에게 드는 유일한 비용은 파이프를 유지, 관리하는 비용뿐이다. 따뜻하게 겨울을 나는 집주인들은 연료비나 기타 가스비로는 전혀 돈을 쓰지 않는다.

그런데 지구 중심에 있는 에너지를 끌어내는 온천을 개발해서 이용할 수 있는 장소는 지구상에서 그렇게 많지 않다. 때문에 이런 장소들을 제외하고 우리는 지열 난방로를 사용해 토양에 떠도는 열기를 포착하는 독창적인 방법을 발견했다. 이 지열 난방로는 겨울에는 지하 동결 한계선 바로 밑에 있는 얼지 않은 흙에 있는 열기를 잡아 집을 따뜻하게 하고, 여름에는 열기가 실내의 더운 공기를 피해 밑으로 가라앉기 때문에 55도의 흙속에 있는 냉기를 이용해 집을 시원하게 한다. 하지만 이런 시스템은 매우 춥거나 더울 때는 전통적인 화석 연료와 전기의 조력을 받아야 하며, 그 설치비용이 2만 달러 이상으로 들 수 있다.

하지만 지열 에너지 기술이 새롭게 변화되면 재생 가능한 에너지의 미래에 큰 잠재력이 될 수 있다. 오스트레일리아에서는 지오다니아믹스란 회사가 대륙 중앙의 더운 기후 지역의 땅속에 묻힌 바위까지 1만 6,000피트 이상을 뚫고 들어가서 여러 개의 온천을 만드는 프로젝트를 진행 중이다. 이 프로젝트는 오스트레일리아의 그리드에 전기를 공급할 50메가와트 시설의 일부로 한 다스 정도 되는 온천을 이용해 물을 데워 터빈을 돌리고 전기를 만들어낼 것이다. 400평방마일 면적에 사방으로 흩어져 있는 그 온천들, 즉 발전소를 건설하는 데 2억 5,000만 달러가 들어갈 것이다. 1킬로와트를 생산하는 데 5,000달러가 드는 것으로, 이는 풍력 에너지 시설을 건설하는 데 드는 비용의 두 배다. 하지만 이 지열 발전소들은 풍력 에너지처럼 변덕스럽지 않다는 큰 차이점이 있다. 이 발전소들은 하루 24시간 전기를 생산해낼 것이고, 건설비용은 회사들이 지열 발전소 건설 기법을 연마하면서 더 줄어들 것이다.

모든 나라에서 지열 발전소 효과를 보는 건 아니지만 2007년 MIT 연구에 따르면 2050년경이면 미국에서도 10만 메가와트의 전력을 생산하는 대형 지열 발전 프로젝트가 가능해진다고 한다. 참으로 감질나는 전망이 아닐 수 없다. 우리는 아직까지는 대대적인 지열 발전 프로젝트에 뛰어들지 못하고 있지만 쉽게 의존할 수 없는 풍력 에너지와 태양열 에너지의 단점들과 석탄을 연소할 때 생기는 배기가스가 환경에 미치는 악영향을 고려해보면 지열은 도외시할 수 없는 깨끗하고, 믿을 수 있는 자원이라는 것을 입증할 수 있을 것이다.

천연가스

천연가스를 동력으로 하는 발전소들은 현재 우리가 사용하는 전력의 20퍼센트를 공급하고 있으며, 앞서 언급한 것처럼, 천연가스는 아직까지 사용하지 않거나 혹은 비상시에 사용할 수 있는 전기 생산능력 중 큰 부분을 차지하고 있다. 가까운 장래에 천연가스의 역할이 커지게 될 이유가 몇 가지 있다. 천연가스 발전소는 건설비용도 적게 들고, 금방 지을 수 있으며, 가장 중요한 이유는 천연가스 발전소를 지을 때 정치적으로 가장 용이하기 때문이다. 아무도 자기가 사는 곳 주변에 석탄 발전소가 들어오는 것을 원치 않으며 거기에는 그럴만한 합당한 이유가 있다. 또한 사람들은 자기 동네에 석탄 발전소보다 원자력 발전소가 들어오는 것을 더 싫어한다. 이 원자력 발전소들은 항상 그랬듯이 석탄 발전소보다 건강에 미치는 위험이 훨씬 적지만 사람들은 그 점을 이해하려 들지 않는다. 그에 반해 천연가스 발전소는 거의 모든 곳에 지을 수 있다. 천연가스 산업은 유능한 마케팅 기법을 도입해 그동안 환경 친화적인 이미지를 쌓아왔다. 천연가스가 석탄보다 더 깨끗하게 연소되고, 인간의 폐에 치명적인 해를 끼치는 분진 오염을 일으키지 않는다는 것은 사실이다.

하지만 근본을 따지자면 천연가스는 우리 대기에 이산화탄소가 축적되는 데 크게 일조하는 화석 연료다. 천연가스는 메탄이다. 천연가스가 연소되면 그 탄소가 대기 중의 산소와 결합해서(석탄의 탄소가 그런 것처럼) 이산화탄소를 만들어내 지구 온난화를 일으킨다. 천연가스는 미래에 제정될 것이 분명한 탄소세를 피할 수 없는 운명이다. 그리고 천연가스는 석유처럼 유한 자원이다. 미국의 천연가스 공급량은 이미 20년도 훨씬 전에 피크를 넘어섰다. 우리는 캐나다, 베네수엘라, 카타르, 러시아와 같이 구할 수 있는 곳이라면 어디서든 천연가스를 수입하고 있다. 전반적으로 보면 이 나라들은 석유 수출국보다는 훨씬 더 믿을 수 있는 공급자들이지만 캐나다를 제외하고는 전적으로 신뢰할 수 있는 곳은 아니다. 하지만 천연가스는 석유처럼 점점 고갈되는 상품이 될 것이다. 그렇게 되면 우리의 에너지 미래에서 천연가스가 차지하는 역할은 결국 줄어들 것이다.

원자력, 미래의 주력 에너지

원자력은 멋지다. 농축 우라늄은 참치캔 하나에 쏙 들어갈 수 있다. 농축 우라늄 4파운드는 백만 갤런의 휘발유와 맞먹는 에너지를 보유하고 있다. 그리고 그을음투성이의 원자력 물질이 배출되는 것도 아니다.

원자력 발전소는 우라늄-235를 두 개의 더 작은 원자로 쪼개서 전기를 만들어낸다. 그때 원자를 결합해주는 요소인 두, 세 개의 중성자가 튀어나온다. 이 중성자들이 가서 또 다른 두, 세 개의 원자에 부딪쳐 더 많은 중성자들이 튀어나오면서 앞서 언급한 과정이 다시 시작된다. 조건이 잘 갖춰지면 연쇄반응이 빠르게 일어나고, 중성자들이 사방으로 뿌려진다. 중성자 하나가 원자 하나를 쪼갤 때마다 막대한 양의 에너지가 방출된다. 여기서 아인슈타인의 상대성 이론$^{E=mc^2}$이 등장한다. 이 이론은 간단하게 설명하면 우라늄 원자_{여러 개의 중성자들}가 쪼개지면서 질량 손실이 생기고, 그 질량의 광속의 제곱으로 속도를 곱한 만큼 에너지가 생긴다는 것이다. 중성자들은 무게가 별로 나가지 않지만 광속의 제곱으로 늘어난 중성자들이 수십억 개나 되기 때문에 무게가 많이 나갈 필요도 없다. 이런 식으로 에너지가 얼마나 빨리 축적되는지 볼 수 있을 것이다. 원자력 발전소는 이 연쇄반응에서 생긴 열_{에너지}을 받아서 증기를 만들어내고, 그 증기로 터빈을 돌려 전기를 생산한다.

원자력은 환경 친화적인 에너지로 간주되지 않지만 사실은 그렇게 돼야 한다. 영국 정부의 보고서에 따르면 원자력 에너지는 풍력 에너지와 거의 비슷한 양의 탄소를 발생시킨다고 한다. 이 연구는 원자력 발전소를 건설하고, 우라늄을 채굴하고, 채굴한 우라늄을 농축시키고, 발전소를 가동하고, 발전소를 해체하는 전 과정에서 발생하는 탄소 배출량을 조사한 것이다. 이 모든 요소들을 다 계산에 넣은 후에도 이 연구에 따르면 원자력 에너지는 1킬로와트시의 전력을 생산할 때마다 5그램의 이산화탄소를 배출한다고 한다. 원자력 에너지의 이산화탄소 배출량의 40퍼센트는 우라늄을 채굴하는 과정에서 발생한다. 풍력 에너지는 1킬로와트시의 전력을 생산할 때 이보다 조금 낮은 4.6그램의 이산화탄소를 배출하며, 그 이산화탄소의 대부분은 풍력 타워를 제조해서 설치할 때 발생한다. 석탄이야 물론 이산화탄소에 관한 한 공공의 적 1호로서 1킬로와트시의 전력을 생산할 때 이산화탄소를 1,000그램 배출한다. 또한 전 세계 우라늄 광석의 3분의 1은 미국의 우방인 오스트레일리아와 캐나다에 매장되어 있다.

원자력은 안전 기준이 오랫동안 존재하지 않았던 러시아를 제외하면 오랫동안 매우 안전한 물질이었다. 미국 펜실베이니아 주의 미들타운 근처에 있는 스리마일 섬에서 원자로가 일부 녹아내리면서 유일하게 일어났던 대형 사고에서도 사망자는 단 한 명도 없었으며 유해 방사능에 노출된 사람도 한 명도 없었다. 반면 미국 전기의 50퍼센트를 공급하는 석탄 화력 발전소는 수십억 톤의 이산화탄소를 공기 중으로 배출할 뿐 아니라 환경보호국에 따르면 분진 오염에 따른 합병증 때문에 한 해 2만 5,000명의 미국인이 사망한다고 한다.

원자력 에너지를 끈질기게 따라다니는 단 한 가지 문제는 바로 그 폐기물 처리다. 현재 우리는 대부분의 사용후핵연료봉을 원자력 시설에 있는 냉각지에 보관하고 있다. 그 나름의 단점이 있긴 하지만 이런 시스템 때문에 심각한 사고가 일어나거나 원자력 시설 주위에 사는 주민들이 해를 입은 적은 한 번도 없다. 분명 핵폐기물을 모두 모아서 한꺼번에 보관하는 시설이 있다면 국가적으로도 그렇고, 원자력 발전소로서도 이익이 될 것이다. 네바다 주에 있는 유카 산에 있는 처분장도 거의 건설이 마무리 단계에 이르렀다. 단지 정치적인 부담과 환경 재난에 대한 공포를 퍼뜨리는 사람들 때문에 아직 매듭을 짓지 못하고 있는 것이다. 유카에서 폐기물이 소량 방출된다고 해도, 거대한 산악 지대인 그곳의 지리적 특성과, 보관 시설이 들어서게 될 장소의 성격을 고려해볼 때 그럴 가능성도 없지만 만약 그런 일이 벌어진다고 해도 지역 주민은 피해를 입지 않을 것이다. 그

곳에는 지하수 대수층이 거의 존재하지 않는 상태이며 산 정상에는 아무도 살지 않는다. 석탄 연소를 계속하는 것이 오히려 유카 산 같은 원자력 폐기물 처분장에서 생길 일보다 훨씬 더 위험하다.

세계 최대의 에너지 회사인 엑셀론의 수장 로우는 텍사스에 새 원자력 발전소를 짓게 해달라고 연방정부에 신청했다. 로우는 앞으로 더 많은 원자력 발전소를 짓겠지만 원자로를 건설하는 일은 엑셀론 같은 재계 거물로서도 비용이 너무 많이 들어가는 일이다. "1,500메가와트의 원자력 시설 하나를 짓는 데 60억 달러가 소요됩니다." 라고 로우는 말한다. "우리 회사는 두 개를 짓겠다고 신청할 수도 있었지만 그렇게 되면 120억 달러를 지출해야 합니다. 그 액수는 우리 회사의 장부 가격보다도 더 많은 돈입니다." 로우는 껄껄 웃었다.

1970년대 이후로 미국에서는 새 원자력 발전소를 짓지 않았다. 하지만 그런 경향은 바뀔 것이고, 바뀌어야 한다. 유가가 무시무시하게 올라가고, 인구는 계속 늘고, 오래된 석탄 화력 발전소들이 퇴역하게 되면 막대한 양의 전력을 생산해내는 새로운 시설이 필요해진다. 그리고 이 새로운 시설들은 더 많은 이산화탄소를 배출해내는 석탄 화력 발전소가 아니라 그보다는 더 깨끗한 에너지 생산 시설이어야 한다. 원자력은 우리에게 대량 생산할 수 있고, 믿을 수 있게 관리되며, 지정학적 분쟁이 발생해서 공급이 중단될 거라는 불안을 일으키지 않는, 깨끗한 에너지를 얻을 수 있는 방법을 제공하고 있다.

하지만 원자력 발전소를 짓는 데는 어마어마한 자금이 필요하고, 그 엄청난 비용을 상쇄할 수 있도록 지역 주민이 거부감을 갖지 않고(우리는 30년 동안 이 일을 하지 못했다), 대규모로 건설할 수 있을 때까지는 정부가 대출 보증을 서주거나 보조금이란 형태로 지원을 해야 할 것이다. 또한 우리 전력망의 대부분에 에너지를 공급해주는 청정에너지이자 유일하게 믿을 수 있는 에너지원인 원자력 기술을 지원하는 일에 우리 역시 반대하지 말아야 한다. "풍력, 태양열, 청정 석탄에 대해 보조금을 지급하려 한다면 왜 저탄소 에너지 미래에 가장 큰 영향을 미칠 수 있는 기술인 원자력에 보조금을 지급하지 않는 겁니까?" 로우가 반문했다.

21세기의 어느 날, 뉴욕 브룩클린

빌은 휘발유가 있는 곳이라면 1갤런당 20달러 하는 세계에 살고 있다. 하지만 빌의 세계에서는 더 이상 유가가 사람들의 주된 화제가 아니다. 사실 유가는 대화에 오르지도 않는다. 그야말로 이슈가 되지 않는 것이다. 석유를 사는 사람이 없으니, 관심도 두지 않는 것이다. 빌이 사는 세상에서는 다시 한 번 날씨가 지나가는 사람들의 단골 화제로 등장했다. 지난주에 그것밖에 능력이 안 돼서 기름을 반밖에 못 채웠다는 말을 하는 사람은 없다. 그리고 고작 15달러로 기름을 가득 넣어서 좋아 죽겠다고 말하는 사람도 없다. 빌이 사는 세상에서는 차에 기름을 넣는 사람도 없으며, 부족한 것이 없이 모든 것이 풍족하다.

27세인 빌은 평범하고 전형적인 미국 청년이다. 그는 마지막으로 비행기를 타본 게 15년 전이었는데 살아생전 다시 공항에 발을 들일 일은 없을 거란 생각이 든다. 그런다 해도 별 상관은 없다. 빌은 자주 여행하지만 항상 고속철도를 이용한다. 빌은 뉴욕에 살면서 자주 시간을 내서 두 시간 동안 기차를 타고 피츠버그에 있는 부모님을 뵈러 간다. 빌의 아버지는 식구들이 비행기를 타고 뉴욕에 놀러 가느라 6시간이 들었던 과거에 대한 이야기를 즐겨 그에게 해준다. 빌이 듣기에는 공항으로 가느라 법석을 떨고, 공항에 가서도 수하물 체크를 하느라 신경을 쓰면서 비행기가 뜰 때까지 무작정 기다려야 했던 그 당시 일들이 다 우스꽝스럽게 들린다. 하지만 그는 아버지가 미국의 철도 네트워크에 대해 감탄할 때마다 아버지로서는 그럴 수 있겠다고 이해한다. 물론 자신에게 철도란 성인이 되면서부터 항상 당연하게 이용했던 편리한 공공시설에 지나지 않지만.

빌은 기차를 타고 한 시간을 달려 보스턴에 사는 여동생을 보러 가거나 아니면 두 시간 동안 기차를 타고 몬트리올의 프랑스 거리에 있는 휴양지에 가서 주말 내내 쉬고 온다. 그는 종종 시카고에 있는 형을 찾아가 주말을 함께 보내는데, 형도 빌을 보러 뉴욕에 자주 온다. 빌이 어딘가를 갈 때는 주로 기차를 이용해서 앉거나 서서 가는 편인데 그게 시내로 달려가는 지하철일 때도 있고, 때로는 뉴욕 북부지방의 풍경이 휙휙 지나가는 기차일 때도 있다.

자신의 나이대의 70퍼센트가 그런 것처럼 빌은 한 번도 차를 소유한 적이 없다. 휘발유로 달리는 차들도 있지만 그런 차에 자주 타진 않는다. 그리고 그만큼 많은 전기차들이 시내를 달리고 있다. 전기차는 매력적이고 화려하긴 하지만 저렴하지 않으며 꼭 필요한 것도 아니다. 빌보다 두 살 위로 시카고에 살고 있는 형도 차가 없으며, 보스턴에 살고 있는 빌과 두 살 터울인 여동생도 차를 가져본 적이 없다. 사실 차를 가지게 될 거라고 기대하는 사람도 없다. 피츠버그의 레바논 산 지역에 사는 빌의 부모님은 애지중지하는 전기 세단을 한 대 가지고 있지만 아버지는 그 차와 차고와 집을 버리고, 빌의 돌아가신 할아버지가 봤더라면 수십 년 전 화려했던 시절의 시내를 연상하게 될, 다시 활기에 차서 북적거리는 피츠버그 시내로 가서 살고 싶다는 말을 자주 한다.

빌이 기차를 타고 뉴저지의 풍경을 지나쳐서 서쪽이나 뉴욕 북쪽에 있는 곳을 갈 때면 차창 밖으로 수십 에이커의 농산물을 재배하는 농장들이 보인다. 이 땅의 일부는 20년 전만 해도 저렴하게 분할된 농지로 가득 찼다. 그중 일부는 옥수수와 곡물을 키웠다. 하지만 지금은 이 땅에서 뉴욕과 근처 지역에 토마토와 주키니^{오이 비슷한 서양 호박 - 역주}와 오이와 고추와 시금치와 상추 등 빌이 동네 상점의 신선 야채 칸에서 볼 수 있는 야채를 다 공급하고 있다. 고속 철도 노선도 매일 도시로 야채와 과일을 운송해주는 보통 화물 열차 노선에 비하면 그 존재감이 약하다. 이와 같은 크고 작은 농장들이 미국의 모든 도시를 에워싸고 있다. 빌이 먹는 식품은 항상 지역 내에서 생산된다. 미국은 예전만큼 많은 농작물을 재배하지만 그 수확물은 전국에 고르게 배포되며, 유통 과정은 전국적이기보다 지역적인 과정을 거친다. 일리노이 주는 옥수수는 조금 키우지만 밀과 사과밭과 온실과 토마토를 아주 많이 가지고 있다. 반대로 캘리포니아는 옥수수와 밀을 더 많이 키우는 반면 아보카도와 감귤은 거의 재배하지 않는다. 식품을 전국적으로 실어 나르는 비용이 너무 높아 지역 내에서 주로 소비하게 된다.

빌은 브룩클린의 파크 슬로프 지역에 있는, 지은 지 그리 오래 되지 않은 4층 건물에 살고 있다. 이 건물은 사실 20세기 초반에 지어진 낡은 건물이지만 곳곳에 최첨단 기술을 사용했다. 빌이 쓰는 온수와 전기 절반은 이 건물의 지붕과 위쪽 벽에 설치된 태양 전지판에서 얻는다. 이 태양 전지판은 식물의 광합성 작용을 모방한 시스템을 운영한다. 낮에 태양 전지가 이용한 에너지는(물 분자를 산소와 귀중한 수소 원자로 쪼갠다) 밤에 그 수소와 산소를 재결합시키면서 그 결합 과정에서 방출된 에너지를 이용하는 연료 전지를 통해 가정에서 사용할 수 있다.

뉴욕, 피츠버그, 캘리포니아, 어디든 태양열 전지로 사용되지 않는 평평한 지붕은 대신 정원을 가꾸거나 풀을 심어 놓는다. 여러 가지 식물에 영양분을 공급해주기 위해 6인치 두께로 깔아놓은 흙 덕분에 이 건물들은 겨울에는 따뜻하고 여름에는 시원하다. 이 초록색 지붕들은 물도 덜 배출해서 오수 처리장의 부담을 덜어주면서 동시에 절연 효과가 있기 때문에 전기 사용량도 줄어든다. 뉴욕 시의 엘리베이터 설비가 없는 건물들을 포함한 많은 가정에서 지붕에 다양한 야채를 심은 정원을 꾸며놓고 있다. 이런 정원들은 이 건물의 입주자들이 1년의 반인 6개월 동안 꾸준히 신선한 채소를 먹을 수 있게 도와주기 위해 창업한 회사들이 관리한다. 이보다 더 간단한 공급 체인도 없을 것이다.

빌이 집에 들어와 전자 제품을 켤 때면 그때마다 정확한 전력 사용량을 1킬로와트시의 100분의 1까지 정확하게 알아낼 수 있다. 유가 20달러의 세계에서는 많은 미국 가정에 에너지모니터링 시스템이 설치될 것이다. 빌은 아파트 안에 있는 모든 소켓과 콘센트에서 사용되는 전력량을 볼 수 있다. 그는 지난번에 한 시간 동안 텔레비전을 시청하는 데 80센트가 들어 갔다는 것을 알고 있다. 유가 20달러의 세계에서 북동부와 캘리포니아 같은 곳에서는 의무적으로 이런 시스템을 설치해서 소비자들이 에너지를 절약하는 것을 도와 정전되는 사태를 방지하도록 되어 있다. 이 전략은 큰 효과가 있었다. 사람들은 필요 없이 불을 켜놓거나 보지도 않으면서 텔레비전을 켜 놨을 때 낭비되는 돈이 얼마인지 알게 되면 즉각 정신을 차리고 전기를 절약함으로써 얼마나 많은 돈을 절약할 수 있는지 깨닫는다.

빌이 아파트 문 밖으로 나와서 문을 잠그면 문에 달린 전자자물쇠가 아파트 내에 연결된 전자 시스템에 신호를 보내 집에 있는 모든 전등과 에어컨을 끈다. 전력 사용량이 최대로 높을 때는 빌의 아파트에 있는 모든 전

등 스위치와 콘센트에 있는 작은 발광 소자에 불이 들어와서 빌에게 지금 사용하는 전기는 다른 때 사용하는 전기보다 훨씬 요금이 많이 나온다는 것을 일깨워준다. 그렇게 소소하게 일깨워줌으로써 유가 20달러의 세계에 미 가정은 유가 2달러 세계에서 사용했던 것보다 1인당 에너지 사용량을 50퍼센트로 줄였다.

부엌에서 빌은 태양열 에너지로 차를 끓인다. 빌의 부엌에 있는 컵들은 석유를 원료로 한 플라스틱 컵이 아니라 오하이오의 옥수수와 설탕을 섞어서 만든 플라스틱 컵이다. 빌이 사는 건물에서 쓴 물은 다시 재활용해서 변기 물을 내릴 때 쓰거나 아니면 앞 뒷마당에 있는 식물들에게 물을 줄 때 쓴다. 빌은 폴리에스테르가 아니라 섬세하게 짠 모직 운동셔츠를 입고 조깅을 한다. 폴리에스테르는 너무 비싸서 요즘에는 거의 사용하지 않는다. 빌의 운동화는 나무에서 나는 천연 고무를 소재로 만든 것이다. 과거에 운동화를 만들 때 흔하게 쓰였던, 석유를 원료로 한 합성 고무는 완전히 잊혀졌다. 빌이 달리는 도로는 20년에 한 번씩 작은 도로들을 포장하기로 한 뉴욕 주의 계획에 따라 콘크리트로 포장됐다.

지나다니는 차가 과거에 비해 크게 줄었기 때문에 도로는 더 오래 유지될 수 있고, 특히 콘크리트로 포장된 도로들은 아스팔트보다 혹독한 겨울을 더 잘 날 수 있기 때문에 더 그렇다. 아스팔트 도로는 가격이 저렴하다는 장점이 없어지면서 사라졌다. 콘크리트 도로를 따라 뉴욕은 전기차들이 충전할 수 있는, 요금제 콘센트 시설을 설치해뒀다. 시가전차가 브루클린, 시카고, 새크라멘토 그리고 수십 개의 도시의 거리로 돌아와 지하철 없이 건물들만 빽빽하게 들어선 지역과 능률적인 지하철 노선이 깔린, 새로 확대돼서 반짝거리는 지역을 이어주는 다리가 됐다. 바쁜 출퇴근 시간대에는 이 시가전차들이 자주 운행되기 때문에, 전차를 탄 승객들은 두 블록 내에서 거리 위쪽으로 다른 전차가 보이고, 또 한 블록 밑으로 다른 전차가 운행하는 모습을 심심찮게 보게 된다.

빌은 원래부터 조밀도가 매우 높았던 도심에서 살아왔지만, 미국인의 90퍼센트가 빌처럼 조밀도가 높은 도심에 살고 있다. 도시 부동산에 투자를 한 사람들은 대박이 난 반면 준 교외 주택 지역에 집을 산 사람들은 쪽박을 찼다.

빌의 여자친구는 석유가 아닌 모로코의 흑단에서 나온 아르간 오일을 원료로 한 립스틱을 바른다. 빌이 마시는 와인, 그리고 대부분의 와인은 유리병보다 만들 때 에너지가 훨씬 덜 들어가는 양피지로 만든 상자에 담아 판매된다. 빌의 대부분의 가구와 바닥재와 여름에 쓰는 바비큐 도구들(미생물에 의해 무해물질로 분해되는 접시들, 나이프와 포크들)은 플로리다와 텍사스의 농원에서 재배하는 대나무 가지와 섬유로 만든 것이다. 대나무 농원에서는 나무 한 그루에서 나올 수 있는 양보다 훨씬 더 많은 양을 생산하고 있으며 그와 함께 바이오 플라스틱을 만들어서 가정에서 쓰는 석유를 원료로 한 플라스틱 용품들을 대체할 수 있도록 돕고 있다.

빌은 전 세계에 골고루 분포한 조력 발전소를 설계하는 회사에서 일하고 있다. 이런 조력 발전소는 미국의 동해안과 서해안뿐 아니라 대부분의 선진국의 해안에서 쉽게 볼 수 있다. 바다의 끊임없는 소용돌이는 무시할 수 없는 에너지원이다. 빌의 직업은 지구의 뜨거운 코어 에너지인 지열 에너지나 태양계의 한가운데서 오는 햇빛을 받아 이용하는 태양열 에너지 같이 수많은 에너지들을 기반으로 한 새로운 에너지 패러다임에 의존해서 세워진, 신세계에서 새로 만들어진 100만 개의 직업 중 하나이다.

빌의 직업은 석유 사용이 줄어들면서 그 변화에 적응하기 위한 우리의 민첩한 탭댄스에 지난 20년 동안 힘이 되어 준 혁신적인 회사들 덕분에 생긴 것이다. 한때 원유로 돌아가던 세계 경제는 이제 우리가 가진 에너지를 포착해서 보존하는 물질과 장치에 대한 무역의 힘으로 돌아간다. 화물선은 지금도 바다를 건너고 있지만 전처럼 정기적으로 바삐 오가지는 않는다. 이제 화물선에는 태양 전지들, 풍력 터빈들, 거대한 배터리들, 수백만 대의 전기차와 수천 개의 고속열차 부품들이 실려있다.

빌이 사는 세계에서 화물선은 원자로로 가동되는 거대한 섬으로 변신해 길이 4,000피트에 높이 400피트에다 100만 톤이 넘어가는 무게를 과시하고 있다. 그에 비교하면 퀸 매리 2세 호세계 최고의 원양 유람선 - 역주는 길이 1,100피트에 무게가 15만 톤 나간다. 이 새로운 화물선들의 동굴같이 깊은 내부는 현재 표준 화물선보다 10배가 더 크다. 이 거대한 화물선들은 국제 무역이 증가해서 이렇게 진화한 것이 아니라 터무니없는 디젤유 가격 때문에 이렇게 변한 것이다. 이 화물선들이 치솟는 운송비 때문에 위축된 세계화를 다시 살려 세계 경제 열강들 사이의 무역을 촉진시킬 것이다. 이제 많은 사람들이 두 배의 요금을 주고 비행기를 타는 것보다 원자력을 동력으로 하는 거대한 유람선을 타고 4일 동안 대서양을 횡단하는 최신 여행을 즐기고 있다. 휴가를 유럽에서 즐기는 미국인들의 습관은 없어지지 않았지만 예전보다는 그 횟수가 줄었으며, 유럽에 갈 경우에도 한 주만 있다 오는 것이 아니라 체류 일정이 2~3주로 길어졌다.

유가 20달러의 빌의 세계에서는 이 원자력을 동력으로 하는 배들이 원자력의 민주화를 나타내는 최후의 상징이 될 것이다. 가장 긴밀한 관계를 유지하는 우방들을 제외한 다른 나라들은 원자력을 보유할 수 없도록 하는 미국의 현 정책은 에너지 수요가 폭발적으로 증가하고 석유 공급이 급격히 증가하는 세계와는 양립할 수 없게 된다. 수백 개의 새 원자력 발전소가 남미에서 중동을 거쳐 동남아시아 곳곳에 자리 잡게 될 것이다. GE와 같이 이 원자로들을 건설하는 다국적 회사들은 전 세계적인 원자력의 르네상스에 즐거워하게 될 것이다. 이렇게 지어진 원자로에서는 가능한 한 원자폭탄은 제조되지 않겠지만 국제적인 감시가 철저하게 시행돼야 할 것이다. 이런 변화는 감정적인 동기가 아니라 경제적인 이유 때문에 일어나는 것이니 만큼 다른 선택의 여지가 없다.

미래의 에너지 세계, 따라서 현대 세계는 단순히 지금 효과가 있으니 굳이 뜯어 고칠 필요 없다는 고리타분한 사고방식이 아니라 철저하게 능률과 효율을 따지는 방식에 따라 지배될 것이다. 에너지 균형으로 가는 경로는 효율성, 가치, 기능을 판단하는 일련의 방정식들에 의해 결정될 것이다. 같은 방정식에 의해 탐욕적인 미국의 삶의 모델은 우아하고 너무나 혁신적이어서 지금과는 아주 다른 모습의 모델로 교체될 것이다. 이 같은 에너지 방정식 때문에 맥맨션의 가치가 바닥으로 떨어지고, SUV는 공룡 같은 존재가 될 것이다. 이 같은 방정식들이 우리의 계곡을 풍력 터빈으로 채우고, 도로로 나온 차들의 행렬을 대폭 줄일 것이다. 이 방정식들은 해독할 수 없는 통계숫자로 표현되는 것이 아니라 간단한 한 마디로 표현될 것이다. 갤런당 달러로.

석유종말시계

2010년 2월 22일 초판 1쇄 발행
2010년 6월 21일 초판 4쇄 발행

지은이 | 크리스토퍼 스타이너
옮긴이 | 박산호
발행인 | 전재국

본부장 | 이광자
주간 | 이동은
편집팀장 | 유영준
마케팅실장 | 정유한
책임마케팅 | 신재은

발행처 (주)시공사
출판등록 1989년 5월 10일(제3-248호)

주소 | 서울특별시 서초구 서초동 1628-1(우편번호 137-879)
전화 | 편집(02)2046-2850 · 영업(02)2046-2800
팩스 | 편집(02)585-1755 · 영업(02)588-0835
홈페이지 www.sigongsa.com

ISBN 978-89-527-5803-3 03840